MARISA SICILIA

La Dama del Paso

Editado por Harlequin Ibérica.
Una división de HarperCollins Ibérica, S.A.
Núñez de Balboa, 56
28001 Madrid

La dama del paso, n.º 198

I.S.B.N.: 978-84-687-6763-5

A mi madre, por todo.

Reino de Ilithya
Lillehahe
Aalborg
(la ciudad de plata)
Langensjeen
N
W
E
S
Ilithe
río Kaihne
Svatge
Frayinn
Brugge
Señorios de Bergen
Lander
Rhine
Tiblisi

Capítulo 1

El viento llegaba del este aquella noche.

Era menos gélido que el del norte pero también frío, y hacía que los clarines que anunciaban el cambio de guardia sonasen lejanos y apagados. Eran muchos los muros que mediaban entre el patio de armas y aquella esquina de la muralla en la que ella se encontraba. Una esquina que el viento azotaba con especial crudeza.

Arianne se arrebujó más en su capa y dejó que el cálido contacto del armiño acariciase su cuello. Habría sido estúpido decir que no sentía frío. Acababa de comenzar el otoño, pero en aquel árido valle rodeado de montañas, el invierno llegaba antes de que hubiese dado tiempo a saborear ese breve tiempo de tregua.

Lo cierto era que el frío no la incomodaba demasiado. Arianne estaba más que acostumbrada a él. En el castillo los muros y el mismo suelo eran de piedra, y las estancias no entraban jamás en calor por mucha leña que se echase a las chimeneas. El frío formaba parte de ella desde que tenía constancia en la memoria.

Y en todo caso, que el invierno llegase puntual año tras año era algo que no dependía de Arianne y que por mucho que odiase no podía solucionar. No, no era el invierno lo que la desvelaba aquella noche, o al menos no solo eso. Si solo fuera el invierno...

El viento traía también otras voces. Clamores de guerra y entrechocar de espadas. Se levantaba como un rumor sordo pero creciente y barría el reino a su paso, desde las desiertas llanuras heladas de Langensjeen hasta las cálidas playas de Tiblisi, allá lejos en el sur.

Era de aquella región, de la que apenas sabía lo que contaban las canciones de los juglares, de donde provenía la rama materna de su familia, aunque su madre había nacido y se había criado en el oeste, en la corte. Quizá Arianne había heredado de ella esa desacostumbrada sensibilidad a las bajas temperaturas a la que los naturales de Svatge estaban más que habituados. Fuera o no esa la causa, Arianne lo soportaba tan estoicamente como el que más, y aquel violento vendaval no le molestaba más de lo que las primeras nevadas, ya muy cercanas, habrían molestado a los lobos que ese invierno, como todos los otros inviernos, saldrían de los bosques para merodear por granjas y villas en busca de un alimento que escaseaba para todos. Al menos para todos los que no gozaban del amparo del castillo.

Los lobos, el hambre y el frío... Como si esos no fuesen ya suficientes males para que encima los orgullosos y necios caballeros se enfrentasen sin tregua entre ellos y arrastrasen a la desdicha a tantos otros tras de sí. Aldeas arrasadas, campos de cultivos quemados, pequeñas ciudades y villas tomadas a sangre y fuego, solo por la absurda codicia y el afán de saqueo y poder de unos pocos, con frecuencia vilmente justificado por antiguas rivalidades que no hacían más que crecer con cada enfrentamiento.

Lo cierto era que Svatge no tenía motivos para preocuparse por los saqueadores. No era un valle fértil y generoso. En sus barrancos solo crecían abetos y alisales. Más arriba, en el norte, la tierra era dura también y el invierno aun más largo, pero bajo sus montañas estaban las minas.

Minas y minas, montañas enteras forjadas en plata. Tanta, que se decía que los señores de aquellas tierras tenían palacios enteros construidos en ese metal. No, allí no había plata, ni las tierras eran amables y provechosas como en el sur. Lo único de valor que Svatge realmente poseía era el paso.

Así había sido siempre. El castillo de Svatge custodiaba el único paso en muchas largas millas sobre el Taihne, un río caudaloso, profundo y traicionero que dividía el reino de Ilithya en dos. Era el camino más corto para llegar a Ilithe, si es que algún asunto te requería en la corte, a no ser que tuvieses un barco a tu disposición y arribases por mar, o te aventurases a afrontar los remolinos del Taihne en barcaza, o estuvieses dispuesto a cabalgar largas semanas a través de estrechos senderos de montaña. En cualquier caso, ninguna de esas alternativas eran las más adecuadas para un acompañamiento numeroso, así que, si algún señor deseaba hacer una demanda al rey y para eso se hacía acompañar de unos cuantos de sus vasallos armados, antes tenía que contar con el beneplácito de los Weiner. Y es que Svatge no era otra cosa que un fortín militar, una última línea de defensa siempre leal al rey, porque del rey y del reino venían todas las cosas buenas de las que Svatge disfrutaba. La cerveza caliente, la carne de los bueyes criados en los pastos de la llanura, el trigo con el que se hacía el pan y la lana con que se hilaba, las cuentas de colores que adornaban los cuellos de las muchachas y las espadas que colgaban del cinto de los soldados. Svatge dependía de Ilithe e Ilithe favorecía a Svatge, era un buen acuerdo para ambos y los Weiner siempre lo habían respetado. Incluso cuando las casas reinantes mudaron, la lealtad de los Weiner siguió estando asegurada, porque su juramento los vinculaba a la corona y no a la casa que por uno u otro capricho del destino ocupase el trono en ese momento.

Precisamente en los últimos años habían sido cada vez más numerosas las voces que afirmaban que el rey Theodor no era el más indicado para los tiempos que corrían. Indiferente, taciturno, apático y enfermizo, apenas salía de sus habitaciones de palacio y tampoco consentía que nadie le molestase. No era la mejor política cuando todo el reino se revolvía como una fiera enjaulada.

Por supuesto, el rey Theodor y sus problemas no turbaban lo más mínimo a Arianne, y no era eso tampoco lo que le quitaba el sueño.

Oyó que alguien se acercaba y se apresuró a ocultarse en uno de los recovecos de la muralla confiando en pasar desapercibida. Enseguida reconoció a los hombres. Uno de ellos era Harald, el capitán de la guardia; el otro, uno más de entre los muchos que servían en el castillo.

Pasaban de largo cuando un golpe de aire se enredó en su capa inflándola y produjo un ruido sordo al sacudirla. Harald se detuvo y miró atrás. Nada parecía distinto y pocos habrían dado más importancia a ese inofensivo sonido; en cambio, él conocía bien su significado.

—Continúa tú la ronda, Gustav. Acabo de recordar que he olvidado algo abajo.

El hombre obedeció y Arianne ya no se molestó en ocultarse. Era inútil tratar de engañar a Harald.

Fue directo hacia ella y se cruzó de brazos con aspecto severo.

—¡Lady Arianne! ¿Cuántas veces he de deciros que el día que menos lo esperéis acabaréis atravesada por la flecha de una ballesta si persistís en rondar de noche por la muralla como si fueseis un alma condenada?

—Tus hombres son tan capaces de acertarme a mí como lo serían si se cruzasen con un aparecido, Harald —aseguró Arianne con una sonrisa de suficiencia.

—No bromeéis con esto, señora —gruñó molesto—. No sois ya ninguna chiquilla. Creía que ya no hacíais estas cosas, pero si no cejáis en estos despropósitos me veré obligado a informar a vuestro padre.

Harald hablaba en serio. El veterano capitán conocía a Arianne desde niña y había ocultado muchas veces sus travesuras y escapadas, pero también la había puesto en evidencia cuando sus hazañas habían traspasado el umbral de lo que Harald consideraba más que razonable. No quería humillarla ante su padre, pero tampoco se arriesgaría a que cualquier idiota con más miedo que sentido común en la cabeza le disparase una flecha si veía un bulto que se escurría con agilidad entre las sombras.

Arianne suavizó su voz y adoptó un convincente tono arrepentido que, como tenía más que comprobado, daba excelentes resultados con Harald.

—No será necesario, Harald. Te lo aseguro. Era solo que llevaba muchas horas despierta y pensaba que ya estaría amaneciendo. Solo pretendía ver el alba.

Harald se acercó al muro de piedra y le preguntó refunfuñando:

—¿El alba decís? ¿Y a qué tanto interés por ver el alba?

Arianne se encogió de hombros y miró hacia el horizonte.

—Es solo que así sabría que por fin había terminado la noche.

Harald la observó con simpatía. Pese a los malos ratos que le había hecho pasar y a lo poco ortodoxo de su comportamiento, siempre había apreciado a Arianne. Un aprecio no compartido por muchos en aquel castillo. La hija menor de sir Roger Weiner tenía fama de arisca, testaruda, impetuosa y, en general, poco dada a respetar las formas que, por un lado su rango y por otro su condición femenina, imponían sobre su comportamiento.

El capitán no era hombre de muchas palabras y sabía que Arianne tampoco lo era, por eso se limitó a acompañarla en silencio mientras los dos esperaban a que clarease. Arianne apreciaba la soledad, pero Harald y su respetuosa y callada distancia apenas representaban una diferencia. Al cabo de un buen rato ella rompió el silencio.

—Esos caballeros que llegarán hoy...

Arianne se interrumpió. Harald dio un paso al frente bajando respetuosamente la cabeza y le preguntó con atenta cortesía:

—¿Sí, señora?

—¿Los conoces?

—Por supuesto, señora. Son sir Willen Frayinn, sir Friedrich Rhine y sir Bernard de Brugge, acompañados de su séquito. El castillo va a estar muy alborotado estos días —auguró Harald mesándose las barbas con preocupación.

—No son muy nombrados... —aventuró Arianne, aunque los caballeros y sus bárbaras proezas le traían tan sin cuidado como las aventuras de taberna de las que sus hermanos se jactaban a voz en grito.

—No, no lo son. Pertenecen a pequeños señoríos de Bergen, pero son nobles y leales caballeros —aseguró Harald con rapidez.

Arianne suspiró y pareció perder interés por la conversación. Harald dudó sobre si debía o no proseguir, al fin y al cabo ella era la hija de su señor y él solo un viejo soldado que nunca había tenido esposa ni hijos, pero también Arianne se había criado prácticamente sola en aquel castillo.

Su madre había muerto al darle a luz y su padre la había ignorado, más atento a la crianza de sus dos hijos varones, tan fuertes y ásperos como él, que a las necesidades de aquella niña independiente y asilvestrada que era la desesperación de sus ayas y que, conforme fue creciendo, fue aumentando a la par que su belleza, su parecido físico con la desaparecida lady Dianne. Sin embargo, eso no hizo aumentar la simpatía de su padre hacia ella, antes al contrario.

Durante toda su infancia el señor de Svatge había dedicado más mimos y mostrado más interés por sus perros de caza que por aquella pequeña desharrapada y siempre sucia, que andaba por el castillo como cualquier otro de los chiquillos que jugueteaban sin control alguno por los patios. Esto era, hasta cierto punto, normal. Pocos eran los hombres que prestaban atención a sus hijas hasta que llegaba la hora de concertar su matrimonio, salvo que cualquier otro padre difícilmente habría consentido que su hija campase a sus anchas por donde le viniese en gana. Hasta ese extremo llegaba el desinterés de sir Roger por ella.

Pero cuando Arianne creció y se hizo aún más huidiza y más huraña, y a la vez más hermosa y más decidida, su padre reparó en ella bruscamente, y decidió que el tiempo de los juegos había acabado. Y así la vida de Arianne comenzó a ser muy parecida a la de una reclusa con una libertad estrechamente vigilada. Por eso era apenas de noche, cuando difícilmente podía ser vista y acusada, cuando Arianne recuperaba un dominio que siempre le había pertenecido. Las almenas y las torres hacía tiempo abandonadas del este, las escaleras que terminaban abruptamente y no conducían a ninguna parte, los rincones que servían de refugio a los cuervos y en los que bien habría podido pasar días enteros antes de que a nadie se le hubiese ocurrido buscarla allí.

Harald sabía todo eso y sufría por ella, y pensaba que, quizá, Arianne habría sido más feliz si hubiese sido la humilde hija de una lavandera que la menor de los descendientes de sir Roger Weiner, y eso no era culpa de ella en absoluto.

Observó su rostro taciturno e intentó animarla un poco.

—No son tan malos como podría pensarse, señora. Es cierto que no forman parte de la antigua nobleza, pero el señorío de Frayinn disfruta de gran prosperidad gracias al comercio con las caravanas orientales, y los antepasados de sir Friedrich ayudaron al rey Roderick a recuperar el trono y gozan de privilegio real. No tienen que agachar la cabeza frente a ningún otro, salvo el rey —dijo Harald como si esto constituyese una gran ventaja—, y sir Bernard... —se detuvo pensativo intentando encontrar algo positivo que decir de sir Bernard que no era más que otro de los hijos menores de algún señor de rango menos que ínfimo— sir Bernard es un muy gentil caballero, según he oído decir —recordó satisfecho—. Creo que hasta algún juglar compuso un canto en su honor.

Arianne contestó con una voz más fría que la del viento del norte.

—Si pretendes con eso inclinarme hacia ellos, estás perdiendo el tiempo, Harald. No pienso desposarme ni con estos ni con ningún otro de los caballeros que mi padre decida hacer venir desde cualquier rincón olvidado del reino.

—No son rincones tan olvidados —protestó Harald tratando de defenderlos, aunque sabía tan bien como ella que provenían de regiones que muchos tachaban de bárbaras—, sir Friedrich Rhine...

—¡Aunque fuesen hermanos carnales del propio rey y tuviesen un palacio en la mismísima Ilithe seguiría sin querer casarme con ellos! —replicó Arianne antes de que él tuviese tiempo de terminar.

Harald trató de hacerla entrar en razón.

—Señora...

—No quiero seguir esta conversación, Harald. ¿Podrías callar si no eres capaz de hablar de otra cosa?

—Sí, señora, como gustéis.

El capitán se encerró en un mutismo del que ahora le pesaba haber salido, que le aspasen si la entendía. Era testaruda y era orgullosa, pero cualquier aldeano le habría dicho que su obligación era obedecer los deseos de su padre, y que ella tendría que acatarlos como todas las demás, por las buenas o por las malas, y si sabía lo que le convenía, sería mejor que lo hiciese por las buenas.

El vendaval arreció y Arianne trató otra vez de protegerse con la capa que el viento agitaba en todas las direcciones. Poco a poco el cielo se había ido volviendo gris y una claridad pálida otorgaba cierto aire irreal al castillo.

—Ya está amaneciendo, señora.

Era algo que Arianne podía notar por sí misma, pero también era una advertencia para que volviese sin más tardanza a su cuarto.

—Pero aún no ha salido el sol...

Arianne casi imploraba, olvidando su anterior dureza, y parecía rogar que la dejasen quedarse allí un poco más, igual que habría hecho una niña que desease tan solo continuar con sus juegos, pero fue Harald esa vez quien contestó rudamente.

—Hoy no saldrá el sol, señora. El tiempo está cambiando. Pronto llegará el invierno. ¿No veis esas nubes? Son negras y feas. Viene una tempestad. —Así era. Las densas y espesas nubes que cubrían el horizonte no parecían presagiar nada bueno—. Si me disculpáis, tengo obligaciones que atender. ¿Queréis que os escolte hasta vuestro cuarto?

Ella le miró una vez más, suplicante, y el viejo capitán cedió a regañadientes.

—¡Está bien! ¡Quedaos aquí helándoos de frío, pero no digáis que no os he avisado!

—Me has avisado y lo estimo en lo que vale, Harald.

El capitán sacudió la cabeza ante ese gesto dulce y esa mirada amable y se marchó antes de que aquella doncella volviese a demostrar que podía conseguir cuanto se le antojara de él. Aunque en verdad eso no pesaba demasiado en el ánimo de Harald. Podrían decir lo que quisieran de Arianne, y no eran pocas las maledicencias que corrían acerca de ella, pero él la conocía mejor que muchos y sabía que su alma era noble y generosa, y eso era más de lo que podía decirse de otros.

Arianne le siguió con la vista hasta que desapareció entre los requiebros de la muralla y después volvió el rostro hacia el este. De allí era de donde venían las oscuras nubes de tormenta y de donde pronto llegarían también los caballeros.

Tenía razón Harald, pensó Arianne con tristeza. Se avecinaba una tempestad.

Capítulo 2

La lluvia arreciaba sin piedad cuando los caballeros hicieron su entrada en el patio de armas. Los acompañaban no menos de veinte hombres entre escuderos, caballerizos, mozos y algún que otro mercader que aprovechaba la seguridad que proporcionaba formar parte de un grupo armado para así además, ya de paso, probar a colocar en el castillo sus mercancías.

A pesar del aguacero, sir Roger Weiner, escoltado por sus dos hijos varones y por su guardia de honor, esperaba a la intemperie para darles la bienvenida. Cuando los caballeros descabalgaron los abrazó fraternalmente, como era de rigor al recibir a un huésped que había de morar varios días bajo tu techo. Lo deseable habría sido que sus dos hijos hubiesen hecho lo mismo, pero el mayor, Gerhard, apenas hizo un gesto con la cabeza sin molestarse en ocultar un orgulloso desdén; y el menor, Adolf, trató como siempre de superarlo, haciendo que su actitud pudiese ser considerada poco menos que un insulto. Afortunadamente, los caballeros apenas prestaron atención, más deseosos de encontrarse por fin a cubierto de la lluvia que de andarse con recibimientos.

Sir Roger recriminó con la mirada a sus hijos, aunque recordó enseguida su papel de anfitrión y se dirigió con cordialidad a los recién llegados, invitándolos a instalarse y a descansar del largo viaje, manifestando su deseo de conversar con ellos con más calma durante la cena. Después se retiró, tras encomendar a Harald que se ocupase de todas las necesidades de los huéspedes.

Gerhard y Adolf se quedaron en el patio bajo los soportales observando cómo Harald daba órdenes y atendía peticiones, sin embargo, apenas perdieron de vista a su padre, abandonaron la escasa compostura que habían mantenido hasta entonces para burlarse en la cara de sus visitantes.

—¿Te has fijado en Frayinn? —preguntó Adolf a su hermano—. Me admira que haya conseguido llegar hasta aquí a caballo. Habría sido más fácil que lo hiciese rodando. Parece un tonel de vino.

Adolf se reía ruidosamente con una risa estúpida que no beneficiaba a su aspecto, ya de por sí poco inteligente.

—Sin duda el mérito no es suyo, sino de su caballo. Parece más adecuado para tirar de un arado que para cabalgar.

Gerhard no se reía, más bien examinaba con gesto crítico a sus huéspedes.

—Quizá se lo haya arrebatado a uno de sus campesinos.

Adolf celebró su pobre muestra de ingenio con otra sonora carcajada que hizo volver la cabeza a los que estaban más cerca. Los nobles que dedicaban su vida a cazar y a combatir contra sus vecinos tenían en poca estima a quienes se empleaban en actividades más provechosas, como hacer cultivar sus tierras. En Svatge había poco que cultivar, pero si lo hubiese habido se habría considerado una deshonra emplear los campos para otra cosa que no fuese pasto para los caballos.

Sir Friedrich Rhine les dedicó un gesto de disgusto. Dejó de prestarles atención para explicar a los mozos que se llevaban su caballo cómo debía ser atendido. Adolf le miró rencoroso.

—¿Y ese quién se habrá creído que es? Ya que vienen a pedir ayuda lo menos que pueden hacer es mostrarse un poco más agradecidos de que padre haya aceptado recibirlos.

Gerhard no dijo nada y continuó mirándolos pensativo y con el ceño fruncido. Su hermano leyó en su rostro su preocupación.

—¿Crees que padre consentirá en dejarles a nuestros hombres para que se encarguen de dar un escarmiento a ese renegado del Lander?

Gerhard le contestó con desprecio.

—Esa no es nuestra guerra. No sé por qué tendríamos que ayudarlos. Nuestro deber es proteger el paso, no ocuparnos de los campesinos y sus cosechas ni de lo que ocurra en sus aldeas.

Su hermano hablaba con autoridad y Adolf no solía contradecirle, pero se atrevió a aventurar algo más. En verdad las noticias eran cada vez más alarmantes y se decía que en el este reinaba el caos, que nadie se ocupaba de mantener la justicia del rey y que varios señores, que ni siquiera eran dignos de ser llamados caballeros, sembraban el pánico allá por donde pasaban. Gerhard lo sabía tan bien como Adolf, aunque no parecía importarle.

—Pero si los rebeldes se hiciesen demasiado fuertes quizá podrían causarnos problemas...

—¡Eres más estúpido cada día que pasa, Adolf! —replicó Gerhard furioso—. ¿Qué problema podrían causarnos una bandada de malditos cobardes bastardos como esos?

Adolf se picó. Se esforzaba siempre por congraciarse con Gerhard, pero no le agradaba que le llamasen estúpido; tampoco Gerhard era tan listo como pretendía dárselas.

—Quizá no nos den problemas a nosotros, pero si padre decide que emparentemos con alguien del este, es muy posible que también resuelva que su obligación es ayudarlos.

Gerhard se volvió hacia Adolf como si le hubiese picado una serpiente y le agarró del cuello sin importarle lo que pudieran pensar sus invitados.

—¿Quién dice que vamos a emparentar con alguno de esos criadores de cerdos?

Adolf intentó soltarse debatiéndose con todas su fuerzas, pero Gerhard era mayor y más fuerte que él y apretaba más cuanto más intentaba escapar.

—¡Déjame! ¡Lo sabes igual que yo! ¡La gente lo dice!

—¡Nadie lo dice delante de mí!

Gerhard vio el pánico en los ojos de Adolf. Eso no lo detuvo, al revés, le hizo apretar más fuerte. Los que estaban alrededor comenzaron a mirarlos, sobre todo los recién llegados, los naturales del castillo ya estaban acostumbrados a las peleas entre los dos hermanos. Al final Gerhard soltó a Adolf de un brusco empujón y este cayó al suelo herido en su orgullo y tragándose la rabia. Era injusto que él fuese el centro de la ira de Gerhard, aunque enseguida encontró el lugar adecuado hacia el que dirigir la cólera de su hermano.

—¡Es solo culpa de ella! ¡Si no fuese como es, haría ya tiempo que estaría casada, pero todos saben de sus manías y sus locuras y nadie ha pedido su mano desde que rechazó a sir Elliot Lancy ante el consejo!

Gerhard calló ahora cabizbajo. No podía negarse que Adolf tenía razón...

Cuando Arianne cumplió diecisiete años su padre accedió a su boda con un caballero poco significado, pero reconocido por la limpieza de su sangre. Más tarde se supo que sir Elliot tenía un compromiso anterior con una dama de la corte, pero conoció a Arianne mientras estaba de paso en Svatge y se quedó prendado de ella. Su padre concedió la mano y todo se organizó con rapidez. Nadie consultó nada a Arianne porque no era lo acostumbrado y, aunque de todos era conocida su extrema independencia, ella tampoco expresó opinión alguna hasta que llegó el momento de pronunciar el consentimiento. Para asombro de todos los presentes, cuando le preguntaron, en lo que no dejaba de ser una mera formalidad, si accedía a que sir Elliot la hiciera su esposa, Arianne respondió en voz baja pero firme que no, que no accedía. Y así la ceremonia se detuvo ante la perplejidad general y la confusión de los caballeros que ejercían de testigos y que no recordaban haber oído jamás un caso igual. En el salón principal del castillo se organizó un gran alboroto y los presentes se enzarzaron en un acalorado debate sobre si era absolutamente imprescindible o no que la doncella prestase su consentimiento.

La ceremonia se suspendió hasta que los caballeros deliberasen y sir Elliot se marchó de Svatge sin dar la ocasión a sir Roger de presentar sus disculpas. Poco tiempo después, sir Elliot murió en un duelo tras aceptar el desafío del hermano de su anterior prometida. Muchos dijeron que se había dejado matar para evitar la humillación.

Tras eso, Arianne permaneció largos meses encerrada en su cuarto por orden de su padre. Gerhard y ella nunca habían simpatizado. Desde que eran niños Arianne le había dejado muchas veces en vergüenza mostrándose más hábil y más despierta en muchos juegos y en muchas artes. Escribía y leía mejor que Gerhard, pero además montaba a caballo y saltaba los obstáculos como el más salvaje de los bárbaros. En las monterías no perdía jamás el rastro a una presa e incluso en la esgrima, Arianne compensaba con gracia y velocidad los brutales ataques de Gerhard. Cuando su padre descubrió esa habilidad de la que Arianne se mostraba especialmente orgullosa, le prohibió volver a coger jamás una espada, ni siquiera de madera, y castigó a Gerhard a entrenar con los niños más pequeños. Gerhard la odió por eso, pero nunca la odió tanto como aquel día, cuando los puso a todos en ridículo sin importarle el honor ni las obligaciones. En aquella ocasión Gerhard la hubiese golpeado sin piedad hasta que el sentido común hubiese entrado en su pequeña y engreída cabeza. Su propio matrimonio, concertado prácticamente desde su nacimiento con una de las primas terceras o cuartas del rey Theodor, corrió serio peligro. De hecho, la joven en cuestión ya había cumplido los quince años y el matrimonio aún no se había celebrado. Si Arianne llegara a casarse con alguno de esos desmedrados caballeros... No, Gerhard no quería ni pensarlo. Lo desechó de su mente y le contestó a Adolf con orgulloso malhumor.

—¡Hiciese lo que hiciese sigue siendo una Weiner, y nuestro padre no permitirá que nuestra sangre se mezcle con la de esa ralea!

—Si tú lo dices... —musitó poco convencido Adolf, pero menos deseoso aún de quedar de nuevo en evidencia delante de los huéspedes.

—Lo digo —terminó Gerhard sin admitir réplica y echó a andar hacia las caballerizas.

—¿Adónde vas? —preguntó Adolf, que odiaba y envidiaba a Gerhard a partes iguales, pero que, si no estaba con él, no sabía qué hacer con su tiempo.

—A montar a caballo. Bastante tendré con soportarlos durante la cena. No se me puede exigir más.

—¿Bajo la lluvia?

Gerhard no le contestó y siguió su camino. Adolf se debatió entre el deseo de dejarle ir y el de acompañarle. Al final venció la costumbre.

—¡Gerhard! ¡Espérame...! ¡Gerhard!

Arianne contemplaba la escena desde la ventana de su cuarto. El agua caía a cántaros y los caballeros esperaban pacientes mientras su padre pronunciaba uno de sus formales y tediosos discursos y sus hermanos actuaban como los auténticos imbéciles que eran.

Su doncella le cepillaba el cabello una y otra vez intentando alisar aquella rebelde y alborotada melena de oscuro color castaño. Quizá si lo hubiese tenido más largo habría sido más liso y dócil. Las mujeres de la nobleza nunca se cortaban los cabellos, pero Arianne se había enganchado en una ocasión la trenza con unas ramas durante una cacería y sin pensárselo dos veces se la había cortado de cuajo con el cuchillo que le prestó uno de los rastreadores. Su padre no dijo nada, como si la diese ya por perdida, su aya creyó morir y le aseguró que nadie querría casarse con ella, y Arianne pensó que nunca se le habría ocurrido una solución tan sencilla para hacer cumplir sus deseos. Sin embargo, pese a los augurios de su aya y a las esperanzas de Arianne, muy poco tiempo después se produjo la petición de mano de sir Elliot.

A sir Elliot no le importó el largo de sus cabellos. Cuando se cruzaban por el castillo se la comía con la mirada, como si Arianne fuese un dulce que no pudiese esperar a devorar. Ella no estaba segura de lo que hacer, pero sabía que no quería marcharse con él, no quería pertenecerle, ni a él ni a ningún otro. No sería propiedad de nadie y además no podía ser.

Pensó en rogar a su padre, pero temía darle explicaciones y supuso que no la escucharía, ya que nunca antes la había escuchado; y aunque no ignoraba lo que vendría después, cuando le preguntaron supo exactamente lo que tenía que contestar. No había otra opción. Era lo mejor que pudo hacer. Cuando supo de la muerte de sir Elliot lo lamentó y lamentó más aún ver como todos la culpaban de lo que había sucedido. Arianne intentó defenderse, al menos ante sí misma ya que no frente a los demás, de aquel juicio que la condenaba. No había pretendido perjudicar a Elliot. Si al menos la hubiese atendido cuando arriesgándose a todo le buscó a solas para pedirle que anulase el compromiso... Pero Elliot apenas le prestó la menor atención y solo tras mucho insistir le dijo que ni un ejército le haría romper su palabra; seguramente en aquel momento no recordaba la otra palabra que ya había entregado. En todo caso, si el enlace se hubiese celebrado, los resultados no habrían sido mucho mejores, se decía Arianne justificándose.

La risa de Vay, su doncella, la sacó de esos tristes pensamientos.

—¡Jamás vi un hombre tan gordo! ¡Y menos subido en un caballo! ¿Cómo creéis que consigue montar en él, señora?

—Con mucha dificultad —afirmó Arianne con indiferencia. Sir Willen se disponía a bajar del caballo y no menos de cuatro hombres se aprestaban a ayudarle.

—El otro es casi tan viejo como vuestro padre, pero el del caballo blanco parece joven y aseguraría que apuesto —comentó Vay con una sonrisa pícara y complacida en los labios.

—No sé cómo puedes decir eso, Vay —dijo escéptica Arianne—. Están todos chorreando como si los hubiesen pescado del Taihne y desde aquí apenas se distinguen sus rostros.

—No distingo bien su rostro, pero sus ropas empapadas me dejan ver que sir Bernard, porque sin duda es él, tiene un hermoso y bien formado cuerpo —aseguró convencida Vay como quien habla con conocimiento de causa—. Y el agua hace que sus cabellos negros se peguen a su rostro de un modo tal que me impulsa a desear apartarlos para así poder contemplarle mejor, y tampoco me importaría ayudarle a secarse —terminó riéndose con desparpajo.

—Pues si tantas ganas tienes no sé por qué no bajas ahora mismo —la exhortó Arianne.

Vay se posó los dedos en los labios para contener la risa y temió haberse sobrepasado. Al fin y al cabo, según se decía, quizá lady Arianne abandonase el castillo casada con alguno de esos caballeros, y a los ojos de Vay, sir Bernard era el candidato más apetecible. Solo pretendía bromear un poco, pero lady Arianne era tan especial... Y no es que estuviese pensando realmente en ir a ayudar a desvestir a ese caballero, aunque tal vez si se daba prisa con el aderezo de su señora...

—Entonces, ¿llevaréis el cabello suelto o recogido?

—Recogido, Vay, como siempre. ¿Por qué razón iba a querer llevarlo suelto?

—No lo sé... Se me ocurrió preguntar —dijo la doncella sin más—. ¿En un rodete?

—Cualquier cosa estará bien, Vay —suspiró Arianne con desgana.

Vay terminó su trabajo y preguntó a Arianne si la necesitaba para algo más. Ella negó con un gesto y Vay se retiró tras hacer una corta y graciosa reverencia a la que Arianne no prestó mayor atención.

En ese momento estaba demasiado ocupada observando a sir Bernard por la ventana.

Capítulo 3

Bernard estudió el gesto serio del señor de Svatge. La cena ya iba avanzada y Bernard no estaba seguro de que todo marchase como debiera.

Habían acordado que fuese sir Friedrich Rhine, por su mayor edad, experiencia y rango, quien explicase la situación a sir Roger. Así, mientras sir Friedrich se extendía en el relato de lo acontecido en los últimos tiempos en el este y sir Willen se dedicaba a comer como si nunca antes lo hubiese hecho, él sufría por no poder hablar por sí mismo. Sin embargo, no hubiese sido apropiado irrumpir en la charla sin haber sido antes invitado a ello. No era tan ignorante como para no saberlo.

A su derecha se sentaba el hijo mediano de sir Roger y a su izquierda, la hija menor. Adolf no prestaba mayor atención a lo que decía sir Friedrich, aunque de vez en cuando se había dirigido a él haciendo alguna observación que nada tenía que ver con lo que les ocupaba. Bernard había procurado ser atento, pero era evidente que Adolf no iba a resultarles de ayuda y tampoco el hijo mayor, Gerhard, que no se molestaba en esconder su indiferencia por el discurso de sir Friedrich.

Bernard se volvió hacia Arianne y la halló concentrada en la conversación. Eso le permitió admirar su bello rostro con un poco más de detenimiento del que se había concedido hasta ahora.

Era muy bella, distinta a todas las otras mujeres a las que había conocido. Sería el influjo del sur de donde, según había oído contar —además de otras cosas a las que se negaba a dar crédito—, era oriunda su madre. Nada había en ella del frío norte ni del duro este del que venía él. Había mujeres hermosas en sus tierras, por supuesto, pero Arianne tenía un aire suave, grácil y enigmático del que carecían las damas con las que se había relacionado.

Aunque, si tenía que ser sincero, debía reconocer que no disponía de gran experiencia en el trato con las damas. Era el menor de cinco hermanos de un señor no demasiado próspero y no había mucho que pudiese ofrecer a una esposa, a no ser que una desgraciada calamidad acabase con la vida de sus cuatro hermanos mayores o tuviese la venturosa fortuna de salir triunfador en la batalla y el rey tuviese a bien recompensarle con algún título.

En esto último cifraba Bernard sus mayores ambiciones. Los señores rebeldes se habían limitado hasta ahora a escaramuzas, pero estaba claro que planeaban algo grande. Era cosa segura y él estaba deseando que comenzase. Estaban en clara desventaja frente a ellos, por eso estaban allí, pero aunque los Weiner se negasen a ayudarlos, Bernard combatiría hasta su último aliento y confiaría en su valor, su suerte y su destreza para salir triunfante de la empresa.

Observó el gesto atento y el leve frunce de las delicadas y finamente dibujadas cejas de Arianne y, a su entender, le pareció que su aspecto denotaba preocupación. Bernard apuró de un trago el vino de su copa y decidió animarse a otra empresa casi igual de desesperada.

—Es un gran honor el que nos hacéis al mostrar interés por las calamidades que afligen a nuestras tierras, señora —ensayó Bernard tratando de parecer cortés y mundano.

Arianne se volvió hacia él como si acabase de descubrir su existencia y además hablase un lenguaje que ella desconociese por completo.

—¿Decíais?

Eso turbó un tanto a Bernard, desarmando su intento de mostrarse como un hábil y experimentado cortesano.

—Solo comentaba que parecíais prestar atención a las palabras de sir Friedrich —dijo con más sencillez.

—¡Ah! —dijo Arianne—. Eso... Sí. Estaba escuchando.

No comentó más, pero Bernard supuso que el tema no la hacía feliz. El joven trató de justificarse.

—Entiendo, señora, que nuestros problemas no son de vuestra incumbencia, pero no habríamos venido hasta aquí si la situación no fuese extremadamente grave.

Arianne le consideró con más atención y decidió que no le haría daño saber.

—¿Por qué es tan grave?

Bernard se entusiasmó ante el hecho de acaparar, al menos por un momento, el interés de una dama tan hermosa y tan significada como Arianne.

—Bien, no sé si habréis oído hablar de las revueltas de hace dos años en el Lander...

—Vagamente —indicó Arianne, que recordaba que Harald lo había comentado en su presencia.

—Fue una auténtica atrocidad, señora. —Bernard dudó antes de continuar, seguramente no era una conversación adecuada para una joven dama, menos en la comida, y menos aún si se pretendía agradarle; pero habría sido ridículo callar ahora, así que decidió continuar—. Fueron los actos de un hombre de confianza de sir Ulrich, un hombre al que este había librado de una muerte segura en su niñez y había criado en su casa prácticamente como a un hijo, nombrándolo incluso caballero del Lander, pese a que no tenía más nombre que el del lugar donde nació —explicó Bernard un poco violento, ya que el padre de su abuelo había sido nombrado caballero de un modo muy parecido y no pertenecía a la nobleza, aunque al menos tanto él como sus ascendientes habían tratado de hacer todo lo posible por no desmerecer sus juramentos—. Un hombre que había jurado defender a sir Ulrich con su propia vida si era preciso. Pues bien, ese hombre, Derreck de Cranagh —dijo Bernard mentando por primera vez su nombre—, despreciando toda consideración de lealtad y justicia, conspiró con la propia guardia de sir Ulrich para traicionarlo y asesinarlo sin piedad, tanto a él como a su mujer y a su hijo. Después se apropió de todas sus posesiones y de la fortaleza y se declaró dueño y señor del Lander. Y aunque todos los hombres de honor del este clamaron al rey para que se hiciera justicia y se impusiera el orden y el derecho, resultó que su majestad no tuvo a bien disponer de los hombres necesarios para hacer ajusticiar a ese renegado —dijo Bernard tratando de dominar su indignación. Él no era quién para criticar las decisiones reales, pero aquella injusticia clamaba al cielo—. Como bien sabéis, el Lander defiende las fronteras exteriores de nuestro reino de las incursiones bárbaras y como tal cuenta con un gran y bien armado ejército y todos sus hombres poseen al menos un caballo. Últimamente, bandadas de ellos campan a sus anchas por tierras que no son las suyas y toman lo que se les antoja, y es casi imposible hacerles frente porque poco pueden hacer hombres que luchan a pie contra jinetes armados a caballo. Mis hermanos y yo hemos intentado defender a nuestra gente y modestamente debo decir que hemos obtenido algún éxito en ello. —Bernard no pudo evitar enorgullecerse al decir eso, aunque le pareció que quedaría como un idiota si se dedicaba a alabarse a sí mismo, y guardó para sí la secreta esperanza de que Arianne hubiese oído hablar de sus méritos—. Pero los ataques son cada vez más desvergonzados y más difíciles de contener y, lo que es peor, señora —dijo bajando la voz, temiendo estarse sobrepasando—, el norte no solo lo consiente sino que, en opinión de muchos, también le apoya.

Después de esa afirmación Bernard calló, pensando que ya había dicho suficiente, y miró de refilón a Adolf, pero este se hallaba ocupado procurando que el vino no faltase en su copa, así que Bernard volvió a dedicar toda su atención a Arianne.

—¿Que el norte le apoya, decís? ¿Y cómo es posible que tal cosa ocurra? ¿Es que acaso no van a vengar la muerte de sir Ulrich? —preguntó sorprendida Arianne. Los caballeros con frecuencia se enfrentaban y se mataban entre sí sin ninguna razón. Con mayor motivo podían haberlo hecho cuando se trataba de hacer justicia, pues sin duda era de justicia acabar con semejante traidor malnacido.

—El norte no ha movido un dedo contra él y se teme que vea con buenos ojos sus acciones.

—Pero ¿por qué?

No es que a Arianne le interesasen realmente las intenciones de los señores del norte, pero nadie le explicaba nunca nada, y era agradable ver que a Bernard parecía importarle su opinión. Sin embargo, él recuperó repentinamente su hasta hace un momento olvidada cautela y no se atrevió a decirle lo que todos en el este pensaban, que el norte empleaba al Lander para su propia conveniencia y solo le dejaba hacer el trabajo sucio antes de sacar a los ejércitos que invadirían a sus vecinos con la justificación de conseguir una paz que los señores del este se veían incapaces de mantener. En lugar de eso, Bernard contestó con desprecio pero con prudencia.

—¿Quién puede decirlo? Pero todos saben que no se puede confiar en la lealtad de los señores del norte. Lo único que han buscado siempre ha sido su propia conveniencia.

Arianne escuchó decepcionada la justificación de Bernard. Eso no era mucho decir, en su opinión todos los señores buscaban siempre y por encima de todo su propia conveniencia.

Excepto su padre, pensó. Su padre anteponía el honor y las obligaciones a cualquier otra cosa. Su padre no cedería en su lealtad al rey Theodor por ninguno de los honores o las promesas de esa tierra, y no lo haría porque ese era su deber. Y sir Roger nunca faltaba a su deber ni permitía que los demás lo hicieran.

La mirada de su padre se cruzó con la suya y aunque Arianne no la bajó, sir Roger la retiró con una desatenta presteza que ya le resultaba familiar. En cambio, su mirada sí se detuvo en Bernard, que en ese momento se disponía a ofrecer vino a Arianne.

Ella lo rechazó con un gesto y su padre apartó la vista y volvió a concentrarse en las quejas de sir Friedrich Rhine.

Bernard no tardó en notar que Arianne parecía haber perdido todo interés por conversar con él y pensó que había sido un estúpido al molestarla con cuestiones que poco podían interesar a una mujer. Intentó encontrar un tema de conversación apropiado y por más que se estrujó la cabeza no se le ocurrió ninguno. En cambio, le pareció notar que Gerhard le miraba francamente mal. La voz de Adolf interrumpió sus pensamientos.

—¿Qué decís, sir Bernard? ¿Estáis animado ante la perspectiva de mañana? Estoy seguro de que nunca habéis visto cosa igual. Tenemos venados dignos de ser cazados por el mismísimo rey. ¿Qué cazáis allí en Brugge? ¿Conejos?

Adolf volvió a reírse de su propia gracia ya que nadie más lo hacía y Bernard dominó su orgullo. Los señores de Svatge, y en general todos los señores, despreciaban al este. Solo el Lander había mantenido cierto respeto por su linaje y su condición de guardián de las fronteras, y ni eso había servido cuando Ulrich fue brutalmente asesinado. Tal cosa no se habría permitido en el oeste ni en el norte, en el sur la vida era fácil y dulce y nadie pensaba en luchas, pero la antigua nobleza seguía creyendo que todo el oriente era tan pobre y salvaje como las vastas estepas que se extendían más allá de las fronteras.

—También hay venados en las tierras de mi padre, sir

Adolf, aunque sin duda no tan hermosos como los vuestros —dijo Bernard tragándose el orgullo.

—Os lo aseguro, tan hermosos como los nuestros no los hay en ningún sitio, ni siquiera en Aalborg.

Aalborg era la capital del norte, la ciudad de plata, como la llamaban. Bernard no había estado nunca allí, aunque había soñado muchas veces con hacerlo, pero también estar en Svatge era para él un sueño que se había cumplido.

—Será un placer cazarlos con vos —replicó con frialdad Bernard. Adolf asintió con un gesto y volvió a atender a su copa vacía. Una idea acudió esperanzada a la mente de Bernard. Se giró hacia Arianne, que parecía distraída, y llamó su atención—. Y vos, señora, ¿acudiréis a la cacería?

—Todos los que moran en el castillo acuden a la cacería, señor —contestó fríamente y sin volver la vista hacia él.

—Entonces será una gran dicha veros allí mañana —se atrevió a decir Bernard.

Tampoco en esa ocasión le concedió Arianne una mirada, quizá incluso la había incomodado porque se levantó enseguida, aunque la cena no había terminado, y se excusó sin dirigirse expresamente a nadie.

—Ruego me disculpéis. Estoy fatigada y desearía retirarme.

Sir Roger volvió a dedicarle un breve gesto que no podía decirse que fuera de asentimiento, pero tampoco de negativa. Arianne se retiró sin atender al saludo de los caballeros que se levantaron para despedirla, Bernard el primero.

Cuando se hubo ido, Bernard volvió a tomar asiento bastante desanimado por cómo habían ido las cosas. A Adolf, por el contrario, se le veía muy divertido.

—Bebed, sir Bernard. Seguro que en Brugge no tenéis un vino como este.

Adolf llenó su copa sin esperar respuesta y Bernard se lo bebió. Seguramente sería mejor que tirárselo a Adolf a la cara...

Capítulo 4

Cuando Arianne había dicho que todo el castillo participaría en la cacería no exageraba, pensó Bernard. Aunque en realidad ella se refería a la casa de sir Roger Weiner, cuyos miembros estaban todos presentes y a caballo en la primera fila. Pero tampoco faltaba la guardia de honor del castillo, ni los señores principales de Svatge, acompañados por sus escuderos y sus lacayos, además de gran número de avistadores y rastreadores, todos ellos vestidos de librea, así como los criados que se encargaban de las jaurías.

Los lebreles se revolvían agitados por la expectación y se la contagiaban a los caballos que caracoleaban impacientes por que sus amos les diesen al fin rienda suelta.

Bernard también deseaba salir ya. Nunca había estado en una partida de caza tan numerosa y dudaba de que tanta gente fuese capaz de otra cosa que atropellarse unos a otros. Buscó a Arianne entre la multitud y no le fue difícil verla. Había más damas, pero ella brillaba con luz propia; y eso a pesar de que su vestido verde bosque, a juego con sus ojos entre castaños y verdosos, hacía que se la confundiese con el entorno.

Parecía ausente, como ya había notado que era común en ella, pese al poco tiempo que hacía que la conocía. Estaba escoltada por sus hermanos y Bernard resolvió desilusionado que no tendría ninguna ocasión de acercarse a ella. De todos modos, se maldijo instándose a aceptar la realidad, no tendría nunca la menor oportunidad.

Los clarines sonaron y la cacería dio comienzo. Los perros salieron aullando en desbandada y los caballos los siguieron con un loco estrépito que pilló por sorpresa a Bernard. Refrenó el suyo y dejó que los demás se le adelantasen. No conocía el terreno y no iba a aventurarse en una carrera desatinada con gente más avisada en aquel territorio que él. No deseaba ser el flanco de las bromas de Adolf. Prefería ir solo a dejarse poner en ridículo.

Decidió cabalgar a su ritmo y seguir su propio instinto; y aunque lo había considerado difícil, rodeado como estaba de tal muchedumbre, no tardó en hallarse en absoluta soledad en medio de los espesos bosques de Svatge.

Sin duda aquello era muy distinto a su tierra. Altos abetos le rodeaban, alerces pálidos ya casi sin hojas, hayedos de mil tonos de ocre. Era común encontrarlos también en los bosques del este, pero no tenían la misma imponente grandeza que allí, rodeados por las montañas de Svatge. Esos bosques eran más antiguos, más severos, más grandes. Y lo mismo habría podido aplicarse del feudo de Svatge respecto al señorío de Brugge, donde vivía su familia, pero eso siempre había sido así y siempre lo sería, caviló Bernard, y era inútil lamentarse respecto a ello.

Pasó varias horas cabalgando sin rumbo, más atento a sus reflexiones que a la partida de caza. Cuando vio lo alto que el sol estaba en el cielo descabalgó y se decidió a prestar más atención. No había dado con ninguna presa, seguramente el jaleo las había espantado. Tendría que espabilar o todos se burlarían de él al verle regresar sin nada.

Observó el terreno buscando huellas recientes de corzos o venados o quizá el encame de algún jabalí. No tardó en dar con un rastro que parecía reciente y que por las señales debía de ser de una cierva acompañada por su cría. Eso era bueno. Sería una presa más fácil.

Continuaba a pie llevando el caballo por las riendas cuando la avistó. Un hermoso ejemplar acompañado por un pequeño cervatillo con aspecto de no llevar más de unas horas nacido. Cogió su arco y lo tensó, pero cuando iba a disparar, algo lo golpeó con fuerza en la cabeza haciéndole errar el tiro y gritar de dolor. La cierva y su cría echaron a correr. Bernard se llevó la mano a la frente. Estaba sangrando.

Miró con rabia a su alrededor y desenvainó la espada.

—¡Quien quiera que seáis dad la cara como un hombre! — Bernard esperó cualquier movimiento. No se había dado cuenta de que lo seguían estando como estaba atento al rastro, pero si alguien se encontraba tan cerca como para tirarle una piedra lo descubriría en cuanto se moviese, y se quedaría allí hasta que le hiciese salir y encontrarse cara a cara con él. Seguramente sería Adolf. Bien, ya había ido demasiado lejos, no se dejaría insultar así como así—. ¡Salid de una vez y tened el valor de enfrentarme! ¿O es que sois tan cobarde como una mujer?

Oyó un rumor entre los arbustos y alzó la espada disponiéndose a luchar. Lo que vio a continuación le dejó tan confundido como asombrado.

—Aun a pesar de ser mujer y según acabáis de afirmar cobarde, no lo soy tanto como para temeros, sir Bernard —afirmó Arianne con calma—. Aunque no tengo espada. ¿Pensáis atacarme con ella, señor?

Bernard bajó avergonzado su espada, a la vez que se inclinaba en una torpe reverencia e intentaba formular una disculpa.

—Mi espada está a vuestro servicio, lady Arianne.

—Sois muy amable —dijo con sorna—, pero no necesito vuestros servicios. Estáis dispensado.

Arianne se dio la vuelta como si con eso estuviese ya todo arreglado, y se dispuso a marcharse; pero cuando Bernard se repuso de la sorpresa guardó su espada y se apresuró a correr tras ella.

—¡Señora! —llamó—. ¡Señora! ¡Esperad!

Arianne se volvió hacia él con desgana.

—¿Sí?

Bernard se detuvo a unos pasos de ella y volvió a sentirse intimidado por su desconcertante belleza y por su actitud distante, aunque enseguida recordó que él tenía razón.

—¿Por qué me habéis atacado sin motivo?

Arianne alzó sus delicadas y perfectas cejas con asombro.

—¿Sin motivo decís? Pensé que ibais a matar a una cierva recién parida y a dejar sin alimento y a merced de los lobos a su cría.

Bernard sintió el calor subir a su rostro. La verdad era que no se había parado a pensarlo, solo quería una pieza que mostrar a su regreso, no era algo de lo que encontrarse orgulloso, aunque no era menos cierto que la mayoría de los caballeros con los que él había cazado no se paraban en esos detalles a la hora de derribar una presa. Sin duda Arianne no lo veía igual.

—Bueno, yo habría matado también a la cría para no dejarla agonizar sola —aventuró él.

—Sois muy considerado —murmuró entre dientes Arianne, continuando su marcha y dando por terminada la conversación. Bernard no se dio por vencido y se le adelantó haciendo que se detuviera.

—Señora, sed compasiva conmigo. No conozco este terreno y vuestros hermanos se burlarán de mí cuando vuelva sin nada.

Ese argumento conmovió un tanto a Arianne, que miró más

atenta al caballero. Era joven y parecía amable y bondadoso, aunque lo que había estado a punto de hacer demostraba que las apariencias engañaban. Por descontado, ella ya sabía que todos los caballeros eran poco más o menos iguales, pero Bernard al menos no resultaba tan orgulloso como el resto. Eso hacía que despertase sus simpatías.

Se fijó en el hilo de sangre que escurría por su sien y de su justillo sacó un pañuelo muy blanco y lo tendió hacia él. Bernard observaba prendado todos sus movimientos, pero cuando ella rozó su piel se apartó con un leve sobresalto. Arianne retiró la mano indecisa y le tendió de nuevo el pañuelo.

—Estáis sangrando. Tomad. Comprobadlo vos mismo.

Bernard lo tomó y lo llevó a su sien sin apartar la vista de ella, que ahora parecía un poco inquieta. Presionó en la herida y sintió la suavidad de la tela en su rostro. Cuando lo retiró vio la sangre roja destacar en la fina batista blanca. En una de las esquinas aparecía bordada una bella letra A, escoltada por el escudo de armas de los Weiner.

—Disculpadme. Os lo he ensuciado. Lo lavaré y os lo devolveré —dijo Bernard apretando con fuerza el pañuelo.

—No importa. Dádselo a mi doncella y ella se encargará —musitó Arianne apartándose—. Coged el caballo. Va siendo hora de regresar. Quizá pueda ayudaros con lo que pretendéis.

Bernard voló a por su caballo y cuando regresó encontró a Arianne montada en el suyo. Se olvidó de la pedrada y se felicitó por su buena suerte. Sin esperarlo iba a cabalgar junto a lady Arianne. Eso le hizo animarse.

—¿Y a qué debo la fortuna de haberos encontrado, señora? ¿Os habéis extraviado del grupo?

Arianne lo miró con desdén.

—¿Creéis que me perdería en mi propia casa, sir Bernard?

Bernard casi tartamudeó al contestar. Le desconcertaba Arianne. En sus tierras las damas no solían ir por su cuenta en las cacerías, y en cualquier caso no se le ocurría por qué razón podría ella haber decidido separarse del grupo.

—No, no, de ninguna manera. Es solo que...

Arianne intervino antes de que a Bernard se le ocurriese qué podía responder sin que la importunase.

—Lo que ocurre es que no me gustan las matanzas de animales indefensos por parte de jaurías hambrientas y enloquecidas. —Hubo una pequeña pausa y tras ella añadió—: Y también prefiero la soledad.

Bernard guardaba, aunque no se hubiese atrevido a reconocerlo, la secreta esperanza de que Arianne buscase su compañía; pero la frialdad con la que le había contestado dejaba poco lugar para sus ilusiones. Ella avivó su caballo y Bernard se tuvo que contentar con seguirla a corta distancia.

Iba rápida saltando por encima de obstáculos y breñas y a él le pareció arriesgado y peligroso. Sin embargo, Arianne montaba segura y debía de saber bien adónde iba, porque no mucho más tarde se detuvo junto a un pequeño riachuelo y desmontó. Bernard no sabía qué hacer. Ella le miró como si colmase su paciencia.

—¿Queréis cobraros esa pieza o no?

Bajó con rapidez y la siguió sin atreverse a protestar. Arianne avanzaba por la orilla. Muchas huellas de animales se mezclaban en el barro. Caminaba concentrada en las señales que veía a su alrededor. Bernard solo tenía ojos para ella. Al poco se detuvo, se volvió hacia él haciéndole una seña con la mano y le susurró muy bajo:

—Ahí lo tenéis.

Miró hacia donde le señalaba. Una cierva pastaba tranquilamente en un pequeño claro cercano. Arianne aparentaba indiferencia, pero Bernard dudó.

—¿Estáis segura?

—Claro —respondió en voz lenta y muy baja—. Es joven,

aún no ha tenido crías, está sola y a nadie le importará lo que le pase. Es ideal para lo que pretendéis. ¿No pensáis igual?

Bernard sintió cómo su mirada pesaba directamente sobre su corazón. Apartó los ojos para no tener que enfrentarse a ella. Parecía como si Arianne le acusase de algún tipo de horrible crimen. Apuntó con su arco hacia la presa queriendo solo acabar rápido con todo aquello. Arianne no dijo nada y Bernard trató de concentrarse en su puntería. Sabía que sería el hazmerreír si volvía de la cacería sin nada, y la batida habría espantado a la mayoría de los animales. Ya no tendría más posibilidades en el camino de vuelta.

Tensó la cuerda y apuntó al pecho de la cierva, que seguía ajena al peligro que le acechaba. Por alguna razón, Bernard no acababa de decidirse a soltar la flecha. Dudó un instante mientras ideas nuevas y confusas luchaban en su cabeza. Bajó su arco, incapaz de llegar a un acuerdo con ellas, y se volvió hacia Arianne.

—Creo que no voy a hacerlo.

Los ojos de Arianne brillaron y eso hizo que a Bernard le pareciesen aún si cabe más subyugadores.

—¿Estáis seguro? Si desaprovecháis esta oportunidad, quizá tengáis que volver con las manos vacías.

El joven caballero sonrió con sencillez. Era una sonrisa que sentaba bien a su ya de por sí agradable y joven rostro.

—Sobreviviré a ello, señora. Es algo a lo que estoy acostumbrado.

Arianne también sonrió. Bernard pensó que aquella sonrisa era una de las cosas más hermosas que jamás había contemplado. Sin embargo, desapareció con rapidez y su habitual aire ausente la sustituyó.

—Debo regresar. —Y dejó allí solo a Bernard, aún confundido.

—¡Esperad! —dijo reaccionando—. ¡Os acompaño!

Ella se volvió e hizo un gesto que lo detuvo instantáneamente.

—Preferiría que no, sir Bernard.

Él se apenó, aunque sabía que tenía razón. Pero lo aceptó y la saludó con una ligera inclinación.

—Como deseéis, señora.

Ella sonrió de nuevo, aunque su sonrisa fue más triste ahora, y se montó en su caballo. Ya se alejaba cuando refrenó la montura y se dirigió a él.

—Sir Bernard...

—¿Sí, señora?

—Gracias.

Luego se alejó sin esperar respuesta. Bernard tomó el pañuelo manchado que guardaba en su mano y lo contempló una vez más. Después lo apretó contra su corazón.

Capítulo 5

Vay luchaba con horquillas y agujas intentando contener la rebelde melena de Arianne en un nuevo y alto recogido que estaba probando. No le había pedido su opinión y ella tampoco se había dado cuenta de la novedad. A decir de Vay, parecía preocupada y abstraída.

—¿Y qué más se cuenta, Vay?

Vay sonrió complacida. A veces hablaba y hablaba y juraría que lady Arianne no la escuchaba, pero al menos ahora contaba con su atención.

—Se dice que sir Willen Frayinn derribó él solo a un jabalí, que exigió que nadie más lo ayudase y que ha pedido que se lo sirvan para cenar esta noche. ¿Creéis que será capaz de comérselo él solo? —rio Vay. Los labios de Arianne apenas se curvaron en una sonrisa—. De todas formas, se lo merece. Los hombres dicen que actuó con gran valentía. —Vay continuó, tampoco valía la pena demorarse en las acciones de sir Willen—. Resulta que, aunque se le creía viudo, se casó este verano y su nueva esposa goza de buena salud, además tiene un único hijo varón que cuenta solo con nueve años.

—¿De veras? —preguntó Arianne al descuido.

—De veras —aseguró ella—. También sir Friedrich Rhine está casado, y al parecer sus hijos son mayores que los de sir Willen, aunque el heredero del mayorazgo está comprometido. Finalmente, sir Bernard está libre, como ya debéis de saber. Su gente dice que es muy valiente, pero resulta que volvió de vacío de la partida. Por lo visto, se apartó del grupo y debió de tener mala suerte, porque es increíble que un caballero tan arrojado como todos dicen que es no haya conseguido al menos un corzo. Vuestro hermano Adolf ha hecho varios comentarios respecto a esto, pero yo creo que en el fondo le envidia. ¿No os parece que sir Bernard es muy gallardo, señora?

—No me he fijado —murmuró Arianne.

—Y muy nombrado además. Estoy segura de que derribaría a sir Adolf sin mucho esfuerzo, incluso a sir Gerhard. —Vay no apreciaba en exceso a ninguno de los dos y sabía que era algo que podía compartir con Arianne.

—Eso no es mucho decir —respondió sin querer ceder.

—Tal vez, pero, aunque sir Bernard provenga de una de esas aldeas perdidas del este, me parece más noble y más gentil que muchos de los cortesanos de Ilithe que visitan a vuestro padre.

Arianne no lo negó para satisfacción de Vay, pero cambió con rapidez de tema.

—¿Y qué dicen los hombres sobre ayudarlos?

—Dicen muchas cosas —dijo Vay encogiéndose de hombros—. Hay quien piensa que deberíamos darle su merecido a ese canalla del Lander, pero también hay quien dice que eso no es asunto nuestro y que no se nos ha perdido nada más allá del vado. —Vay esperó y, como Arianne no dijo nada, se animó a preguntar—: ¿Y qué pensáis vos que decidirá vuestro padre?

Arianne calló meditando la respuesta. Era una causa justa.

Su padre odiaba la traición y despreciaba a los advenedizos, y si el Lander se declaraba en rebeldía con la complicidad del norte, supondría una seria y grave amenaza para todos. Pero Bergen estaba fuera de sus límites y sin una orden directa del rey, que si no había llegado aún no cabía esperar ya que llegase, su padre no comprometería las fuerzas de Svatge. Aunque si hallase una justificación...

—No sé lo que decidirá, Vay —dijo lúgubre Arianne—, pero seguro que una vez que lo haga no cambiará de opinión.

Vay comprendió que el ánimo de Arianne no era favorable y calló. Era una criatura alegre y optimista que había tenido la suerte de entrar al servicio del castillo y que conocía lo bastante la vida fuera de las murallas como para dar gracias fervientemente por todos y cada uno de los días que pasaba allí dentro. No echaba nada en falta y no comprendía por qué lady Arianne parecía permanentemente enfadada contra el mundo, cuando era la hija del señor y tenía todas las cosas bonitas que cualquier mujer desearía. Y cuando se casase, porque se dijese lo que se dijese habría de casarse y a no mucho tardar, pues bien, cuando se casase, seguiría siendo una señora y no tendría que lavar sábanas, ni acarrear leña, ni aguantar a soldados desagradables y malolientes que a la menor ocasión intentaban pasarse de la raya. Aunque era cierto que no todos eran así y Vay sabía apreciarlo y disfrutar de ello todas las veces que podía. Durante un tiempo, ella también había disfrutado del favor de Gerhard y se había hecho algunas ilusiones estúpidas, sin embargo Gerhard se había cansado pronto y ahora ni siquiera parecía notar que existía. Adolf lo había intentado después, pero también ella tenía su orgullo y Adolf no valía ni la mitad que Gerhard.

Vay suspiró desechando esas ideas, contempló satisfecha su obra y miró a Arianne a través del reflejo del cristal azogado.

—¿Os gusta?

—Sí, Vay. Está muy bien —dijo Arianne levantándose del

escabel, aunque la doncella se dio cuenta de que apenas se había mirado.

—¿Queréis que vuelva después de la cena para ayudaros?

—No, no hará falta. Me las apañaré.

—Como deseéis. —Por lo menos, pensó Vay, aunque lady Arianne no apreciase sus esfuerzos tampoco daba mucho trabajo.

Arianne bajó al salón principal. Había mucha más gente que el día anterior. Todos los huéspedes más los señores y allegados que habían asistido a la cacería. Cumplió con su obligación saludando a todos aquellos a los que la cortesía le obligaba y tomó asiento entre Gerhard y sir Willen. Gerhard y ella tenían mucha práctica ignorándose mutuamente, así que eso no suponía ningún problema para ella; y sir Willen estaba tan entusiasmado contando a todos cómo había abatido al jabalí que era de esperar que bastase con un par de sonrisas de compromiso para cumplir con él.

De reojo vio cómo Bernard la observaba y volvió el rostro hacia sir Willen, dedicándole toda su atención. Una muchacha menuda y pálida, Sigrid Barry, hija de sir Leonard Barry, uno de los señores que rendían vasallaje a los Weiner, se sentó entre Bernard y Adolf. Arianne sabía que Sigrid llevaba largo tiempo incomprensiblemente empeñada en ganarse el interés de Adolf, aunque hasta ahora había tenido poco éxito.

Los criados comenzaron a servir las viandas que estaban asándose allí mismo en grandes espetones. Arianne rechazó el plato que le ofrecieron y se sirvió solo verduras. No tenía apetito y, si lo hubiese tenido, ver comer a sir Willen se lo habría quitado. Su padre había vuelto a sentar a su derecha a sir Friedrich y los dos conversaban en voz baja y con gesto serio. Arianne no alcanzaba a oír lo que hablaban, en cambio la risa de Sigrid Barry resonaba en toda la mesa. Arianne la miró de refilón, Sigrid se inclinaba hacia Bernard y le susurraba algo al oído. La joven volvió a reír y Arianne se dio cuenta de que Bernard parecía incómodo y Adolf furioso. Había que reconocer que Sigrid había logrado en un momento lo que no había conseguido en todo un año: llamar la atención de Adolf.

En fin, no tenía nada contra Sigrid, si era tan estúpida como para estar interesada en su hermano... Pero la tensión aumentó cuando Adolf, ya con bastante vino encima, se dirigió a Bernard con voz agria.

—¿La cena es de vuestro agrado, sir Bernard?

Bernard comentó en voz baja algo que Arianne no entendió, pero que debió de ser un asentimiento cortés. Eso no fue suficiente para Adolf.

—Sí, no está mal comer lo que otros se han molestado en procurar. ¿También cuando atacan los jinetes del Lander os escondéis para libraros del trabajo?

El silencio se hizo alrededor de los dos y las miradas de los comensales se volvieron hacia Bernard.

—No me escondo en ninguna circunstancia y, si vos queréis encontrarme, mañana estaré toda el día a vuestra disposición en el patio de armas.

Arianne sintió la inquietud agitar su corazón, y sin duda no era Adolf quien causaba esa zozobra. Sigrid, sin embargo, parecía más encantada de la vida de lo que hubiese estado nunca. Por fortuna, sir Roger intervino antes de que Adolf respondiese.

—Sois un joven bien dispuesto, sir Bernard. Mi hijo en ocasiones no mide sus palabras, sobre todo cuando abusa del vino. —El rostro de Adolf enrojeció hasta la raíz del cabello, pero la mirada de su padre acalló su lengua—. Adolf no estará aquí mañana, ya que acompañará a la gente de sir Waldemar en el camino de regreso.

Adolf buscó a Gerhard en demanda de ayuda y lo encontró apretando con furia su copa. El temperamento de Gerhard era vivo y Arianne sabía que ardía de ira por la humillación, aun no siendo él la víctima. Pero ni siquiera Gerhard se atrevía a desafiar a su padre. Arianne comprendía lo que sentía, aunque debía reconocer que Adolf se había pasado de la raya.

Adolf vio que había perdido y no encontró mejor salida que abandonar la sala atropellando a todo el que se puso en su camino. Arianne pensó que Bernard la culparía por lo que había estado a punto de ocurrir. Podía decirse que había contribuido a que pasara al evitar que se cobrase la pieza, claro que Sigrid también había puesto de su parte. Los observó a hurtadillas. Contrariamente a lo que ella había pensado, Sigrid, en vez de dejar su juego tras la marcha de Adolf, parecía ahora todavía más interesada en él, de hecho una de sus manos reposaba sobre la de Bernard, y este... Arianne volvió inmediatamente el rostro; Bernard la había sorprendido espiando y en sus ojos había podido leer un evidente y herido reproche.

Se maldijo por haberse dejado sorprender y por preocuparse por algo que no le concernía en absoluto. Bernard no era asunto suyo y lo que hiciese o dejase de hacer con esa criatura débil, voluble y estúpida de Sigrid Barry, tampoco.

Se obligó a sí misma a ignorarlos y por eso no se dio cuenta de que Bernard apenas prestaba atención a Sigrid para esperar sin esperanza otra mirada suya. En cambio, Gerhard sí lo notó, y eso hizo que la rabia que sentía se hiciese aún mayor. Gerhard odiaba cada vez con más intensidad a aquellos míseros y supuestos nobles que creían que podían llegar allí y hablarlos de igual a igual.

No, no eran iguales y nunca podrían llegar a serlo. Uno de los primeros de su linaje, Lucien Weiner, había estado entre los caballeros que cabalgaron junto a Usher Malibran en la batalla que marcó el fin de la época oscura, cuando el mundo aún estaba sumido en las tinieblas tras el largo periodo de decadencia que siguió a la caída de la antigua dinastía. La peste y las sequías habían asolado las llanuras desde el norte hasta el sur, solo el oeste conservaba los vestigios de la antigua grandeza. Cuando las hordas bárbaras amenazaron con traspasar las montañas, todos los juramentados acudieron a la defensa del vado. Después de salvar el Taihne, Lucien descubrió el modo de alzar de nuevo el paso, evitando así que los salvajes pudiesen invadir el oeste.

Usher fue el primer rey de la nueva edad, y el consejo recompensó a Lucien con el dominio sobre el paso y sobre todo Svatge. A veces Gerhard pensaba que no había sido una gran recompensa y que más les habría valido permanecer en la corte que dominar aquellas montañas que dividían el reino en dos. Pero lo cierto era que ni siquiera los altivos príncipes del norte se atrevían a desafiar el poder y el nombre de Svatge; y ahora ese último hijo de algún desconocido señor del este se permitía retar a su hermano en su propia casa y mirar a su hermana a los ojos delante de sus propias narices.

Gerhard sentía que la sangre le hervía en las venas y ver cómo su padre solo tenía oídos para ese engreído de Friedrich Rhine no ayudaba a calmarle. Su padre hablaba de justicia y razón, pero el Lander era un problema del este. Que el este se defendiese a sí mismo o cayese. Gerhard no movería un dedo por ningún señor del este. La lealtad de los Weiner había sido y sería siempre para con el oeste.

La cena se le hizo eterna a Gerhard y no menos larga a Arianne, aunque los motivos de Arianne eran muy distintos a los de su hermano. Sin embargo, los dos aguantaron en su sitio hasta el final. Cuando por fin todos se retiraron y ella se quedó sola en su cuarto, aún tuvo que retirar una a una todas las horquillas que Vay había utilizado para sujetar aquel absurdo peinado. Mientras lo hacía maldecía a Vay para sí. Sabía que su doncella no tenía culpa ninguna, pero aquella noche estaba de pésimo humor, tan malo como el de Gerhard o el de Adolf.

A la misma hora, en sus estancias privadas al oeste del castillo, sir Roger se acostaba con la tranquilidad de espíritu de quien sabe que ha tomado la decisión más acertada. Había estado meditando largamente sobre ello y en su juicio habían influido muchas consideraciones. Creía haber llegado a una solución justa, digna y honorable. Para su casa, para el este, para Svatge y para el reino. La muerte de sir Ulrich clamaba venganza y el Lander no quedaría en manos de alguien indigno. El señorío de Rhine carecía de relevancia, pero su carta de nobleza venía de siglos atrás. El primogénito estaba destinado por tradición a contraer matrimonio con una dama de otra familia noble de Bergen, pero el segundo hijo tenía ya dieciséis años, cinco menos que Arianne, y estaba disponible. Eso tendría que ser lo bastante bueno para ella, resolvió sir Roger con frialdad.

Capítulo 6

—Por todos los infiernos...

Harald hizo ademán de avanzar hacia los dos hombres que cruzaban sus espadas en el patio del castillo, pero sir Willen, que contemplaba a su lado el espectáculo, lo detuvo.

—Vamos, capitán. Solo están practicando un poco. Son jóvenes. Dejad que se desahoguen.

El capitán de la guardia volvió a maldecir entre dientes. Gerhard y Bernard llevaban ya largo rato luchando y desde luego a él no le parecía que estuviesen solo practicando. El último mandoble de Bernard había pasado peligrosamente cerca de la cabeza de Gerhard, aun cuando Harald aseguraría que Bernard se estaba conteniendo.

Gerhard había empezado atacando en buena lid y era muy hábil con el acero, pero Bernard se había defendido mejor que bien y eso había enfurecido a Gerhard. Cuando la ira le dominaba, Gerhard perdía maestría para lanzarse en unos ataques fieros y descontrolados que podían hacer que aquel supuesto entretenimiento terminase muy mal.

—¡Basta ya, señores! ¡Sir Gerhard! ¡Sir Bernard!

Ninguno de los dos le hizo el más mínimo caso. Gerhard lanzó un golpe feroz directo al pecho de Bernard que este logró desviar, aunque no pudo evitar que la espada resbalase y le cortase en el brazo. La manga de Bernard se tiñó con rapidez de carmesí a la vez que la alegría se pintaba cruel en el rostro de Gerhard. Harald no sabía cómo parar aquella locura. El hijo mayor de sir Roger siempre había sido difícil de controlar y solo su padre ejercía alguna autoridad sobre él. De repente, antes de que Harald se resolviera, las tornas cambiaron al contraatacar Bernard y tomar desprevenido a Gerhard, haciendo saltar la espada de su mano. Cuando Gerhard se quiso dar cuenta, la espada de Bernard ya estaba en su cuello.

—¡Señor! —gritó Harald, que veía como en una pesadilla la sangre del heredero de Svatge derramándose en su propia casa.

Bernard retiró el filo de la garganta de Gerhard y se dirigió a él intentando no regodearse demasiado en su triunfo.

—¿Queréis recuperar vuestra espada y que continuemos la práctica o pensáis que ha sido suficiente por hoy?

Harald respondió antes de que lo hiciese Gerhard. Seguramente la ofensa sufrida hacía que sus reflejos fuesen más lentos.

—Es más que suficiente, sir Bernard. Ambos habéis demostrado vuestra destreza y vos necesitáis curar esa herida.

Gerhard miró la sangre que manaba del brazo de Bernard y eso palió un poco su rabia. El corte era ancho y profundo. Aquel maldito entrometido se llevaría un recuerdo duradero de Svatge.

Sir Willen también intervino, intentando aliviar la molesta tensión que enrarecía el ambiente.

—Sí, es un corte feo. Procurad que le asistan, Harald, si no las doncellas de Brugge no tendrán suficientes lágrimas para llorar su pérdida.

Bernard enrojeció ante esas palabras. No era más que un corte y, aunque sabía que debía conformarse con haber desarmado a Gerhard, se resistía a abandonar el campo el primero. No obstante, tenía presente que, si la lucha se reanudaba, ya no terminaría hasta que cayese uno de los dos. No temía a Gerhard. Era fuerte, pero él era más diestro. Había podido comprobarlo. Sin embargo, no serviría de nada humillar al hijo del hombre cuya ayuda había ido a solicitar.

—Tenéis razón, sir Willen. Capitán, si me indicáis dónde puedo curarme la herida...

—Sí, curaos. Reservad vuestras fuerzas para luchar contra aquel por quien habéis venido a implorar. Si es que encontráis la ocasión —terminó con despecho Gerhard.

Bernard respondió como si le hubiese picado una serpiente.

—Tened por cierto que nada me gustaría más que verme cara a cara con Derreck de Cranagh —dijo mentando al asesino del legítimo señor del Lander.

—Entonces estáis en el lugar equivocado. No es aquí donde vais a hallarle. Si tanto interés tenéis, deberíais probar a volver por donde habéis venido.

Esas palabras tocaron la moral de Bernard. Había llegado hasta Svatge bajo la protección de sir Friedrich Rhine, viejo amigo y camarada de su padre, pero no estaba dispuesto a tolerar más insultos.

—Es un buen consejo el que me dais y os tomaré la palabra. Hoy mismo me marcharé de aquí. Señores...

Harald frunció el ceño al ver cómo el joven caballero se marchaba ofendido y Gerhard se creía vencedor olvidando que había tenido su acero a un palmo de su garganta. Sir Willen le sacó de sus pensamientos.

—La juventud se lo toma todo tan en serio... Tanta emoción me ha dado sed. ¿No tenéis un buen vino a mano?

Harald reprimió su indignación y acompañó a Willen a la bodega. Definitivamente, los tiempos iban cada vez a peor.

Bernard dio un brusco empujón a la puerta de la pequeña pieza que le habían ofrecido como alojamiento y empezó a recoger enfurecido las pocas pertenencias que había llevado consigo. Esos malditos y envanecidos Weiner... Había sido una pérdida de tiempo. Sir Friedrich desperdiciaba sus palabras y sir Willen... Bernard no comprendía para qué había ido allí sir Willen si no había hecho otra cosa más que comer y beber.

Aunque tampoco él había servido de gran ayuda, reconoció apesadumbrado. Sir Friedrich había confiado en él y unos pocos días le habían bastado para ganarse la enemistad de Gerhard y de Adolf. Pero pondría rápidamente remedio. Se marcharía. Se marcharía en ese mismo instante y al menos no perjudicaría más a su causa.

Al mirar en torno a sí para comprobar que no se dejaba nada que después pudiese echar en falta, Bernard vio sobre una repisa un pequeño pañuelo blanco. Lo había dejado doblado de tal modo que no mostrase la inicial ni la mancha de sangre.

Lo tomó en sus manos y la imagen de Arianne, hermosa como una aparición, altiva como una reina, inquietante como una hija del bosque, apareció retratada con nitidez, tal y como la había visto aquella mañana surgiendo de entre la espesura.

Sin duda lady Arianne tenía muchas razones para ser distante y orgullosa, pensó Bernard: su noble estirpe, su exquisita belleza, el prestigio y el nombre de su familia..., pero a la vez era muy distinta a sus hermanos. El poco tiempo que había pasado a su lado le había bastado para saber que su orgullo no era como la vanidad ridícula de Adolf o la arrogante soberbia de Gerhard. No, no se trataba de eso.

Su corazón se aceleró con solo evocar su recuerdo. Arianne... Era una causa perdida. No tenía hacienda, no tenía posición, no tenía ni siquiera el favor de la dama, pero era lo suficientemente joven para embarcarse en la promesa de un amor sin esperanza. Aunque le ignorase y muy pronto tal vez ni siquiera recordase su nombre, ella estaría siempre presente en sus pensamientos y en sus acciones. Viviría y moriría por Arianne. Ella y no otra sería su dama mientras su corazón latiese. Y cuando el momento fatal llegase, a ella le dedicaría su último aliento.

Esa resolución ocupaba su cabeza y enardecía su espíritu cuando unos golpes rápidos y ligeros resonaron en la puerta. Una muchacha entró resuelta sin esperar la venia. Traía un balde con agua y vendas. Era joven y bonita y debía de enviarla Harald para que curase su brazo. Bernard se sorprendió por la interrupción, pero ella sonrió despreocupada y cerró la puerta tras de sí. Su sonrisa se borró en cuanto vio la herida.

—¡En nombre del cielo! —dijo mientras mascullaba en voz baja una maldición—. ¿Qué es lo que os ha hecho ese salvaje?

—No es nada —aseguró él, aunque la herida abierta le escocía ahora con un dolor agudo y palpitante que antes no había notado.

—Dejad que os ayude.

La joven soltó con dedos ágiles los lazos de la camisa de Bernard y retiró con delicadeza la tela alrededor de la herida antes de dejarle desnudo de cintura para arriba. Bernard no pudo evitar la turbación. Estaba muy cerca, olía muy bien y él estaba sentado sobre la cama, mientras que ella se inclinaba sobre su brazo examinando la herida; y sus senos, impúdicamente exhibidos en un generoso y abierto escote, quedaban justo a la altura del rostro de Bernard.

—Es un auténtico animal —dijo furiosa—. Habría podido arrancaros el brazo. Cuando se enfurece es capaz de cualquier cosa.

—Bueno, yo lo desarmé —se reivindicó Bernard.

—¿De veras? Entonces debéis de ser una de las mejores espadas del reino —afirmó la doncella con sincera admiración.

—También tuve suerte —replicó modesto Bernard, aunque se sentía muy halagado por el cumplido.

—La suerte suele acompañar a quien la merece y vos debéis de merecerla. Se habla mucho y bien de vos, sir Bernard.

Sus palabras eran tan dulces como su voz, aunque ahora estaba vendando la herida y tiraba con fuerza de la venda para contener la hemorragia y esa presión aumentaba el dolor de Bernard.

—Eres muy amable —dijo tratando de ignorar el dolor—. ¿Cuál es tu nombre?

—Vay, señor —respondió ella con una sonrisa que era tan invitadora como el escote de su vestido.

—Vay —dijo él tragando saliva.

Ella cogió más vendas y comenzó a liarlas en torno a su brazo.

—Sois muy fuerte, mi señor —susurró Vay.

Bernard sintió el apremiante impulso de rodearla por la cintura y derribarla sobre aquel lecho. Era bonita, era amable y, si no se engañaba, parecía también dispuesta, pero cuando ya estaba a punto de abalanzarse sobre ella un inconveniente lo detuvo: lady Arianne. No hacía ni un instante que acababa de jurarle amor eterno, ¿y ya tan pronto iba a ser infiel a su promesa?

Bernard se debatía entre dudas. Ciertamente, eran asuntos distintos. El amor que profesaba por Arianne era un sentimiento puro, elevado, honesto... Aquello era otra cosa.

Vay había terminado de vendarle y bajó sus ojos hasta encontrarlos con los suyos.

—¿Deseáis que os ayude con algo más?

Bernard consiguió con un gran esfuerzo de voluntad apartar su mirada de ella. En cualquier caso no estaba bien, no justo en aquel momento y no en su misma casa y bajo su mismo techo. Carraspeó un poco para aclararse la voz y que no sonase demasiado débil.

—No, nada más. Muchas gracias.

Vay volvió a sonreír, quizá algo desilusionada, pero contestó con naturalidad:

—Entonces me llevaré vuestra camisa y me encargaré de lavarla y de zurcir el roto.

—No. —La detuvo Bernard sujetando la camisa que ella intentaba llevarse—. No será necesario. Salgo ahora mismo.

—¿Cómo decís? —preguntó confundida.

—Vuelvo a Brugge. Asuntos urgentes me reclaman —dijo con gravedad herida al recordar las humillantes palabras de Gerhard.

—¿Os reclaman en Brugge? ¿Y no dejáis pendiente nada aquí? —inquirió asombrada.

—No sé a qué te refieres, muchacha —musitó Bernard confuso, pensando que tal vez la había molestado con su desinterés.

—No me refiero a nada —dijo arrepentida—. Disculpadme, he de volver con mi señora.

Un pensamiento cruzó veloz por la cabeza de Bernard.

—¿Tu señora? ¿Quién es tu señora?

En realidad sobraba la aclaración, puesto que, Bernard supiera, solo había una señora en el castillo.

—Lady Arianne, señor —dijo ella apresurándose a salir, pero él la retuvo cogiéndola por el brazo.

—¡Espera! Yo... —Bernard dudó, quizá aquello era una señal: podría tener una última e improbable oportunidad—. Tengo que marcharme, pero sería muy importante para mí encontrarme con lady Arianne antes de mi partida. —Vio como Vay dudaba y, aunque solo era una criada, usó su voz más suplicante—. Por favor.

A Vay le gustaba mucho Bernard, pero no era nada egoísta; y sabía bien que lo único que podía haber obtenido de él era lo que hacía tan solo un momento Bernard había evitado tomar. También apreciaba a lady Arianne y desde luego, a su juicio, no le vendría nada mal algo de diversión. Claro que Vay sabía que una dama no podía permitirse las mismas libertades que una sirvienta, pero eso ya no dependía de ella.

—¿Si os cuento algo, juráis que no confesaréis que he sido yo quien os lo he dicho?

—Lo juro por mi honor —aseguró Bernard con firmeza.

—Está bien —dijo Vay considerando que con eso bastaría—. Lady Arianne pasea todas las mañanas por el jardín del ala sur, justo antes de la comida, cuando el sol está en el mediodía. Quizá esté allí ahora.

Bernard tomó una de las manos de Vay y se la estrechó con fuerza.

—Gracias. Muchas gracias.

—No las merece. Basta con que no olvidéis lo que os he advertido.

El joven cogió veloz otra de sus camisas e intentó enlazarla, aunque la herida del brazo ahora le molestaba terriblemente y le hacía difícil acabar de vestirse.

—Dejadme. Os ayudaré.

Vay le ayudó a vestirse con la misma habilidad con la que le había desvestido. Cuando terminó, lo examinó con gesto crítico y pareció complacida.

—Estáis casi perfecto. —Bernard le resultaba muy atractivo con sus cabellos negros y rizados un poco revueltos, su rostro de rasgos faltos aún de madurez pero correctos y bien delineados, su oscura barbita rala y su mirada profunda y sincera.

Aunque quizá le faltaba algo más para ser absolutamente arrebatador—. Esperad.

Sin pensárselo dos veces, Vay clavó con fuerza su dedo índice en la herida recién vendada. Bernard exhaló un grito de dolor y se apartó de ella.

—¡¿Estás loca, mujer?! —replicó furioso.

Vay se encogió de hombros y se despidió desde la puerta.

—Os he hecho un favor. Ahora podréis contarle a lady Arianne cómo os habéis hecho eso, y creedme, señor —terminó sonriendo con malicia—, necesitaréis de toda la ayuda a la que podáis recurrir.

Bernard miró hacia su brazo. Una visible mancha carmesí destacaba ahora sobre el blanco de su camisa.

Capítulo 7

El sol brillaba pálido aquella mañana otoñal. La temperatura era baja, pero el jardín quedaba al resguardo del viento del norte y el frío allí se notaba un poco menos, incluso alguna rosa tardía se atrevía a desafiar a las escarchas.

Un jardín era un lujo nada frecuente en un castillo. Aquello no dejaba de ser una fortaleza, un lugar destinado a atacar o a resistir, todos sus espacios debían estar orientados hacia ese fin. En todo caso un huerto habría sido mucho más útil, pero había sido una concesión de Roger a Dianne. Los palacios del oeste, y por supuesto los del sur, tenían hermosos jardines llenos de exóticas plantas traídas desde los más lejanos rincones del continente, parques cubiertos con macizos de flores dispuestos en perfectos motivos geométricos y adornados con recortados setos que dibujaban intrincados laberintos.

El jardín del castillo de Svatge era mucho más modesto y además llevaba largos años abandonado. Desde la muerte de Dianne, para ser más exactos. Muchos de los rosales se habían asilvestrado y las plantas más delicadas hacía tiempo que habían desaparecido. Las especies más resistentes, como el brezo y los bojes, habían tomado su lugar y se habían apoderado de gran parte del terreno. Los laureles crecían en desorden y los sauces tendían sus ramas desnudas y melancólicas hacia el suelo.

En alguna ocasión Arianne había intentado, ayudada por Vay y aconsejada por la vieja aya, probar a devolver al jardín su pasado esplendor, pero una vez que empezaron a recortar ramas y a arrancar malas hierbas, se dio cuenta de que le gustaba mucho más tal y como estaba antes, libre y descuidado, que cuidadosamente recortado y cultivado. Así que para disgusto de Minah, su vieja aya, renunció al intento y el jardín recuperó pronto su aire apacible y olvidado.

Olvidado por todos, puesto que solo Arianne lo recorría. Una vez que tuvo prohibido errar a sus anchas por los patios y las cocinas, o salir a pie o a caballo por los bosques, a no ser que la acompañase alguno de sus hermanos o fuesen todos juntos de partida; cuando sir Roger decretó que su lugar, si no se la requería en otro sitio, eran las estancias del ala sur —donde muy bien podía dedicarse a hilar, a leer, a tocar el clave o a cualquier otro oficio adecuado para una dama—, entonces y en aquel tiempo fue cuando Arianne descubrió aquel rincón al que antes nunca había prestado atención.

Al principio el aya la acompañaba en sus paseos y le hablaba de su tema favorito de conversación, que no era otro que el oeste, sus maravillas y sus refinadas bellezas, la corte y la lujosa villa en la bahía de Ilithe en la que se crio su madre, los cortesanos y los forasteros que llenaban las calles y el bullicio y la animación del mercado de ultramar.

Arianne escuchaba con interés, pero con el tiempo fue dejando de prestar atención, tal vez porque el aya siempre contaba las mismas historias, o quizá porque el oeste se convirtió para Arianne en un lugar lejano e irreal que poco tenía que ver con ella y con Svatge. Ahora los años pesaban ya sobre Minah y la anciana se pasaba las mañanas dormitando en su silla con la cabeza apoyada en el tapiz que colgaba de la pared y que Dianne había traído de Ilithe como parte de su ajuar.

Así que aquella mañana, como todas las mañanas, Arianne paseaba sola cuando Bernard apareció ante ella, y su primera reacción no fue muy favorable.

—¿Se puede saber qué demonios estáis haciendo aquí?

Ya que Arianne no era bien recibida en tantos sitios, había desarrollado a su vez un feroz sentido territorial, y no permitía que guardias ni soldados, ni tan siquiera sus hermanos y menos aún extraños, pasearan por el jardín. Y aunque comprendía que Bernard no tenía por qué saberlo, no pudo evitar la irritación.

—Señora —dijo Bernard cohibido al ver su furia—, yo solo venía a anunciaros mi partida.

—¿Vuestra partida? —dijo Arianne sin entender y suavizando un poco su tono.

—Sí, señora. Salgo ahora mismo hacia Brugge y no quería marcharme sin ofreceros mis mejores deseos y mi más sincera y cumplida devoción.

Todo aquello no dejaba de ser una simple despedida cortés, pero ni siquiera Arianne podía ignorar la emoción de las palabras y del rostro de Bernard. Además, su marcha le sorprendía y, ahora se daba cuenta, le disgustaba. Había algo en Bernard que despertaba su simpatía, aunque, por eso precisamente y bien mirado, lo mejor sería que se marchase cuanto antes.

—Desconocía vuestra marcha y sois muy amable al venir a despediros. Os lo agradezco y os deseo buen viaje.

Bernard esbozó una tímida sonrisa ante esas palabras, pero Arianne desvió rápidamente los ojos y al hacerlo se fijó en la mancha roja de la camisa de Bernard.

—¿Estáis herido? —preguntó extrañada.

—Apenas es nada, señora —aseguró, aunque su intensa mirada decía otra cosa.

—Pero ¿cómo ha ocurrido?

—Practicaba en el patio con vuestro hermano Gerhard.

—¿Practicabais con acero?

—Los dos lo creímos necesario —apuntó Bernard con sencillez.

Arianne no preguntó más, tampoco lo necesitaba. Conocía bien a Gerhard, sabía que la forma en que su padre había apartado a Adolf había herido su orgullo y no hacía falta más para que lo pagase con Bernard. Se sintió avergonzada. Bernard era un invitado en su casa y, aparte de haber estado a punto de perder el brazo, Arianne comprendía que su rápida marcha se debía a la actitud de Gerhard.

—Lo lamento mucho, sir Bernard. Debéis disculpar a mi hermano. No acostumbra a medir ni sus palabras ni sus acciones.

—Seguramente tiene sus motivos para hacerlo —contestó Bernard con humildad no exenta de dignidad.

—Puede que los tenga, pero eso no es excusa —dijo ella con firmeza. Lo cierto era que le gustaba la serena calma de Bernard, tan diferente de la locura egocéntrica de Gerhard o de la fría conciencia de superioridad de su padre—. Sois nuestro huésped y nada justificaba esto, debéis de haber pensado que...

Arianne continuaba hablando con sincera indignación, pero Bernard apenas escuchaba. Estaba sumido en sus propios pensamientos. Él no era nadie, no tenía nada, pero sabía lo que quería y estaba dispuesto a luchar por ello. La interrumpió y le dijo lo primero que pasó por su cabeza.

—Quizá sí había una justificación, señora.

Arianne calló y le miró sorprendida.

—¿Qué queréis decir?

Bernard titubeó un instante antes de hablar.

—Vuestro hermano debe de haber notado que apenas puedo estar en la misma estancia que vos sin hacer otra cosa que admiraros. —Un brillo emocionado iluminaba la mirada de Bernard, pero bajó los ojos al advertir la expresión que congeló el rostro de Arianne. A pesar de todo, terminó su discurso—. Os admiro y os amo, señora. Sé bien que no soy digno de vos, pero permitidme amaros sin esperanza.

Bernard había llevado la mano derecha al pecho e inclinaba la cabeza en un gesto sentido y galante que conmovía y apenaba extrañamente a Arianne. Cuando le respondió, sus palabras sonaron sin fuerza.

—No sabéis lo que decís. Ni siquiera me conocéis. Apenas me habéis visto.

—Apenas, señora —acordó Bernard—, pero es suficiente para que vuestro recuerdo ocupe todo mi tiempo y mi pensamiento.

Arianne calló impresionada por la sinceridad que traslucía la mirada de Bernard. No tardó en rehacerse y contestar con voz teñida de amargura:

—No malgastéis vuestro tiempo ni vuestro pensamiento, sir Bernard. Marchaos de aquí y vivid vuestra vida y olvidaos para siempre de este lugar y de mí.

Bernard se sintió profunda y cruelmente desilusionado. Sabía que era una locura, pero, aunque ni siquiera se había detenido a pensarlo, comprendió que no era eso lo que esperaba. Le habría bastado con una sonrisa, tal vez solo una mirada alentadora, pero ahora se sentía como si hubiese hecho algo malo y reprochable. Volvió a inclinarse ante ella y cedió a la necesidad de disculparse ya que parecía haberla ofendido.

—Lo que me decís es imposible, lady Arianne. Tan imposible como ordenarle al sol que deje de alumbrar o esperar que el corazón de los que moran más allá de las sombras aliente a la vida de nuevo —dijo herido—, pero no os preocupéis. No volveré a importunaros. Sé bien que mi familia no está a la altura de los grandes señores de Svatge y que no soy más que el menor de los hijos del señor de un insignificante lugar del que nunca habéis oído hablar. Sé que atreverme a solicitar, no ya vuestra mano, sino una simple palabra vuestra, es un insulto a vuestro nombre y a vuestra inteligencia. —Arianne hizo ademán de interrumpirle, pero Bernard continuó con vehemencia—: Lo sé, señora, sé bien todo eso y sé que jamás podré aspirar a otra cosa que evocar vuestra belleza, pero no me pidáis que os olvide porque jamás podréis obligarme a hacerlo.

No fueron tanto sus palabras como el abierto dolor que Bernard mostraba. También Arianne conocía el dolor y sabía lo que era sentirse apartada y rechazada y no encontrar tu lugar donde se suponía que debía estar. Ella no deseaba aumentar la carga de Bernard.

—Os equivocáis, señor. Sois digno de cualquier cosa que pretendáis, y no pienso que ni siquiera uno de los pares del reino merezca mayor aprecio que el que vos me merecéis. Sois honesto, generoso, amable y tan buen caballero como podría desearse. —El rostro de Bernard brilló de dicha ante esas palabras, el de Arianne, en cambio, se tornó aún más empañado—. Pero no puedo daros nada de mí, sir Bernard.

El entusiasmo de Bernard se apagó un poco, pero se aferró a sus primeras palabras y recordó la promesa que se había hecho a sí mismo.

—Me habéis dado más que suficiente, señora, y os aseguro que desde este instante todos mis empeños y mis esfuerzos estarán dedicados a vos y os juro que no tendré otro propósito ni otra esperanza en mi vida que la de poder contemplar de nuevo vuestra sonrisa.

Sus palabras tuvieron el efecto de conseguir lo que Bernard tanto decía desear: Arianne sonrió, y aunque fue una sonrisa teñida de tristeza, a Bernard le pareció que aquel frío y desolado jardín se convertía en un radiante vergel.

—Os agradezco vuestra dedicación, señor, y os deseo todas las venturas posibles. —Bernard la miraba emocionado y el corazón de Arianne finalmente cedió un poco, contagiado quizá por el sentimiento de él—. ¿Quién sabe? Tal vez volvamos a encontrarnos. Algún día —terminó ella sonriendo de nuevo.

Bernard no necesitaba más.

—Esperaré ese día, lady Arianne.

Arianne le observó despacio. No había tenido oportunidad de conocerle de veras, pero Bernard era joven, amable, apuesto, valiente e incluso se diría que parecía enamorado. También Elliot parecía enamorado, pero Elliot ni siquiera se había dirigido a ella cuando había pedido su mano. Había hablado solo con su padre, como si ella no tuviese nada que opinar en su casamiento, y en verdad esa era una opinión bastante extendida. Bernard parecía distinto a los demás y Arianne pensó que habría sido bueno conocerle mejor, solo que difícilmente sería en esta vida.

—Adiós, señor.

Él notó ahora su distancia y comprendió que su tiempo de gracia había terminado.

—Adiós, señora —musitó sentidamente, aunque ella ya no le miraba.

Bernard salió aquella misma mañana de Svatge sin despedirse de nadie más. Dejó recado a sir Friedrich y rogó que se le excusase con sir Roger. Sueños de gloria y locas esperanzas daban alas a su imaginación y fuerza a su coraje. Aún no había decidido adónde ir ni cómo alcanzaría sus propósitos, y todo lo que tenía en el mundo era un fardo con un par de mudas atado a la grupa de su caballo y una pequeña bolsa de cuero que colgaba de su cuello rozando su piel. En ella llevaba las contadas monedas de plata que su padre le diera antes de partir y algo que para Bernard tenía ahora más valor que todos los tesoros de la tierra.

Un pequeño pañuelo con una inicial bordada.

Capítulo 8

La marcha de Bernard apenas se hizo notar. Gerhard y Adolf se dieron por satisfechos y solo sir Friedrich mostró su extrañeza. Sir Willen le restó importancia al hecho y achacó su rápida marcha a la impulsividad de la juventud. De todas formas, sir Roger requería ahora constantemente la presencia de sir Friedrich y los principales caballeros de Svatge eran convocados a todas horas en el castillo. Los rumores se habían convertido en un secreto proclamado a voces. Sir Roger medía sus fuerzas.

Aquella mañana la agitación había sido constante, las comitivas habían ido desfilando una tras otra bajo la ventana de Arianne. Justo acababa de hacer su entrada sir Rowan Hasser, acompañado por sus cuatro hijos y al menos cinco de sus guerreros libres, sus escuderos y sus lacayos. El territorio de sir Rowan estaba situado al extremo norte de Svatge, en el límite con Langensjeen, en lo más alto de la cordillera; y se decía que los hombres que vivían allí eran tan duros como sus montañas. Sir Rowan llevaba sobre los hombros una piel de oso y su barba hirsuta y sus cabellos largos y desgreñados le daban también cierta semejanza con un oso. Los Hasser no contaban con muchos hombres, pero se decía que cada uno de los suyos valía por veinte. Tampoco resultaba fácil sacarlos de sus montañas.

Sir Roger los recibió, acompañado por Gerhard y Adolf, y abrazó a sir Rowan como si se tratase de un hermano y sus hijos le imitaron. A pesar de su gesto a Arianne no le pasó desapercibido el malhumor de Gerhard. Podía notarlo en su ceño fruncido, en la tensión que enervaba su espalda, en la fuerza con la que apretaba el puño de su espada. Sí, Arianne sabía que Gerhard estaba furioso antes de que sus ojos se cruzaran en la distancia y él le dirigiese una feroz mirada acusadora.

Cerró la ventana de un violento golpe. También se sentía furiosa y lo último que necesitaba era al imbécil de Gerhard tomándola con ella.

Ya se estaría celebrando el consejo y de lo que allí se decidiese dependería el futuro de muchos, seguramente también el suyo propio. Sin embargo, no se le ocultaba que todo aquello era una pura formalidad: el consejo acataría la decisión de su padre, incluso aunque no les gustase la idea. En todo Svatge nadie se oponía a la voluntad de sir Roger...

—¡Yo digo que vayamos allí y demos una patada en el culo a ese bastardo hijo de siete padres distintos! —rugió un caballero ya casi anciano, pero que parecía dispuesto a predicar con el ejemplo.

Gestos de asentimiento y voces de aprobación circularon por el salón. Además de sir Roger y sus hijos, de sir Friedrich y sir Willen, todos los principales de Svatge se encontraban allí. El salón del consejo era una estancia de grandes proporciones y la mesa acogía a no menos de cuarenta personas y aun así muchos se habían quedado sin asiento y permanecían de pie al fondo y en los laterales de la sala.

—¡Lo que ha contado sir Friedrich no es más que la verdad! —aseguró un caballero seco y de bigotes estirados cuya heredad colindaba con Bergen—. ¡El atrevimiento de Derreck de Cranagh se ha convertido en una provocación! ¡No podemos quedarnos cruzados de brazos!

—¡Dicen que profanó el manantial del Iser, que se bañó en el río sagrado y que dejó que su caballo abrevase en el agua! —clamó otra voz al fondo de la sala.

Los rumores de indignación crecieron. Sir Roger levantó la mano poniendo orden y las voces callaron al momento.

—No es necesario sumar más delitos a sus faltas puesto que la mayor la cometió cuando asesinó a aquel a quien había jurado lealtad. El Lander no puede quedar en manos de ese miserable, la memoria de sir Ulrich reclama justicia y nuestros amigos de Bergen nos solicitan su ayuda. ¿Desoiremos su llamada?

Muchos asintieron con entusiasmo, pero otro caballero de cierta edad tomó la palabra y habló con prudencia.

—Tenéis razón en cuanto decís, sir Roger. Sin embargo, pienso que esta decisión es muy grave para ser tomada sin meditar antes las consecuencias. Las fuerzas del Lander no son escasas y sería un ejército lo que tendría que cruzar el vado. Además, yo también he oído rumores. Se dice que sir Derreck podría estar reuniendo y armando a grupos de bárbaros.

Los presentes se deshicieron en juramentos y maldiciones. Sir Friedrich Rhine se vio obligado a tomar la palabra.

—Ni siquiera yo puedo creer semejante bajeza. No creo que se haya atrevido a tanto —dijo dudando.

—Yo, en cambio, no lo descartaría —rebatió sir Willen Frayinn con calma.

—¡Es un traidor, hijo de traidores! ¡Nada bueno puede esperarse de su ralea! ¡Ulrich debió acabar con él cuando aplastó la rebelión de Cranagh en lugar de acoger a esa serpiente en su pecho! —replicó el caballero de los bigotes estirados.

—A sir Ulrich siempre le traicionó su buen corazón —dijo impasible sir Willen ante la mirada incómoda pero silenciosa de sir Friedrich.

La discusión volvió a subir de tono y sir Roger tuvo que imponer orden.

—¿Qué más da a lo que se haya atrevido? ¿Y qué pueden importarnos unos cuantos salvajes? —dijo en tono de desprecio.

Gerhard ya no se contuvo y alzó su voz con rabia.

—¡No me importaría ni aunque arrastrase con él a hordas enteras de demonios, pero un caballero no puede manchar su espada con la sangre de esos animales!

El silencio se hizo en el salón. Sir Roger se volvió hacia su hijo y le preguntó seria y gravemente:

—¿Y qué solución propones tú, Gerhard?

Gerhard se sintió presionado por la fría mirada de su padre.

—Propongo ir hasta el Lander y desafiar por su honor y por su juramento de caballero a Derreck de Cranagh y hacerle pagar cara su vileza. Y yo mismo me ofrezco para tal empresa.

Murmullos de aprobación volvieron a escucharse, pero sir Friedrich cabeceó negando y sir Willen soltó una molesta risita baja. Gerhard se volvió ofendido hacia él. Sir Willen se justificó abriendo las manos.

—Disculpadme, señor. No dudo de que seríais capaz de tal proeza, aunque se dice que los mismos espectros velan por él y en los torneos de verano de Aalborg nunca nadie consiguió derrotarle —arguyó con indiferencia—, pero sir Derreck no acepta los desafíos, ¿verdad, sir Friedrich?

—Es cierto —aseguró molesto sir Friedrich—, yo mismo lo reté cuando sus hombres saquearon Vivary y fue en vano. Contestó al emisario diciendo que no podía perder el tiempo asistiendo a todos los combates para los que le requerían.

—¡Entonces es un cobarde! —maldijo enfurecido Gerhard.

—Cierto. Cobarde, falaz, impío, traidor y mercenario, pero eso no soluciona nuestro problema —entonó meloso sir Willen, que parecía dispuesto a hablar aquel día todo lo que no había hablado hasta entonces, aunque a sir Friedrich no le estaba gustando su forma de expresarse y lo miraba con reprobación.

—Decís verdad, señor, vuestro problema —dijo Gerhard recalcando sus palabras—, puesto que, al fin y al cabo, todo eso ha ocurrido fuera de Svatge.

Su padre se volvió enojado hacia su hijo, pero los murmullos sonaron a favor de Gerhard esa vez. Aquel era un problema de Bergen y no de Svatge.

—Sin duda es demasiado pedir esperar que los caballeros del paso acudan a defender mis caravanas de mercaderes, sir Gerhard —concedió sir Willen Frayinn inalterable—. Pensaba que el honor y la justicia serían motivos suficientes.

Gerhard palideció y sir Friedrich fulminó con la mirada a su convecino.

—Probablemente vuestros hombres están demasiado ocupados intentando arañar un par de escudos de las ganancias de cualquier meretriz para que os encarguéis personalmente de ajustar cuentas con Derreck —contestó Gerhard tratando de contener su rabia.

—Solo soy un pobre comerciante, mi señor, y demasiado gordo para encontrar una armadura de mi tamaño —se defendió Willen con una sonrisa burlona—. No me atrevo a compararme con un caballero tan heroico como vos.

Las palabras de Willen desataron una nueva ola de disgusto entre el consejo. Gerhard sintió el deseo de tirar de su espada y degollarle allí mismo como a un cerdo. Él estaba presente cuando Bernard le había desarmado, pero si creía que podía burlarse impunemente de él... Por suerte para Willen, Gerhard no tuvo tiempo de poner en práctica su idea.

—¡La traición del Lander es un asunto que atañe a todo el reino y es la obligación de todo hombre de honor vengarla! —clamó enfurecido sir Roger a la vez que se levantaba de su asiento para depositar en su primogénito su mirada imperiosa y decepcionada. Gerhard tuvo que limitarse a apretar con rabia los dientes, mientras que el resto de los presentes callaban y ponían cara de circunstancias.

Sin embargo, alguien se levantó al fondo de la sala y alzó su voz sin temer enfrentarse a sir Roger. Era sir Rowan Hasser. Los antepasados de Rowan ya dominaban las montañas cuando Lucien Weiner recibió los derechos sobre el paso de manos del rey Usher. Los Hasser no se dejaban amilanar así como así.

—Habláis con razón, sir Roger, y no seré yo quien lo niegue. El rey debería haber ajusticiado a ese usurpador hace tiempo. Pero no lo ha hecho, y todos sabemos que el norte no ve con malos ojos al nuevo señor del Lander. ¿Saldremos de Svatge con un ejército sin una orden del rey? ¿Qué dirán entonces en Langensjeen? ¡¡¡Yo os lo diré!!! —rugió sir Rowan—. ¡Dirán que nos tomamos la justicia por nuestra mano y que esto en nada nos atañe!

Un sonoro revuelo siguió a las palabras de sir Rowan, pero sir Roger lo hizo callar alzando su voz por encima de todas las demás.

—¡¡¡La justicia es la justicia la haga quien la haga!!! —afirmó clamando como quien está convencido de que la razón está de su parte—. ¡Sin embargo —continuó en un tono más bajo, pero no menos firme—, comprendo vuestras razones; y por eso declaro que sir Friedrich Rhine es para mí un fiel amigo y un leal aliado y no dudaré en unir nuestras casas con lazos más fuertes que los de la amistad! —añadió mirando hacia sir Friedrich, que correspondió con un gesto de asentimiento a sus palabras. Las voces volvieron a subir de tono al escuchar la noticia que no por esperada dejaba de ser menos crucial. Si sir Roger Weiner había decidido unir su nombre al de Rhine, aquello era ya cosa hecha. Svatge iría a la guerra contra el Lander y sus palabras posteriores lo confirmaron—. ¡Y por mi parte proclamo que conduciré a mis hombres hasta el Lander y no descansaré hasta llevar a Derreck de Cranagh a la presencia del rey, para que sea él quien decida sobre su suerte y restablezca el Lander a sus dueños legítimos!

Un rugido recorrió la sala. Los reparos pronto se olvidaron para dejar paso a un desbordante entusiasmo. No en vano todos aquellos caballeros eran guerreros, aunque las armaduras de muchos de ellos estuviesen herrumbradas y llenas de polvo desde hacía años. Solo Gerhard callaba lívido, mientras los señores comenzaban a hacer planes y contaban jinetes y arqueros dando ya por hecha la victoria.

Gerhard se levantó sin atender a nada y su salida pasó desapercibida entre el alboroto en que había desembocado la reunión. La rabia y la frustración le inundaban.

Despreciaba con toda su alma a Derreck. Le había visto en una ocasión, hacía ya años, antes de que se alzase con el Lander. Había sido en Aalborg cuando Gerhard era aún demasiado joven para medirse en los torneos. Las damas suspiraban por una mirada suya y los caballeros intentaban sin éxito ser aquel que consiguiera derrotarle. Pero para Gerhard era solo pura fachada, su sangre no podía compararse con el linaje de la antigua Ilithya que corría aún pura por las venas de los descendientes de los primeros caballeros, que corría sin mancha por su pecho. Sin duda sir Derreck, si le correspondía acaso ese título al que le daba derecho un juramento que había roto, no merecía que el ejército de Svatge se levantara en armas, ni siquiera que un auténtico noble cruzase su espada con él. Un hacha y su cabeza en una pica se acercaba más a lo que Gerhard consideraba adecuado para Derreck. Pero si de él dependiera no habría movido un solo dedo para conseguirlo, porque no había nada en todo el este que realmente valiese la pena. Todo el mundo lo sabía. Por eso daba igual quién dominase el Lander o que los restos de sir Ulrich hubiesen sido devorados por sus propios perros de presa. A nadie le preocupaba Bergen ni el Lander ni lo que había más allá de las fronteras. Los tiempos en que los pueblos bárbaros suponían un peligro pertenecían al pasado.

Era el oeste lo único que contaba. Ilithe y la corte eran toda su ambición. Si su padre se lo hubiese permitido haría ya tiempo que Gerhard habría dejado Svatge para labrar su futuro entre los pares. En Ilithe estaba su prometida, a la que no había visto desde que se acordó el compromiso, hacía ahora diez años, cuando ella era solo una niña de seis y él acababa de cumplir los diecisiete. Y allí estaba también la familia de su madre. Tenían una gran casa en la zona alta y la ciudad, y el mar y todo el horizonte se extendían rendidos a sus pies. Gerhard estaba hastiado de las montañas de Svatge. Aquellos macizos interminables parecían querer atraparle entre sus cumbres. El rey Theodor era débil, todo el mundo lo sabía, por eso era tan importante estar ahora en Ilithe, pero su padre no parecía entenderlo. Su boda debía haberse celebrado ya y, ahora, si aquello ocurría... Gerhard se imaginaba el peor de los futuros. El compromiso retrasado sin fecha, sus fuerzas desperdiciadas en la defensa de aquellos campesinos muertos de hambre, su brillante futuro en la corte arruinado y su familia mancillada por la unión con la casa Rhine, de la que nadie había oído hablar jamás.

Todo por culpa de ella.

Gerhard abrió la puerta de las habitaciones de Arianne sin molestarse en llamar. El aya pegó un respingo cuando despertó de su sueño. Arianne no mostró extrañeza alguna y solo le contempló con la misma fría distancia con la que él la miraba.

—Sal, Minah. Tengo que hablar con mi hermana.

La mujer se incorporó con dificultad y salió haciendo una reverencia. Arianne esperó a que Gerhard hablase. Los ojos de él vagaban por aquella habitación en la que hacía muchos años que no entraba. Era soleada y más cálida que el resto del castillo. Ahora Gerhard recordaba haber jugado allí de niño mientras Dianne bordaba.

Arianne no tardó en cansarse de esperar.

—¿A qué has venido?

La irritación volvió a él. Siempre la misma actitud indómita y rebelde, siempre su voluntad resistiéndose a acatar lo que no solo era ley sino orden natural y evidente. Ella debía inclinarse ante Gerhard y mostrarle obediencia y respeto; y si eso no había ocurrido antes, ya iba siendo hora de que ocurriera. Pero Gerhard no era imbécil y sabía que la fuerza no era la mejor manera de vencer la resistencia de Arianne. Así que estaba dispuesto a negociar y no se andaría con rodeos.

—Padre acaba de anunciar ante el consejo que piensa unir nuestra casa con los Rhine. Pensé que te interesaría saberlo.

Las líneas del rostro de Arianne se perfilaron visiblemente ante la noticia, aunque no dio señales de emoción. Gerhard esperó una contestación y, al no llegar, decidió seguir.

—Escucha, sé que odias ese compromiso tanto como yo. Por eso he venido a ofrecerte mi ayuda.

Eso la desconcertó y despertó su desconfianza. Arianne no esperaba nada bueno de Gerhard.

—¿Ayuda? ¿Qué tipo de ayuda?

—Puedo hablar con padre e intentar hacerle entrar en razón. No tiene sentido enviar un ejército a luchar contra el Lander, bastaría con mandar unas cuantas escuadras a Bergen para dar un escarmiento, pero unir las casas... Es una locura.

—¿Y crees que te hará caso? —inquirió ella sin mucha fe.

—Hay una posibilidad —aseguró Gerhard buscando sus ojos.

—¿Qué posibilidad? —preguntó Arianne cautelosa.

—Podrías negarte al compromiso. No sería la primera vez —recordó con sarcasmo Gerhard—, pero eso por sí solo no será suficiente. Necesitamos algo más. ¿Recuerdas a Uwe?

El desencanto se pintó en los ojos de Arianne. Había sido estúpido pensar ni por un instante que Gerhard podría ayudarla.

—Sí, recuerdo a Uwe —respondió apartando su mirada de Gerhard.

—Uwe siempre te pretendió, la única razón de que no te pidiese fue el temor a tu rechazo —añadió con rapidez tratando de obviar el desinterés de Arianne—. La familia de Uwe es notable y poderosa, padre no podría ignorar las ventajas. Tendría que reconsiderar su decisión. Yo estaría de tu parte, pero necesito saber que estás conmigo en esto.

Habría sido la primera vez que Gerhard y Arianne hubiesen estado del mismo lado, pero Gerhard se equivocaba. Ese no era el lado de Arianne. Era el de Gerhard.

—No aceptaré el compromiso con el hijo de sir Friedrich Rhine, Gerhard, y puedes decírselo así a padre. —Eso alentó alguna esperanza en Gerhard, solo que no duró mucho—. Ni tampoco con Uwe. Es todo lo que tengo que decir.

—¡¿Eso es todo?! —escupió Gerhard y la mirada desafiante de Arianne enardeció aún más su ira—. ¿Te das cuenta de lo que estás diciendo? ¡Todo es culpa tuya, condenada zorra egoísta! —explotó Gerhard lleno de furia—. ¡Si te hubieses casado con Elliot, nada de esto habría ocurrido! ¡Nadie en todo el maldito reino está tan loco como para pedir tu mano y ha hecho falta prometer un ejército para que ese recolector de cebada acepte cargar contigo!

Arianne calló y apretó los dientes sin dejarse amedrentar por la cólera de Gerhard. Aquellos alardes de mal genio siempre daban buenos resultados con Adolf, pero, por alguna extraña razón, Arianne parecía inmune a ellos y eso enfurecía más a Gerhard, aunque todavía hizo un esfuerzo por controlarse.

—Sé razonable, Arianne —dijo amenazador—. Te lo estoy

pidiendo de buenas maneras. No me obligues a hacerlo de otra forma. ¿Aceptarás?

Arianne conocía las otras formas de Gerhard, pero su respuesta no se hizo esperar.

—No.

Ni tampoco la reacción de su hermano. El puño de Gerhard la alcanzó de lleno en el rostro y la fuerza del golpe la hizo caer al suelo.

—¡Loca estúpida! ¿Crees que te saldrás con la tuya? ¡Lo único que conseguirás será acabar enterrada bajo un túmulo de piedras en cualquier páramo del este! ¡Maldito si me importa, pero no dejaré que me hundas contigo!

Arianne se incorporó y corrió hacia una esquina mientras Gerhard avanzaba ciego de rabia hacia ella. Apoyó su espalda en la pared y buscó tras ella con rapidez. Cuando Gerhard alzó de nuevo su brazo se defendió usando el pesado atizador de la chimenea. Gerhard detuvo en el aire su mano. La conocía lo suficiente como para saber que Arianne era muy capaz de romperle la cabeza con ese atizador.

—Márchate. Márchate ahora —le conminó Arianne con la respiración sofocada, sujetando férreamente el atizador con una determinación que Gerhard sabía que no doblegaría.

Comprendió que todo era inútil. Después de todo, siempre lo había sabido. Había algo que estaba mal en ella. Había sido así desde el principio.

—¡Estás maldita, Arianne! ¡Llevas la ruina contigo y nos arrastrarás a todos tras de ti! ¡Ojalá nunca hubieses nacido! ¡Ojalá hubieses muerto tú en lugar de ella!

Gerhard salió de la estancia tragándose unas lágrimas que le avergonzaban.

En la habitación de Arianne, el atizador se estrelló violentamente contra el suelo.

Capítulo 9

El castillo hervía como un hormiguero. Las huestes leales a Svatge levantaban sus tiendas alrededor de la muralla y en los patios reinaba una actividad frenética. Los hombres limpiaban armaduras, afilaban espadas, amontonaban arcos y flechas y se alistaban voluntarios para las tropas. Ahora que el frío llegaba, muchos no dudaban en tomar las armas a cambio de un par de comidas al día y la promesa de las ganancias que reportarían los saqueos y el despojo de los vencidos.

Arianne, como siempre, tenía que limitarse a contemplarlo todo desde su ventana. En realidad, ahora no tenía ninguna otra alternativa. El día anterior, sir Roger la había hecho llamar.

—¿Queríais verme, padre?

La mirada severa de sir Roger se detuvo en Arianne. Se fijó en su mejilla amoratada y frunció el ceño, pero no preguntó nada. Ella se sintió nuevamente juzgada y ya condenada sin oportunidad alguna de defenderse.

—Tu hermano Gerhard me ha dicho que te niegas al compromiso con el hijo de sir Friedrich Rhine. ¿Es cierto?

Ella bajó los ojos. No era buena idea enfrentarse al señor de Svatge, pero tampoco confiaba en hallar en él comprensión.

—Señor, no me obliguéis a contraer matrimonio. Es una gracia que os suplico.

—Tienes veintiún años, Arianne. ¿Es tu deseo permanecer aquí para siempre?

La incredulidad se asomaba al rostro de sir Roger. Arianne volvió a apartar la vista. ¿Era eso lo que quería? Continuar allí, eternamente apartada, constantemente sometida a los deseos de otros, pero ¿sería acaso distinto en cualquier otro lado? Arianne sabía la respuesta. Sí, sería distinto. Sería aún peor.

—Sí, es mi deseo. Si vos consentís en otorgármelo —dijo acompañando sus palabras con una pequeña inclinación.

Pero su petición no tuvo demasiado efecto en su padre.

—¡Basta de estupideces! —dijo abandonando de golpe su actitud distante—. ¡He tenido más paciencia contigo de la razonable! ¡No vengas ahora haciéndote la inocente! ¿Crees que no te he visto coquetear con ese joven de Brugge?

—Yo no he...

—¡Calla! —interrumpió su padre—. ¡No me tomes por idiota, muchacha! ¡Escúchame con atención porque es un ofrecimiento que solo te haré una vez! ¡La casa Rhine es pequeña pero digna, y su carta de nobleza se remonta al principio de la segunda edad, la casa de Brugge apenas tiene cien años y ese chico no debe poseer más que el caballo que monta, pero te entregaré a él en matrimonio y presentaré mis disculpas a Friedrich Rhine si me dices que Bernard de Brugge está dispuesto a pedir tu mano y que tú lo aceptarás como esposo!

Por encima de la sorpresa, Arianne sintió una antigua y nunca cerrada herida reabriéndose de nuevo. No, no era la bondad lo que impulsaba a su padre. Pensó en lo que diría Gerhard, en lo que todos pensarían. Sir Roger rompía su palabra para entregar a su única hija al menor de los vástagos del descendiente de un labriego de Bergen. Su padre prefería desmerecer su linaje a seguir viendo a Arianne un día tras otro. Ella lo sabía, era algo físico que experimentaba cada vez que estaba cerca de él.

Sir Roger apenas toleraba su presencia.

Durante largos años, Arianne había intentado ganarse su afecto de muchas formas, de todas aquellas que creía que él admiraría. Entonces era una niña y no comprendía que ese camino era el equivocado; después intentó hacer lo que se esperaba de ella, pero fue igualmente inútil. Arianne ya no temía decepcionar a sir Roger.

—Sir Bernard se marchó hace días de aquí y no espero su regreso. No lo esperéis vos tampoco.

Ninguna emoción se dibujó en el rostro de sir Roger cuando le respondió.

—En ese caso, tu matrimonio con el hijo segundo de sir Friedrich es cosa decidida. Tus hermanos y yo nos marcharemos en cuanto se reúnan los convocados, y no hay tiempo para hacer venir al chico o para que tú vayas allí. Cuando regresemos de la campaña se celebrará el enlace. Permanecerás encerrada en tus habitaciones hasta entonces.

—No consentiré. Me negaré igual que hice con sir Elliot —le advirtió Arianne sin arredrarse.

—Haz lo que te plazca. Saldrás de aquí casada con el hijo de sir Friedrich o será tu cuerpo muerto el que se lleve. Tú decides. Tienes tiempo para pensarlo.

Aquellas palabras fueron las últimas que Arianne oyó de sir Roger, quedó recluida en sus habitaciones y dos soldados guardaban su puerta día y noche. Vay venía de vez en cuando y Minah se ofreció a acompañarla, pero logró convencerla de que deseaba estar sola y la anciana desistió apenada. Desde la ventana vio llegar las comitivas y desde allí también vio salir a los miles de hombres que su padre había logrado reunir en solo unas pocas semanas. Los portaestandartes abrían la marcha y sir Roger cabalgaba al frente de todos, Gerhard y Adolf le flanqueaban a su derecha y a su izquierda y detrás iba sir Friedrich Rhine y el resto de principales. El sol arrancaba reflejos de las armaduras y los clarines de la guardia del castillo sonaron para despedirlos. Pocos minutos después lo único que quedaba de ellos era una gran nube de polvo difuminándose en el horizonte.

Tras eso, los días transcurrieron con lenta e insoportable monotonía, sola a todas horas en aquella habitación. Huir era prácticamente imposible, pero, si lo hubiese conseguido, ¿adónde habría ido? Aun si lograse salir del castillo no era tan ciega como para ignorar que una mujer sola en la montaña o en los caminos era presa fácil para todo tipo de depredadores. Tampoco tenía demasiadas alternativas. Sabía que su padre no dudaría en cumplir su amenaza, para empezar había ordenado que la mantuvieran a pan y agua. Al principio se había sentido tan furiosa que había pensado en no comer absolutamente nada, luego se le ocurrió que eso era lo que deseaba sir Roger. Y ella no quería morir, no realmente.

A veces la idea rondaba a su alrededor como una sombra que acechase a su espalda, dispuesta a posar al menor descuido sus manos frías sobre ella y reclamarla después para sí. Entonces se estremecía, se envolvía aún más en su capa e intentaba avivar un fuego que por mucho que ardiera no llegaba nunca a calentar la habitación.

No, Arianne no estaba dispuesta aún a dejarse llevar por la desesperación, y huir era una medida igual de desesperada. Además, podían pasar meses hasta que las huestes regresasen, quizá la lucha se alargase. En todo el reino se temía y se respetaba al ejército de Svatge, pero se decía que los jinetes del Lander eran tan salvajes como los bárbaros a los que sometían y mejor armados y entrenados. Quizá las cosas no fuesen tan felices para los caballeros del paso como ellos se las prometían. Las batallas eran siempre imprevisibles y tal vez sir Roger no regresase con bien de ella.

Esos sombríos pensamientos ocupaban con frecuencia el tiempo de Arianne, también a veces recordaba a Bernard. Su sonrisa sincera, sus ojos oscuros y dulces, sus palabras y su mirada la mañana en la que se despidió de ella. Las cosas podían haber sido distintas, pensaba Arianne, pero tampoco servía de nada darle más vueltas a eso, solo acrecentaba su amargura.

Mientras, los días se fueron acortando y las noches se hicieron aún más largas. Días en los que el tiempo cambió y el sol se ocultó permanentemente tras espesas nubes y la nieve bajó de las cumbres para cubrir las montañas y todo el valle.

Una de esas tardes plomizas y gélidas, el viento trajo el sonido distante de las trompetas que anunciaban el regreso del señor de Svatge. El vigía de la torre hizo sonar el cuerno y toda la guardia corrió hacia las murallas. Arianne se asomó a la ventana, incrédula y estremecida. Apenas habían pasado tres semanas desde que los hombres marchasen.

Los clarines respondieron a la llamada y la respuesta llegó rápida y desesperada. Podían ya verse los jinetes. No más de unas pocas centenas se acercaban a toda la velocidad que les permitían sus monturas. Detrás, un ejército mucho más grande se divisaba en la distancia. Los estandartes mostraban claramente lo que ocurría. Los jinetes del Lander pisaban los talones a aquellos hombres que enarbolaban el distintivo de armas de los Weiner.

Los hombres reprimieron el estupor que les producía pensar que aquello pudiera ser lo único que quedase de los miles que habían partido unos días antes y corrieron disciplinados a sus puestos. Se aprestaron los arqueros en las troneras y se puso aceite a hervir en grandes hogueras, se bajó el puente levadizo y se dispuso todo para izarlo con la mayor rapidez posible en cuanto los suyos entrasen.

Aunque tantos hubiesen marchado, no menos de doscientos hombres guardaban el castillo y no podía sitiarse, ya que tras la fortaleza se encontraba el paso y por tanto la salida hacia Ilithe y hacia cuanto se pudiese necesitar. El castillo del paso no podía rendirse ni por la fuerza ni por el tiempo. Los hombres olvidaban ya las pérdidas sufridas para concentrarse en la lucha que se avecinaba y en la que ningún ejército por grande que fuese podría triunfar. La fortaleza era inexpugnable.

Tampoco Arianne alcanzaba a creer que eso fuese todo lo que quedaba del ejército de Svatge. Tal vez los del Lander habían conseguido dispersarlos y romper sus fuerzas. Aun así la simple idea era inconcebible: los hombres del Lander a las mismas puertas del castillo. Su cuerpo tembló de pies a cabeza ante ese pensamiento. El orgullo de los Weiner pisoteado, las fuerzas tantos años respetadas y temidas, todo desmoronado en menos tiempo de lo que la luna tardaba en recorrer el cielo, por un ejército con el que supuestamente no deberían haberse encontrado hasta al menos un par de semanas más tarde.

Arianne comprendió que algo estaba mal, muy mal. No era posible que a sir Roger le hubiese dado tiempo a llegar hasta Bergen. Tenían que haber encontrado a la gente del Lander mucho más cerca. Se habían engañado pensando que habían tomado la iniciativa. Sus enemigos habían estado aguardándoles.

Su cabeza trabajaba a toda velocidad y su intuición y todos sus sentidos la alertaban. Los primeros jinetes estaban ya muy cerca del castillo. La nube que los perseguía era mucho mayor. Arianne intentó reconocer a alguno de los que se acercaban, la oscura y pesada capa a juego con la salvaje cabellera de los Hasser, la armadura carmesí de sir Waldemar, el pendón verde esmeralda de los Barry, la yegua baya de sir Roger o el temperamental alazán de Gerhard. No reconoció nada de eso. Nada le era familiar. Estaba segura de no equivocarse. Abrió la ventana y gritó con todas sus fuerzas:

—¡Alzad el puente! ¿No os dais cuenta? ¡No son ellos! ¡Es una trampa!

Igual podría haberlos advertido de que el cielo iba a desplomarse sobre sus cabezas porque nadie la escuchó. Corrió hacia la puerta y gritó y golpeó hasta que oyó la pesada cerradura girando.

—¡Quitaos de en medio, imbéciles! ¡Están atacando el castillo! —gritó intentando liberarse de aquellas manos que la sujetaban.

—No tenéis nada que temer, señora. Aquí estaréis a salvo —dijo uno de ellos mientras la empujaba de vuelta a la habitación.

—¡Es un engaño! ¡Esa no es nuestra gente! ¡Tenéis que hacer algo!

Los guardias se miraron confundidos.

—¡Avisad abajo! ¡Que suban el puente hasta que se aseguren!

—Tenemos orden de no abandonar esta puerta —gruñó uno de ellos.

—Pero ¿y si es cierto? —dijo el otro volviéndose hacia él.

Arianne hubiese querido chocar las cabezas de aquel par de lentas y torpes criaturas para ver si así razonaban con mayor rapidez. Fue el de más edad quien se decidió.

—Está bien. Bajaremos a ver. Atranca la puerta.

—¡No!

Arianne tiró inútilmente del pomo mientras oía girar la llave. Cuando se cansó de golpear en vano corrió hacia la ventana solo para ver cómo los jinetes entraban ya a toda velocidad en el patio de armas. El puente comenzó a cerrarse tras ellos. Para entonces Arianne había podido comprobar lo ciertas que eran sus sospechas, también la guardia había comprendido su error. Los recién llegados sacaron sus espadas contra los soldados atónitos, que nada podían hacer frente a hombres que los atacaban a caballo. Los arqueros caían al suelo desde lo alto de las murallas, alcanzados por flechas que se disparaban desde dentro. El aceite corría derramado por el patio y abrasaba por igual a hombres y a caballos.

Arianne vio todo eso paralizada por el espanto desde su ventana. Su hogar invadido, los gritos de agonía de los hombres, el caos y la muerte extendiéndose como una plaga ante sus ojos. Supo que todo estaba perdido, que el castillo caería sin remedio, que no tenían ninguna oportunidad... Y entonces por fin reaccionó, se apartó de la ventana y trató de escapar.

Se lastimó el hombro empujando la puerta, intentó hacer palanca con el atizador hasta que se despellejó las manos y se quedó sin resuello, rompió sus agujas para el pelo tratando con manos temblorosas de hacer girar la llave desde dentro. Consumió en aquellos inútiles esfuerzos sus fuerzas y sus nervios, mientras oía los gritos que llegaban desde los corredores y sus labios musitaban plegarias dirigidas a divinidades en las que nunca había confiado.

Intentaba de nuevo forzar la puerta con el atizador cuando oyó voces muy cerca. Se quedó inmóvil procurando no hacer el más mínimo ruido. Su corazón retumbaba con más fuerza que las pisadas que sonaban ya junto a la puerta.

Los ruidos cesaron. La respiración de Arianne también se detuvo. Entonces oyó la llave girando.

Corrió hacia el dormitorio sabiendo que no había ningún lugar en el que esconderse y sacó con manos trémulas una daga que guardaba en un cofre. Dos, tres, cuatro hombres desconocidos entraron en la estancia. Ella apretó el puño tratando de concentrar toda su fuerza en su brazo porque las piernas apenas la sostenían y su cuerpo no le respondía.

Los hombres cruzaron sonrisas satisfechas y se felicitaron entre sí. Se rieron de ella cuando la vieron arrinconada contra una pared y sosteniendo ese pequeño trozo de acero afilado como toda defensa. Cuando se acercaron, dando por hecho que ni siquiera sabría cómo usarlo, Arianne lanzó certera su brazo contra el que tenía más cerca. Él hizo un quiebro apartándose, pero Arianne le cortó en la cara. El hombre gritó y se llevó las manos al rostro ensangrentado. Los otros dudaron y se detuvieron, pero al que había herido se lanzó hacia ella ciego de rabia por el dolor y por haberse dejado herir por una mujer. Arianne intentó alcanzarle en el pecho. Él la agarró por el brazo y se lo retorció haciendo que soltara la daga. Otro de los hombres la cogió del otro brazo y cuando Arianne trató de zafarse, manos que eran como garras la apresaron por la cintura.

La angustia se apoderó de ella por completo. El pánico no la dejaba pensar, el olor de los hombres le asqueaba y le daba ganas de vomitar, el miedo la cubría igual que el sudor frío que perlaba todo su cuerpo. Deseó con fervor perder el conocimiento, pero sus sentidos registraban cada detalle de un modo pavorosamente consciente.

Por suerte, en ese momento alguien apareció en el umbral y prorrumpió en furiosas maldiciones que hicieron que los hombres se apartasen un tanto. Alguien que Arianne conocía.

—¡Por las almas malditas de todos los condenados! ¡Soltadla ahora mismo, idiotas!

Era sir Willen Frayinn. Sir Willen estaba justo ante su puerta y aunque no cumplía ninguno de los requisitos que se atribuían a un héroe galante, el corazón de Arianne se llenó de pura gratitud cuando los hombres la liberaron.

—No estábamos seguros de que fuese ella, señor. Pensamos que quizá fuese una de las criadas —dijo en una torpe y falsa excusa uno de ellos.

—¡No es una criada, animal! ¡Os dije que tuvieseis cuidado!

Arianne tuvo entonces una rara y clara visión de lo ocurrido. Sir Willen estaba con ellos. Sir Willen los había traicionado. Aquel hombre gordo y ridículo que se había sentado a su lado en la mesa y había bromeado con los demás caballeros y les había pedido su ayuda, en realidad procuraba su ruina, quizá también sir Friedrich o el mismo sir Bernard... No, incluso en aquel momento de desesperación Arianne rechazó la idea, sir Bernard no deseaba su mal.

Habría querido decir algo realmente horrible a aquel hombre, pero la congoja y la rabia sofocaban su pecho. Willen tampoco debía de tener ganas de charla porque hizo salir a los hombres y se excusó desde la puerta.

—Permitid que os presente mis disculpas, señora. Ahora es mejor que descanséis. Mañana hablaremos más despacio.

—¡¿Cómo... cómo habéis podido?! —preguntó con las palabras saliendo a trompicones de su boca.

Willen la miró incómodo.

—Solo soy un hombre práctico, señora. Con el tiempo lo comprenderéis.

La puerta volvió a cerrarse con llave. Arianne se apoyó en la pared y cayó resbalando despacio hasta quedar en el suelo. Le costaba respirar, el corazón le latía desbocado y su cuerpo temblaba sin control. No... No... No... Cerró con fuerza los ojos y poco a poco su respiración fue volviendo a la normalidad, ahogó los sollozos en su garganta, tragó sus lágrimas y esperó a que su pulso se refrenase. Cuando consiguió que las piernas le respondiesen se obligó a acercarse hasta la ventana.

La noche había caído sobre Svatge y una gran hoguera ardía en el patio. Los soldados del Lander celebraban su victoria. Los cuerpos caídos se echaban a un lado y toneles de vino sacados de la propia bodega del castillo corrían por el patio. Más allá de la muralla, las tiendas se extendían como aparecidas por encanto y los fuegos llenaban el campo hasta donde la vista de

Arianne alcanzaba. El puente permanecía bajado y vio como un hombre hacía su entrada triunfal en el castillo subido a lomos de su caballo y seguido por otros que portaban una enseña nunca antes vista en Svatge. Todos los que estaban en el patio se echaron a un lado para abrirle paso y lo saludaron con grandes voces y aclamaciones que él ignoró con desdén.

Así fue como Arianne lo vio por primera vez. El causante de la desgracia de su familia. El infame traidor que desconocía lo que era el honor y la fidelidad a la palabra dada. El despiadado asesino de su propio mentor. El renegado señor del Lander.

Él y no otro era ahora el nuevo dueño y señor del castillo y de la encrucijada del paso del oeste. Aquel que a partir de ese momento tendría el poder de decidir sobre su vida y su destino.

Así conoció a Derreck.

Capítulo 10

Derreck abrió de par en par las contraventanas de lo que hasta hacía bien poco habían sido las dependencias privadas de sir Roger y salió al mirador. El helado aire de Svatge cortó como un cuchillo la piel de su cuerpo desnudo, perfectamente esculpido y duramente trabajado, tanto por el intenso ejercicio como por el esfuerzo que requería su dedicación a los más variados tipos de lucha. Numerosas cicatrices lo adornaban, recuerdo de pasadas y no siempre sencillas victorias, pero aquellas marcas en modo alguno menguaban la entusiasta admiración que su excelente forma física despertaba en todas aquellas afortunadas que tenían la ocasión de gozar de su visión. Antes al contrario, le dotaban de un aire fiero e implacable que iba muy bien con Derreck.

Pero, por atlético y bien proporcionado que fuese su cuerpo, seguía siendo de carne mortal, como el de todos los demás, y la temperatura no invitaba a muchas alegrías. Habría sido más inteligente volver dentro y vestirse, pero Derreck era obstinado y le molestaba que cualquier cosa interfiriese en sus decisiones, incluso si se trataba de los mismísimos elementos. Así que hizo un esfuerzo por ignorar el frío y centró su atención en lo que se extendía ante su vista.

Y lo que se extendía era el Taihne. Un río magnífico y caudaloso de no menos de novecientos pies de ancho, encajonado entre escarpados barrancos que discurría justo bajo su ventana. Y también estaba el paso, claro. Un recuerdo de los lejanos tiempos de gloria de Ilithya, un prodigio solo al alcance de los sabios de la antigüedad, una extraña maravilla auspiciada por los viejos manes antes de que se cansasen de la irritante soberbia de los hombres que pretendían ya igualarse en todo a ellos, y por eso, enojados, decidieron castigar su orgullo con todo tipo de plagas y calamidades. O eso era lo que contaban las leyendas.

El paso consistía en dos largos brazos verticales que bajaban simétricos hasta encontrarse el uno con el otro en un perfecto y calculado encaje que permitía el tránsito de tantos hombres y caballerías como cupiesen por sus cincuenta pies de ancho. De ordinario estaba alzado, y así era como se encontraba ahora, y un complejo mecanismo hacía bajar sus brazos. La historia decía que había permanecido olvidado durante los aciagos años oscuros y que solo Lucien Weiner había sido capaz de descubrir el modo de hacerlo funcionar de nuevo.

El paso hacia el oeste. Derreck no era tan estúpido como para pretender continuar alocadamente su avance. Era cierto que derrotar al ejército de Svatge había sido tan absurdamente fácil que no le había producido la menor satisfacción, pero dejarse llevar por el desbocado entusiasmo de sus leales solo podía conducirles al fracaso. Vencer a Svatge era una cosa, conquistar el oeste era otra muy distinta.

Lo que necesitaba ahora era asegurar lo conseguido, tantear a sus rivales, buscar aliados y, lo más importante, trazarse un plan. Las batallas no se ganaban solo en el campo, antes había que colocar las piezas, como en el juego del ajedrez: disponer los peones, situar a la caballería, derribar las torres del enemigo, usar a la reina para conseguir ganar la partida.

Otra ráfaga de aire gélido le envolvió. Derreck maldijo en voz baja cerrando las ventanas y buscó su camisa. ¿Cómo podía hacer tanto frío en aquel maldito lugar? Aún debían de faltar un par de lunas para que llegase el invierno.

La mujer que estaba en su lecho lo miró indecisa y él volvió a sentir otro repentino arranque de malhumor. ¿Qué estaba haciendo aún en su cama?

—Largo.

La muchacha se levantó con rapidez, recogió sus ropas del suelo, se cubrió solo con la camisa y salió sin acabar de vestirse haciendo una rápida reverencia antes de cerrar la puerta. Él dejó escapar con fuerza todo el aire que contenía su pecho, reprochándose su arranque y sobre todo su deprimente estado de ánimo. ¿No se suponía que debía sentirse exultante de alegría? Había derrotado a un ejército más poderoso y afamado que el suyo, había tomado un castillo considerado durante siglos infranqueable sin sufrir apenas pérdidas y en tan solo un par de horas, se había hecho con todo el este y con el paso en menos de dos semanas. En poco tiempo la noticia se extendería por el reino y su nombre se pronunciaría en todas partes con respeto y temor. Y entonces, ¿por qué no se sentía satisfecho?

Decidió dejarse de meditaciones absurdas y acabó de vestirse. Aquello no llevaba a ninguna parte. Había logrado lo que se proponía y ahora tenía apetito y muchos asuntos que atender.

Sus hombres estaban esperándole en el corredor.

—Señor...

Con ademán impaciente rechazó las inclinaciones que le ofrecían y continuó avanzando con su séquito detrás.

—Decid. ¿Ha ocurrido algo de relevancia?

—Nada, señor. No hemos encontrado más resistencia y ningún jinete se ha acercado en menos de veinte leguas —le informó uno de sus vasallos.

—¿Y la gente del castillo?

—La guardia ha sido reducida. Los supervivientes piden clemencia y desean juraros lealtad.

—¿Creéis que podemos confiar en su lealtad? ¿Tú que dices, Feinn?

Feinn era un hombre pálido, de aire sombrío y gesto adusto y poco amigo de hablar en demasía.

—No —dijo con voz metálica y monocorde.

—No —recalcó Derreck como si la respuesta debiera ser evidente para cualquiera.

—Entonces, ¿los matamos a todos?

Él arrugó el ceño en una expresión de moderado disgusto.

—No, no los mataremos. Dejadlos en libertad con la condición de que se alejen del castillo y vuelvan a sus aldeas. Dejemos que vean que podemos ser generosos. No me preocupa lo que puedan hacer unos cuantos villanos mientras estén lejos de la muralla.

—¿Y la servidumbre?

—¡Maldita sea! —explotó de nuevo—. ¿Me vais a consultar cada miserable detalle? ¿Creéis que no tengo otra cosa que hacer que decidir quién servirá la comida? ¡Echad a los que puedan representar un peligro y dejad a los demás! ¿Hay algo más que deba saber?

Los hombres pusieron cara de circunstancias y se miraron unos a otros entre sí. Derreck comprendió que algo iba mal.

—¿Me lo vais a decir o tendré que averiguarlo por mí mismo?

Feinn fue quien respondió. No entraba entre sus costumbres mostrar signos de duda o debilidad.

—No hay forma de bajar el paso. Anoche con la confusión

mataron al guardián. Todos aseguran que era el único que conocía el mecanismo. Él y sir Roger...

Derreck detuvo su marcha.

—¿Me estáis diciendo que habéis matado a la única persona que podía hacer bajar ese maldito paso? —preguntó con incredulidad.

—Nadie podía saberlo, señor —trató de excusarse uno de ellos—. De hecho, los hombres dicen que se lanzó él mismo al agua. Además, quizá estén mintiendo. Les sacaremos la verdad.

—No puedo creerlo —dijo Derreck sintiendo cómo su malhumor comenzaba a asentarse sobre razones sólidas. Era realmente increíble que hubiese conseguido llegar hasta la misma puerta del oeste con semejante banda de incompetentes—. ¡Quitaos de mi vista! ¡Ahora mismo!

Los hombres se alejaron maldiciendo, todos menos Feinn. Derreck le observó, un poco molesto por que aún siguiese allí. A veces Feinn y su invariable frialdad le desagradaban aún más que la estúpida complacencia de los demás. Solo que Feinn le era útil.

—Deberíamos preguntar al capitán —dijo.

—Tráelo aquí —gruñó Derreck—. Si es que aún sigue con vida...

Feinn asintió y se retiró silencioso. Derreck continuó solo y pasó por muchas salas vacías antes de encontrar el comedor. La mesa estaba abundantemente servida y Willen se encontraba en ella dando buena cuenta de las viandas. Alguien que sí sabía hacer bien su trabajo, reconoció Derreck.

—Buenos días, señor. ¿No os parece una mañana estupenda?

—Sin duda estoy de acuerdo en que a vos os lo parece —dijo Derreck aún fastidiado.

—Tantas emociones no están hechas para mí. Soy un hombre pacífico —aseguró Willen a la vez que devoraba un pastel de carne—. Me alegro de poder disfrutar al fin de un poco de tranquilidad.

—A partir de ahora tendréis toda la tranquilidad que deseéis —acordó Derreck—. Habéis cumplido vuestra parte y yo cumpliré la mía. Vuestras caravanas gozarán de libre tránsito hacia el este y tendréis la exclusividad del comercio con el oriente.

—Gracias, sir Derreck. Esto traerá grandes ventajas para todos, no todo el oriente está tan atrasado como piensan esos idiotas de Ilithe. Hay muchas maravillas allí y el comercio conlleva muchos beneficios. Tengo que mostraros un tejido que acabo de descubrir, ligero como las alas de una mariposa. Cuando las mujeres lo llevan, acariciarlas es aún más delicioso que cuando están desnudas —explicó Willen con sonrisa de sátiro—. Lo llaman seda. En cuanto mi gente pueda cruzar el paso y venderlo en Ilithe, me lo quitarán de las manos.

La mención al paso le agrió una conversación que ya de por sí no le estaba resultando demasiado grata.

—Olvidaos del paso por ahora. Parece ser que han liquidado al único que sabía manejarlo.

—Vaya... Eso sí que es una contrariedad —reconoció Willen disgustado, llenando de nuevo su copa.

—¿Creéis que puede ser cierto? —preguntó escéptico—. ¿Que solo un hombre en todo el castillo conociese el manejo?

—Bueno, ya sabéis cómo son en el oeste. Los juramentos, las hermandades sagradas, todas esas historias... —dijo haciendo un gesto de desprecio con la mano—. No me sorprendería que solo él y el viejo Weiner lo supieran, la tradición dice que el secreto se transmitía de padres a hijos. Supongo que era demasiado pedir que sir Roger bajase cada vez que fuese necesario a abrir el puente, pero tampoco es algo que pudiese conocer todo el mundo.

Derreck volvió a sentir un profundo malestar. Sin duda,

era absolutamente ridículo llegar hasta allí para encontrarse con que no podían ir a ningún otro sitio. Era de vital importancia conseguir bajar ese puente. Tampoco debía de ser tan difícil. Si un hombre lo había hecho, otro también podría hacerlo. Solo era un pequeño retraso. Ese pensamiento lo animó un poco.

Willen lo sacó de sus reflexiones.

—Eso hace aún más conveniente actuar con rapidez en el otro punto que comentamos. Aseguraría vuestra posición y os daría el tiempo que necesitáis.

Ciertamente, a pesar de lo poco que simpatizaba con él, sir Willen Frayinn era un valioso servidor y parecía tener la cualidad de leer sus pensamientos. Y de todos modos, no había tanta gente que gozase de su aprecio.

—Tenéis razón. Si me convierto en el nuevo señor de Svatge ni el mismísimo rey podrá negar la justicia de mi derecho —afirmó complacido por la sencillez de la jugada.

—Oh, no creo que al rey le importe lo más mínimo. Por lo que dicen, el palacio podría hundirse a su alrededor y él no se molestaría en preguntar lo que había ocurrido, pero me gustaría ver la cara de los pares cuando conozcan las novedades; y, desde luego, vuestros amigos del norte verían con muy buenos ojos ese enlace.

—Sí, será lo primero que haga. Así las dos noticias correrán a la vez. —Una siniestra ocurrencia cruzó en ese momento por su cabeza—. A no ser que esos cretinos la hayan matado también. ¿Se sabe acaso algo de ella?

—Descuidad, mi señor —dijo Willen satisfecho—, yo mismo me encargué de su seguridad y lady Arianne se encuentra sana y salva, custodiada por dos guardias en sus aposentos, y yo y ningún otro tiene la llave de su puerta.

—En verdad sois una ayuda inestimable —reconoció tranquilizado, aunque se le ocurrió otro inconveniente—. ¿No será demasiado joven? Sería muy molesto tener que cargar ahora con una cría —dijo mientras se imaginaba haciendo los votos con una niña de siete u ocho años a su diestra. No habría sido algo tan infrecuente, pero la sola idea le repelía. Ya bastante molesto era casarse como para además tener que representar una farsa tan evidente.

—No, no... No os preocupéis, lady Arianne cuenta con veintiuna primaveras.

—Por todos los dioses —dijo admirado—. Veintiún años y aún doncella... Debe de ser espantosamente fea.

Willen interrumpió su desayuno mientras consideraba los pros y los contras de explicarle con más detalle a Derreck las particularidades de la doncella en cuestión. Decidió que lo mejor sería que lo descubriese por sí mismo.

—No diría que eso deba preocuparos, mi señor —aventuró prudente.

—No me preocupa. Si es demasiado horrorosa, bastará con que se meta en algún lugar donde no tenga que verla —acabó molesto.

Definitivamente, aquel día lo veía todo negro. Esos meses atrás, mientras planeaba sus movimientos, una especie de pasión ávida lo dominaba; ahora, en cambio, justo cuando todo había salido a pedir de boca, se sentía frustrantemente insatisfecho.

—Diría que su visión no es tan insoportable —señaló Willen, aunque Arianne no era su tipo. Willen necesitaba mujeres a las que no temiese aplastar mientras yacía con ellas.

—Dejémonos de charlas. Que la hagan venir y terminemos con esto cuanto antes. ¿Podríamos hacerlo hoy mismo? —dijo Derreck perdiendo de golpe la paciencia.

Willen volvió a levantar el rostro de la comida perplejo.

—Pero, sir Derreck, los antepasados de lady Arianne estaban entre los doce que acompañaron al rey Usher. Se necesita reunir a doce caballeros cuyas casas se remonten a la primera edad para dar validez al enlace —le informó incómodo, y su incomodidad aumentó cuando el azul del iris de Derreck se volvió gris mientras clavaba en él su mirada.

—¿Me estáis diciendo que puedo casarme con ella, pero que no podría atestiguar la ceremonia?

—Algo así —asintió Willen, sintiendo que su pacífico desayuno se estaba echando a perder.

—¡Bastardos prepotentes! —maldijo mientras derribaba lo primero que alcanzó sobre la mesa y que resultó ser un delicado plato esmaltado que había pertenecido a los Weiner desde hacía generaciones y que cayó al suelo estrellándose y rompiéndose en mil pedazos—. ¡Más retrasos! ¿Dónde vamos a encontrar ahora a doce caballeros de esos?

—En el norte hay unos cuantos y seguro que también aquí, en Svatge, entre los que os han jurado lealtad hay alguno. Solo tenéis que hacerlos llamar. No es tan malo... De hecho, no pueden negarse. Os servirá para fortalecer vuestras relaciones —dijo Willen tratando de buscar el lado práctico.

—Está bien. Encargaos vos de reunirlos. Supongo que entenderéis de esto lo suficiente —dejó caer suspicaz.

—No soy un erudito como los historiadores de Ilithe, mi señor —se defendió Willen ya un poco picado—, pero conozco el protocolo. Y creo que lo procedente en estos casos sería informar primero a la dama.

—¿A ella? —repuso él empezando a dar cuenta de un capón asado, a ver si de ese modo se le pasaba el malhumor—. Decídselo vos mismo, entonces.

—Como deseéis, señor. Pero pensad que aún no os conoce. Tal vez si la recibieseis y le dijeseis una palabra amable...

—¿De veras lo consideráis imprescindible? —preguntó Derreck reacio.

—Creo que sería un gesto que demostraría vuestra caballerosidad y cuán magnánimo sois... y a las mujeres siempre les gustan esas cosas —terminó Willen encogiéndose de hombros.

—Lo haremos así, pero que sea rápido. Tengo asuntos más importantes de los que ocuparme —afirmó con los pensamientos puestos en el paso.

—Por supuesto, pero sin duda antes podremos continuar con nuestro almuerzo...

La preocupación de Willen por el peligro que corría su desayuno era tan sincera que consiguió disipar la pesadez de su estado de ánimo. Derreck se encogió de hombros con condescendencia y se dispuso a acompañarle. Después de todo, tenía apetito y una mesa servida para complacerle. Era el momento oportuno para dejarse de minucias y disfrutar de todo aquello que ahora le pertenecía. Un castillo, un valle, un enclave decisivo en el mismo centro del reino... Sí, todo aquello era ahora tan suyo como los delicados cubiertos de plata y la vajilla esmaltada de cerámica.

Entonces, ¿por qué no relajarse y obtener algún placer de ello? Incluso, se dijo en un súbito cambio de humor, quizá, por qué no, también de lady Arianne...

Capítulo 11

El amanecer había llegado sin que Arianne hubiese podido conciliar el sueño. En realidad, ni lo había intentado. Había pasado la noche reconociendo en los lamentos y quejidos que llegaban del patio las voces de aquellos que conocía desde niña. William, uno de los ballesteros, siempre la regañaba enojado cuando ella aparecía descolgándose entre los lienzos de las almenas. Biff, un alabardero bonachón y simpático que le guiñaba el ojo cuando la veía escurrirse mezclada entre los pajes para salir al bosque a buscar setas y trufas. Aquel otro parecía Gareth o quizá Joncar.

Arianne escuchaba espantada y a la vez incapaz de cerrar la ventana, insensible al frío, ajena a las muchas horas que había permanecido de pie, incapaz de comprender. ¿Cómo había llegado a ocurrir? ¿Podía acaso el ejército de Svatge haber sido vencido con la misma facilidad con la que había sido tomado el castillo? No era posible. Quizá habían sido víctimas de otro engaño y los caballeros del paso regresarían de un momento a otro para recuperar aquello que les pertenecía. No sería fácil, Arianne era la primera que conocía la dificultad de asaltar la fortaleza una vez que te habías hecho fuerte en ella, pero los Weiner habían morado en ese castillo durante generaciones. Si alguien podía conseguirlo, eran ellos. Sir Roger volvería y haría pagar cara su osadía a ese farsante miserable y vil.

Eso suponiendo que su padre y sus hermanos continuasen vivos. Ahora Arianne recordaba sus pensamientos de días pasados e intentaba ignorar aquellos lúgubres deseos que habían llenado sus horas. Recordaba también las palabras acusadoras de Gerhard. Realmente ella no podía haber deseado que eso ocurriera, jamás había pensado que tal cosa pudiera suceder.

Hacía ya muchos años que la llama del cariño que alguna vez sintiera por su padre y sus hermanos se había ido enfriando hasta casi desaparecer, harta de no verse correspondida; pero ahora el fantasma de la culpa merodeaba alrededor de su corazón y ella intentaba ahuyentarlo dejando que la inquietud por la suerte de quienes le importaban ocupasen todos sus desvelos. Minah, Harald, Vay... incluso si Gerhard hubiera aparecido ahora mismo en la estancia habría respirado de puro alivio.

La noche entera pasó y el día avanzó un buen trecho. Los gritos fueron apagándose y ahora solo voces con acentos extraños llenaban los patios. Ella seguía junto a la ventana. Hacía muchas horas que no había probado bocado y tampoco había dormido, pero no sentía sueño ni hambre. Solo aguardaba lo que tuviera que pasar cuando oyó como abrían la cerradura.

Arianne templó sus nervios. Aquella larga noche de espanto la había preparado para lo peor. Se había puesto uno de sus vestidos más nuevos, se había recogido cuidadosamente el pelo, se había arreglado y había esperado. No iba a darles el placer de verla acobardada y humillada.

Eran más soldados, no los de la noche anterior, otros distintos.

—Señora, sir Derreck reclama vuestra presencia.

Los hombres la estaban observando. Arianne se serenó y se obligó a caminar. No serviría de nada resistirse y ahora ella era la única representante de su nombre en el castillo. Tomó aire y cruzó la habitación sin detenerse ante los soldados. Ellos la escoltaron colocándose a ambos lados.

La condujeron hasta el comedor. Estaban allí los dos. Sir Willen y el mismo hombre de rasgos fuertes, mandíbula amplia y desordenados cabellos oscuros que la noche anterior viera entrar en el castillo. Ni siquiera se había molestado en rasurar su barba y se recostaba en el sitial que siempre ocupase sir Roger, con una actitud que bien habría podido calificarse como de perezosa desgana.

Pero cuando la vio aparecer se enderezó un poco en su silla.

—Lady Arianne... Es un auténtico placer conoceros.

Si hubiese sido posible, la indignación de Arianne habría aumentado al ver la diversión que brilló en sus ojos. Guardó silencio mientras su mirada pasaba de uno a otro, aunque Willen la esquivó y, apenas sin querer, la vista se le fue hacia las viandas que llenaban la mesa. Su olvidado estómago protestó audiblemente. Derreck debió de darse cuenta porque señaló el asiento que estaba frente al suyo y se lo ofreció.

—Disculpad, mi señora, hemos comenzado sin vos. ¿Queréis acompañarnos mientras almorzamos? —preguntó con una sonrisa que volvió a despertar la ira de Arianne.

—No soy nada vuestro ni deseo tampoco nada que venga de vos —replicó a pesar de que no probaba bocado desde el día antes y, conforme a las órdenes de su padre, lo único que había comido durante semanas era pan y la fruta y los pedazos de queso que Vay le pasaba escondidos entre sus ropas.

Él volvió a dirigirle una sonrisa que a Arianne se le antojó malvada.

—En puridad supongo que también os pertenecen. Ya estaban aquí cuando llegué.

—Eso no os ha impedido tomarlos —dijo furiosa y sintiéndose estúpida por estar discutiendo con él sobre la comida, aunque a la vez temía preguntar lo que de verdad le interesaba.

—Sí, los he tomado —concedió él—, y ahora os los ofrezco. ¿No aceptaréis?

Se podría decir que aquello era casi una invitación cortés. Arianne dudó, el hambre luchó contra el orgullo, pero se obligó a recordar quiénes eran los que estaban sentados frente a ella.

—No, no me sentaré con alguien que llegó aquí solicitando ayuda y en realidad conspiraba contra nosotros, ni con un impostor que utilizó una artimaña ruin en lugar de dar la cara y luchar con honor. No, de ninguna manera me sentaré con vos.

—Siento que no os gusten mis formas —dijo con sarcasmo—. ¿No habéis oído nunca decir eso de que en la guerra, igual que en otros placeres, todo vale?

—No todo vale. No para un verdadero caballero.

Él se rio con una risa suave y baja que volvió a molestar profundamente a Arianne.

—Convengamos pues en que no soy un verdadero caballero, sin embargo soy el señor del Lander y hay muchos que están dispuestos a afirmar que soy el nuevo señor de Svatge. ¿Qué decís a eso, noble señora? —preguntó malévolo.

—Mi padre es el señor de Svatge —respondió ella con voz que para su pesar sonó visiblemente insegura.

La mirada de él se endureció y la desvió un instante, pero la tornó de nuevo hacia Arianne para contestarle ruda y bruscamente:

—¿Nadie os lo ha dicho? Vuestro padre, así como vuestros hermanos, ya no sufrirán más las desdichas de este mundo ni tampoco sus alegrías. Acostumbraos a ello.

Arianne enmudeció y ni por un instante se le ocurrió pensar que sus palabras no fuesen ciertas. Lo supo porque toda su apariencia de cínica indiferencia cayó para dejar paso a un claro y encendido rencor. Ella se estremeció sacudida por la ola de intenso odio que él despedía, como si la desafiase a que su resentimiento superase al de él. Intentó buscar dentro de sí, pero todo lo que encontró fue un tremendo vacío. Tan grande que asomarse le hizo sentir vértigo y su mano buscó un apoyo para compensarlo.

Willen debió de considerar que era necesario añadir algo más.

—No quise apenaros más anoche, aunque pensé que lo habríais supuesto —dijo incómodo—. Es una noticia triste, pero os aseguro que lucharon con valentía y murieron con honor. ¿No es así, sir Derreck?

—Claro... Como auténticos caballeros —convino él con desdén.

Arianne se sentía asqueada. Solo deseaba marcharse de allí y tratar de derramar las lágrimas que se negaban a brotar de sus ojos. Willen carraspeó para llamar la atención de Derreck.

—Tal vez deberíais anunciar a lady Arianne lo que antes me comentabais.

Derreck le dirigió una mirada mortal.

—No creo que este sea el momento más oportuno.

Antes de que a Arianne le diese tiempo a decir que, si había algo más que debía saber, quería saberlo ya, más soldados irrumpieron en la sala. Tras ellos vislumbró un rostro familiar y muy querido.

—¡Harald!

Estaba magullado y parecía haber envejecido veinte años desde que lo viese por última vez. Corrió hacia él y, antes de que pudiese acercarse, un hombre alto y de mirada fría como el acero la detuvo, interponiéndose entre los dos y colocando la mano en su hombro. Ella se echó atrás instintivamente ante aquel tacto helado. El hombre no la soltó. Un malestar primario invadió a Arianne. Logró contenerse y enfrentarse a aquel rostro que no reflejaba ninguna emoción.

—Suéltame.

Era lo que Harald le decía que hiciera si alguna vez se encontrara con un lobo y estuviese sola en el bosque y sin posibilidad de defensa. Aguantar la mirada, nunca dar la espalda ni demostrar que estaba asustada, hacerle saber que era ella quien estaba por encima.

Arianne nunca estuvo muy segura de que eso hubiese servido de algo contra un lobo, ni llegó a saber si hubiera tenido algún efecto en aquel hombre. Otra voz, mucho más acostumbrada a ejercer la autoridad que la de Arianne, sonó tras ella.

—¡Quítale las manos de encima, Feinn! —ordenó Derreck irritado.

El hombre retiró la mano sin apresurarse. Arianne fue a abrazarse a Harald y aunque nunca antes había ocurrido esperó que él también la abrazase, pero eso no pasó.

—Señora —musitó Harald con voz quebrada.

Entonces se dio cuenta de que no podría haberlo hecho ni si lo hubiese deseado, porque sus manos y sus brazos estaban atados. Se volvió hacia Derreck, pálida de ira.

—¡Ordenad que lo liberen!

—Es un prisionero. Lo liberaré cuando crea conveniente.

Su expresión era inquietante y amenazadora. Arianne comprendió que no le agradaba que le diesen órdenes y que no conseguiría nada desafiándole frente a sus hombres. Seguramente no conseguiría nada de ninguna forma, pero no iba a quedarse callada.

—Es casi un anciano. ¿Tanto miedo le tenéis?

El rostro de Derreck se oscureció y hasta Willen pareció perder el apetito.

—Tened cuidado con lo que decís, mujer.

—¿O qué? ¿También me ataréis? —replicó airada.

Él la miró fijamente. Ella le sostuvo la mirada. Los segundos corrieron y Arianne notó como la tensión entre los dos viraba sutilmente de dirección.

—Quizá...

Su mirada y su sonrisa hicieron que el pulso de Arianne retumbase con fuerza en sus oídos. La amenaza del miedo volvió a cercarla.

Siempre era así. Arianne era valiente, pero esa valentía nacía de la lucha constante que mantenía contra sus temores desde que tenía uso de razón. El miedo, igual que el frío, la había acompañado desde niña. Miedo a las noches oscuras y terribles en las que ansiaba llamar a una madre que no podía responderle. Miedo a los ataques crueles y premeditados de Gerhard, que siempre la culpó de esa muerte. A la inmensidad de las montañas de Svatge, en las que imaginaba quedar algún día irremediablemente sola y perdida. A todas esas cosas y a muchas más temía Arianne, pero nunca se abandonó a ese sentimiento sino que lo enfrentó, y por eso se esforzó e incluso se convirtió en arriesgada y en temeraria. Tenía que ser mejor. Tenía que poder con ello... Aunque a la hora de la verdad no fuera suficiente.

Él le dirigía una mirada curiosa y esperaba una respuesta. Arianne supo con exactitud lo que tenía que decirle.

—Entonces, atadme a mí y soltadle a él.

Sí, le gustó esa respuesta. Pudo verlo por la forma en que su sonrisa se curvó lasciva. Su rostro no era en modo alguno desagradable, pero su expresión era descaradamente sensual y libidinosa. Arianne sintió el escalofrío que la sacudió conforme la recorría su mirada. No lo haría, se dijo, no lo haría. Su serenidad zozobró un instante, solo hasta que él se rio muy bajo y muy despacio. Entonces supo que no se había equivocado.

—Desatadle —ordenó—, pero no dejéis muy lejos las cuerdas...

Los hombres soltaron al viejo capitán. Estuvo a punto de caer al suelo. Arianne se apresuró a sujetarle y apenas lo consiguió. Harald aún era fuerte y temió no poder con su peso.

—¿No os dais cuenta de que está malherido? ¡Necesita descansar!

—No os preocupéis. Podrá descansar todo lo que quiera, pero antes tengo que hablar con él.

—¡No está en condiciones de responderos! ¿No lo veis?

—Estoy bien, señora, solo necesito un poco de... —Harald no pudo terminar su frase. A pesar de los esfuerzos de Arianne, cayó inconsciente al suelo.

—¡Harald! —Arianne se le echó encima intentando que volviese en sí mientras Derreck lo observaba todo con creciente fastidio—. ¡Os lo dije! —le gritó.

—Y creedme, os pude oír perfectamente —replicó cortante—. ¿Ha muerto también? —preguntó dirigiéndose a Feinn.

Feinn se agachó y comprobó su pulso.

—Vive.

Arianne respiró aliviada, pero el humor de Derreck apenas mejoró. Empezaba a pensar que aquel día nada salía como esperaba.

—Lleváoslo. Procurad que despierte —dijo amenazante—. No quiero más errores.

Los hombres lo cogieron en volandas. Arianne no se resignó a verlo marchar.

—¡Dejad que yo lo cuide! ¡Tiene los labios secos y está pálido y sus ojos hundidos! ¡No debe de haber bebido en días! Yo lo atenderé. Estará mejor conmigo —aseguró sin comprender por qué Derreck estaba tan interesado en la salud del capitán, pero decidida a sacar partido de la situación.

Él volvió a detener su mirada en Arianne. Ella no supo qué

pensar. Parecía tan capaz de mandarle ejecutar allí mismo como de ceder a su petición.

—Está bien —dijo como si no le importase—. Llevadle con vos y pedid que os procuren todo lo que preciséis.

—¡Necesitaré a mi doncella! ¡Y a mi aya! —se apresuró a decir Arianne.

Sus miradas se volvieron a cruzar y la de él dijo que no abusase de su suerte. Sin embargo, se volvió hacia aquel hombre de aspecto desagradable y cedió a su petición.

—Feinn las buscará y hará todo lo posible por devolvéroslas.

Y en verdad era cierto, ya que no resultaba muy seguro afirmar que las encontraría. Arianne asintió y ya se marchaba acompañada por los soldados cuando él la llamó.

—Lady Arianne...

—¿Sí?

—Recordad que aún tenemos una conversación pendiente.

El deseo de saber de Arianne se había esfumado por completo. Lo único que anhelaba era marcharse lo más pronto posible. Asintió con una inclinación de cortesía. Él sonrió complacido. Ella salió de la sala apresuradamente.

Por el camino hacia su cuarto aún iba reprochándoselo. ¿Por qué en nombre de todos los infiernos había tenido que inclinarse ante él?

Capítulo 12

Llevaron a Harald al cuarto de Arianne, la dejaron sola con él y volvieron a cerrar con llave la puerta. Arianne intentó hacerle beber, pero el capitán estaba inconsciente y tenía miedo de ahogarle si le daba agua en esas condiciones. Por suerte, Harald recuperó pronto el conocimiento.

—Señora —musitó débilmente intentando incorporarse.

—¡Harald! —exclamó aliviada, impidiendo que se levantara de la cama y alcanzándole ella misma el agua.

El capitán tomó la jarra con las dos manos, bebió hasta apurar todo su contenido y volvió a dejarse caer sobre la cama. Cuando se dio cuenta de dónde estaba cabeceó avergonzado y sus palabras sonaron agotadas y sin fuerzas.

—Lo siento mucho, señora. No solo no os he sido de utilidad, sino que además soy una carga para vos.

—No digas eso, Harald —murmuró apenada. En verdad quería mucho a Harald, ahora se daba cuenta más que nunca de ello. Él siempre se había preocupado por ella, le había enseñado a defenderse, había enjugado innumerables veces sus lágrimas y la había protegido de muchos peligros. Aunque no de todos. Y cuando sufrió las consecuencias de uno de esos peligros se alejó de cuantos la rodeaban, también de Harald. Sin embargo, no había nada que le importase más en ese momento que conservarle a su lado—. Esos animales despreciables... ¿Cuánto hacía que no bebías? Y además deberías comer —dijo cogiendo la bandeja que uno de los soldados había dejado en la habitación y de la que a pesar de la preocupación y del coraje que la atenazaban también ella había comido hasta que el dolor que le había anudado el estómago había sido tan agudo que le había hecho detenerse.

—Así son las cosas, señora. No hay nada para los vencidos —contestó amargado mientras se incorporaba a duras penas y rechazaba el plato que Arianne le ofrecía.

Lo dejó a un lado desanimada y comprendió que aunque fuera duro para los dos era necesario hablar de ello.

—¿Cómo pudo ocurrir, Harald?

Harald se apoyó contra el respaldo de la cama. Se sentía demasiado viejo, demasiado cansado y demasiado inútil para continuar en este mundo. Él también debería haberse quedado en el desfiladero en lugar de estar allí, ensuciando el lecho de lady Arianne.

—Nos estaban esperando —mascculló—. En la garganta del Rickheim. Eran menos que nosotros, pero estábamos encajonados. Era una posición muy mala. Debimos retroceder, pero entonces nos habrían acosado. Fue una encerrona. Estaba todo perdido de antemano.

—¿Y mi padre? —murmuró Arianne.

—Murió apenas comenzó la batalla. Una flecha atravesó su gorjal y lo alcanzó en el cuello. Creedme, señora, fue mejor así —dijo Harald con profundo pesar—. Es un pobre consuelo para mí pensar que nunca llegó a saber lo que ocurrió después.

Arianne compartía ese sentimiento, seguramente era mejor para sir Roger haber muerto al comienzo de la batalla que soportar la humillación de verse vencido y derrotado por alguien a quien despreciaba.

—¿Y mis hermanos?

Harald necesitó tomarse un tiempo antes de contestar. No en vano había sido él quien había adiestrado a los dos jóvenes Weiner. Él y no otro los había enseñado a montar, a empuñar una espada, a sujetar el escudo y a intentar hacer buen uso de su cabeza cuando más lo podían necesitar, y en verdad había fracasado en ello.

—Adolf murió pisoteado por su propio caballo. Perdió el control y el pie se le quedó enganchado en el estribo. Gerhard aguantó hasta el final, los Hasser lo defendieron con uñas y dientes, yo también estuve a su lado. Se hallaba fuera de sí. Solo pensaba en dar muerte a sir Derreck. Atravesó todo el campo intentando dar con él. —Harald calló mientras recordaba aquella mañana fatídica. La nevisca arrastrada por el viento. Los hombres y los caballos cayendo ensangrentados y mutilados al suelo. La determinación ciega del heredero de Svatge. La alegría insensata que lo invadió al encontrarse con su rival frente a frente. Su furia cuando Rowan y Timun Hasser se le adelantaron para atacar a la vez a Derreck, solo para verter inútilmente su sangre porque en verdad los mismísimos demonios acompañaban a aquel hombre. Después Gerhard tuvo su ocasión… Harald tuvo que hacer un esfuerzo para apartar sus recuerdos y acabar su relato—. Vuestro hermano se enfrentó a sir Derreck y luchó valiente y esforzadamente, pero la victoria no le acompañó.

—¿Él lo mató?

De veras Arianne sentía ahora auténtica lástima por su hermano. Recordó la bravuconería constante de Gerhard, su inseguridad y a la vez su arrogancia, su necesidad de afirmarse y creerse por encima de los demás. También para Gerhard debía de haber sido una grave decepción comprobar una vez más que sus expectativas estaban muy por encima de la realidad.

—Luchó bien, señora —replicó Harald dolido, como si adivinase los pensamientos de Arianne—. Mejor que nunca. Vuestro padre habría estado orgulloso, pero no fue suficiente.

Arianne pensó en las palabras de Harald. ¿Habría estado su padre orgulloso de Gerhard? Tal vez... Ya nunca sería posible comprobarlo. ¿Y de Adolf, que había muerto estúpida e inútilmente? No, probablemente no. ¿Y de ella? Tampoco. Sir Roger nunca encontró motivos para estar orgulloso de ella y no podía decirse que su ayuda hubiera sido de provecho. Claro que si en vez de estar encerrada en su habitación hubiese estado junto a los soldados en las murallas... Apartó con amargura esos pensamientos. De nada servía ya darle vueltas. Sus enemigos estaban ahora dentro del castillo y eso era en lo que tenían que concentrarse. Su vida de antaño pertenecía al pasado. Sir Roger, Adolf y Gerhard no le expresarían ya jamás ni su aprobación ni su rechazo.

—¿Y qué piensas que sucederá, Harald? Sin duda, en cuanto lo sepan en la otra orilla, vendrán en nuestro socorro. No dejarán que ese hombre controle el paso.

Harald sacudió la cabeza, apesadumbrado.

—Es una situación muy complicada, señora. La noticia sacudirá el reino y la corte, y muchos de los que han tenido los ojos cerrados los abrirán. Pero cualquier ejército se lo pensará dos veces antes de atacar el castillo del paso. Sir Derreck no cometerá el error de dejar entrar a sus propios enemigos —terminó Harald sintiéndose de nuevo culpable por la estupidez de los que durante tantos años habían sido sus hombres.

—Pero ¿qué crees que pretende? —dijo Arianne, que no alcanzaba a entender que el mundo pudiese seguir como si tal cosa después de aquello.

—Pretende quedarse. Eso seguro. Algunos de los vasallos de vuestro padre, los que rindieron sus armas —dijo con desprecio Harald—, le han jurado lealtad y él los ha restablecido en sus derechos.

—¿Quiénes han sido esos miserables?

—Los Barry, sir Waldemar, los Gerkel... bastantes más por lo que sé.

Sí, todos a los que se les llenaba la boca hablando del honor y la tradición. A Arianne le hubiese gustado ver sus caras y recordarles a todos sus palabras. Sus promesas se habían desvanecido en cuanto el viento había cambiado de rumbo. Pero ya había descubierto hacía tiempo que los sentimientos más viles se escondían detrás de la fachada de la nobleza y la respetabilidad, que el mayor linaje y la posición elevada solo servían para actuar impunemente sin temor al castigo ni a las represalias, que no se podía confiar en la ayuda de nadie más allá de la que se prestase uno mismo.

—No importa, no habrían servido para nada. Ahora ya sabemos a qué atenernos con ellos.

—Lo que sabemos es que hemos sido vencidos —murmuró Harald con la cabeza gacha, su ánimo desaparecido por completo desde la derrota de Rickheim.

Arianne no le respondió. Aún no sabía cómo ni de qué manera, pero no pensaba entregarse tan pronto a la fatalidad. No se sometería. Derreck no la intimidaba. Se había encontrado antes con otros como él. Arrogantes, ambiciosos, egoístas... Acostumbrados a tomar cuanto deseaban, a que todos se plegasen a sus caprichos, a abusar de su poder y de su fuerza, indiferentes al dolor que causaban. No, no se dejaría avasallar. No sin luchar antes con todas sus fuerzas. No renunciaría a sus derechos ni al castillo ni a Svatge sin resistencia.

Nadie más quedaba en pie de su familia. Ella era la única descendiente de sir Roger, la legítima heredera de su nombre y sus títulos, la defensora del paso, la que guardaba la puerta del oeste.

Le hubiese o no le hubiese gustado a sir Roger.

* * *

En el comedor del castillo, Derreck se dejaba llevar por el acceso de ira que a duras penas había logrado contener delante de ella.

—¿Sin agua? ¿Cuántos malditos días ha estado sin agua?

Feinn respondió sin variar un ápice su expresión impávida.

—No lo sé. Supongo que desde que partimos.

Derreck reprimió contra su voluntad el impulso de ordenar ejecutar a todos los malditos y estúpidos guardianes. Debía pararse a pensar antes de actuar, había hecho demasiadas cosas demasiado rápido y eso solo podía desembocar en más errores absurdos. Ahora tenía un nuevo castillo que defender y un vasto territorio que asegurar y, sobre todas las cosas, necesitaba ese paso.

—Ve con los prisioneros. Asegúrate de que los mantienen vivos y entérate de quién es cada uno y de si pueden sernos útiles. ¡Y procura encontrar también a las dos mujeres! —le advirtió recordando la demanda de Arianne. Le convenía congraciarse con ella.

Los pasos de Feinn al marcharse resonaron en el silencio del inmenso salón. Willen pensó si aquel sería un buen momento para que él también se retirara. Odiaba las complicaciones y las molestias. Si había aceptado tomar parte en el ardid, era para ahorrarse disgustos con sus caravanas, y porque de todas formas iba a ocurrir y siempre era mejor estar en el bando ganador. No tenía nada contra sir Roger, aunque tampoco albergaba gratitud hacia él, en realidad le había costado menos de lo que había pensado cumplir con su cometido. Cuando Derreck ganó la batalla con tanta facilidad se felicitó por su buena suerte y su prudencia. Por desgracia, ahora empezaba a darse cuenta de que no todo resultaría tan sencillo como había previsto.

—Si no os importa, creo que voy a atender algunos asuntos que tengo atrasados —dijo levantándose de la mesa lamentando que un almuerzo que se prometía tan feliz hubiese resultado tan accidentado.

—¿Por qué no me habíais dicho que aún no sabía que su padre y sus hermanos habían muerto? —le increpó Derreck dirigiendo su enfado hacia él.

Willen comprendió que su retirada no iba a ser posible aún.

—No lo había tenido presente —se disculpó. Se le había escapado ese pequeño detalle. Ni siquiera se consideraba una mala persona, era solo que tenía cierta tendencia a olvidar los intereses de los demás para centrarse en los suyos—. De todos modos —recordó providencialmente—, según tengo entendido, la relación de lady Arianne con su padre no era nada buena. Ya habéis visto que no le ha afectado demasiado la noticia.

—¿Os lo ha parecido? —replicó sarcástico—. Supongo que tendré que confiar en vuestra aguda percepción.

—Al menos, estaréis de acuerdo conmigo en que no es desagradable a la vista. Está un poco flaca, pero en cuanto os dé tres o cuatro hijos... —terció Willen intentando cambiar de tema.

—No solo está escuálida, también es demasiado insolente —dijo Derreck a la vez que llenaba de vino su copa. Ciertamente, estaba en exceso delgada; sus ojos, de un peculiar verde bosque, destacaban en un rostro que revelaba los signos del ayuno y la tensión. Le había recordado a una gata acorralada y famélica que se enfrentase contra un mastín; sin ninguna posibilidad, pero dispuesta a atacar a la menor oportunidad.

—Está afectada, es natural, pero ha sido muy inteligente por vuestra parte tener esa atención con ella... Dejar que se llevase al viejo. Sin duda, le habrá impresionado vuestra bondad —añadió Willen, que había adivinado que esa muestra de generosidad se debía solo al interés.

—No parece fácil de impresionar —afirmó pensativo.

—Al fin y al cabo, no es más que una mujer —concluyó

Willen—. Seguro que no necesitáis de mis consejos. ¿Cuándo se lo diréis?

Derreck tomó su copa y probó el vino sin responder. Le había gustado esa barrica. Apreciaba su cuerpo intenso y su carácter; fuerte y áspero al principio, cálido e incitante después. Seguro que provenía del sur, no había nada parecido en el este y menos aún en el norte.

Llenó de nuevo la copa y se detuvo en la afirmación de Willen. Sí, solo una mujer; otro tipo de conquista que agradaba a Derreck casi tanto como las que se lograban espada en mano y en las que había obtenido los mismos éxitos. Solo que ahora no podía permitirse perder el tiempo con juegos. Había tenido otras oportunidades de contraer matrimonio, algunas muy ventajosas, pero aquello era diferente. Svatge era el mismo eje del reino. El enlace aseguraría su posición, el norte lo respaldaría y el oeste tendría que claudicar. Eso dejaba aparte cualquier otra consideración. Deseaba ese reconocimiento. Era un capricho al que no estaba dispuesto a renunciar. Había perdido todo cuanto poseía cuando tan solo contaba con ocho años de edad. Durante buena parte de su vida había tenido que soportar la humillación constante de vivir de prestado. Hacía ya mucho que no se conformaba con lo que otros le cedían.

—Se lo diré mañana —determinó—. Procurad daros prisa con los preparativos.

—Así se hará, señor —asintió servicial Willen disponiéndose a retirarse—. Comenzaré a buscar a los testigos ahora mismo.

Derreck se alegró de quedarse por fin a solas con aquel vino fuerte y especiado, y volvió a reflexionar sobre cuál sería la mejor manera de abordar el asunto. No debería de ser demasiado complicado, después de todo la dama en cuestión no parecía completamente estúpida. Sentimientos aparte, si tenía algo de sentido común, comprendería que ese enlace era la mejor alternativa posible, y no tendrían por qué ser una molestia el uno para el otro. De hecho, no deseaba de ella más que los derechos que le daría convertirse en su esposo. Ni siquiera compartía ese desmedido afán de tantos señores por tener descendencia. No deseaba hijos, no hijos que tuviese que ver a su alrededor al menos. Ciertamente sería indispensable consumar la unión. Ese era un detalle del que no se podía prescindir.

Derreck se permitió relajarse y su imaginación voló libre ante ese pensamiento. Por más que los motivos de llevar a cabo la ceremonia fuesen exclusivamente prácticos, no podía negar el aliciente que suponía tomar algo que nadie más había tomado antes. Ya casi podía ver el ligero vestido, blanco y virginal de Arianne, cayendo bajo sus manos para dejarle contemplar su cuerpo desnudo, su piel estremeciéndose a su contacto, su recato y su orgullo cediendo para colmar su deseo.

Se deleitó en esa imagen que le inspiraba un intenso y extremado placer y recordó su expresión cuando le había desafiado a que la atara en lugar de al viejo capitán. Lo había leído en su rostro. No sería fácil contener con ninguna cuerda a esa mujer. No en vano no era la primera ni sería la última que se le resistía, pero Derreck no dudaba sobre quién ganaría al final. Al fin y al cabo, siempre conseguía cuanto se proponía y no dudaba en utilizar para ello todas las armas a su alcance, incluidas la mentira, el engaño y la manipulación. Conseguiría a Arianne igual que había conseguido tomar el castillo.

Con todo, aunque no desconfiaba de su éxito, era un hecho que la recompensa se haría esperar. Antes había que reunir a los doce malditos caballeros cuyos nobles ancestros se remontasen a la primera edad.

Frustrado, recordó a la muchacha con la que había yacido aquella mañana y a la que había despedido hacía tan solo un rato.

Tendría que hacerla llamar de nuevo, y sin tardanza...

Capítulo 13

Feinn había madrugado. Tenía una tarea pendiente. Encontrar a la vieja aya había sido fácil y ocuparse de los prisioneros tampoco le había llevado mucho tiempo. Todos juraban no saber nada del funcionamiento del puente. Feinn tenía una habilidad especial para descubrir cuándo la gente mentía y también se le daba bien sacar a relucir la verdad, y no le parecía que ninguno de los que había interrogado supiese más de lo que había dicho.

Pero ahora se trataba de encontrar a la doncella. Le habían dicho que se llamaba Vay y nadie la había visto desde la toma del castillo. Había rebuscado incluso entre los cuerpos de los caídos. Apenas había mujeres entre ellos y las que encontró no correspondían con la descripción que un chico de no más de diez años le había dado. Le habría llevado con él, pero se le había escapado durante la noche.

Lo seguro era que, si no estaba muerta, debía de estar en el castillo. No había forma de salir sin el permiso de la guardia y la puerta había estado cerrada a cal y canto para todos excepto para él.

Llegó hasta la despensa, después de la bodega había sido el lugar más concurrido del castillo. A pesar de los destrozos y del pillaje aún quedaban muchos sacos de trigo y legumbres y barriles con pescados en salazón. Manzanas y otras frutas rodaban por el suelo junto con todo tipo de restos pisoteados. De las piezas de carne curadas solo quedaban los huesos roídos.

Una mujer intentaba poner orden en aquel caos. En cuanto vio a Feinn, se detuvo asustada.

—Señor...

Debía de andar cerca de los cuarenta. Era alta y entrada en carnes. No podía ser ella.

—Estoy buscando a una muchacha que se llama Vay.

La expresión de temor de la mujer se agudizó.

—No conozco a nadie que se llame así, mi señor.

—¿Estás segura?

El miedo se convirtió en pánico. Sus ojos parpadearon inquietos y sus manos retorcieron la tela del paño que sujetaba. Feinn estaba acostumbrado a causar ese efecto en la gente y sabía aprovecharlo. Se limitó a mirarla en silencio mientras se acercaba inexorable hasta ella. La mujer retrocedió volviendo la vista en todas las direcciones.

—Yo no... no sé... no sé nada de Vay —tartamudeó.

—Dime dónde está —dijo cogiéndola por la barbilla y obligándola a mirarle a los ojos.

—Está ahí dentro —gimió la mujer señalando un pequeño agujero en la pared que servía de carbonera.

Era una abertura estrecha. Solo una mujer menuda o un niño podrían haber entrado por ella. Estaba oscuro. Cuando Feinn se agachó, creyó distinguir el sordo rumor de una respiración jadeante.

—Sal —ordenó.

Ningún sonido llegó del interior. Feinn se levantó y miró a su alrededor. La mujer le observaba paralizada. Vio lo que buscaba y lo cogió. Se acercó a la lumbre en la que ardía un puchero y prendió fuego a la yesca. Regresó junto a la carbonera y derramó el contenido de la vasija en la entrada sobre unos trozos de carbón.

—Si no sales ahora mismo, prenderé el aceite y te quemarás viva —dijo impasible.

La mujer rompió a sollozar, pero la mirada de Feinn hizo que se pusiese la mano en la boca aterrada. Enseguida se oyó otro llanto más bajo y apagado.

—Sal ahora mismo o no te lo volveré a repetir.

Acercó la llama a la boca del agujero y oyó un grito.

—¡Esperad! ¡Esperad, por favor!

Se oyó el ruido del carbón deslizándose y después apareció ella. Estaba muy sucia y toda negra del carbón. Las lágrimas dejaban surcos visibles en su cara.

—Te llaman arriba —se limitó a decir Feinn—. Pero antes lávate y cámbiate esa ropa.

Vay se tragó las lágrimas y asintió.

—Entonces, ¿qué tienes? —preguntó Derreck impaciente.

—Los que quedan en el campamento no servirán de gran cosa, son oficiales menores y pequeños hacendados. No creo que sepan nada del paso.

—¿Y el capitán?

—Aún no he hablado con él. Está con la dama.

—¿Y las mujeres? —recordó Derreck.

—Aparecieron las dos. —Había dejado adecentarse a Vay. Se había lavado con un paño y un balde de agua y se había vestido mientras la esperaba. Había visto las señales. Se le ocurrió pensar que quizá debía decírselo a él, pero no le había preguntado y solo era una sirvienta—. Están también con ella.

—Bien. Vosotros —dijo dirigiéndose a dos de los guardias—. Id a buscar a lady Arianne y decidle que deseo verla.

—Y dirigiéndose a Feinn, añadió—: Cuando haya salido ve a por el capitán y entérate de lo que sabe.

Feinn asintió con un gesto apenas perceptible y todos se marcharon. Derreck se quedó solo en la estancia. Se trataba de la sala de audiencias. Era amplia y una de las más hermosas del castillo, con alargados ventanales estrechos orientados al este y al oeste que hacían que la luz entrase a raudales a todas las horas; dos enormes chimeneas ardían a ambos lados y tapices de batallas de la antigüedad decoraban las paredes de piedra. También en el Lander había una parecida.

Se levantó de la silla que presidía la sala. Estaba inquieto. En realidad odiaba eso, odiaba las salas de ceremonia, las tradiciones y la farsa que todo aquello suponía. Los descendientes de los fundadores de Ilithya, los antiguos juramentados, la llama que siempre ardía... No eran más que hombres iguales a otros hombres. No significaba nada. Sin embargo había que seguir su juego si querías formar parte de la partida y por eso tenía que casarse. Aunque no tuviese el menor interés por ello. No sentía deseos de formar nada parecido a una familia, ni quería que perdurase su nombre, ni dejar su legado a un heredero. No, Derreck deseaba muchas cosas, pero las quería única y exclusivamente para él.

Al menos, esperaba que Arianne no pusiese demasiados problemas. A pesar de las circunstancias no tenía por qué ser peor para ella de lo que habría sido con cualquier otro. Era común que dos casas rivales sellasen la paz mediante un enlace, y si lo que Willen le había contado era cierto, el matrimonio de Arianne estaba concertado con un muchacho que era poco más que un crío, y habría vivido en los páramos de Rhine; un lugar tan triste y desolado como el mismo Friedrich Rhine. Sin duda él podía ofrecerle algo mejor.

Como en muchos otros aspectos, Derreck estaba bastante seguro de sí mismo en cuanto a eso. No en vano era un hecho sobradamente conocido que, aunque muchos de los caballeros del reino deseasen su cabeza, las damas habrían afirmado que por Derreck se podía perder, además de la propia cabeza, la honra y la fama, y no eran pocas las que habían perdido por él todas esas cosas.

Por eso, quizá, Derreck tampoco se había molestado ese día en hacer ir al barbero, y llevaba las mismas botas de montar sucias de barro hasta la rodilla de la víspera, y por encima de la camisa blanca abierta vestía una vieja casaca parda gastada que solo se había quitado desde que había llegado a Svatge para dormir. No eran prendas de gala precisamente, pero no estaba dispuesto a hacer concesiones.

El ruido de voces le sacó de sus pensamientos. La puerta se abrió de par en par y Arianne entró a través de ella igual que una fuerza de la naturaleza.

—¡Quiero que se haga justicia!

Estaba sola, plantada ante él. Llevaba el mismo vestido ahora arrugado y un tanto descompuesto de la víspera, e iba despeinada, desaliñada y furiosa como si de una ménade enloquecida se tratase.

—¿Qué demonios os pasa? —preguntó mientras los guardias llegaban detrás atropellándose.

—¡Vuestros hombres! —contestó, aunque la indignación le impedía hablar con fluidez.

—¿Qué pasa con mis hombres? —replicó empezando a perder la paciencia.

—¡Vuestros hombres han forzado a Vay! —le gritó a la cara.

Su ira le golpeó como una bofetada. Ni siquiera sabía quién era Vay, pero nadie ignoraba lo que pasaba tras una victoria, y no había mucho que se pudiese hacer respecto a eso. Los derrotados lo perdían todo, su hogar, su honor, su nombre, sus mujeres, sus hijos; eso si tenían la fortuna de conservar la vida. Derreck tenía constantemente presente que era mucho mejor estar entre los vencedores que entre los vencidos. Arianne tenía la mala fortuna de estar entre estos últimos y cuanto antes lo comprendiese mejor sería. Sin embargo...

—¿Es cierto?

Los soldados callaron y se miraron el uno al otro incómodos.

—¿Dudáis de mi palabra? —replicó Arianne con furia.

—¡¿Callaréis alguna vez?! —dijo alzando el tono de su voz tanto o más que ella—. ¡Y a vosotros os he preguntado! —increpó violentamente a los soldados.

—Payen y Wood se emborracharon y estuvieron alardeando de ello —dijo uno de los guardias ante la mirada torva del otro.

Arianne se volvió hacia Derreck esperando una respuesta y dispuesta a gritar hasta quedarse sin voz en cuanto él intentase, como estaba segura de que haría, desdeñar lo ocurrido.

—Id a buscarlos, ejecutadlos y llevad después a la muchacha para que los vea —ordenó con frialdad—. ¡¿Es que no me habéis oído?! —gritó amenazador a los guardias cuando vio que no se movían.

—¡Esperad! —interrumpió Arianne.

—¡¿Y ahora qué pasa?! —replicó Derreck comenzando a perder los estribos.

—Yo... —dijo insegura, aunque aumentando en convicción a medida que hablaba—. Creo que sería mejor expulsarlos del castillo y dejarlos a su suerte al anochecer en las laderas del norte.

Derreck estudió su rostro. Sus ojos seguían ardiendo, pero era un fuego frío lo que vio en ellos.

—¿No os basta con que se haga justicia con una muerte rápida e indolora? ¿Preferís que agonicen lentamente ateridos de frío mientras las alimañas los cercan? En verdad sois cruel, mi señora.

Arianne no se dejó impresionar y le respondió implacable.

—Tendrán una oportunidad, y si no, tendrán lo que se merecen.

Los labios de él se curvaron en una dura sonrisa.

—Que así sea, entonces. Se hará como decís. ¡Ya lo habéis oído! —Tan pronto como los hombres salieron se dirigió a ella con la misma ligera indiferencia con la que podría haberle preguntado si el tiempo era de su agrado—: ¿Estáis ya satisfecha?

—¡No! Pero habéis hecho lo correcto —añadió Arianne a regañadientes.

—En realidad, he hecho lo que vos deseabais —matizó en un suave tono cortés que no ocultaba su cinismo.

—Era lo justo —afirmó a la defensiva.

—Sin duda, si no, no lo habría hecho —le replicó como si la desafiase a mantener lo contrario.

Arianne calló y se apartó uno de los mechones que se habían escurrido de su maltrecho peinado cayéndole sobre la cara. Ahora que él la observaba se daba cuenta del aspecto que debía de ofrecer. La indignación no le había dejado pensar en nada más y tampoco le importaba, y por otra parte no era que él luciese muy aseado. ¿Así que con qué derecho la miraba así?

—Habéis hecho bien —concedió Arianne queriendo terminar con aquello y deseando marcharse lo antes posible—. Iré a decírselo a Vay.

—Pero aún no hemos hablado. —La detuvo volviendo a mirarla con incómoda fijeza.

—Está bien. Decid —dijo sobreponiéndose a la turbación que le causaba. A pesar de que acabase de tener un gesto inesperado, no iba a olvidar quién era y lo que había hecho.

Pero él no habló, siguió solo observándola con aquella atención que tanto la molestaba. Parecía tratar de decidirse sobre algo. Cuando Arianne ya iba a gritarle si acaso pensaba tenerla allí todo el día, Derreck cambió de opinión.

—Se me ocurre que tampoco ahora es buen momento para lo que quiero deciros. ¿Qué os parece si lo dejamos para esta noche durante la cena? ¿Me acompañaréis?

Aunque se hubiese tomado la molestia de preguntar, Arianne sabía que no tenía ninguna elección.

—Si me devolvéis la llave de mi puerta, será para mí una gran dicha salir de mi cuarto —dijo airada.

Él ladeó un poco la cabeza y le sonrió sugerente.

—No es mi deseo que esta situación se prolongue. Podéis confiar en mi palabra.

—Todo el reino sabe que vuestra palabra no vale nada, sir Derreck —respondió y, si no otra cosa, consiguió al menos que la sonrisa se borrase de su rostro.

—Entonces, lady Arianne —replicó molesto y remarcando aquel tratamiento tanto como lo había hecho ella—, tendréis que confiar en que todo el reino esté equivocado.

A decir verdad, Derreck había roto tantas veces sus promesas que hacía mucho tiempo que había dejado de llevar la cuenta, pero eso era lo de menos. Estaba intentando y con un gran esfuerzo ser amable con esa mujer, y si no iba a apreciarlo, para cuando viese la diferencia sería tarde para arrepentirse.

Arianne se debatió entre el impulso de tensar de una vez la cuerda o ceder y ganar algo más de tiempo. Tiempo... No tenía auténtica fe en que el tiempo bastase para arreglar algo, pero después de todo era lo que siempre había hecho, seguir adelante un día más.

—Entonces, ¿os veré en la cena? —preguntó Arianne evitando intencionadamente contestar.

—Nos veremos. Tenedlo por cierto —afirmó Derreck sonriendo seguro de sí mismo.

Pero Arianne le volvió con rapidez la espalda y salió dando la charla por terminada. Y para su disgusto dos nuevos guardias la escoltaron en cuanto cruzó la puerta.

Cuando Derreck se quedó solo se guardó su sonrisa y maldijo para sí. Sin duda casarse con esa mujer iba a ser una molestia mucho mayor de lo que había pensado.

Capítulo 14

Harald contemplaba el vacío desde el borde de la muralla occidental. No menos de doscientos pies de caída vertical le separaban del suelo. Abajo las aguas del Taihne lamían las murallas y el río corría raudo y tumultuoso.

Desde donde estaba, podía ver cómo algunos hombres se encargaban de arrojar por encima de la muralla los cuerpos sin vida de los caídos la víspera para que el río se llevase sus restos. Los cadáveres desaparecían al instante engullidos por la corriente. Harald los conocía a todos y sin duda era justo que corriese la misma suerte que ellos.

—Te lo preguntaré de nuevo —dijo una voz fría a sus espaldas—. ¿Tienes idea de cómo hacer bajar ese paso?

El paso estaba justo enfrente de ellos. Harald lo había cruzado muchas veces a lo largo de su vida, escoltando a sir Roger o por su cuenta cuando era más joven y aún pensaba en diversiones. Las noches eran dulces como la miel más allá del paso si sabías dónde buscar. Ahora lo recordaba con añoranza y le parecía mentira que hubiese transcurrido tanto tiempo. La vida era muy breve, pensó. Se le había escurrido de entre las manos sin darse cuenta y nunca imaginó que la terminaría así, pero de algún modo había que terminarla.

—No sé cómo bajar el paso y si lo supiese tampoco te lo diría —le contestó con el poco orgullo que le quedaba. Y no era más que la verdad. No lo sabía, nadie más lo sabía, solo sir Roger y Yorick y los dos estaban muertos. Harald pensó que eso debería ser un consuelo para él, para sir Roger si hubiese tenido oportunidad de saberlo. Pero en el fondo le dolía. El secreto del paso perdido de nuevo, tal vez para siempre. Svatge no era nada sin el paso, no serviría de nada. Cuando lo comprendiesen, ellos también terminarían por abandonarlo, quedaría vacío e inútil, olvidado de todos. Como él mismo caería muy pronto en el olvido.

Harald sintió el filo de una espada contra su cuello, cerró los ojos y ofreció su alma a quien quiera que quisiera acogerla. Estaba listo para partir.

—Piénsalo bien, viejo. Si mueres, ¿quién cuidará de la dama?

Harald abrió de nuevo los ojos alarmado. Arianne. ¿Quién protegería a lady Arianne cuando supiesen que el castillo no valía nada? Que no había forma de bajar el paso salvo que la siempre voluble fortuna tuviese a bien favorecer al primer desvergonzado que intentase abordarla. Harald no tenía ninguna certeza, pero era sabido que la suerte no solía acompañar a quienes intentaban forzarla. Y si el paso quedaba inutilizado, ¿a quién le importaría entonces la suerte de Arianne? A Harald le importaba y le preocupaba, pero ¿cómo podría él, que no era más que un viejo inútil y fracasado, protegerla?

—Se acabó tu tiempo —dijo Feinn y la espada se clavó en su espalda empujándole hacia el vacío.

—¡Espera!

La presión aflojó mínimamente. Harald sintió cómo su cuerpo tiraba de él hacia abajo. Sería fácil y sencillo acabar con todo y no tenía miedo a morir, pero no podía dejar sola a Arianne, incluso aunque no tuviese la menor idea de cómo ayudarla.

—¡No sé cómo bajar el puente, pero puedo intentarlo! ¡Vi cómo lo hacía Yorick muchas veces! ¡Tal vez no sea tan complicado! —dijo desesperado, aunque era falso, pues nadie podía acompañar a Yorick mientras bajaba el paso.

La espada seguía clavándose en su piel, pero de pronto dejó de hacerlo provocando que se desequilibrara. Una mano le sujetó.

—Está bien —dijo Feinn inalterable—. Entonces, inténtalo.

Dos hombres cogieron a Harald y lo empujaron hacia las escaleras, se golpeó contra el muro y por poco cayó rodando por ellas. Agotado y magullado comenzó el largo descenso mientras intentaba no pensar en cuánto mejor habría sido saltar de una vez por la muralla.

—No sabe nada —aseguró Feinn acercándose al fuego que ardía en una gran chimenea, pues incluso él era humano y también tenía necesidades. La noche había caído ya, fuera estaba helando y dentro tampoco hacía mucho calor.

—¿Estás seguro? —preguntó Derreck insistiendo, aunque sabía de la eficacia de los métodos de Feinn.

—Estoy seguro. Ha mentido para intentar ganar tiempo, pero no tiene la menor idea.

—¿Y qué has hecho con él?

—Ha pasado la tarde probando combinaciones y asegura que lo conseguirá, pero si ocurre será por suerte y tampoco creo que tenga verdadero interés por lograrlo. Ahora está en las celdas. Hasta que dispongáis otra cosa.

Derreck meditó sobre ello. Tendría que poner a alguien de confianza a trabajar en eso. No podía ser tan difícil.

—Que siga en las celdas por ahora. ¿Y tú? ¿Crees que podrías conseguirlo?

Feinn lo pensó. No había manera de sacar la verdad a un

montón de engranajes, era más bien cuestión de paciencia. Feinn también sabía ser paciente.

—Puedo intentarlo.

—Entonces, encárgate. Coge todo lo que necesites.

Feinn asintió y, como ya no tenían nada más que tratar, se retiró. El rápido rumor de pasos en el corredor advirtió a Derreck de la llegada de Arianne. Había dispuesto que sirvieran la cena en la estancia en lugar de en el comedor común y todo estaba preparado, solo faltaba ella.

Arianne apareció vestida por entero de negro, con un vestido que la cubría desde el cuello hasta la punta de los dedos, el cabello recogido con severidad y una actitud no menos animosa que la que había mostrado hasta el momento. Y todo ello en conjunto le desagradó profundamente.

—¿Qué habéis hecho con Harald? —preguntó nada más entrar.

—Harald está perfectamente. ¿No os enseñaron a saludar cuando se llega a algún sitio?

—¿Es que no tenéis suficiente gente alrededor para que os salude y os halague? ¿Por qué os lo habéis llevado? —continuó sin darle tiempo a responder a su primera pregunta.

—Porque ya estaba recuperado y teníamos asuntos que tratar.

—¡Quiero verlo!

—Lo veréis, pero en otra ocasión —zanjó él—. Y ahora, si no os importa, preferiría cenar. Os estaba esperando —dijo señalando a la mesa.

Arianne perdió por un momento su seguridad.

—¿Aquí?

—Sí, aquí. ¿No os parece más cómodo? —dijo a la vez que agarraba una de las sillas y se la ofrecía para que se sentase.

La miraba con un gesto atento y conciliador que confundió un tanto a Arianne. Sonreía de nuevo con aquella sonrisa que estaba más en sus ojos que en su boca y parecía muy interesado en conseguir su atención. En verdad, no tenía por qué esforzarse por eso, ya tenía toda su atención. Arianne se dejó de divagaciones y tomó asiento en la silla que él le ofrecía. Derreck sonrió complacido a sus espaldas y se sentó frente a ella.

Lo primero que hizo fue llenar las copas de ambos, luego tomó la suya y la vació de un solo trago. Su sonrisa se hizo más amplia y relajada. Arianne cogió su copa y mojó apenas sus labios. Podía sonreír cuanto quisiera. Nunca tendría su simpatía.

—No pretendo ganarme vuestra estima, mi señora —comenzó como si Arianne hubiese expresado sus sentimientos en voz alta—. Ya imagino que no gozo de vuestro aprecio.

—También yo supongo que en poco o nada os importa mi aprecio o mi desprecio —dijo Arianne mientras comenzaba a cenar, porque tampoco era cuestión de desaprovechar el tiempo y aunque los guardias le habían llevado comida en abundancia, ahora tenía un hambre atrasada y atroz a todas horas.

—¿Si os dijese que os equivocáis me creeríais?

Clavó en ella una mirada profunda y acariciadora que tuvo como efecto enervar aún más a Arianne.

—Creería que pensáis que soy estúpida —contestó mientras sus dedos se crispaban en los cubiertos.

Derreck se rio muy suavemente y sin ruido y le respondió en voz baja y cálida.

—No nos conocemos mucho aún, pero os aseguro que no me habéis parecido estúpida.

—Disculpad si no os digo lo que pienso de vos —replicó Arianne con sarcasmo y eso le hizo reír a él otro poco y picó más a Arianne. No tenía el menor deseo de divertir a Derreck—. ¿Eso os complace?

—¿Por qué no habría de complacerme? ¿Qué es lo que me diríais? ¿Que me valí de un ardid para tomar el castillo? ¿Que fui más astuto, más rápido y más fuerte que los que pretendían cortar mi cabeza? Quizá os sorprenda, pero le tengo un estúpido aprecio a mi cabeza y pienso que no queda del todo mal sobre mis hombros —terminó Derreck mientras volvía a llenar su copa y la miraba como si esperase que Arianne estuviese de acuerdo al menos en eso.

—Fuisteis vos quien empezó con esto.

Él volvió a reírse, esa vez con menos humor, y tardó más en responder.

—¿Lo creéis? ¿Y qué si es así? Lo que importa es quién queda al final.

Su gesto amable había desaparecido para mostrar una mirada hosca que estremeció a Arianne. Bajó los ojos y deseó estar ya en su cuarto.

Derreck comprendió que había bajado la guardia demasiado pronto. Se había propuesto mostrarse todo lo engañosamente galante que fuese preciso e incluso fingir algo de falso arrepentimiento, pero quizá porque intuía que era inútil o tal vez porque se había cansado incluso antes de empezar, el hecho era que su intención primera no había tardado en desaparecer.

Arianne evitaba ahora mirarle y concentraba toda su atención en su plato. Estaba pálida y tensa, pero más serena que en anteriores ocasiones. Derreck se hartó de golpe de todo aquello. Lo mejor sería dejarse de farsas y terminar cuanto antes, solo que Arianne se le adelantó.

—¿Así que habéis hecho esto con qué motivo? ¿Qué es lo que buscáis? ¿Conquistar el oeste? ¿Derrocar al rey?

—No soy tan ambicioso, señora —dijo volviendo a sonreír ante su gesto de incredulidad—. Por ahora me conformo con quedarme con el paso.

—El oeste nunca permitirá que os quedéis con el paso —afirmó convencida.

—Lo veremos...

—Además —dijo Arianne interrumpiéndole y dando voz

a una esperanza que no había dejado de alentar en su seno—, ¿sabéis acaso cómo bajar el paso?

Le bastó con ver cómo sus ojos se entrecerraban un instante para confirmar sus sospechas. Si la mirada de él se oscureció, la de Arianne se iluminó radiante. Derreck no iba a molestarse en mentir para negar algo que ella ya adivinaba.

—No, aún no. Resulta que el guardián se quitó él mismo la vida cuando cayó el castillo. ¿Eso os hace feliz?

—Conocía a Yorick desde que era niña. Su muerte es solo responsabilidad vuestra —se defendió rápida y desviando la culpa por la alegría que sentía.

Arianne lamentaba la muerte de Yorick, como todas las otras, pero la satisfacción por saber que no podrían ir más allá del Taihne era en ese momento superior a cualquier otro sentimiento.

—Él solo decidió su muerte. Es extremadamente fácil morir, señora, y a todos puede ocurrirnos en cualquier momento. Es más difícil decidir cómo queremos vivir.

Su expresión consiguió enturbiar la alegría de Arianne, pero se aferró a la seguridad de que esa muerte al menos no sería en balde. Nadie arrebataría ya a Yorick su secreto.

—Y vos decidís por los demás.

—Solo si es imprescindible.

Imprescindible para colmar sus caprichos, pensó Arianne.

—En cualquier caso estáis perdiendo el tiempo. Haríais mejor en volver por donde habéis venido.

Eso volvió a hacerle reír para mayor irritación de Arianne, que estaba empezando a descubrir que prefería sus amenazas veladas a soportar aquella molesta arrogancia.

—No me iré a ningún otro sitio. He venido hasta aquí para quedarme y tened la seguridad de que no me marcharé sin conseguir lo que pretendo.

—¿Y qué es lo que pretendéis? —preguntó Arianne cansada ya de alargar aquel juego.

—¿Qué pretendo? —Derreck se detuvo en su mirada y comprendió que no merecía la pena perder el tiempo ni con halagos ni con rodeos. Imaginó cuál sería su respuesta, pero a su vez comprobó con repentina sorpresa lo imperiosamente que lo deseaba. Era apenas un requisito de compromiso, pero ansiaba hacerla ceder, deseaba desarmar esa superioridad con la que ella le hablaba, le miraba y apenas le toleraba. Y él era voraz en sus deseos, a duras penas los contenía y solo con el objeto de verlos cumplidos a la mayor brevedad—. Pretendo que la corte y todo el reino acepten mi derecho sobre el paso y sobre Svatge, y para eso, como podéis comprender, lo mejor, lo necesario y lo más adecuado es que os convirtáis en mi esposa.

No la cogió por sorpresa. En realidad, lo había supuesto desde la primera vez que la había hecho llamar, aunque no por eso la enfureció menos que para él, como para otros antes, ella fuese algo que se pudiese simplemente tomar según su voluntad.

Su respuesta sonó con absoluta firmeza.

—Podéis olvidaros de eso. No voy a casarme con vos.

Derreck volvió a sonreír con cinismo.

—¿Y me diréis por qué?

—¿Necesitáis saber las razones?

—Si no os importa complacerme —replicó con maldad.

—Ni siquiera sabría por dónde empezar. Os desprecio, os aborrezco y os detesto. ¿Es suficiente?

—¿Para evitar que nos casemos? —preguntó como si eso no significase apenas nada—. Lo siento, pero creo que no.

—Para evitarlo bastará con que me niegue ante el consejo y nunca aceptaré.

—Ibais a casaros con uno de los retoños de Friedrich Rhine. En mi opinión, saldréis ganando con el cambio. No os habría gustado Bergen. En cambio, si aceptáis, prometo no molestaros apenas... —dijo sonriendo malicioso—. Seguiréis siendo la señora de este castillo y podréis hacer... —Derreck se detuvo un momento dudando—. Bien, supongo que podréis hacer lo que sea que hicieseis antes.

—¿Y qué pasará si no acepto? —replicó tratando de contenerse.

—Si no aceptáis, no será tan bueno —se limitó a contestar, aunque Arianne sabía por experiencia, mejor de lo que Derreck imaginaba, lo que podría llegar a ocurrir.

—No acepto —respondió a la vez que se levantaba de la mesa y le miraba aprovechando la ventaja que le daba quedar a más altura que él.

—Entonces tendréis que seguir encerrada en vuestras habitaciones hasta que cambiéis de opinión —dijo pretendiendo amedrentarla. A Arianne casi le entraron ganas de reír y estuvo por preguntarle si eso era lo peor que se le ocurría, incluso Derreck se dio cuenta de que no la había impresionado—. Y tampoco quiero volver a veros vestida de negro. Es un color que no os favorece y además no me gusta —añadió y le complació ver que eso la irritaba más.

—No cambiaré de opinión y me vestiré como me parezca y no podréis hacer nada para impedírmelo.

—¿De veras? Para empezar, si os volvéis a vestir así, haré quemar todos vuestros vestidos y entonces podréis ir desnuda.

—No seréis capaz.

—Probad a ver...

Arianne sintió cómo sus ojos la desnudaban con la misma intensidad con la que lo habría notado si lo hubiesen hecho sus manos. La calidez de esa mirada pareció transmitirse a su piel y sintió el calor del rubor ardiendo en sus mejillas, pero el frío era más fuerte y podía más que cualquier otra cosa.

—Me dais asco —pronunció lenta y quedamente.

El frío lo apagaba todo y apagó el brillo de los ojos de Derreck.

—Pues no habéis hecho más que empezar a conocerme.

El silencio se volvió también frío, como lo era el aire a su alrededor. Arianne solo quería marcharse y por eso sus siguientes palabras fueron un alivio.

—Retiraos. —No esperó a que se lo dijera dos veces. Cuando ya tenía la mano en el pomo de la puerta le oyó llamarla de nuevo—. Lady Arianne...

Se volvió despacio para encontrarse otra vez con sus ojos que, si antes deseaban arrancarle la ropa, ahora parecían querer traspasarla.

—Es solo una idea estúpida... ¿Por casualidad no sabréis vos cómo hacer funcionar el paso?

No tardó mucho en responderle. No más de lo que se tarda en encontrar una réplica adecuada.

—Decís bien, es una idea estúpida. Ninguna mujer de mi familia tuvo nunca acceso al secreto del paso y pensar otra cosa es tan necio como creer que bastaría con llegar aquí para quedaros con lo que no os pertenece. —Él no contestó, solo continuó observándola con aquella mirada que conseguía ponerla nerviosa—. ¿Puedo marcharme ya? —preguntó impaciente y molesta.

—Marchaos —respondió y Arianne aprovechó para salir de allí con la mayor presteza que pudo.

Derreck se quedó solo en aquella habitación grande y desangelada. La chimenea languidecía y la ausencia de comodidades hacía aún más desagradable aquella estancia. Tendría que hacer muchos cambios si iba a quedarse allí y ahora más que nunca estaba determinado a hacerlo.

Tendría a Arianne aunque le odiase por ello todos y cada uno de los días de su vida, y tendría también ese paso cuando la tuviese a ella.

Y es que era tan seguro como que algún día moriría que esa mujer mentía.

Capítulo 15

Willen revisó satisfecho las mercancías que sus caravanas acababan de llevar al castillo. Alfombras, damascos y delicados brocados, todo traído de oriente, comprado en buen cobre y listo para ser revendido y tasado a precio de plata. El problema del paso había sido una contrariedad, pero Willen había encontrado en Derreck la oportunidad para compensar esa decepción. Las arcas de Svatge estaban llenas y Derreck estaba dando buena cuenta de ellas. Además, Willen pensaba enviar en breve sus caravanas al norte y esperaba sacar de esa expedición tanto o más provecho de lo que habría obtenido en el oeste. Así que por el momento no tenía ninguna prisa por que las cosas fuesen de otro modo.

También, al menos en su opinión, Derreck parecía estar moderadamente satisfecho. Estaba haciendo muchas mejoras en el castillo y había establecido su posición con seguridad. Lo peor era el paso. Hacerlo funcionar parecía poco menos que imposible. Incluso Feinn, aunque no lo reconociese, comenzaba a desanimarse. Por fortuna, en los últimos días, habían llegado a Svatge emisarios del norte y allí no parecían apenados por la noticia. Si no se podía llegar al oeste, tampoco desde el oeste se podía llegar hasta allí. Por ahora con eso era suficiente y los príncipes de Langensjeen felicitaban a Derreck por su éxito. Del oeste no había llegado nada, pero los vigías habían avistado grupos de jinetes de todas las antiguas casas que se acercaban, para comprobar por sí mismos y desde la otra orilla del Taihne cuál era el estandarte que ondeaba ahora en Svatge.

También habían ido llegando las respuestas a los mensajes de Willen solicitando la concurrencia de los caballeros necesarios para reunir el consejo que diese validez al enlace de Derreck con Arianne. Todos los requeridos habían contestado aceptando y preguntando la fecha en la que la ceremonia se celebraría. Por desgracia, ese era un aspecto en el que no se había avanzado nada.

Arianne bajaba escoltada al comedor común todos los días y todos los días se sentaba a la derecha de Derreck y, una vez allí reunidos, los dos se dedicaban a intercambiar desprecios e insultos en un duelo constante por proferir el comentario más hiriente.

A Willen le agotaba y le amargaba las comidas esa permanente y desagradable tensión, aunque hubiese jurado que Derreck, en cambio, disfrutaba enormemente con ello, y él no lo comprendía porque esa mujer tenía una lengua afilada como la de una serpiente, y en verdad tenía que ser un verdadero castigo estar casado con ella. Sin embargo era necesario, Willen lo comprendía tan bien como debía de comprenderlo Derreck. Por ahora el enlace podía demorarse porque el paso estaba inservible, pero cuando estuviese de nuevo abierto, se necesitaría algo más que la fuerza para hacer frente a los ejércitos del otro lado del Taihne. Ni siquiera era seguro que los esponsales fueran suficiente, aunque al menos era un comienzo.

Por eso, en cuanto llegó el último mensaje fue a comunicárselo a Derreck. Lo encontró junto a la muralla que daba al oeste.

—Sir Derreck, ¿interrumpo?

—No hay nada que interrumpir —respondió malhumorado. Willen no se sorprendió. Estaba ya acostumbrado al variable humor de Derreck—. ¿En verdad habéis visto con vuestros propios ojos que ese maldito paso haya bajado alguna vez?

—Lo cierto es que sí —reconoció Willen sin faltar a la verdad—. No os preocupéis. Seguro que daréis con ello cuando menos lo esperéis.

—Sí, tal vez... —convino Derreck sin demasiado entusiasmo.

—Y hablando de cosas que han de acontecer —sugirió Willen, aun a sabiendas de que ese tema era tan poco del agrado de Derreck como el anterior—, ya tengo la respuesta de los doce nombres que se necesitan para la ceremonia. Solo hace falta que fijéis una fecha.

Derreck frunció el ceño y miró a Willen como si tuviese la culpa de todo.

—¿Una fecha? ¿Por qué no se lo preguntáis a ella?

—¿A ella? —dijo Willen sin saber cómo responder a eso—. Si creéis que es conveniente...

—Lo que creo es que deberíais haberme dicho que esa loca ya rechazó a algún otro imbécil ante el consejo, y que además se había negado a casarse con el hijo del idiota de Rhine. ¿Por qué no me avisasteis de que esa mujer no está en sus cabales?

—Bueno —se defendió tímidamente Willen—, yo no sabía todos esos detalles. Es cierto que había oído que la dama era un poco peculiar, pero pensé que dadas las circunstancias...

—¡Pues ya veis cuáles son ahora las circunstancias! —le replicó furioso Derreck—. ¿Esperáis que haga venir a esos doce engreídos para darle el placer de despreciarme delante de todos? ¿O es que acaso vais a decirme que no sería capaz?

Willen no se atrevía a decir tal cosa. Todos los días tenía ocasión de ver cómo Arianne respondía con descarados desplantes a todos los gestos de Derreck. Si él le servía vino, ella no probaba ni una gota. Si le preguntaba cómo había pasado el día, Arianne contestaba que rogando por que él contrajese algún tipo de fiebres malignas. Si con la colaboración siempre atenta y servicial de Willen se encargaba de que le hiciesen llegar uno de los más exquisitos y preciosos vestidos que doncella alguna había lucido en el reino desde Ilithe hasta Aalborg, se encontraban con que, antes de concluir el día, el vestido acababa en el patio del castillo destrozado por las chiquillas que tiraban de él, ansiosas por volver a probárselo. Era algo muy molesto, si no fuera porque Willen pensaba que a Derreck en el fondo le divertía importunar a Arianne. Pero ese no era el tema ahora.

—Sí, estoy de acuerdo en que sería capaz —dijo Willen imaginando la escena sin la menor dificultad—. Quizá deberías cambiar de táctica...

—¿Qué demonios queréis decir con cambiar de táctica? —gruñó él aún enfadado.

—Bien, ya sabéis, se pasa el día encerrada y solo sale para las comidas y no es que estas sean muy agradables...

—¡No, no lo son, porque es una maldita arpía!

—Cierto, pero también podría haber quien opinase que vos tampoco ponéis mucho de vuestra parte.

—¡Que no pongo de mi parte! ¡Ni siquiera sé cómo le consiento que me hable así! —exclamó Derreck en un nuevo arranque de furia.

—Tenéis mucha razón —aseguró Willen tratando de no contrariarle—, pero reconoced que no sois muy suave con ella. Quizá si hicieseis algo que verdaderamente le agradase, algo que fuese de su gusto y no del vuestro... —sugirió Willen.

—¿Algo como qué? —dijo Derreck impaciente.

—No lo sé —contestó Willen vacilante—. Ciertamente es una dama muy difícil de complacer. ¿Qué tal si hacéis venir un juglar? —apuntó sin mucho convencimiento, y por la expresión de Derreck comprendió que su idea no era bien acogida.

—Creo que sois un necio y no sé por qué os pregunto nada —dijo Derreck dando por terminada la conversación.

—¡Siempre oí decir que la música amansaba a las fieras! —replicó Willen a su espalda.

Derreck no se molestó en contestar. Lo cierto era que todo lo relacionado con Arianne le fastidiaba enormemente. Había esperado que fuese cediendo con el paso de los días, pero la situación no solo no había mejorado, sino que incluso, si era posible, había ido a peor. No importaba cuánto se propusiera ser cortés y galante, Arianne siempre sacaba a relucir sus peores instintos. Y seguía necesitando ganarse con urgencia su confianza, lo necesitaba por el nombre y por el paso, sobre todo si, como sospechaba, Arianne sabía más de eso de lo que admitía. Claro que había muchos otros métodos para sacar a alguien la verdad y Feinn conocía unos cuantos, pero Derreck, inexplicablemente, se resistía a recurrir a ellos.

Se reprochaba a sí mismo esa muestra de debilidad y apenas se justificaba diciéndose que siempre podía usarlos como último recurso. Por otra parte, se decía, era más que posible que ni siquiera las amenazas hiciesen cambiar de idea a Arianne. Había algo desesperado y fuera de juicio en ella. Algo imprevisible e inaprensible. Algo que Derreck deseaba tener, pero que no podía tomarse por la fuerza.

Era un problema sin solución y pensar en ello empeoraba peligrosamente su humor. Derreck necesitaba hacer algo que consumiese sus energías. Desde que había llegado a Svatge se había sentido limitado y contenido. Quizá eran las montañas, quizá ese castillo que acababa en un lugar que no iba a ninguna parte.

La mañana era fría, como lo eran todas allí, pero no parecía que fuese a nevar. Un buen día para salir de caza. Nada de partidas. Solo él y su caballo y un par de hombres para llevar las piezas. La idea le animó al instante y se dispuso a ponerla en práctica. Mientras se dirigía hacia las caballerizas tuvo otra ocurrencia. Su primera reacción fue rechazarla, tenía derecho a un poco de tranquilidad, por otra parte...

Se detuvo a considerarlo más despacio. Podía ser un modo de congraciarse con ella como sugería Willen, aunque lo más probable fuese que solo consiguiese amargar su mañana.

No necesitó pensarlo demasiado. En el fondo, odiaba la tranquilidad.

—Sir Derreck desea que le acompañéis a cabalgar, señora.

Arianne se quedó parada en el centro de la habitación mientras el hombre aguardaba. Sabía que estaba esperando que lo dejase todo al momento y saliese presurosa tras él. Y no era que estuviese haciendo nada en particular, pero si lo hubiese hecho, habría tenido que abandonarlo para satisfacer los deseos de Derreck.

Arianne pensó en explicarle con total claridad a aquel hombre lo que podía hacer Derreck con sus deseos, pero también imaginó lo que ocurriría entonces y no estaba dispuesta a que la volviesen a llevar otra vez a rastras por las escaleras.

A duras penas conseguía tolerar aquella vida de constante humillación. Con sir Roger las cosas no fueron nunca fáciles, aunque al menos mantenía cierta independencia y cierta posición en el castillo. Ahora además tenía que soportar a aquel hombre, sus burlas perversas, sus palabras mordaces, su empeño constante por demostrar que ella nada podía contra él.

Aunque hubiese intentado hacer como si no le importase, aquello era una dura prueba: seguir encerrada entre esas cuatro paredes un día tras otro y salir de ellas únicamente para ver la lacerante sonrisa de Derreck. Y ahora él quería salir a cabalgar.

—Espera fuera —le dijo al soldado—. Me cambiaré de ropa.

El hombre salió. Arianne abrió su arca y sacó las prendas que usaba para las monterías. Las calzas bajo el vestido y su capa más abrigada. Por fortuna, era verde oscura y no negra, porque a la mañana siguiente de su conversación con Derreck, los soldados habían esparcido por el suelo toda su ropa y se habían llevado todo aquello que fuese de color negro. Arianne los habría mandado azotar, si alguien la hubiese obedecido aún en el castillo, claro estaba. Al menos habían dejado todo lo demás.

Se cambió sola, ya estaba acostumbrada, ni Minah ni Vay la acompañaban. Minah estaba casi senil. La pérdida del castillo había sido un golpe imposible de asumir para ella y creía estar en Ilithe y se pasaba el día preguntando por Dianne. Vay aparentaba estar bien, pero Arianne seguía preocupada por ella y la echaba de menos, solo la veía de lejos por los corredores.

Se puso las botas, se ató la capa y salió al corredor. El soldado la escoltó hasta el patio. La claridad le hizo guiñar los ojos. Era un día frío pero sereno y despejado y aún quedaban muchas horas de luz.

Sí, pensó Arianne, tenía razón Derreck, era una mañana perfecta para salir a montar a caballo.

La estaba esperando en las caballerizas. A pesar del frío llevaba la capa abierta y un poco caída sobre los hombros, la espada colgaba a un lado en su cinto y su ropa y sus botas estaban, como era usual en él, usadas y desgastadas. A pesar de su apariencia descuidada, allí, de pie y erguido en toda su altura, Arianne podía sentir con plena claridad toda la fuerza y la violencia contenidas que su presencia emanaba. Desde luego así era, Arianne lo sabía y lo reconocía, Derreck era un peligroso rival.

—Me alegra que hayáis decidido acompañarme, mi señora —la saludó representando nuevamente aquella farsa que tanto debía de agradarle.

—Quizá si os caéis del caballo y os partís la cabeza yo también disfrute —respondió Arianne. Felizmente, nunca se le agotaban las réplicas en las que desearle todo tipo de desgracias.

—¿Verdad que la mañana se presenta espléndida? —replicó Derreck haciendo chasquear la lengua a la vez que subía a su montura—. Coged un caballo y no os alejéis demasiado. No quiero perderme ninguna de vuestras dulces frases.

Arianne entró a las caballerizas. Había muchos caballos nuevos, de una raza distinta a la que montaban en Svatge, fuertes y robustos, útiles para recorrer largas distancias. Arianne no confiaba en ellos. Se alegró al encontrar a uno que le era familiar. El caballo también la reconoció.

La guardia presentó armas a su paso y el puente bajó para ellos. Ella sintió una emoción especial cuando cruzó la puerta. Tantas veces había temido no volver a hacerlo... Pensó en mirar atrás, pero resistió el impulso y continuó al mismo ritmo, sujetando las riendas con una sola mano, la vista fija hacia el frente y la mirada de él constantemente observándola.

Cabalgaron así un buen trecho, siguiendo en silencio la senda que se internaba en el bosque. El tiempo había dado una tregua y había muchos claros de hierba entre la nieve. Arianne pensó que el bosque estaba aquella mañana singularmente hermoso y tranquilo. Tan hermoso que de alguna extraña manera le dañaba contemplarlo. Quizá fuera solo que hacía muchas semanas que no salía del castillo.

—Las cosas podrían ser más sencillas, señora. Bastaría solo con que vos consintierais.

Su maldita voz insidiosa vino a turbar la paz que sentía. Sencillas para él. Amoldadas a su capricho y con arreglo a su ambición.

—¿Pensáis que basta con sacarme a que me dé el aire para hacerme cambiar de opinión? ¿Por qué no probáis a dejarme pasar la noche al raso?

—Es una gran idea. ¿Queréis comenzar esta misma noche? Quizá cuando sintáis que os estáis congelando pueda ayudaros a entrar en calor.

Las manos de Arianne se aferraron con más fuerza a las

riendas de su caballo y sus botas se afirmaron en el estribo. Arianne le odiaba, pero le odiaba aún más cuando hacía ese tipo de alusiones. La forma en que daba por hecho que podría simplemente tomarla y que Arianne hallaría algún placer en ello. Tuvo que hacer un enorme esfuerzo por controlarse y seguir al mismo paso.

—No me habéis dado una respuesta... —insistió sin dejar escapar la ocasión de molestarla un poco más.

—Preferiría pasar la noche con una manada de lobos antes que con vos —respondió sin mirarle.

Le oyó reír con aquella risa suave y perversa que tantas veces bailaba en su rostro. También odiaba esa risa.

—Entonces, si una manada de lobos se acercase ahora mismo, ¿correríais hacia ella?

—¿Me dejaríais correr? —preguntó deteniendo su caballo y volviéndose bruscamente hacia él.

Derreck también se detuvo y sostuvo su mirada sin vacilar.

—No —respondió al cabo—, no si pudiera evitarlo.

—Entonces, ¿para qué preguntáis? —dijo Arianne con voz seca reanudando la marcha.

Aparentemente no seguían un rumbo determinado, pero Arianne sabía hacia dónde se dirigían. Por eso no se extrañó cuando le oyó maldecir.

—Pero ¿qué demonios es esto? —dijo apartándose del rostro algo que no se veía.

—No es nada. Ignoradlo. —También ella sentía ahora los finos hilos invisibles y pegajosos rozando su piel—. Son solo telarañas.

—¿Ignorarlo? Es asqueroso —se quejó—. Dad la vuelta y vayamos por otro sitio.

—Es solo este tramo. Ya casi lo hemos pasado.

—Solo telarañas... —protestó—. ¿Qué clase de arañas tenéis aquí que no mueren ni con este frío atroz?

Arianne no contestó, pero recordó lo que la gente contaba de ellas.

—Los hombres dicen que son buenas. Las telas atrapan a los malos espíritus y así no pueden causar ningún daño.

—¿Solo a los malos? ¿No tienen efecto sobre los buenos? —preguntó alzando las cejas sarcástico.

Ella se encogió de hombros.

—Es lo que dicen.

Derreck se fijó en su perfil sereno e indiferente. Cuando callaba se sentía impulsado a hacerla hablar, aun sabiendo que sus palabras no serían gratas...

—¿Y qué más dicen?

—Es solo un cuento viejo. Os aburriría.

—Me gustan los cuentos.

Por un momento Derreck pensó que aquella era una muy buena razón para que ella callase, pero extrañamente Arianne prosiguió.

—Dicen que, antes de que se levantase el paso, vivía en estos bosques una ninfa. No conocía a los hombres porque ninguno había llegado hasta aquí, pero cuando llegó el tiempo en que los antiguos levantaron el paso, los hombres lo invadieron todo. Molestaron a los animales, ensuciaron las aguas, cortaron los árboles... y también enfurecieron a la doncella.

—El mundo está lleno de mujeres irritables —apuntó él.

Arianne siguió como si no lo hubiese escuchado.

—Los hombres comenzaron a notar que algo extraño ocurría. Las piezas de caza se les escapaban cuando ya casi las tenían en sus manos, el tiempo cambiaba inesperada e inexplicablemente y eran muchos los que caían enfermos e incluso morían sin motivo. La gente empezó a decir que todo era culpa del espíritu del bosque y los más prudentes temían haberla ofendido. —Arianne calló y esperó otro ácido comentario, sin embargo esa vez no llegó—, pero resultó que uno de aquellos recién llegados era un guerrero que no temía ni a los dioses ni a los hombres y se jactó diciendo que encontraría la forma de detener a la doncella. Algunos se rieron, otros le animaron, a él no le importó. Había oído contar que era posible verla a veces mientras se bañaba en el río. El soldado esperó muchos días y muchas noches. La gente que le había animado al principio se había olvidado de él, y los que le querían bien le decían que desistiese, pero era obstinado y no se dejaba convencer. Una mañana fría se despertó. La nieve le había cubierto casi por completo, estaba aterido y se dijo que quizá había llegado el momento de renunciar, pero el frío le daba sueño y pensó que tal vez podría dormir un rato más antes de levantarse y abandonar. Fue entonces cuando la vio, radiante como salida de sus propios sueños. Ella no le veía porque la nieve le ocultaba. Se acercó a la orilla y saltó al agua sin importarle lo helada que estuviera. El hombre se despertó del todo y, antes de que pudiese darse cuenta, la capturó lanzándole una red. La ninfa luchó y se debatió asustada, pero atrapada como estaba no tenía ningún poder...

Sin ser consciente, la voz de Arianne sonaba melancólica. Derreck la escuchaba hipnotizado y no conseguía apartar sus ojos de los de ella, que erraban perdidos sin mirar hacia ninguna parte.

—Ella suplicó y rogó y le ofreció todo tipo de promesas si la liberaba, pero el guerrero se había prendado de la doncella y ahora ya nada le importaba. Solo deseaba poder contemplarla.

Arianne calló y Derreck temió que no siguiera, y aunque sospechaba que la historia no tendría un final feliz quería saber cómo terminaba.

—¿Y qué más ocurrió? —preguntó con voz ronca.

El tono de Arianne pasó sin transición de la melancolía a la aspereza.

—¿Qué os importa lo que ocurriese? ¡Son solo historias para entretener a los niños!

—¡Aun así me gustaría saberlo! —replicó furioso porque siempre conseguía alejarle cuando apenas comenzaba a acercarse a ella.

—Ocurrió —dijo Arianne con la voz rápida e impaciente de quien está deseoso por terminar algo— que la doncella murió de pena y cuando su espíritu abandonó aquel cuerpo se refugió en el de una araña, que era la única que le hacía compañía allí donde aquel hombre la había encerrado, y cuando él regresó aquella noche a verla, la araña le picó en el tobillo y le mató.

—¿Murió de la picadura de una araña? —dijo Derreck escéptico—. ¿Y así acaba la historia?

—No, aún sigue. Según cuentan, el alma de él se quedó para siempre atrapada en el bosque y la doncella tendió las redes para que se quedase enredado en ellas y sufriese lo mismo que él le había hecho sufrir —terminó Arianne sin molestarse en mirarle.

Derreck no se inmutó. Era una historia demasiado obvia para molestarse por ello.

—Pues no termina tan mal para lo que esperaba. Diría que al final el hombre consiguió cuanto pretendía... —Para su satisfacción esas palabras hicieron que Arianne se volviera hacia él—. Toda la atención de la doncella.

La furia brilló brevemente en los ojos de Arianne. Derreck pensó como muchas otras veces que había pocas mujeres que resultasen tan bellas cuando se enojaban.

—Sabía que os gustaría —dijo Arianne con una expresión extraña en su rostro—. ¿Queréis ver el lugar donde él la encontró?

—¿Aún acuden más doncellas a bañarse allí? —preguntó con interés.

—No lo creo, pero está muy cerca. ¿Queréis probar? Tal vez tengáis suerte.

A Derreck le sorprendió que le siguiese la corriente en lugar de insultarle o dirigirle nuevas palabras de desprecio. Por alguna razón Arianne deseaba ir a ese lugar y ahora él sentía curiosidad por saber el motivo, y además se suponía que la idea era hacer algo que a ella le agradase.

—Claro, ¿por qué no? Vayamos...

Arianne avivó el paso. Los soldados que les acompañaban se habían quedado rezagados. Después de subir una pronunciada cuesta encontraron el lugar que Arianne buscaba. El paisaje se hundía abruptamente en un profundo cortado por el que discurría salvaje uno de los arroyos que desembocaban en el Taihne. Derreck pensó que había sido estúpido por su parte imaginar un tranquilo remanso de aguas cristalinas.

—¿Aquí fue? Por cierto que la doncella se lo puso difícil a ese pobre desgraciado. ¿De veras creéis que pudo bajar hasta ahí abajo y subir luego cargado con ella? —dijo sin poder evitar el sarcasmo.

—Eso es lo que dice la historia. Aquí cerca las rocas hacen una especie de escalera. Venid. Os lo enseñaré.

Arianne picó el caballo y bajó adelantándose la colina, ganando poco a poco en velocidad según se aproximaba al quebrado. No se molestó en comprobar si la seguía. El corazón le latía fuerte aunque controladamente. Era mucha distancia, pero había hecho otras veces cosas similares, quizá no tanto, sin embargo no dudó de que lo conseguiría. Se sujetó fuerte a las riendas y se concentró en transmitir esa misma confianza a su montura. Saltaría. Cruzaría el quebrado. Correría durante todo el día si era preciso y llegaría antes de que cayese la noche a Likkin. Era una pequeña aldea que tributaba a los Hasser. Ellos la ayudarían. Le darían amparo y allí buscaría la forma de enfrentarse a él.

Volvería algún día al castillo, pero para recuperar lo que era suyo.

Cuando Derreck vio cómo se encaminaba directa y velozmente hacia el precipicio comprendió lo que iba a hacer. Se dijo que era suicida. Seguramente esa condenada mujer había perdido del todo la razón y se precipitaría sin remedio al abismo; y sería solo culpa suya, a causa de su imprudencia y su descuido.

Se lanzó tras ella intentando detenerla y se maldijo cuando comprendió que no la alcanzaría. Y así la vio acercarse al cortado sin posibilidad ya de frenar a tiempo. La vio alzarse ligera como si su montura y ella flotasen sin peso en el aire. La vio llegar grácil y fácilmente al otro lado y continuar su loca carrera sin aflojar ni un momento el paso. Derreck vio cómo se le escapaba fatalmente y una rabia fría inundó su corazón, que apenas un momento antes había cometido el error de temer por ella.

Enfurecido clavó las espuelas en su caballo. Ni siquiera pensó que tal vez él fallase donde Arianne había triunfado y se lanzó con determinación hacia el quebrado. Pero cuando ya solo quedaban unos pocos pasos, el caballo se negó a sus órdenes, se alzó de patas en el aire y a duras penas evitó caer al suelo.

Derreck renegó y despotricó encolerizado contra todos los espíritus benignos o perversos que habitasen en el bosque. Volvió a contemplar cómo se le escapaba, ya a demasiada distancia de él, su capa suelta y arrastrada por el viento, cada vez más lejos, más inalcanzable.

Los soldados llegaron, sus caballos también renuentes a acercarse a aquella brecha, solícitos e inútiles. Aunque al menos intentaron ayudar.

—He visto un paso más estrecho algo más arriba, señor. ¿Queréis que la sigamos? —preguntó uno de ellos señalando el lugar que se divisaba a una media legua.

Sería tarde. Para cuando quisieran cruzar ya les habría sacado demasiado terreno.

—Antes hay que pararla. Coge tu arco y dispara —ordenó implacable.

El soldado miró hacia aquella rápida exhalación que se mezclaba con el color del bosque y pensó que acertar resultaría tan sencillo como encontrar una aguja en un pajar.

—¿A ella? —dijo el soldado inseguro.

—¡A ella no, idiota! ¡Al caballo! —gritó.

El hombre sacó obediente una de sus flechas y apuntó en su dirección. Arianne estaba ya muy lejos. El caballo en movimiento era un blanco difícil de seguir. El soldado dudó. Derreck le arrebató el arco.

—¡Trae acá, imbécil!

Apuntó sin pensar. Toda su voluntad y su fuerza concentrada en la acción. Soltó la flecha que pasó veloz por encima del quebrado dibujando una ligera curva ascendente y enseguida decayó para hacerse invisible a la vista.

La flecha desapareció, pero el caballo hizo un extraño y cayó derribado al suelo, lanzando a Arianne disparada a varias varas de distancia.

Los hombres le felicitaron asombrados.

—¡Magnífica puntería, señor!

El caballo no se levantaba y tampoco se veía a Arianne hacer ningún movimiento. Derreck no encontró ningún motivo para felicitarse. Espoleó cruelmente a su montura y corrió hacia donde el barranco se estrechaba. El caballo ofendido y maltratado cruzó ahora como le ordenaban. Descabalgó de un impaciente salto y corrió alarmado hasta Arianne. Se hallaba tirada exánime. Su caballo jadeaba malherido a corta distancia y ella estaba pálida e inconsciente. Se había golpeado la cabeza contra una piedra y, cuando Derreck la miró, experimentó algo que muy bien podían ser remordimientos.

Se arrodilló y acercó su rostro al suyo, extrañamente quieto e iluminado con la misma perfecta belleza que era imposible no admirar en ella. Se detuvo justo antes de rozar su piel, intentando controlar la abrumadora ansiedad que le embargaba, y el leve soplo que sintió en su boca le dijo que aún alentaba.

El alivio le invadió, pero Derreck sabía que eso no era suficiente, quizá se había partido el cuello o ya no despertase jamás. Necesitaba asegurarse. Necesitaba saber. Se volvió a su alrededor, cogió un puñado de nieve de entre la hierba y lo aproximó a su cuello, allí donde el armiño de la capa lo envolvía y lo mantenía tibio y protegido. Arianne se sacudió estremecida al sentir aquel contacto helado. Abrió repentinamente los ojos y se encontró con los suyos, que la miraban con preocupación. Se apartó al instante y Derreck retiró la mano.

—Sois un malnacido —murmuró y cerró otra vez los ojos para intentar contener el dolor y las lágrimas.

—Si me hubieseis prevenido, habría cogido una red —le dijo con dureza tratando a toda costa de evitar mostrar el menor signo de debilidad.

A pesar de que debería haberle supuesto capaz de cualquier ruindad, a Arianne le costaba creerlo. No solo no se le veía arrepentido, sino que encima se diría que estaba furioso. No alcanzaba a comprenderlo.

—Podíais haberme matado.

Derreck sabía que no se lo perdonaría. No valía la pena fingir que podría ser de otra forma.

—¿Y si no me servís de nada por qué debería importarme que estéis viva o muerta?

El rostro de Arianne palideció aún más, si era posible.

—Nunca voy a serviros de nada. Podríais haberos ahorrado el tiempo y haber terminado conmigo de una vez.

Derreck reconoció los signos de su desesperación. Sabía que lo decía de veras. Arianne prefería morir a vivir a su lado.

—No os desaniméis —respondió con brusquedad—. Seguro que, si os esforzáis lo suficiente, también vos podréis morir de pena.

Arianne no tenía ya ánimos ni fuerza para contestarle, ni para hacer otra cosa que dejarse alzar por Derreck cuando la cogió en sus brazos y la subió a su caballo. Luego montó él y de ese modo regresaron al castillo, con su brazo derecho cruzado por delante de ella para evitar que cayese y con la espalda de Arianne apoyada contra su pecho. Hicieron todo el camino de vuelta en silencio, mientras Arianne trataba de tragarse la rabia que ahogaba su garganta por tener que soportar impotente aquella cercanía que la aprisionaba, la limitaba, y la obligaba a depender de él.

Cuando llegaron se sentía agotada y sin fuerzas. Él hizo llamar a los criados y la llevaron a sus habitaciones. La dejaron en su lecho y ya solo pensó en dormir. Durmió mucho y largo rato, tanto que había oscurecido cuando despertó.

Se incorporó dolorida y mareada. La habitación estaba a oscuras, pero un resplandor llegaba desde el fondo. Arianne se levantó con dificultad y se acercó intentando descifrar el significado de aquella claridad.

La luz venía del corredor que permanecía día y noche iluminado por antorchas, eso no era ninguna novedad, pero por primera vez en mucho tiempo, la puerta de su estancia estaba ahora entreabierta y la llave puesta y a su alcance en ella.

Capítulo 16

Ahora tampoco era realmente libre. Simplemente, el espacio que se le concedía era más amplio. Arianne podía ir y venir por donde le placiera siempre que no saliese del castillo. Además, Derreck había anunciado con su delicadeza habitual que la consideraba muy capaz de esquivar a la guardia y franquear las murallas, pero que si estimaba aún en algo su vida, o si no la suya la de los que quedaban tras ella, y con eso Arianne sabía que se refería a Harald, a Vay, a Minah..., más le valía que no lo intentara siquiera.

Así que Arianne se conformó con volver a vagar por las murallas y olvidar por el momento los planes de fuga. En realidad, había sido una idea desesperada porque no había mucho que los Hasser hubiesen podido hacer por ella, incluso si Timun y Rowan no hubiesen muerto.

Por otra parte, en el castillo no faltaba la animación. Arianne había confiado en que la gente de Derreck notase pronto la escasez provocada por el cierre del paso y la falta de todas las provisiones que les llegaban desde allí, pero eso no había sucedido. Los mercaderes habían aparecido como por arte de magia y el castillo y todo Svatge estaba inundado de baratijas exóticas. Cuchillos con mango de hueso, mantas de lana, aceites y perfumes intensos con olor a especias y jazmín, bálsamos que prometían curar todo tipo de heridas y amuletos contra el mal de ojo, y también cosas más prácticas.

Detrás de la muralla se había establecido un mercado en el que igual se vendían ovejas que se compraba trigo. Arianne lo observaba todo confusa y se preguntaba por qué aquella gente que nunca antes había aparecido se había establecido ahora con tanta rapidez y facilidad. Y es que, aunque al principio los villanos y la gente de las aldeas los miraban con recelo, ahora muchos celebraban su llegada, porque según se decía los mercaderes del este vendían más barato y tenían más variedad de productos que los del oeste. Arianne no tenía nada contra los mercaderes, pero si por ella hubiera sido habrían acabado todos enterrados bajo una tormenta de nieve, solo porque eso habría perjudicado a Derreck.

Y es que, si muchas cosas habían cambiado en el castillo, otras seguían exactamente igual.

—Lady Arianne, sir Derreck desea veros.

Arianne dirigió una mala mirada al soldado preguntándose qué demonios querría ahora Derreck. Habían estado más de una semana sin dirigirse la palabra después de que él la abatiese del caballo. Arianne no se había hecho ilusiones, aunque había valorado la tregua mientras había durado. No mucho, ya que con el transcurrir de los días y casi inadvertidamente, volvieron a encontrarse con lo que ya era una costumbre. Él la atormentaba y ella replicaba con palabras afiladas.

Arianne salió tras los soldados, pero se inquietó cuando vio que se dirigían a las estancias privadas de Derreck. No había estado en sus aposentos desde que le dijo que tenía intención de casarse con ella, y no le gustaba que la llevasen allí de nuevo. Solo faltarían dos o tres horas para la cena, bien podía haber esperado hasta entonces para lo que fuera que se le antojara.

Cuando entró en la estancia le costó reconocerla. No era que estuviese habituada a visitarla. Sir Roger nunca la llamaba a sus habitaciones ni tampoco Arianne acudía a ellas por su voluntad, pero jamás se había visto antes nada parecido en el castillo.

Gruesas alfombras cubrían todo el suelo y pesados cortinajes de colores vivos y reflejos dorados ocultaban las frías paredes de piedra. Muchas lámparas de aceite iluminaban con luz cálida todos los rincones y las brasas de una madera desconocida para ella ardían sin humo en un rincón, despidiendo un olor extraño y dulce.

Derreck estaba junto a la chimenea y observaba divertido su asombro.

—¿Os gusta?

Ni aunque le costase perder su alma lo habría reconocido, pero lo cierto era que sí le gustaba. Era absolutamente distinto a cuanto había visto hasta ahora. Sir Roger creía en la austeridad y en la economía y consideraba las comodidades algo superfluo, Derreck evidentemente no opinaba lo mismo, aunque también ayudaba que para comprar todo aquello hubiese empleado las arcas de sir Roger. Y eso también molestaba a Arianne, pero molesta y todo tenía que reconocer, aunque fuera para sus adentros, que en aquella estancia no parecía hacer el mismo frío que atería el cuerpo hasta los huesos en el resto del castillo.

—Es de un penoso mal gusto —respondió sin vacilar.

—Sí, supongo que es mucho más refinado helarse de frío entre muros de granito.

Arianne no iba a perder el tiempo discutiendo eso. Ojalá se ahogase con el hálito de esas brasas que impregnaban el aire con un aroma persistente y un poco mareante.

—Había pensado que tal vez podríamos poner alguna de estas baratijas en vuestras habitaciones, siempre que no lo vayáis a prender fuego en la chimenea. No por lo que cuestan como podéis imaginar, pero ¿para qué? Ya que decís que no os gusta...

—No necesito nada —afirmó Arianne mientras pensaba en nuevas maneras de que la vida de Derreck llegase pronto a su fin.

Derreck volvió a sonreír desde su esquina, aunque esa vez su sonrisa fue algo menos cínica.

—¿Por qué os empeñáis siempre en rechazar todo lo que os ofrecen? ¿Teméis que, si aceptáis una alfombra, eso os comprometa a hacer algo horrible quizá?

—¿Lo que me ofrecéis vos? ¿Os extraña de veras? —preguntó ella alzando mucho la voz—. ¿Queréis que piense que os preocupa mi bienestar? ¿Cuánto os preocupaba cuando decidisteis que podíais acabar con mi vida igual que con la de quienes ya no os sirven?

La mirada de Derreck se enturbió y la apartó, pero al cabo volvió a dirigirse a ella en un tono desacostumbradamente bajo, sobre todo si se trataba como ahora de responder a sus gritos.

—¿Tenemos que hablar de nuevo de eso ahora?

—¿Y de qué queréis hablar entonces? —Al fin y al cabo a Arianne le daba igual el tema. Las conversaciones entre ellos eran igualmente desagradables tratasen de lo que tratasen.

—Se me ocurre que podríamos hacer algo distinto... —Derreck se detuvo a observar su reacción y después le sonrió y esa sonrisa hizo que Arianne se erizase igual que un gato, pero Derreck ya estaba acostumbrado a eso—. No os alarméis —dijo irónico—, solo estaba pensando en pasar el rato con una distracción inocente —apuntó señalando una mesita en la que había un tablero con piezas cuidadosamente ordenadas—. ¿Os gustaría jugar conmigo? O contra mí, si lo preferís así.

—¿Jugar? ¿Jugar a qué? —preguntó Arianne mientras se acercaba con curiosidad a la mesa y se fijaba por primera vez en las figuras. Eran muy bellas, finamente talladas en marfil y ébano, representaban soldados y oficiales, torres y caballos, un rey y una reina.

—¿No lo conocéis? Es un juego de oriente, lo llaman ajedrez, se trata de dar caza al rey. Es muy entretenido. Sobre todo para estas tardes largas y monótonas.

Y es que en la última semana el tiempo se había dulcificado y hacía menos frío, pero en cambio llovía todos los días y aquella tarde lo había hecho sin interrupción.

—Se me ocurre una idea —continuó Derreck complacido por el interés de ella—. Juguemos una partida. Si yo gano, dejaréis que coloquen unas cuantas alfombras en vuestro cuarto, y si ganáis vos, yo las retiraré. ¿Qué os parece?

—¿Que qué me parece? —preguntó Arianne como si volviese a tomarla por tonta—. ¿Cómo voy a jugar? Ni siquiera conozco el juego.

—Eso no es un inconveniente —dijo Derreck con una de sus provocativas sonrisas—. Yo podría enseñaros cuanto necesitaseis saber.

Arianne veía con tanta claridad como si lo leyese en sus labios en qué clase de juegos estaba pensando Derreck. De hecho, sospechaba que Derreck pensaba la mayor parte del tiempo en una sola cosa y tampoco se molestaba en disimularlo, más bien al contrario.

Aborrecía que se burlase así de ella, si al menos consiguiese ganarle esa partida..., pero no podía confiar en él para que le explicase las reglas, seguro que era capaz de cambiarlas a su conveniencia solo para divertirse a su costa. Ya iba a negarse cuando se le ocurrió otra idea.

—No sería justo jugar así. Juguemos a algo en lo que ambos estemos en igualdad de condiciones. ¿Habéis jugado a las damas?

Derreck no pudo evitar lucir otra inconfundible sonrisa lasciva.

—Muchas veces...

—Entonces juguemos a eso —dijo Arianne sin molestarse ya en ruborizarse—. Traed las fichas —ordenó con autoridad mientras tomaba asiento junto a la mesa y empezaba a retirar las otras piezas.

Derreck trató de obviar su tono. No le gustaba nada que le dijesen lo que tenía y lo que no tenía que hacer, pero quería pasar la tarde en su compañía, ¿no era así?

Cogió las fichas y se sentó frente a ella.

—¿Preferís blancas o negras?

—Blancas —respondió Arianne con rapidez.

—Eso os da ventaja —protestó Derreck.

—¿Queréis echarlo a suertes? ¡Por qué me habéis dado a elegir entonces! —exclamó Arianne sin poder creer que no hubiesen empezado y él ya estuviese protestando.

—No importa —dijo él procurando ya tarde no dejar ver que en realidad sí le importaba—. Salid vos.

Arianne sacó primera, luego movió él, después ella adelantó otra de sus fichas... Los dos pusieron tanto cuidado que, al final, y tras una larga hora en la que Derreck se dedicó a alternar el estudio de su jugada con el del rostro atento y concentrado de ella, y Arianne a no dejar que esa mirada consiguiese ponerla nerviosa, y después de inútiles esfuerzos por no mostrarse demasiado eufórica cuando conseguía arañarle una de sus fichas, ni demasiado afectada cuando él le arrebató a su dama tras haberla dejado encerrada, pues bien, después de todo eso la partida acabó en tablas y con una sola ficha blanca y otra negra en el tablero.

—¿Y qué habíais pensado si esto ocurría? —preguntó Arianne fastidiada porque durante largo rato había estado a punto de ganarle la partida.

—No lo había pensado, pero supongo que podríamos jugar otra para decidir.

Arianne se quedó mirándole pensativa. Derreck se preguntó si se daría cuenta de que en realidad siempre ganaba él, puesto que lo único que pretendía con aquella excusa era retenerla a su lado.

—Está bien. Jugaremos otra más.

—Esta vez me tocan a mí las blancas —se apresuró a señalar Derreck.

—Como queráis —dijo Arianne sonriendo.

Le chocó tanto esa sonrisa, imprevista y vivaz, que se quedó un segundo perplejo contemplándola.

—¿No abrís? —preguntó ella con voz dulce.

—Sí, claro. Abro —dijo Derreck moviendo una cualquiera de las fichas, desconcertado por su cambio de actitud.

Arianne pareció concentrarse en el juego y cuando ya llevaban unos cuantos movimientos y las fichas estaban desplegadas, se dirigió de nuevo a él con una afabilidad que volvió a chocar a Derreck.

—Entonces, ¿os gustan los juegos de mesa, sir Derreck?

Era tan raro que le hablara para algo que no fuese insultarle que se creyó obligado a responder con igual cortesía.

—Me gustan muchas y muy variadas cosas —respondió evitando dar una respuesta más explícita sobre su lugar favorito para jugar y que no era precisamente la mesa.

—Pensaba que los guerreros no perdían el tiempo con distracciones de doncellas.

La sonrisa de Derreck se volvió más ácida. Era de esperar que no hubiese tardado en volver al ataque.

—Las damas no dejan de ser un juego simple y bastante estúpido, casi para niños, en cambio el ajedrez es sumamente complicado. Es posible que ni siquiera pudieseis entenderlo —respondió picado.

Arianne encajó bien el golpe. Bajó la vista como si el tablero requiriese toda su atención y movió una de sus fichas.

—Sí, es probable que estéis en lo cierto y sea demasiado complejo para una mujer —contestó razonable.

Esa respuesta y esa nueva y suave actitud redoblaron su extrañeza. Derreck incluso olvidó que ese era su turno. Arianne tuvo que llamar su atención.

—Os toca.

—Ah, sí —dijo moviendo la primera ficha que vio.

Arianne le sonrió. Derreck pensó que había sonreído más solo en aquella tarde que en todo el tiempo que había transcurrido desde que la conociera.

—Habéis perdido esta ficha —dijo mostrándosela y retirándola del tablero—. Teníais que haber saltado la mía.

Derreck se dio cuenta de su error. Era cierto, se había distraído y no se había fijado en la jugada. Arianne movió amenazando otra de sus fichas y le obligó a sacar la de atrás para defenderla.

—¿También jugáis a las cartas? —le preguntó.

—Como os dije antes —contestó Derreck un poco molesto todavía por su descuido—, me gustan todo tipo de juegos.

—¿También los solitarios?

Su rostro parecía la viva imagen de la inocencia, si es que todavía existía en este mundo, pero Derreck estaba completamente seguro de que era ella quien se burlaba esa vez de él. En cualquier caso era un cambio más que interesante y la inequívoca malicia que adivinaba tras su aparente candor, una muy prometedora novedad.

—Los solitarios son invariablemente aburridos, es mucho

mejor jugar en compañía —respondió con acalorada vehemencia.

—No veo por qué —dijo Arianne ignorando su mirada ardiente e intencionada, mientras volvía a mover y le señalaba su turno—. Yo he pasado muchas horas sola jugando a la carta blanca, ¿lo conocéis?

Arianne le miró justo a los ojos. Derreck volvió a pensar en lo mucho que deseaba conocerla a ella. A ella que siempre se mostraba esquiva y rápida en ofenderse, que consideraba cada gesto un insulto y cada atención una amenaza. Apenas aquel día por primera vez había conseguido pasar algún tiempo a su lado sin que Arianne pareciera desear fulminarle.

Tras aquel lamentable paseo por el bosque no le había dirigido ni la palabra ni la mirada durante días, y cuando comenzó de nuevo a hablarle... En fin, en ese momento Derreck no deseaba recordar las palabras que habían salido de su boca.

Sin embargo ahora conversaba animadamente con él y de un modo particularmente alentador, y si deseaba su muerte al menos se molestaba en disimularlo.

—Conozco la carta blanca, también se puede jugar entre dos. Podría acompañaros —sugirió con su acento más acariciador.

Arianne volvió a sonreír y le indicó con un gesto que esperaba su próximo movimiento.

—Vuestro turno.

Derreck avanzó otra cualquiera de sus fichas. La sonrisa de Arianne se hizo aún más amplía. Movió con la rapidez de quien ya había visto venir la jugada y saltó cuatro fichas seguidas de Derreck, haciendo dama y dejando la partida sentenciada. Derreck miró al tablero incrédulo.

—¿Queréis seguir jugando o renunciáis? —preguntó encantada.

Le sentó tan mal como si aquello hubiera sido un duelo y ella le estuviese apuntando con una espada contra su corazón. Y es que Derreck llevaba insufriblemente mal perder, fuese lo que fuese lo que se disputase.

—Nunca renuncio —contestó con dureza a la vez que su ceño se fruncía y su ánimo se oscurecía.

—Pues entonces moved —replicó Arianne también seria, su insignificante alegría apagada por la reacción de él.

Derreck movió negándose terca e inútilmente a renunciar y los dos siguieron jugando en un tenso silencio. Como era inevitable, la partida terminó al poco con la victoria de Arianne.

—Habéis perdido —dijo sin resistirse a restregarle esa pequeña victoria.

—¡Solo porque habéis hecho trampa! —replicó furioso como si Arianne hubiese hecho algo horrible y despreciable, cuando en realidad la culpa había sido solo suya por haber sido tan tonto de dejarse embaucar por una sonrisa y un par de frases estúpidas.

—¡No he hecho ninguna trampa! —se defendió Arianne indignada. Y aunque así fuera, ¿con qué derecho se atrevía él a hablar de trampas?

—¡Sabéis que sí! —le reprochó desairado.

—¡Mentira! —gritó ella levantándose de la silla.

Derreck hizo un más que considerable esfuerzo por no tirar por los aires las fichas y el tablero. Con trampas o sin ellas le había ganado y a él le correspondía reconocerlo.

—¡Está bien! ¡Quitaré la maldita alfombra y vos os quedaréis sin nada! ¡Podéis estar satisfecha! —dijo furioso.

—¡Me dan igual las alfombras! ¡Podéis tener tantas como os plazca! —gritó Arianne no menos furiosa—. ¡Ni siquiera sabéis perder con dignidad!

—¡No me importa perder a este estúpido juego! —gritó más fuerte él—. ¡Y tampoco me importan las condenadas alfombras! ¡Solo pretendía que no os helaseis de frío en este maldito agujero!

Arianne se quedó callada y con la boca abierta. Sorprendida tal vez porque de repente parecía muy posible que Derreck dijese la verdad, y porque eso y no otra cosa fuese lo que de verdad le molestara. Sorprendida y admirada porque pudiese ser cierto que, realmente y de alguna extraña manera, él se preocupase por ella.

El silencio que siguió a continuación resultó más violento que cualquier discusión.

—Ha sido una apuesta idiota en cualquier caso —continuó en voz baja y evitando mirarla—. Aceptad al menos eso y ya que habéis ganado quedaros con una de las condenadas alfombras.

Arianne vio en Derreck algo que no había visto nunca antes, algo vulnerable que no había conseguido ocultar con la suficiente rapidez. Le contestó sin pensar, llevada por un impulso que la invitaba a ceder y a la vez a hacerle ceder a él.

—Si lo pedís con gentileza —susurró.

—Os lo pido con toda la gentileza de la que soy capaz —respondió sin querer renunciar del todo y comprobando de nuevo cómo Arianne podía hacerle ir de un extremo a otro en cuestión de un instante.

—Entonces acepto —accedió ella arrepentida de sus propias palabras en cuanto las pronunció, pero sin posibilidad ya de dar marcha atrás.

Estaban el uno frente al otro y Derreck la veía ahora más accesible y menos distante, de hecho habría bastado con dar un par de pasos para tenerla a su alcance y llegar a rodear su cintura y sentir su cuerpo ligero y liviano junto al suyo. Igual que aquella mañana en la que la llevó sujeta, rendida y sin fuerzas, pero tensa como si de una cuerda a punto de romperse se tratase. Derreck no quería romperla, quería soltarla y verla caer desmadejada entre sus brazos.

Pero ella dio un paso atrás antes de que él lo avanzase. Derreck dejó escapar el aire que había estado conteniendo y trató, aun sabiendo que sería en vano, de recuperar el instante perdido.

—Sería más gentil con vos, lady Arianne, si vos lo fueseis conmigo —murmuró dolido.

Arianne no respondió y él se dio cuenta de que el resquicio que había dejado entrever había ya desaparecido.

—Quiero irme —dijo apartándose más de él.

—Podéis iros cuando queráis —respondió con todo el desdén que fue capaz de reunir.

Ella no se lo hizo repetir, y cuando Derreck se quiso dar cuenta, Arianne ya no estaba allí.

Capítulo 17

Después de las lluvias el invierno siguió su curso y la nieve volvió al valle. También la actitud de Derreck cambió, bien porque varió su interés o su estrategia, pasó de zaherir a ignorar casi por completo a Arianne. Múltiples ocupaciones le distraían ahora. Todos los días aparecían nuevos emisarios y forasteros, y los asuntos que trataban requerían la mayor parte de su tiempo. Llegaba a las comidas tarde o no llegaba, y Arianne ya no se sentaba a su mesa, sino en una de las laterales. Derreck sentaba ahora a su lado a mujeres que Arianne no sabía de dónde habían salido, pero que parecían estar en muy buenas relaciones con él.

Ella contemplaba con estupor tanta desfachatez y se decía a sí misma que era mucho mejor así, puesto que al menos de ese modo la dejaba en paz. Sin embargo, estaba lejos de hallarse en paz. Arianne se sentía, cada vez con más fuerza, una extraña en un castillo tomado por desconocidos que a todas luces se encontraban allí a sus anchas.

Iba y venía a su antojo, pero todos se apartaban y la miraban con desconfianza. Solo Vay seguía a su lado y ninguna de las dos era una compañía muy animada. Harald permanecía encerrado y cuando había protestado ante Derreck por prolongar aquella situación injusta y absurda, él le había preguntado si acaso estaba dispuesta a ofrecer algo a cambio de ese favor. Arianne había vuelto a decirle alto y claro lo que pensaba de él, pero Derreck la había oído como quien oye llover, y la había interrumpido diciendo que tenía mejores cosas en las que emplear su tiempo que en escucharla. Después se había marchado dejándola con la palabra en la boca.

Eso la había mortificado más de lo que había querido admitir. Su indiferencia. La suya y la de los demás. Y no es que fuese una novedad. Arianne siempre había estado sola en aquel lugar, sin una madre que la criase ni un padre que la atendiese, con dos hermanos que era preferible que la ignorasen. Entonces, ¿qué había cambiado ahora? No lo sabía, pero algo la agitaba, algo vago e impreciso que era más una sensación que un pensamiento y que se relacionaba con Derreck. ¿Acaso era posible que echase de menos su anterior irritante atención? Arianne lo rechazaba sin vacilar. Era odioso. Era despreciable. Era un enemigo. Su enemigo. No tenía dudas acerca de eso. Pero la sensación persistía.

Sin embargo, había algo que Arianne y Derreck tenían en común y era el interés por el paso. Más exactamente por si alguno de los recién llegados sería capaz de hacerlo funcionar, y es que esa era la razón de aquella ingente cantidad de visitantes. No transcurría un solo día sin que apareciese algún nuevo extraño que afirmase estar en condiciones de dar con el secreto del paso en breve tiempo. Arianne los miraba a todos con recelo y en el fondo temía que pudiesen conseguirlo, y desde la distancia espiaba todo lo que hacían.

Su temor se acrecentó el día en que, ante los gritos de alborozo de todos los que lo observaban, el paso comenzó a chirriar y uno de los brazos se movió y bajó hasta ponerse horizontal.

Para desgracia de Derreck y fortuna de Arianne, el otro no bajó, con lo que pese al entusiasmo desatado el paso seguía siendo inútil. Así y todo, la confianza de Derreck aumentó y la de Arianne se resquebrajó un tanto. Tras eso los esfuerzos se redoblaron, aunque hasta el momento no habían logrado repetir ese éxito.

Una de aquellas mañanas, no mucho después de haber salido el sol, Arianne se hallaba entretenida en lo que se había convertido en su principal ocupación: vigilar los trabajos que se llevaban a cabo en el paso. La mayoría de los que lo intentaban se conformaban con manipular las ruedas probando distintas combinaciones hasta que desesperaban. Estos últimos habían decidido probar otro sistema. Varios hombres se habían armado con grandes palancas y trataban de forzar el mecanismo. Los ejes crujían y rechinaban. Los brazos no se movían, pero los hombres insistían. Arianne comprendió que los muy idiotas iban a destrozar los engranajes.

No vaciló, bajó corriendo los escalones y se presentó en el puente.

—¡Parad ahora mismo! —ordenó con firmeza—. ¡Lo vais a romper!

Los hombres se detuvieron y la miraron con la misma perplejidad que si se tratase de un ejemplar de una nunca antes vista y desconocida especie. Pero tras la sorpresa inicial la ignoraron y volvieron a lo que estaban haciendo.

—¿Es qué no habéis oído? ¡Si forzáis el mecanismo, dejará para siempre de funcionar! —gritó a la vez que tomaba una de las palancas por el extremo desencajándola de su apoyo.

Un hombre de corta estatura y cierta edad y que se hacía pasar por entendido, aunque a los ojos de Arianne no era más que un charlatán decidido a probar suerte, se le acercó irritado.

—Señora, no sé quién sois, aunque supongo que tendréis aquí alguna posición ya que habláis con tanta autoridad —

dijo mientras la miraba displicente con un gesto que decía a las claras que no confiaba en aquella posibilidad—. En cualquier caso no creo que entendáis de esto, y el señor de este lugar nos ha otorgado toda su confianza. Haced el favor de apartaros y dejadnos trabajar. —El hombre le dio la espalda y se dirigió a su gente—. ¡Estas barras no son lo bastante grandes! ¡Llamad al herrero!

Arianne se preguntó cómo era posible que aquel imbécil hiciera y deshiciera cuanto le viniese en gana sin que nadie le dijese ni una sola palabra. A ella se le ocurrían muchas que decirle, pero sabía que sería perder el tiempo. No tendría más remedio que probar a gritar a otro imbécil distinto, y esa vez tendría que escucharla.

Volvió al castillo, y como no lo encontró ni en el patio ni en las salas, fue directa hacia sus habitaciones. Dos de los guardias estaban en la puerta. Buena señal. Estaría dentro seguro. Los hombres conversaban distraídos. Arianne pasó por delante como si la cosa no fuese con ellos y ni corta ni perezosa abrió la puerta antes de que pudieran detenerla.

Los guardias reaccionaron y corrieron detrás.

—¡Eh! ¿Adónde vais? ¡No podéis pasar!

Arianne echó un rápido vistazo a la antesala: estaba vacía, así que aceleró el paso y entró a la siguiente habitación, que resultó ser el dormitorio. Allí efectivamente encontró a Derreck, que no solo se hallaba presente sino que también estaba acompañado y muy ocupado en ese momento.

Arianne enrojeció y deseó con todas sus fuerzas que se la tragase la tierra. Pero incluso para eso era ya demasiado tarde porque Derreck la estaba mirando en ese preciso momento, sorprendido, aunque no afectado en exceso por la interrupción. La mujer también la miraba. Arianne se dio la vuelta para marcharse aún a mayor velocidad de la que había empleado para entrar.

—¡Lady Arianne!

Sí, sin duda aquello le había hecho mucha gracia a juzgar por el regocijo de su voz. Arianne cruzó como una exhalación ante los guardias que la perseguían y voló hacia el corredor.

—¡Detenedla! —ordenó.

Llegó a la puerta antes que los guardias, pero al salir se dio de bruces con más soldados. Trató de escabullirse sin éxito. Varios brazos la sujetaron a la vez y la obligaron a volver dentro.

—Lady Arianne, señor —anunciaron los guardias a Derreck, que se había molestado en levantarse de la cama, aunque no en cubrirse.

—Soltadla y dejadnos solos —dijo encantado.

Los soldados hicieron lo que les pedía y salieron cerrando la puerta a sus espaldas. Arianne evitaba mirarlo y cerraba con fuerza los puños, manteniéndolos pegados a su vestido.

—Qué sorpresa más inesperada, señora —la saludó risueño.

—¿No vais a vestiros? —preguntó Arianne procurando mirarlo exactamente a los ojos.

—No me digáis que os vais a asustar. Teníais hermanos, ¿no es así? Imagino que no será la primera vez que veis a un hombre desnudo.

Arianne intentó que su voz sonase con una firmeza que estaba lejos de sentir.

—No me asustáis.

Derreck sonrió. Arianne trató de no retroceder, pero aun evitando mirarlo, sentía demasiado candente aquella exhibición orgullosa y desafiante. Su cuerpo fuerte y firme a escasa distancia del suyo. Su piel tensa y suavemente bronceada, tan diferente de la palidez que era norma allí en el valle. Las antiguas cicatrices que lucía arrogante como si de trofeos se tratasen. Sus brazos, que reposaban distendidos y en apariencia relajados, a ambos lados de aquel torso amplio y perfectamente conformado del que evidentemente se envanecía. Sí, Arianne apreciaba todo eso y sabía que, si aquellos brazos decidían sujetarla, no tendría ninguna posibilidad de escapar.

—Creo que mentís —dijo como si eso también le divirtiera.

Ella trató con todas sus fuerzas de mantener la calma y se aferró a unas palabras que le daban seguridad.

—Quiero marcharme de aquí.

—Siempre estáis queriendo ir a algún otro sitio, pero esta vez habéis sido vos quien ha venido a buscarme —afirmó él como si eso lo cambiase todo.

Arianne consiguió sobreponerse al recordar lo que la había llevado allí.

—¡Si estoy aquí es porque esos inútiles que habéis traído van a destrozar el mecanismo del paso, y entonces ya nunca más servirá para nada ni para nadie y a vos ni siquiera os importa!

—Os equivocáis —respondió sin inmutarse—. Me importa mucho más de lo que podéis imaginar y por eso están haciendo todo cuanto sea necesario.

—¡Lo están destrozando! ¡Son unos idiotas incompetentes!

—Son gente entendida y confío mucho en ellos.

—¡Son unas bestias sin cerebro! ¡Habéis llenado el castillo de farsantes y rameras y aún tenéis el valor de decir que confiáis en ellos!

Derreck tomó sus palabras al vuelo y se fijó en las que más le interesaban.

—¿Y a vos qué os importan mis rameras?

Arianne se arrepintió tarde de haber pronunciado esas palabras, y además no eran ya solo sus ojos los que la miraban interesados y maliciosos, también aquella mujer se asomaba ahora desde el marco de la puerta, cubierta solo con una camisa y observándola con descarada curiosidad.

—No me importa nada de lo que hagáis —atinó a decir.

—Pues para no importaros parecéis particularmente molesta —aseguró con maldad—. Tranquilizaos, señora. Ni siquiera sois aún mi esposa.

La mujer se rio tras él, aunque se tapó la boca con la mano para disimular. Arianne no sabía cómo devolver tanta humillación. Sin embargo, las palabras acudieron pronto a su garganta y salieron como un torrente que no podía contener.

—Os divertís, ¿verdad? Os creéis muy seguro de vos y os complace satisfacer con la mayor rapidez posible todos vuestros deseos —dijo con voz trémula—. Halláis seguramente gran placer en yacer con esta mujer a la que os basta con dar un par de monedas para que os demuestre lo grande que es su agradecimiento, o quizá se conforme con que no la echéis como a un perro del castillo como haréis sin duda cuando os hayáis hartado de ella. ¡Una mujer a la que ignoraréis si llegase a esperar un hijo vuestro al que jamás miraréis! —continuó Arianne alzando cada vez más la voz pese a que la expresión de Derreck había dejado de ser alegre para volverse peligrosamente hostil—. ¡Una mujer que os odia y os desprecia pero que os sonríe solo porque os teme! —gritó mientras miraba hacia la mujer, que ya no sonreía.

También Derreck había perdido todo su humor y no estaba dispuesto a oír ni una sola palabra más.

—¡No tenéis la menor idea de lo que decís ni sabéis de lo que habláis!

Su voz cortó el aire e hizo callar a Arianne. Su rostro era una máscara de furia y parecía a punto de golpearla, pero Arianne no temía a los golpes. No más que a otras cosas.

—Es solo la verdad, aunque no os guste oírla —respondió

en agitada voz baja con toda la fuerza del convencimiento—, y lo sabéis tan bien como yo.

Los ojos de Derreck parecían querer atravesarla y, aunque dolía soportarlo, no se apartó cuando le contestó con dureza:

—Entonces vos debéis de ser la única mujer que no me teme, lady Arianne.

Su mirada seguía clavada en ella y a Arianne ya ni siquiera le preocupaba que estuviese desnudo. Era ella quien se sentía expuesta ante él. Luchó con todas sus fuerzas por cerrarle el paso y retirarse a algún lugar seguro y cierto. Un lugar adonde él no pudiese llegar.

—Olvidaos de mí. Solo vine a avisaros. Están destrozando el paso y si dejáis que ocurra ya nada quedará aquí de valor. Decidid si es eso lo que queréis.

Salió sin esperar su permiso y Derreck se limitó a observar cómo se marchaba, con aquella premura que hacía que más que retirarse Arianne pareciera desvanecerse. Aquellas repetidas fugas desataban un profundo malestar en él, un malestar aún mayor si cabe del que le provocaban sus palabras.

Una mano se apoyó tímida en su hombro, pero Derreck se volvió brusco y la apartó con furia.

—¡Déjame!

Entonces sí pudo ver crudamente reflejadas en el rostro de la mujer aquellas emociones a las que Arianne se había referido. El temor, el miedo y la angustia encogida de quien espera un golpe que sabe que no tardará en llegar.

Y en verdad Derreck deseaba descargar ese golpe.

—¡Márchate! ¡Lárgate ahora mismo y no vuelvas jamás a cruzarte en mi camino!

La mujer se quedó todavía un momento paralizada, pero reaccionó pronto, recogió sus cosas con rapidez y salió de la habitación sin pronunciar una palabra. Derreck había yacido muchas veces con ella, con ella o con otras que llegaban diligentes y puntuales cada noche a su llamada. Todas eran complacientes, fáciles e invariablemente sumisas a sus caprichos. Ahora se le ocurría pensar que ni siquiera sabía cuáles eran sus nombres.

Se vistió y salió al corredor. La guardia estaba en la puerta. Los hombres se cuadraron marciales e inquietos cuando vieron su gesto sombrío.

—Lo siento, señor —se disculpó uno de ellos—. Es escurridiza como una maldita ardilla.

—Si volvéis a dejarla entrar sin mi permiso, os haré colgar de una soga. —Los hombres asintieron en silencio sin atreverse a replicar—. Y quiero otras mujeres. Dadles algo de dinero y que se larguen todas hoy mismo. ¿Lo habéis comprendido?

—Sí, señor —dijo rápido y servicial uno de los guardias—. Mujeres nuevas. Como deseéis.

Derreck se largó antes de que fuese incapaz de contener por más tiempo el impulso de desahogar la rabia que le carcomía contra aquellos estúpidos. Pero de nada serviría levantar la mano contra quien no se atrevería a defenderse.

Fue al paso y encontró allí a aquellos cretinos tratando de desguazar el mecanismo. Por un momento sintió deseos de coger también él una de aquellas palancas y destrozar cuanto hubiera a su alrededor. Arrasarlo todo. Prender fuego al castillo y convertirlo en cenizas. Asolar aquel lugar hasta que no quedase piedra sobre piedra e incluso su memoria quedase barrida para siempre.

Miró en torno suyo. Aquella mole enorme de roca y granito parecía desafiarle altiva a intentarlo siquiera, pero Derreck sabía que había pocas cosas que no pudiesen ser destruidas. También la vio a ella, vigilante y a la espera, apartada en una de las esquinas del oeste, atenta a lo que hiciera. Parecía muy débil y frágil vista desde aquella distancia, casi como si una ráfaga de viento pudiese levantarla y llevársela arrastrada por el aire. Pero aquella fragilidad era tan engañosa como la fortaleza del castillo.

Derreck sintió cómo aquel ansia de destrucción se evaporaba con la misma rapidez con la que había aparecido. Quizá algún día terminaría por devastar aquel maldito lugar, pero no sería ese. Despidió con cajas destempladas a aquellos animales y cuando se marchó no se volvió ni una vez para mirar atrás.

Pasó el resto del día fuera. Cabalgó hasta agotar al caballo. Siguió el rastro de un jabalí y, cuando el animal se sintió acosado y se volvió contra él, lo enfrentó y lo mató con solo un cuchillo en las manos. Cuando regresó estaba anocheciendo. La sangre seca del animal manchaba su ropa y su olor agónico y metálico lo acompañaba como una presencia.

Era tarde para ordenar calentar agua y preparar un baño, y detestaba ver a la gente corriendo a su alrededor. Se fue a sus habitaciones y cuando entró en su cuarto ya estaba allí. Otra de ellas. Una distinta como había pedido. Era joven y linda y se sobresaltó por su repentina aparición y sin duda también por su aspecto. Pero se rehízo con prontitud, le sonrió y se inclinó con una grácil y atenta reverencia.

—Señor...

No es que fuese muy diferente a las otras. Sus cabellos eran lisos, castaños casi rubios, y los había dejado sueltos y recogidos solo con una diadema. Llevaba un vestido muy ligero que se sujetaba con dos finas tiras, una novedad nada usual, y sus ojos claros miraban hacia el suelo con menos frecuencia que las anteriores. En conclusión, tenía que reconocer que el que la había encontrado había hecho bien su trabajo.

—¿Queréis que os ayude a quitaros esas ropas manchadas, señor? —preguntó con palabras que sonaron agradablemente cantarinas mientras se llegaba hasta su lado.

Y sin duda también ella sabía cuál era su tarea. La mujer tomó su falta de respuesta por asentimiento, abrió su casaca y la bajó con decisión por sus brazos, la dobló con cuidado, la dejó sobre la cama y fue a tirar de los lazos que ataban su camisa.

—No.

La mano de él se cerró con fuerza sobre la suya y el aplomo de la joven se desvaneció rápidamente.

—Perdonad, creí que...

La muchacha tragó saliva y trató sin verdadero empeño de recuperar su mano. Él no solo no la soltó, sino que tiró de ella con violencia, girándola y dejándola de espaldas a él. La rodeó y atrajo su cuerpo contra el suyo. La mantuvo así, sujeta y enlazada, su boca muy cerca de su oído.

—Dime, ¿cómo te llamas?

—Irina, señor.

Su voz ya no sonaba despreocupada y su pecho subía y bajaba acompasado al ritmo levemente jadeante de su respiración, pero no intentaba desasirse.

—Respóndeme a una pregunta, Irina... ¿Tienes miedo de mí?

Irina tomó más aire. El hombre que la había ido a buscar aquella mañana le había hablado largo y tendido de Derreck. Le había prevenido contra sus bruscos cambios de humor, le había dicho que evitara en todo lo posible contrariarle, le había recomendado que se mostrase sonriente y animada, y sobre todas las cosas le había advertido que procurase no parecer temerosa o asustada. A cambio el hombre le había ofrecido plata y le había prometido una vida más fácil. Irina deseaba esa vida.

—No, señor —dijo ella tragando saliva.

Probablemente no sonó lo bastante convincente y en aquel momento solo había una cosa que podía molestar a Derreck más que la verdad: la mentira.

—¿Estás segura? —susurró mientras la acariciaba demorándose en su cuello.

—Sí..., señor —respondió débilmente, su mano rodeando su garganta.

—Sin embargo, bastaría con que apretase solo un poco más para acabar contigo ahora mismo —dijo mientras sus dedos se clavaban como tenazas.

—¿Por qué... por qué haríais eso, señor? —dijo en voz baja y ya muy asustada.

—¿Por qué ocurren todas las cosas crueles y malvadas en este mundo? —replicó Derreck lóbrego—. Solo porque son posibles.

Solo porque el más fuerte se imponía al débil, y la maldad y el dolor prevalecían sobre cualquier otra cosa, pero Derreck sabía algo más. Sentía la indefensión de aquella mujer y reconocía su miedo, y sabía lo vil y despreciable que era aquello. Lo vil y despreciable que él mismo podía llegar a ser.

—Señor... —musitó Irina con voz ahogada.

Derreck aflojó la presión de su mano. La boca de ella se abrió para tomar todo el aire que le faltaba. Sus labios de intenso color rosa resaltaron contra la palidez de su rostro. Las palabras de Derreck sonaron pesarosas y su acento perdió aquel tono inquietante.

—En verdad sería horrible que algo malo te sucediera —dijo a la vez que recorría con suavidad su boca con sus dedos—, porque eres muy hermosa, Irina.

Lo era, pero no era en eso en lo que estaba pensando. Sabía que aquello era lo que a la muchacha le gustaría escuchar. Al fin y al cabo era lo que todas deseaban escuchar. Irina volvió a tomar aire, pero de un modo diferente, más breve, más intenso... Aún la retenía contra sí, pero la soltó para deslizar muy despacio y con ambas manos los tirantes de su vestido a lo largo de sus hombros. Ella no se apartó, ladeó un poco su rostro para acercarlo al suyo y aguardó a que continuase.

Su vestido bajado dejaba casi a la vista sus senos, casi, pero no del todo. Derreck tiró bruscamente de los extremos rasgando el vestido y dejándolos al descubierto. Irina ahogó un gemido.

—De veras eres muy hermosa.

Sus labios le buscaban ofreciéndose. Derreck rozó la punta de uno de sus pezones y sintió su tacto duro y sedoso. La besó. La besó y sus manos recorrieron su cuerpo desnudo y suave, cálido y pleno, totalmente entregado.

Y en verdad Irina ahora ya no necesitaba fingir, y por eso Derreck sabía con seguridad que Arianne se equivocaba y que él era capaz de despertar mucho más que temor en una mujer, y eso al menos era algo, pensó mientras Irina se deshacía de placer en sus brazos.

Sí. Era algo, pero con certeza no era suficiente.

Capítulo 18

—¡Despierta, Derreck!

La voz sonaba atemorizada y acuciante. Derreck se agitaba en su sueño y deseaba con todas sus fuerzas despertar, pero sabía que no lo haría. Aún no.

—¡Despierta! ¡Tienes que esconderte! ¡Rápido!

Los brazos de su madre le sacaban de la cama. Derreck sabía que algo horrible iba a pasar. Volvería a ocurrir. Y él no podría hacer nada por evitarlo.

Su madre le abrazaba muy fuerte. Él no quería que le soltase.

—¡Quédate aquí y no salgas por nada del mundo!

Derreck no entendía lo que estaba ocurriendo. Estaba allí otra vez y otra vez revivía la angustia. No comprendía, pero sabía que tenía que obedecer a su madre. Eso era lo que su padre le había dicho antes de marcharse. Eso y algo más.

—Cuida de ella, Derreck. Tú eres el hombre de la casa ahora.

Su padre le revolvía cariñosamente el pelo y después se alejaba junto con los otros pocos hombres que tenían el lujo de poseer un caballo. Fue la última vez que Derreck le vio. En el sueño volvía a sentir la desesperada necesidad de proteger a su madre, pero era tan incapaz de hacerlo como lo fue aquel día.

Los soldados entraban en tromba en la habitación. Derreck solo veía sus pies, pero sabía que iban armados y que eran muchos y su madre no tenía nada con que defenderse.

—¿Por qué hacéis esto? ¡No hemos hecho nada malo! ¡¿Por qué lo hacéis?!

Le habían dicho que obedeciese, pero también que cuidase de ella. Derreck se debatía entre el miedo y el amor por su madre. Quería protegerla. Era él y era a la vez ese niño. Deseaba matarlos. A todos. Hacer correr su sangre y salvarla. Habría acabado con ellos, pero era solo un mocoso de ocho años y cuando salía de debajo de la cama y corría junto a ella, los hombres se reían y el rostro de su madre solo reflejaba el pánico.

Todo volvía a pasar muy rápido. Él pataleaba y les golpeaba con todas sus fuerzas, pero no era suficiente.

—¡Derreck! ¡Matadme a mí, pero no le hagáis daño a mi hijo!

El cuchillo en el cuello de ella.

—¡¡¡No!!!

Se despertó gritando y empapado en sudor. Irina también se incorporó asustada.

—¿Qué? ¿Qué ocurre?

Derreck necesitó un instante para adaptarse a la realidad. Era de noche. Era un hombre y no un chiquillo asustado. Irina le miraba confusa e intimidada, sin saber cómo actuar, y él únicamente deseaba estar solo.

—No ocurre nada. Vuelve a dormir —dijo con dureza.

Salió de la cama y comenzó a vestirse.

—Pero ¿y vos...? ¿Adónde vais a estas horas? —preguntó preocupada.

Derreck pensó en decirle que donde fuese y lo que hiciese

no era asunto suyo, pero recordó justo a tiempo que se había propuesto demostrar que podía ser cortés y amable con ella.

—Necesito tomar aire fresco. Solo date la vuelta y duerme.

En la oscuridad vio cómo Irina asentía débilmente y hacía lo que le pedía. Se acostó y le dio la espalda. Derreck sospechó que tal vez eso no había sido lo suficientemente amable...

Al infierno con ella.

Era de madrugada. El invierno estaba en todo su apogeo y en el corredor la temperatura era heladora. Los hombres que hacían la guardia dormitaban apoyados contra la pared. Uno de ellos entreabrió un ojo y dio un codazo a su compañero, que se despertó alertado. Los hombres se recompusieron y le saludaron. Él se limitó a dirigirles una mirada furiosa. No se encontraba con ánimos para charlas ni reproches. La pesadilla todavía ejercía su influencia aciaga sobre él.

Habían pasado veinticuatro años desde que aquello ocurriera y Derreck aún soñaba a veces con ello y volvía a sentir la misma impotencia y el mismo horror. Un horror que hacía que cualquier otro palideciera a su lado. El horror que le hizo inmune al miedo y bloqueó sus emociones. Seguramente, por larga que fuera su vida, nada podría superar aquel espanto.

Él también debió haber muerto entonces, pero Ulrich llegó justo en aquel momento y le divirtió lo que encontró. Un niño empuñando un cuchillo e intentando proteger con él el cuerpo sin vida de su madre. El mismo cuchillo que le estaba destinado, pero Derreck había mordido la mano que lo sujetaba y había conseguido hacerse con él y ahora aquello hacía reír a Ulrich.

Eso salvó su vida y le condenó a vivirla bajo la tutela del señor del Lander. Derreck vio arder su casa y los campos de su padre, y caminó muchas largas leguas siguiendo a un ejército de hombres que tiraban de él con una cuerda, y que se reían y le arrastraban por el suelo cuando caía. Llegó sin saber cómo, empujado por una voluntad que venía de algún lugar oscuro de su entonces pequeño cuerpo, exhausto y convertido en el blanco de las burlas de aquellos hombres brutales.

Creció en ese castillo en el que pasaría la mayor parte de su vida y se convirtió en un niño silencioso y obediente. Pronto destacó entre los demás y todo su tiempo lo empleaba luchando y practicando con las armas. Los capitanes le señalaban y Ulrich le miraba con aprobación.

Derreck solo pensaba en matarle.

Todos y cada uno de los días de su vida. Era el primer pensamiento que ocupaba su cabeza al levantarse y el último cuando se acostaba. Pero no le bastaba con arrebatarle la vida. Quizá, para cuando cumplió catorce o quince años, hubiese podido hacerlo con facilidad. Ulrich confiaba totalmente en él por aquel entonces e incluso parecía haber olvidado de dónde provenía. Los capitanes le auguraban un gran futuro. Ulrich necesitaba hombres de confianza para someter a los bárbaros. Alguien tan bárbaro y feroz como ellos. Los pueblos del este andaban revueltos y de vez en cuando se rebelaban contra la tiranía de Ulrich. Derreck asentía a todo. Había esperado muchos años. Podía esperar un poco más. Matar a Ulrich habría sido sencillo, aunque entonces él no habría tardado mucho más en morir y, aunque habría muerto feliz por ver cumplido su deseo, le parecía que la muerte era poca cosa para lo que Ulrich merecía. Quería quitarle todo cuanto poseía. Su casa, sus tierras, su familia, su nombre... Quería despojarle de absolutamente todo y después, ya sí, cuando Ulrich hubiese visto cómo aquello ocurría, matarle con sus propias manos.

Por eso Derreck hizo cuanto se esperaba de él. Realizó los juramentos, se ordenó caballero, veló sus armas una noche entera a la luz de la luna, participó en los torneos de Aalborg y se mostró fiel y leal al Lander. Al menos hasta que su nombre empezó a correr de boca en boca.

Al principio seguía siendo el mismo joven silencioso y hosco que había sido durante toda su niñez, pero en Aalborg empezó a conocer otro tipo de vida. Supo del dulce sabor de la fama y de la miel del reconocimiento y de las palabras lisonjeras. Príncipes y señores se interesaron por él, y en las justas las damas gritaban aterradas cuando algún valiente enfurecido se atrevía a rasguñar su rostro con la espada. Le recibieron como a un héroe en los palacios de plata y en su honor se brindó con las mejores barricas, y lo mismo señoras que sirvientas le abrieron sin demasiados reparos sus lechos.

Fueron tiempos casi felices aquellos, y quizá otro en su lugar se habría conformado con todo lo que de bueno la vida ahora le ofrecía. Pero Derreck no era uno de esos, y allí en Aalborg, entre sábanas, conversaciones, partidas y torneos, supo de las intrigas palaciegas y de las rencillas largos años acumuladas. El norte no amaba al rey Theodor y la notoria lealtad del Lander a la corona no era bien vista allí, ni tampoco la de Svatge.

Poco o nada importaban esas cosas por entonces a Derreck, pero en el norte encontró muchos posibles aliados y vio con claridad cuáles eran los pasos a dar. Cuando regresó, precedido por la fama que su nombre había adquirido, se encontró con que Ulrich le miraba con recelo. No en vano era un hombre ruin y mezquino que no gozaba del aprecio de nadie y solo se hacía respetar por la crueldad que derrochaba y por la fuerza de las armas.

Trató de quitarse de en medio a Derreck enviándole con escasas tropas a acabar con las hordas de jinetes bárbaros que se habían hecho más fuertes en los últimos tiempos. Su ausencia duró años, pero en ese tiempo Derreck se ganó la confianza y la lealtad de sus hombres y se hizo imprescindible a Ulrich. Ganó posiciones y apagó levantamientos, pero también negoció treguas y llegó a acuerdos. Comprobó que los jefes bárbaros se conformaban con lo mismo que lo hacía la mayor parte del mundo. Un poco de trigo, un lugar en el que descansar, paz para ellos y para sus familias. Derreck no tenía nada en su contra. Se entendió bien con los caudillos locales y garantizó su palabra con su sangre. Y en verdad aquella era una de las pocas palabras que tenía intención de cumplir.

Finalmente la paz llegó al este y Derreck regresó, y la desconfianza y los temores de Ulrich aumentaron para complacencia de Derreck. Del norte llegaron mensajes felicitándose por su regreso. Apenas necesitó asegurarse la complicidad de tres o cuatro hombres clave, el resto cayeron todos la misma noche en la que Ulrich abandonó este mundo.

Manos supuestamente amigas acabaron con la esposa de Ulrich y con su hijo mientras dormían. Ella era una mujer enfermiza que apenas salía de sus habitaciones. Él, un joven de dieciocho años tan despótico como su padre y que no había sabido ganarse el respeto de sus hombres.

Las llamas iluminaron el patio aquella noche sin luna. Ulrich buscó su espada y no la encontró. Clamó llamando a sus capitanes y nadie acudió a su llamada. Desde la ventana pudo ver los cuerpos sin vida de su mujer y de su hijo y los de todos aquellos que habían cometido el error de mantenerse fieles a él.

Cuando se cruzó con Derreck no pareció importarle la sombra que le precedía ni le acobardó el destino que le esperaba. Se rio en su cara cuando Derreck le preguntó si recordaba el nombre de su padre y de su madre. Ulrich le aseguró con desprecio que ni recordaba ni le importaba el nombre de ninguno de aquellos miserables campesinos, y amenazó colérico a Derreck augurando que estaría muerto antes de que llegase el alba y que ardería en el infierno por traicionar su juramento.

Derreck le respondió que entonces volvería a encontrarse allí con él.

Aquel canalla exhaló su último aliento y si Derreck pensó alguna vez que eso le haría encontrar algún tipo de paz, el asco y la repugnancia que le atenazaron le convencieron de lo contrario.

Cuando salió fuera los hombres le honraron y le aclamaron como su señor. Derreck contempló todo aquello en silencio y fue entonces cuando vio con claridad en lo que se había convertido.

Ahora él era el nuevo señor del Lander. Ahora era igual que Ulrich.

De eso hacía ya casi tres años, y ni las pesadillas ni la permanente insatisfacción habían desaparecido, y ninguna victoria ni las muchas posesiones materiales que había conseguido desde entonces habían logrado calmarlas.

Salió a la noche y aquel aire gélido enfrió al instante sus pensamientos. Así era como ocurrían las cosas. Vencías o eras vencido. Él se había impuesto a los que habían intentado acabar con él. Sabía que sir Roger era una amenaza, además había comprometido su apoyo a la causa del norte. No era cuestión de lealtades, era más bien algo práctico. Al norte le convenía su ayuda y a él también le beneficiaba esa alianza. Sir Roger había medido mal sus fuerzas y había actuado como si el mundo entero siguiera sus reglas y actuase con el mismo sentido del honor que él. Pero el mundo que Derreck conocía era despiadado y no sabía nada del honor. No del mismo modo al menos en que lo entendía sir Roger.

Y justo aquella mañana había llegado al castillo una misiva de Aalborg. Sigurd, el segundo hijo del príncipe Lars, anunciaba su próxima llegada. A Derreck no le gustaban las visitas y menos aún cuando nada estaba resuelto. Pero su juego estaba del lado del norte. No podía olvidarlo.

Había recorrido las murallas dando la espalda al Taihne. Aquel maldito río le recordaba constantemente su fracaso.

Tres meses de trabajos no habían dado ningún resultado y el paso seguía siendo tan inútil e infranqueable como el primer día. Al este, en cambio, el paisaje se abría en una llanura que parecía infinita a la claridad plateada de la luna. La temperatura era glacial y todo cuanto le rodeaba resplandecía patinado por la escarcha. La noche era de una belleza sobrenatural y quizá por eso no le resultó extraña su presencia. Inmóvil como si ella misma estuviese también congelada, presa tal vez de algún extraño hechizo, real y a la vez ilusoria, como la luna que se refleja en el agua y que cualquier idiota sabe que se desvanecerá tan pronto intente atraparla.

Derreck sabía que eso ocurriría con Arianne y aun así no podía evitar sentirse atraído hacia ella, como si su sola presencia actuase como una influencia fatal e irresistible.

Arianne tampoco sabía por qué estaba otra vez allí. Quizá porque a veces las paredes de su habitación parecían estrecharse y amenazar con ahogarla entre sus muros. Porque en ocasiones sentía que se asfixiaba y necesitaba salir afuera. Quizá porque cuando respiraba ese aire y dejaba que el frío atravesase sus ropas y su piel y su cabeza, cuando dejaba que aquello pasase, entonces su cuerpo ya no se diferenciaba de la coraza helada que rodeaba su corazón. Porque a veces Arianne sentía que el frío no venía de fuera, sino de dentro, y era aún más horrible. Y por eso salía y dejaba que la helada la rodease, porque después ya todo era igual y ni siquiera ella era capaz de notar la diferencia.

—Si no os conociera demasiado bien, juraría que sois una aparición.

Demasiado cerca y demasiado inesperado. Arianne se volvió con rapidez y retrocedió instintivamente. Su corazón latía desbocado como siempre que algo la sorprendía. Raramente se dejaba sorprender. Arianne ponía todos sus sentidos en alerta cuando como ahora estaba sola y desprotegida. Él era la última persona por la que habría deseado dejarse coger desprevenida, pero ahora que había ocurrido pudo comprobar para su propia y desconcertante sorpresa que no sentía su cercanía como una amenaza. No como una inmediata al menos. Pero seguía siendo él.

—Os equivocáis si creéis que me conocéis —dijo recuperando su mejor aire distante.

—Desde luego, no os conozco tan bien como desearía conoceros.

No era más que otra de sus respuestas habituales y recurrentes, aunque esa vez la pronunció en un tono más suave y más amable, e incluso Arianne pensó que lo había dicho más por alguna autoimpuesta obligación que porque aquello fuese algo en lo que estuviese pensando en ese momento. Y también su expresión era más abierta y más franca y parecía invitarla a apreciar la broma que en el fondo había en todo aquello. Tanto que por un instante, solo por un instante, Arianne estuvo a punto de sonreír.

—Y entonces... —dijo él tratando de alargar aquel fugaz e inesperado encuentro, además últimamente apenas había conversado con ella y si lo habían hecho había sido de un modo tan poco agradable como de costumbre. En cambio, ahora sentía como si esa apariencia de brusquedad con la que se dirigían el uno al otro fuese un poco menos evidente. Tal vez por aquella situación inesperada. Tal vez porque la noche había sorprendido a ambos con la guardia baja y las defensas embotadas—, entonces, ¿estáis aquí disfrutando del paisaje? —preguntó interesado mientras volvía la vista en la misma dirección que ella y examinaba la estepa congelada como si aquello fuese una cosa muy razonable y perfectamente legítima.

Arianne ya no pudo evitar sonreír. Estaba segura de que Derreck debía de estar pensando que era una loca maniática y desquiciada, y sin embargo estaba siendo tan considerado de guardarse su opinión y tratar de conversar despreocupadamente con ella. Después de todo también él estaba allí, ¿no era así?

—Es digno de ser contemplado, ¿no creéis? —dijo Arianne neutral.

—Sí, lo creo —respondió, pero ya no miraba al paisaje, sino a Arianne, aunque ella no tardó en desviar su mirada y Derreck hizo lo mismo.

—¿No podíais dormir? —preguntó Arianne, que prefería hablar de cualquier cosa a permanecer allí en silencio con él.

—No —dijo despacio—. Estaba desvelado.

—Y no deseabais turbar el sueño de Irina —replicó ella con desdén, impulsada por algún sentimiento perverso que no consiguió reprimir a tiempo—. Sois muy considerado.

Derreck tomó aire y lo dejó escapar audiblemente antes de responder. Las dos últimas semanas se había esforzado en representar una agotadora comedia destinada a un solo espectador. Tenía como principal objetivo demostrar a Arianne que era perfectamente capaz de hacer feliz a una mujer. En apariencia no había tenido ningún éxito con respecto a ella, aunque Irina resplandecía de dicha y para ella eran ahora todos los dulces exóticos, y los vestidos de seda y tul y las joyas más delicadas. Irina palmoteaba como una niña con cada nuevo regalo y Derreck sonreía magnánimo; y mientras la observaba a ella de reojo para ver si estaba mirando. Pero Arianne nunca miraba o él no lograba sorprenderla, y ahora de nuevo sentía que estaba haciendo algo mal. ¿Pero acaso había alguna manera de acertar con aquella maldita mujer?

—No es difícil agradar a Irina —aseguró Derreck sin ocultar su resquemor.

—Es una fortuna para ella e imagino que también para vos —dijo Arianne sin mirarle.

La verdad era que Arianne sí que se había fijado en la felicidad de Irina, y lo había hecho con más frecuencia de lo que

Derreck habría podido suponer. Desde que Irina había hecho su aparición, al día siguiente de que los dos discutieran y de que todas las otras mujeres desaparecieran, aquella joven había pasado a ser el centro de la atención de Derreck. Y no era eso lo que molestaba a Arianne. Resultaba evidente cuál era su intención, y a Arianne le daban igual las joyas y los vestidos, y desde luego no le importaba lo más mínimo con quién pasase sus noches y sus días Derreck. No, no en teoría, pero la alegría de Irina era tan sincera, tan notoria su felicidad y tan genuino su entusiasmo que Arianne la envidiaba.

Sí, envidiaba su sonrisa fácil, su satisfacción infantil y su encantador modo de reír y a la vez sonrojarse cuando Derreck le susurraba algo al oído mientras la rodeaba por la cintura. Era algo que odiaba pero que no podía evitar. Arianne sabía que ella nunca podría sentirse así, nunca podría ser de ese modo. Y para colmo Irina era tan amable, tan dulce, tan generosa y tan atenta que todos la adoraban, haciendo que el rencor que sentía fuese aún más despreciable.

Pero Arianne se guardaba bien de mostrar todo eso y se refugiaba en su indiferencia. De todos modos tampoco Derreck se sentía especialmente afortunado ni tenía mayor interés por hablar de Irina.

—Es solo que prefería velar a dormir. ¿No os ha ocurrido nunca que un sueño sea más insoportable que cualquier despertar?

Su tono resultaba duro, pero su gesto se veía sincero y sin duda aquello era algo que Arianne podía compartir.

—Sí. Sé a lo que os referís —dijo Arianne con la tensión reflejada en su rostro.

Noches de pesadillas de las que intentabas en vano huir, de las que tratabas desesperadamente de despertar. Noches que preferías pasar en blanco a enfrentarte de nuevo con aquello contra lo que era inútil luchar.

—Vaya —dijo tras de un corto silencio—. ¿Por fin hemos encontrado algo que tenemos en común?

Él volvía a mirarla de aquel modo que la turbaba y ella se sentía como si estuviese en un filo, a punto de inclinarse a un lado o a otro, pero no era fácil ceder.

—No creo que mis sueños y los vuestros se parezcan en absoluto —se defendió sin saber siquiera de qué se defendía.

A pesar de todo, su justa indignación hizo reír a Derreck. Era aquella risa baja tan frecuente en él y tan absolutamente falta de humor. Aquella risa estremecía a Arianne.

—¿Pensáis que me turba mi mala conciencia? Ahora os equivocáis vos —afirmó cruel.

—Pues, si no lo hace, debería hacerlo —respondió ella sin arredrarse, sus ojos brillantes por el reflejo pálido de la luna.

Derreck acusó el golpe aunque ya debía estar acostumbrado. Era solo que a veces se sentía harto de ser el objeto del juicio de ella. A veces se sentía cansado de sí mismo y de su propio juicio. A veces Derreck solo recordaba la injusticia de la que había sido víctima y le parecía que eso justificaba todos sus actos, pasados o futuros.

—Decid, lady Arianne —comenzó—. ¿Nunca habéis odiado a nadie con tal fuerza, con tal rabia, con tanta intensidad que haría que sacrificarais cualquier cosa con tal de ver cumplida vuestra venganza?

Sus palabras enmudecieron a Arianne. Sin duda Derreck sí que había odiado así y ese sentimiento hallaba su reflejo idéntico en Arianne.

Él leyó en sus ojos una respuesta que no era exactamente la correcta y volvió a reír con aquella risa triste y apagada.

—Disculpad —dijo sarcástico—. Ha sido una pregunta estúpida. Por supuesto que odiáis así a alguien.

Arianne apartó su mirada con rapidez y sintió el frío tan repentina e inesperadamente como si la nieve hubiese comenzado a caer sobre su alma. ¿Por qué estaba allí y no en cualquier otro lugar?

Derreck notó su leve temblor. El pequeño movimiento que sacudía todo su cuerpo. La palidez casi transparente de su rostro. Volvió a parecerle tremendamente frágil y conmovedora. Volvió a hacerle sentir estúpido e inútil.

—Estáis temblando.

Arianne cruzó los brazos por debajo de su capa en un vano intento por entrar en calor, sabiendo que no serviría para nada.

—¿Acaso vos no tenéis frío?

Fue algo que hizo sin pensar. Un impulso instintivo y natural. Una necesidad. Derreck soltó su capa y la tendió hacia ella, que se alejó un poco, lo justo para volver a amargar su espíritu; aun así insistió.

—Permitid —dijo mientras seguía haciendo aquella sencilla ofrenda.

Ella vaciló, luego se giró y dejó que él posase la capa sobre sus hombros. Era más abrigada y pesada que la suya, y su calor la envolvió al instante con un aura cálida y confortadora, con un peso suave que no oprimía, sino que aliviaba, y con la tibia fragancia, humana e intensa, fuerte, dulce y avasalladora que Arianne reconocía como propia de él.

Sus dedos rozaban sus hombros de un modo tan leve que Arianne apenas los sentía, pero incluso aquello era demasiado para ella, a duras penas toleraba que la tocasen. Se giró bruscamente apartándose.

—Os lo agradezco, pero creo que es mejor que me retire.

—Os deseo buenas noches, lady Arianne —murmuró él.

Arianne asintió y emprendió su veloz retirada. Apenas había dado unos cuantos pasos cuando se detuvo. No era justo hacerle sentir mal por algo en lo que no tenía culpa. Era suficiente con que se atormentase ella sola.

—Sir Derreck… —empezó indecisa.

—Decid —dijo él suavemente.

—Si sirve de algo... quería que supieseis... —Arianne se detuvo insegura—. Lo que habéis mencionado, sobre si sabía lo que era odiar a alguien con todas mis fuerzas... ¿recordáis?

Derreck asintió muy despacio. ¿Cómo podría no recordarlo?

—Solo quería que supierais que no es a vos a quien odio de ese modo —le aseguró con sinceridad y con la marca en el rostro de una angustia que no deslucía su belleza.

Algo se quebró dentro de Derreck. Algo se rompió y supo que no habría manera de arreglarlo y ni siquiera de fingir que no estaba roto. Algo doloroso y lacerante que creía no ser capaz ya de sentir.

Se quedó contemplando cómo Arianne se alejaba y cuando desapareció supo con toda certeza que habría sido mucho mejor para él que aquello no hubiese llegado a ocurrir.

Capítulo 19

—Señor, es una gran dicha y un enorme privilegio tener por fin el inmenso honor de conoceros.

Willen se inclinaba penosa y repetidamente, y a Derreck le entraron ganas de propinarle un empellón en salva sea la parte que le hiciese inclinarse definitivamente hasta dar contra el suelo. Tanto servilismo le asqueaba.

En cambio, el agasajado parecía recibir todas estas atenciones con satisfacción y las atendía con naturalidad y de buen grado.

No en vano sir Sigurd Halle, príncipe de Langensjeen y señor de Hallstavik, llevaba recibiendo cumplidos, halagos y muestras de sumisión desde su más tierna infancia.

El segundo de los hijos del príncipe Lars pertenecía a la casa más antigua que aún perdurara desde los primeros tiempos, y los Halle habían regido el destino del norte desde que se tenía constancia de ello y seguramente desde antes. Antes incluso de que las luces de Ilithya iluminasen las sombras. Los Halle siempre habían estado allí, apartados y protegidos por sus montañas cuando les había convenido o presentes y haciendo valer todo el poder de su fuerza y su riqueza cuando los tiempos habían sido propicios.

Y también en más de una ocasión un Halle se había sentado en el trono de Ilithe, aunque de eso hacía ya mucho tiempo, y precisamente las historias decían que justo un Halle había sido el culpable de la caída última de Ilithya. Por eso y por muchas otras cosas eran pocos los que les tenían aprecio. También por la plata... La plata que no se acababa nunca y de la que los señores de Langensjeen solo tenían que decidir cuánta iban a necesitar para que los enanos esclavizados que trabajaban a su servicio en las minas les diesen más del doble de la que deseaban.

Eso era lo que decían los cuentos que recorrían el reino, pero era mentira. No eran enanos los que trabajaban en las minas. Eran niños, mejor cuanto más pequeños, para que sus cuerpos menudos se internasen con más facilidad por el laberinto de túneles de Hallstavik.

Eran niños, aunque parecían viejos a causa de la dureza del trabajo, y no siempre era fácil encontrar nuevas vetas. Por suerte para ellos en los últimos años habían encontrado una grande y buena y el futuro se presentaba de nuevo próspero en Langensjeen.

Aunque a Sigurd, como a todos los Halle, no le molestaban las leyendas que hablaban de la riqueza del norte, dejaba que prosperasen y veía con placer los murmullos de asombro y envidia que se levantaban a su paso.

Un señor de los palacios de plata. Un hijo del hielo y la aurora. Uno de los elegidos, de los privilegiados descendientes de algún dios antiguo y poderoso que escogió el norte como morada, porque únicamente allí, en Aalborg, la tierra refulgía con el mismo brillo deslumbrante del cielo.

Sí, todo aquello agradaba a Sigurd, aunque los palacios solo tuviesen de plata las cubiertas de las puertas, las lámparas, la vajilla y unas cuantas baratijas que se ennegrecían al menor descuido, a pesar de los esfuerzos de los sirvientes por limpiarlas. Incluso el mismo hielo y la nieve se veían siempre embarrados por el continuo trasiego de gentes alrededor de Aalborg. Era lo de menos. Lo importante era la fama, y de eso Langensjeen tenía cuanta deseaba.

Sigurd miró a su alrededor. Nada en Svatge le causaba gran impresión. Había esperado algo más del castillo del paso. Ni siquiera el río era tan grande. Le costaba creer que un simple puente estuviese causando tantas dificultades. De todas formas a Sigurd no le gustaba viajar y apenas había salido de Langensjeen y nada de lo que había visto en sus viajes le había parecido mejor que lo que tenían en el norte, pero Sigurd también sabía ser cortés.

—Bonito lugar, Derreck. Me alegra volver a verte.

La sonrisa de Sigurd era manifiestamente amigable, pero Derreck desconfiaba de los cumplidos casi tanto como de las promesas de lealtad.

—Yo también me alegro de verte a ti, Sigurd —le contestó sin molestarse en fingir alegría.

—Sigues siendo el mismo, amigo mío —dijo Sigurd sin perder la sonrisa—. Pensé que las victorias habrían mejorado tu humor, pero veo que no.

Era de justicia reconocer que Sigurd había tratado siempre a Derreck casi como a un igual, al menos desde el día en que Derreck tuvo la vida de Sigurd en sus manos en los campos de Halla, y Sigurd no solo no le había guardado resentimiento, sino que había visto la oportunidad que para los propósitos del norte representaba Derreck.

Sin embargo, Derreck no se dejaba engañar ni por eso ni por la pretendida camaradería de Sigurd. No eran iguales en muchos aspectos y nunca lo serían. Y en lo que a él se refería, Sigurd era su aliado, pero no su amigo.

—No tengo tantos motivos para sonreír a la vida como tú —contestó Derreck con mal oculto resentimiento.

—No veo por qué no. Tienes todo el oriente en tus manos, tienes este castillo, tienes fortuna, tienes gloria y tienes sin duda una grata compañía.

Los ojos de Sigurd se habían ido detrás de Irina, que acababa de aparecer en la sala. Ella se dirigió confundida a Derreck, que le dirigió una mirada mortal. Irina se quedó tan aturullada que no supo para dónde tirar. Nunca estaba segura de dónde debía estar y dónde no.

—Quizá vos sois lady Arianne —aventuró Sigurd.

—No, yo... —comenzó tímida Irina.

—Ella es solo una mujer —cortó Derreck bruscamente.

—Una mujer muy hermosa —dijo Sigurd tomando su mano y besándosela.

Irina se puso roja como la grana. Era evidente que aquel era un gran señor y que la hubiese confundido a ella con una dama era más de lo que Irina podía llegar a soñar. Aunque el gesto de Derreck se encargase de recordarle cuál era su lugar.

—Si me disculpáis, debo retirarme.

—¿Por qué queréis privarnos del placer de contemplaros? No seáis cruel. Quedaos aquí con nosotros. A Derreck no le molestará, ¿no es así? —dijo volviéndose hacia él interrogante y claramente divertido con aquello.

—¿Por qué iba a quitarte ese gusto? —respondió Derreck con indiferencia—. Mírala cuanto quieras.

Sigurd se rio ante la turbación de Irina, que no sabía qué cara poner. Aquello tampoco sorprendía a Derreck. Había mujeres de sobra en Aalborg, pero en más de una ocasión Derreck y Sigurd se habían fijado en la misma. A Sigurd le gustaba pensar que no necesitaba de ninguna ayuda en ese aspecto, pero si su considerable atractivo no hubiese sido de por sí suficiente, su posición como príncipe de Langensjeen le habría dado toda la ventaja que pudiera haber necesitado.

Pero lo que Su Alteza el príncipe ignoraba era que muchas de las damas que se habían rendido públicamente a la insistencia de Sigurd habían sucumbido de forma mucho más discreta a la de Derreck, que no exigía exclusividad ni necesitaba hacer público su éxito.

Y de todas formas Irina no necesitaba tanta consideración, y si Sigurd hubiese sabido que apenas un mes antes se ganaba la vida en un burdel, no le habría dedicado una inclinación tan cumplida.

—Perdonad, debo irme —dijo Irina azorada y no sabiendo cómo sacar a aquel gran señor de su error.

—Marchaos, bella. Pero espero veros pronto de nuevo. ¿Nos acompañaréis en la cena?

Irina miró a Derreck. Le habían dicho que durante la estancia de aquel huésped su lugar en la mesa no sería junto a Derreck, como solía ocurrir, sino que se sentaría en alguno de los otros bancos.

—No creo que eso sea buena idea, Sigurd —dijo Derreck con sequedad.

—¿Por qué no? ¿Vas a negarme el inocente entretenimiento de contemplar a esta beldad? —preguntó Sigurd sin despegar los ojos de Irina, que se sentía cada vez más nerviosa y más arrepentida de haber entrado en la sala.

A Derreck le daba igual que Sigurd contemplase a Irina hasta desgastarla, pero sentarla en la mesa principal estando presente un invitado supondría un insulto que incluso Derreck se resistía a causar. Un insulto para Arianne. Una cosa era afrentarla en privado y otra hacerlo frente a sir Sigurd Halle. Derreck estaba comenzando a enfurecerse con Sigurd y apenas acababa de llegar.

—Entonces es cosa hecha, hermosa. Os sentaréis a mi lado.

Y bien —prosiguió Sigurd con desenfado—, ¿por qué no me llevas a ver ese puente? Yo también quiero probar fortuna. Tal vez consiga triunfar donde todos los demás han fallado —dijo lleno de optimismo, como quien sabe que la suerte está de su lado.

Abrió la marcha sin esperar la contestación de Derreck, que apenas atendió el suplicante gesto de disculpa de Irina. Ahora no podía perder el tiempo con ella. Solo faltaba que Sigurd fuese capaz de hacer funcionar de buenas a primeras el maldito puente.

Derreck juró para sus adentros, poniendo como testigo a cualquiera de los dioses que no tuviesen nada mejor que hacer que atenderle, que, si Sigurd Halle conseguía hacer bajar el paso, él mismo le tiraría de cabeza al Taihne antes de que tuviese tiempo de pensar siquiera en sonreír.

Pero Derreck no tuvo necesidad de poner en práctica su promesa. Sigurd probó, tanteó y experimentó diversas combinaciones durante poco más de media hora y al fin abandonó displicente y aburrido, asegurando que lo más probable era que el mecanismo estuviese roto.

Derreck se guardó su opinión para sí y reunió toda su paciencia. Se le iba a hacer muy larga la estancia de Sigurd.

La hora de la cena, en cambio, tardó bien poco en llegar. El salón de banquetes de Svatge estaba a rebosar y lucía magnífico como en sus mejores tiempos. Todos los caballeros del paso que habían jurado lealtad a Derreck estaban allí para honrar como merecía al príncipe de Langensjeen. Todos se encontraban ya en el lugar que les correspondía según la posición que desempeñaban y el grado de nobleza de sus casas. Todos, excepto Arianne.

El banquete estaba por comenzar. Sigurd se había salido con la suya y había sentado a Irina en la mesa principal. En honor a la verdad, Irina lucía más espléndida que cualquier otra de las damas de la sala. Llevaba un vestido de damasco ocre pálido repleto de intrincados bordados, y varias sartas de perlas resaltaban la palidez nívea de su piel. Le habían arreglado el cabello en un complicado peinado mezcla de trenzado y rodetes, y procuraba hablar lo menos posible y evitar en todo momento la mirada de Derreck, que no estaba nada complacido con todo aquello y comenzaba a pesarle haber entregado todas aquellas cosas a Irina cuando se le ocurría alguien que merecía mucho más que ella lucirlas.

La silla de Arianne a la derecha de Derreck seguía vacía y a su pesar aquello amenazaba con sacarle de quicio. La cena estaba a punto de comenzar y si no venía enseguida tendría que mandar a la guardia a buscarla. Y si Arianne estaba pensando en organizar también hoy un escándalo... Bien, si aquello era lo que había pensado, había elegido el peor día posible para hacerlo.

Derreck sentía ya la rabia inundándole a causa de aquel nuevo desprecio. Iría a por ella él mismo y le demostraría de una vez cuál era su lugar allí; y por todos los infiernos que le gustase o no, ese lugar aquella noche era a su lado en la mesa y... y en ese momento la aparición de Arianne interrumpió de golpe los pensamientos de Derreck.

Sus pensamientos y la mayoría de las conversaciones, pues fueron muchos los que callaron cuando vieron aparecer a Arianne. Todos los que habían sido vasallos de sir Roger volvieron rápidamente la cabeza, incómodos, y los que no la conocían fijaron su vista en ella, interesados por aquella dama que tanta expectación había despertado.

Vestía de terciopelo verde y no se había puesto ninguna de sus joyas, pues aunque conservaba muchas de su madre no había querido utilizar ninguna. Y aquel vestido sencillo, pero que lucido por ella parecía propio de una reina, dejaba ver su cuello y la tersa piel de su escote sin adornos ni molestias que estorbasen su belleza. Llevaba el pelo apenas recogido, impidiendo que cayese sobre el rostro, para derramarse suelto y ondulado, libre sobre su espalda. Derreck concluyó que estaba muy bella, bella como siempre y a la vez como nunca. Más bella que ninguna otra mujer que él hubiese conocido, y seguramente Sigurd también lo pensó.

La mirada de Arianne se cruzó con la de Derreck. Levantó un poco la barbilla y avanzó hacia la mesa principal con paso firme. No tenía ningún deseo de estar allí. No le importaba lo más mínimo el maldito príncipe Sigurd que había conspirado vilmente contra Svatge. No sentía ningún deseo de ver los rostros falsos y cobardes de todos aquellos que habían olvidado su obligación y sus compromisos y los muchos favores que debían a los Weiner. Los Barry, los Query, los Wertell... Al infierno con todos ellos.

No le importaba que esa mujer se sentase a la misma mesa que ella. Sí, Vay la había avisado, la misma Vay había peinado también a Irina. Pero nada de eso importaba a Arianne, y desde luego no la afectaban los recados de Derreck avisándola de que su presencia se requería en la cena de forma ineludible e inexcusable y requiriéndola para que fuese puntual y actuase según lo que se esperaba de ella.

No, no le preocupaba lo más mínimo lo que se esperase de ella. Pero aquella seguía siendo su casa y ella era la legítima heredera de Svatge. Y si creían que iba a esconderse o que podían humillarla y hacerle renunciar... Bien, si cualquiera de ellos creía eso, Arianne les demostraría cuánto se equivocaban.

Sigurd se levantó cuando se aproximó a la mesa, Derreck supuso que sería extraño no imitarle, y los demás caballeros también se levantaron. Arianne no atendió los saludos, tampoco al de Sigurd, y se sentó en su sitio sin aguardar a las presentaciones. Sigurd se irguió perplejo y miró a su alrededor confundido. No estaba acostumbrado a que se le ignorase.

Los criados comenzaron a presentar las bandejas y todos se sentaron. Sigurd decidió probar de nuevo y asomó su cabeza buscando a Arianne, que estaba sentada un poco más allá de él.

—Supongo que vos sois lady Arianne —dijo bastante seguro, esa vez sí, de acertar.

—Suponéis bien —contestó duramente ella sin volverse a mirarle.

—Yo soy… —continuó dispuesto a darse él mismo a conocer ya que quizá aquella dama ignoraba su nombre y su posición.

—Sé perfectamente quién sois. Ahorraos vuestras palabras si no tenéis otra cosa mejor que decir.

Aquella respuesta dejó atónito y sin réplica a Sigurd, así que decidió que por el momento sería mejor dedicarse a su cena. Los criados pasaron sirviendo el vino y Derreck indicó que sirviesen primero a Sigurd en honor a su huésped.

Sigurd levantó la copa hacia Derreck agradeciendo la cortesía. Derreck alzó también la suya.

—Salud, Derreck.

—Salud, Sigurd.

Y por primera vez desde la llegada de Sigurd, una sonrisa satisfecha asomó en los labios de Derreck.

Capítulo 20

El viento era cortante aquella mañana y silbaba con fuerza en los oídos de los hombres enredando sus capas y haciéndolas inútiles. Un día desapacible y gris, y también prácticamente perdido.

Derreck había hecho ya muchas veces ese recorrido y había llegado siempre a la misma conclusión. El Taihne era infranqueable lo abordases por donde lo abordases.

Barrancos escarpados, desniveles de más de mil pies, corrientes rápidas y profundas a las que era poco menos que imposible acceder. Y eso para un solo hombre, impensable hacer cruzar a centenas o miles de ellos. Pero Sigurd era perseverante y optimista y, al fin y al cabo, Derreck no tenía ninguna otra idea que compartir.

Refrenó el caballo y los demás le imitaron. Habían llegado al lugar al que se dirigían: una meseta llana en la que la anchura del río se estrechaba hasta unos seiscientos pies. Seguía siendo mucho, pero era lo mejor que había.

Los hombres descabalgaron y los consejeros venidos desde Aalborg se dedicaron a estudiar con atención el terreno. Sigurd echó una ojeada aprobadora.

—Parece un lugar tan bueno como cualquier otro.

—Tan bueno o tan malo —gruñó Derreck.

—Vamos —dijo Sigurd, que no estaba dispuesto a escuchar actitudes negativas—. Está en un llano, el río aquí es más estrecho, no dista ni diez leguas del camino real... No se me ocurre por qué no lo hicieron aquí en su día. Es perfecto.

—Porque asediar el castillo desde aquí habría sido mucho más sencillo y tampoco será fácil proteger el paso desde esta posición —replicó Derreck.

—Es una buena razón —concedió Sigurd—, pero ya no tiene importancia, puesto que nuestros enemigos están todos del otro lado.

Sigurd sonreía abiertamente, pero a Derreck no le acababa de convencer la idea. No veía factible realizar la obra así como así, ni le gustaba el lugar ni le atraía el plan. Eso suponiendo que diese resultado.

Si los alarifes de Langensjeen conseguían construir un nuevo paso trabajando desde una única orilla y confiando en que desde el oeste no fuesen capaces de evitarlo, bien, si aquello ocurría y se lograba en un plazo razonable, aun de ese modo sería una solución considerablemente peor a la original. También era cierto que hacer funcionar de nuevo el paso parecía ya una tarea poco menos que imposible.

—Y por otra parte —añadió Sigurd—, no puede decirse que al castillo le sirviese de gran cosa estar donde está. Después de todo, no te costó tanto hacerte con él.

Derreck no contestó. Sigurd le gustaba aún menos cuando pretendía halagarle.

—¿Y serán capaces de hacer algo parecido siquiera al antiguo? —preguntó mirando con escepticismo hacia los hombres, que tomaban notas y hacían cálculos y mediciones con extraños instrumentos.

—Si otros lo hicieron, ¿por qué nosotros no? Pensaba que

tú no dabas crédito a todas esas historias de los viejos tiempos. ¿De veras crees que trolls gigantes como montañas fueron los que alzaron el paso? —preguntó Sigurd divertido.

Derreck respondió fríamente. Solo le gustaban las bromas a costa de los demás cuando las hacía él.

—Creo que eso es tan posible como que tu gente consiga tener otro paso listo sin que transcurran antes demasiadas estaciones —dijo observando a los hombres, que ahora discutían entre sí sobre las anotaciones y no daban la impresión de ser muy eficaces.

—Sí, tal vez —dijo Sigurd chasqueando molesto la lengua—, pero tampoco será necesario hacer algo tan espectacular. Bastará con algún tipo de puente. Y será una manera de distraer la atención de los pares. Thorvald tiene otros planes...

Thorvald era el heredero natural de Langensjeen. El mayor de los hijos del príncipe Lars, y también un hombre con una amplia visión de lo que podía depararle el futuro. En el norte estaban más que hartos de pagar diezmos y tributos a un rey y a una corte que solo se acordaba de ellos para recaudar más impuestos. Thorvald era ambicioso y creía que ya era hora de que un Halle volviese a ocupar el trono de Ilithe, y para ese empeño contaba con el apoyo total y completo de Sigurd; sobre todo porque de ese modo sería él y no su hermano quien algún día no muy lejano gozase del título de príncipe de Langensjeen, y eso era justo lo que Sigurd deseaba para sí. Y por eso, más que por ninguna otra razón, apoyaba su causa con el mayor de los entusiasmos.

Derreck sabía de esos propósitos, y aun sin conocer la corte como debía conocerla Sigurd, le parecían en exceso ambiciosos. No sabía hasta qué punto los deseos de Thorvald podían convertirse en realidad. Para él, el oeste era un lugar lejano y ajeno. Nunca había estado allí y no significaba nada. Pero había algo más de lo que Derreck estaba convencido: no recibiría ayuda ni estima desde Ilithe.

—¿Cuáles son los planes de tu hermano? —preguntó.

—Thorvald está armando una flota. Piensa asaltar Ilithe por mar.

—¿Por mar? —replicó Derreck incrédulo.

Era una idea arriesgada. Harían falta muchos barcos para trasladar a los hombres suficientes como para que resultasen una amenaza, y embarcar siempre suponía una aventura de dudoso resultado. Los hombres quedaban a merced de las tormentas y de los vientos adversos. Y valientes y cobardes podían quedar sepultados por igual en el fondo del océano.

—Sí, por mar —afirmó Sigurd—. Hay ya en el puerto naves capaces de trasladar cada una de ellas a más de doscientos hombres. Y si todo va según lo esperado no hará falta un ejército demasiado grande para que Thorvald se convierta en el nuevo dueño de todas las putas de Ilithe.

La sonrisa de Sigurd era ahora heladamente despiadada y Derreck volvió a sentir esa desazón que a veces le perturbaba. ¿Era aquello lo que él deseaba hacer? Apartó molesto esos pensamientos. Fuesen o no esos sus deseos, aquello sería lo que sucedería. Lo único que quedaba a su alcance era elegir bando y ya hacía tiempo que lo había hecho, solo necesitaba saber cuál era su parte en el juego.

—¿Y qué es lo que espera tu hermano?

Sigurd se lo pensó antes de continuar. Había pasado una semana cazando, recibiendo vasallajes y pleitesías, perdiendo el tiempo con pequeños nobles y cabalgando por los cortados de Svatge. Solo las cenas habían ofrecido algún interés... Pero ya era más que suficiente para Sigurd. Había visto cuanto necesitaba y pensaba marcharse muy pronto. Era el momento de hablar claro.

—Thorvald ha recibido noticias de la corte. No ha gustado

allí lo que les ocurrió a los Weiner. Han tardado en reaccionar, pero un ejército de más de cinco mil hombres ha salido de Ilithe y muchos más se les unirán por el camino. —Sigurd se encaró con Derreck y sus ojos claros reflejaron una fría calma—. Vienen todos hacia aquí.

Derreck no se inmutó. Lo esperaba. Antes o después. Cuando llegasen le encontrarían esperándoles.

—¿Y Thorvald piensa que eso dejará Ilithe sin defensa?

—Quizá no sin defensa, pero el ataque llegará de donde menos lo esperan. Además, no solo han salido hombres hacia el sur, Cardiff ha dispuesto que otro ejército se dirija hacia el este. —Sigurd le miró como si aquello fuese muy gracioso—. Parece ser que no se fía de ti y piensa que tan solo finges que no puedes usar el paso.

Incluso Derreck tenía que reconocer que resultaba irónico. Su fracaso era ahora una ventaja puesto que dividía a su enemigo. Cardiff era uno de los principales del reino y quien de hecho lo gobernaba ante la debilidad del rey Theodor. Tan odiado como temido, era el hombre más poderoso de la corte y, además de los muchos títulos de su familia, desempeñaba el cargo de lord Canciller. A él debía Derreck la relativa calma de la que había disfrutado como señor del Lander. A Cardiff no le había parecido que aquel golpe de mano en las lejanas fronteras del este fuese tan importante como para merecer que las tropas reales le dedicasen su atención. Ahora se había dado cuenta de su error y pensaba repararlo.

—Al menos no tendré que preocuparme por esos —afirmó Derreck con indiferencia.

—Cierto —concordó Sigurd—. Solo por los otros cinco mil.

—Necesitarán más de tres meses para rodear las montañas y llegar hasta aquí.

—Pero tres meses pasan con rapidez. ¿Podrás pararlos? —preguntó Sigurd súbitamente grave.

Derreck tardó un poco en contestar, aunque solo había una respuesta.

—Los pararé.

Sigurd se volvió hacia él y apretó con fuerza su hombro en un amistoso gesto de confianza y hermandad. Derreck tuvo que contenerse para no apartarle.

—Es cuanto esperaba escuchar —dijo Sigurd con entusiasmo—. Entonces, todo queda resuelto. Cuenta con mi gente para lo que necesites, y cuando Thorvald sea rey en Ilithe, todo lo que media entre el Taihne y el Lander será reconocido como tuyo. Él mismo escribirá tu nombre con letras de oro en ese viejo libro que tanto aprecian los pares. Y además —añadió Sigurd con sibilina intención—, así ya no tendrás necesidad de unirte a ella...

Derreck se revolvió ante esa mención indirecta. Arianne había sido aquella semana una perturbación constante para él. Fría e inaccesible. Distante e inabordable. Furiosa y rebosante de ira por todos los agravios que soportaba y que proclamaba con su actitud de forma más elocuente que pudiese haberlo hecho cualquier discurso. Sigurd también lo había visto.

Derreck había apreciado cómo empleaba discretamente con ella toda su resuelta desenvoltura, su aplomo y su seguridad innata, su amabilidad fácil que tenía la virtud de parecer sincera y espontánea. Arianne había resultado igualmente indiferente, pero Derreck había sufrido lo mismo cada vez que lo había visto dirigirse así a ella.

—Ella —dijo Derreck remarcando intencionadamente aquella palabra y pronunciando las demás como si se tratase de un desafío— será mi esposa reine quien reine en Ilithe.

—No parece que la dama esté muy de acuerdo con eso —contestó Sigurd suavemente.

—Lo estará —afirmó Derreck intentando ocultar su rabia.

—No lo dudo —aseguró Sigurd sin abandonar su tono afable y cordial—, pero no deberías darle tanta importancia a eso. Cuando Thorvald consiga lo que todos esperamos, tendrás tantos títulos que podrás otorgar alguno incluso a tus caballos. Haremos un nuevo paso y tú serás el señor del paso. Créeme —dijo con fría y orgullosa displicencia—. Esos necios y vanidosos imbéciles de Ilithe que ahora te insultan se matarán entre sí por que te tires a alguna de sus hijas.

Nada de aquel discurso agradaba lo más mínimo a Derreck. Despreciaba a la corte y a los cortesanos tanto como Sigurd, pero sabía que el desdén de Sigurd era extensible a todos los que no pertenecían a su casa y a la antigua Aalborg. Derreck sabía que los Halle se consideraban mejores que los demás; para él, todos eran lo mismo.

—Puedes aspirar a algo mucho mejor que ella, amigo mío. Esa mujer es dura y áspera y juraría que amarga —dijo mientras observaba con malévolo interés la expresión de Derreck—. Y aunque sabes que yo no doy importancia a esas cosas, muchos otros sí lo hacen, y te convendría asegurar tu posición y reafirmar tu nombre con el enlace con alguna familia de linaje, de mejor linaje que lady Arianne.

Derreck apretó la mandíbula hasta rechinar los dientes. De buena gana habría arrojado a Sigurd al suelo y le habría cortado el cuello con su espada para ver si el linaje de su sangre era tan noble como él se preciaba. En lugar de eso le contestó solo para defenderla. Derreck podía soportar muchas cosas, pero no iba a tolerar que Sigurd la menospreciase.

—El linaje de lady Arianne es tan bueno como el de cualquiera de tus putos pares —afirmó en dura voz baja solo para ver cómo Sigurd lo miraba con evidente y maligna diversión—. ¿Qué demonios es tan gracioso? —preguntó Derreck sombrío y apenas sin poder contenerse.

Sigurd negó con una sonrisa pérfida y no se dejó afectar por su oscura expresión, convencido de saber más que él.

—Corren muchas historias acerca de lady Arianne, ¿no te has preguntado nunca cómo es posible que aún no haya contraído matrimonio? Sabes que a todas las casan a los dieciséis. Es la mejor edad —dijo Sigurd señalando algo que era de sobra conocido—. ¿Cuántos tiene ella? ¿Veinte?

—Veintiuno —respondió Derreck cortante.

—¿Lo ves? —sonrió Sigurd como si eso lo explicase todo.

—Ella rehusó todas las ocasiones —contestó enojado.

—Cierto. La ocasión, en realidad —corrigió Sigurd—, aquel idiota de Elliot. Un caballero insignificante con tan poca relevancia como juicio. ¿Por qué crees que sir Roger Weiner aceptó casar a su única hija con una nulidad como Elliot?

Derreck le respondió con idéntica frialdad.

—No lo sé, dímelo tú.

—Porque nadie más había solicitado su mano en esos largos dieciséis años, y si de veras deseas saber por qué nadie intentó emparentar con la antigua casa Weiner ni el mismo sir Roger puso interés en concertar el matrimonio, te contaré lo que yo sé. Resulta que cuando nació se corrió la voz de que no era verdadera hija del muy noble y muy estúpido sir Roger. —Sigurd hizo una pausa para disfrutar del sorprendido estupor que se leía en el rostro de Derreck—. Se dijo que sir Roger había dejado que la madre diese a luz sola en sus habitaciones, sin ayuda alguna, como había permanecido sola durante todo su feliz estado. Sola y encerrada, aunque lo que se decía en público era que lady Dianne no llevaba bien el embarazo, pero muchos afirmaron que las cuentas no cuadraban, y que sir Roger había encontrado a su esposa encinta de algún otro tras volver de un largo viaje y que por eso la dejó morir —justificó Sigurd con pavorosa insensibilidad—, y por eso precisamente ninguna familia que se precie pretendió nunca su mano, y tampoco él procuró buscarle ninguna. Ya sabes, era recto y honesto —dijo con burlón desdén—. Hasta que decidió casarla con ese pobre desgraciado de Bergen. Debió de pensar que era un trato lo bastante adecuado para no mancillar su conciencia.

Sigurd calló esperando la reacción de Derreck. Este había escuchado en silencio toda aquella historia. No se le ocultaba el malsano placer que Sigurd experimentaba al contarle esas habladurías que bien podían ser interesadas calumnias. Y aunque barruntase el oscuro afán de Sigurd por desmerecerla ante sus ojos, también intuía que era muy posible que algo así hubiese ocurrido.

Y es que Derreck tenía de alguna manera la sospecha cierta y segura de que Arianne no había sido nunca feliz ni verdaderamente amada. Y aquello le hería más que cualquier dolor que Sigurd pretendiese infligirle a él.

Apartó todos aquellos extraños sentimientos y los ocultó a la inquisitiva mirada de Sigurd.

—No importa lo que se dijese. Sir Roger no las repudió. Ni a su esposa ni a ella, y la crio en su hogar y le dio su nombre. Ella es su heredera legítima. Ante la corte y ante el mundo. Y quien diga lo contrario tendrá que enfrentarse a mí —terminó desafiante.

Sigurd inclinó la cabeza en un gesto suavemente conciliador. No deseaba enemistarse con Derreck. Ni le convenía ni era prudente, pero Sigurd no podía evitar en ocasiones ser imprudente.

—Nadie lo negará. Solo quería que lo supieras. Es una historia vieja, pero muchos aún la recuerdan, sobre todo en Ilithe. Solo deseaba asegurarte que en el norte nadie espera que consumes ese enlace. Podrás elegir entre quien desees. No tienes por qué suplicarle.

Derreck volvió a sentir el imperioso deseo de estrangular a Sigurd.

—No le he suplicado —mascullό furioso entre dientes.

—Claro que no —concedió malévolo Sigurd—. Solo es una mujer —dijo pronunciando las mismas palabras con las que Derreck se había referido a Irina. Sin esperar su respuesta espoleó al caballo y se dirigió hacia los hombres, que aún intentaban ponerse de acuerdo sobre las medidas que necesitaban para proyectar el puente.

Derreck lo dejó alejarse. No deseaba soportar por más tiempo su maldita soberbia y su despectiva superioridad. Y menos aún deseaba reconocer ante Sigurd, e incluso ante sí mismo, que Arianne era para él mucho más que tan solo una mujer.

Capítulo 21

—¿Y podré llamarla como yo quiera?

Arianne sonrió a la pequeña. Se inclinaba entusiasmada encima de ella, empujada por la impaciencia de tener en sus manos la muñeca a la que le estaba dando los últimos retoques.

—Claro que sí. Es tu muñeca. Podrás llamarla como tú quieras. ¿Qué nombre le pondrás?

La niña se quedó pensativa. El fuego estaba encendido y en la cocina se estaba caliente y a resguardo. Arianne estaba sentada en una banqueta junto a la lumbre y no tenía ninguna prisa por que la niña se decidiese.

—Creo que me gusta Arwyn —dijo la pequeña.

—Es un nombre muy bonito —aseguró Arianne.

—Es un nombre de princesa. ¿Verdad que parece una princesa?

Arianne había hecho un vestido para la muñeca con un retal de brocado, un pequeño paño de los que se empleaban para adornar la mesa, y estaba muy satisfecha de haberle dado mejor uso. La hija de la cocinera se lo merecía mucho más que cualquiera de aquellos dos idiotas.

—Ya lo creo que lo parece. Será la princesa Arwyn —dijo entregándosela a la niña.

—Gracias —dijo encantada abrazando a la muñeca contra sí. Otra idea cruzó en ese momento por su cabeza—. ¿Tú también eres una princesa?

—No, no lo soy —dijo Arianne risueña—. Hay muy pocas princesas y viven en lugares muy, muy lejanos.

—Pero tú lo pareces y mi madre dice que, si te casases con sir Derreck, serías la señora del castillo y no tendrías que aguantar que ninguna buscona se sentase en la mesa como si fuese la dueña.

La cocinera, que estaba atareada desplumando pollos, se quedó helada cuando oyó a su hija. Tenía solo seis años y no se le había ocurrido que fuese a repetir algo que había dicho sin pensar que la cría estaba delante.

Se volvió azorada limpiándose las manos en el mandil y sin tener la menor idea de lo que decir. Lady Arianne era siempre muy amable con la pequeña y ella no quería ofenderla, aunque también era cierto que no había dicho más que la verdad.

—No le hagáis caso, señora. Los niños... Ya sabéis...

Arianne no le respondió. La niña seguía mirándola con sus grandes ojos inocentes.

—No la pierdas, Winie. Tienes que cuidar bien de ella.

—No la perderé —dijo mientras Arianne se levantaba del banco—. ¿No te quedas a jugar con nosotras?

—¡Winie, no seas pesada! —dijo la cocinera, aún cohibida.

—Tengo cosas que hacer. Juega tú, ¿de acuerdo?

La niña asintió. Miró a su muñeca y eso le dio otra idea.

—¿Y tú crees que yo podré ser algún día una princesa?

Arianne miró a la pequeña. Sus cabellos rubios estaban enmarañados y sucios, y la saya de sarga que vestía había sido remendada muchas veces y estaba negra del carbón de la cocina.

Su madre la contempló apenada y cuando su mirada se cruzó con la de Arianne la desvió para volver a su tarea, preparando una comida que otros disfrutarían.

La ingenuidad de la niña la conmovió y entristeció. Sabía tan bien como cualquiera lo difícil que era que los sueños se convirtiesen en realidad, pero no se sintió con ánimo para abrirle los ojos tan pronto.

—Seguro, Winie. Podrás ser cualquier cosa que desees.

La pequeña sonrió feliz con esa respuesta y se abrazó a sus piernas, rodeando la falda del vestido. Arianne dudó un instante, pero antes de que le diese tiempo a corresponder, la voz de su madre reprendió a la chiquilla para que la soltase.

—¡Winie, no molestes más a la señora!

La cocinera la miraba con recelo y estaba claro que aquello no le gustaba lo más mínimo. Arianne experimentó la dolorosa sensación de estar de más.

Winie se desprendió obediente y Arianne salió de la cocina afligida y dolida con aquella mujer que no solo se permitía opinar sobre lo que debía hacer con su vida, sino que además acababa de mirarla como si tratase de quitarle algo que era suyo.

Eso dolía.

Había pasado muchos ratos en las cocinas ese invierno con la pequeña Winie y con su madre, también Vay se unía a ellas a menudo. Vay, que últimamente estaba más que animada aunque muy misteriosa, y desaparecía durante horas y era casi imposible dar con ella. Por eso quizá había pasado más tiempo con Winie y le llevaba regalos e inventaba juegos para ella, y Arianne había pensado que no hacía daño a nadie con eso, pero puede que estuviese equivocada.

Así que ahora también tendría que decir adiós a las mañanas en la cocina.

Era una sensación bien conocida por Arianne. La impresión de sentirse extraña y rechazada. Era algo que la había acompañado muchas veces, con mucha gente y en muchas circunstancias, aunque extrañamente nunca le ocurría con él.

Arianne sintió de golpe la fuerza de ese sentimiento, una especie de repentino descubrimiento. Tuvo que recurrir a toda su voluntad para rechazarlo, como si el simple hecho de ocurrírsele fuera una traición. Aquello no tenía sentido. Derreck tenía tanta culpa como los demás, o mejor dicho más. No era diferente y ya estaba harta de que le dijeran lo que tenía y lo que no tenía que hacer. Estaba más que cansada de ser el objeto de la voluntad de otros y no poder actuar por sí misma.

Necesitaba salir de allí.

Sí, necesitaba más que ninguna otra cosa alejarse de todos y cabalgar tan rápido como el viento. Tan rápido que no la alcanzasen ni sus propios pensamientos. Correr hasta algún lugar donde no hubiese nada más que ella y el silencio a su alrededor. El bosque, el cielo en lo alto y el suelo a sus pies. Ninguna otra cosa.

¿Era tanto pedir? Arianne se encontraba asfixiada por aquella situación que ya no daba más de sí. Ya era suficientemente malo antes, pero la presencia de Sigurd lo había convertido en insoportable.

Al menos se iría pronto, pero ¿qué cambiaría tras su marcha? Ella seguiría allí encerrada, soportando día tras día todas las estratagemas de Derreck para que desistiera, inclinada cada vez más a ceder, a rendirse. Porque era cierto que también a veces se sentía cansada y pensaba que era inútil luchar contra todo y contra todos; y que al fin y al cabo quizá él no fuese tan horrible, no peor que los demás, no tan malo como había pensado al principio.

Sí, a veces Arianne pensaba que Derreck no era como aparentaba ser, y el recuerdo de su encuentro nocturno en la muralla y sus brazos envolviéndola en su propia capa para protegerla del frío daban más fuerza a esa inexplicable emoción. Pero ¿acaso cambiaba algo aquello? ¿No era un hecho que Derreck solo quería casarse con ella por egoísmo e interés? ¿No era cierto que de todos modos no podía aceptar ese matrimonio? No, al menos eso estaba claro. No sería la esposa de nadie. No pasaría por eso.

Una sombra apareció en la puerta y la hizo detenerse. Sigurd la saludó inclinando un poco la cabeza. Grave, cortés y sin quitarle ojo de encima. Arianne comprendió. No se trataba de un encuentro casual.

—¿Salíais, señora?

—Si me lo permitís —dijo secamente.

—Por supuesto —le respondió apartándose y cruzando hacia el interior—, pero ya que os encuentro aquí, ¿podríais concederme un minuto?

No había tenido muchas conversaciones con Sigurd o mejor dicho ninguna, aunque notaba como se había esforzado por ser amable con ella. Arianne había sentido el vehemente deseo de corresponder a esa amabilidad solo para fastidiar a Derreck, que era tan imbécil de actuar como si ella fuese ya de su propiedad, pero había estado demasiado enojada hasta para eso. Y ahora Sigurd estaba allí.

—¿Y cómo me habéis encontrado?

—Puede que sea porque soy un hombre afortunado —dijo Sigurd con naturalidad—, de todos modos quería hablar con vos.

—¿De qué queríais hablar? —le replicó mientras se preguntaba si aquel lugar solitario y en penumbra era el más adecuado para conversar con Sigurd.

—Es algo que quería proponeros. Como habréis notado, os he estado observando y he podido darme cuenta de que no sois feliz.

Sigurd le hablaba con absoluta seriedad y eso hacía que sus palabras dolieran aún más que si se hubiese burlado de ella.

—¿Y habéis necesitado reflexionar mucho para llegar a esa conclusión?

—No, no he tenido que reflexionar nada porque cualquiera podría comprenderos. Os han arrebatado vuestra familia, vuestro hogar y os han hecho rehén de una situación que os violenta y os humilla. Tenéis buenas razones para ser infeliz —recitó Sigurd con voz baja y grave.

Arianne sintió dolerse su orgullo tantas veces ofendido. Si creía que con un par de palabras de apoyo y comprensión iba a ganarse su favor...

—Sin duda vos lo habríais hecho mejor.

—Quizá no —sonrió solo un poco cínico Sigurd ante su justa ira—, pero sí puedo ofreceros algo mejor. Podría ayudaros, lady Arianne.

La mirada de Sigurd rebosaba de promesas que estaba bastante seguro de cumplir. Arianne sabía que Sigurd era poderoso y tan caprichoso como cualquiera de ellos. No tenía a mucha gente a la que recurrir y no le haría daño escuchar, aunque sabía que él no le daría lo que ella deseaba.

—¿Me ayudarías a recuperar el castillo y a echar de aquí a sir Derreck?

Contra lo que Arianne esperaba, aquello no hizo sonreír a Sigurd.

—Desgraciadamente eso no es posible, pero si lo que deseáis es un castillo yo tengo uno que puedo ofreceros, en Lilehalle. ¿Habéis oído hablar de él?

Lilehalle. Al norte del norte. La última luz antes de las tinieblas. El palacio de hielo, antiguo y legendario. Había muchas historias que hablaban de aquel lugar.

—¿Vos me ofrecéis Lilehalle? ¿Os burláis de mí?

—¿Tengo aspecto de burlarme?

La expresión de Sigurd era tan grave que la confundía, aunque no tanto como para hacerle olvidar su propósito.

—No es Lilehalle lo que quiero —dijo Arianne apartándose y dándole la espalda, pero su voz tras ella sonó igual de susurrante y persuasiva y más cerca que antes.

—Pensadlo bien antes de decir que no. No puedo devolveros Svatge y quien os diga que lo hará os miente. Aun si Derreck tuviese la fatalidad de perderlo y, confiad en mí, no es fácil que eso ocurra, pero incluso si ocurriese, el castillo solo cambiaría de manos y nunca os lo devolverán. Si es que alguna vez os perteneció —apuntilló Sigurd con la misma seca frialdad que debía de reinar permanentemente en Lilehalle.

—Sois muy amable al advertirme —dijo Arianne volviéndose furiosa hacia él.

—Solo lo hago porque tenéis mi aprecio y sé que merecéis mucho más que eso.

—¿Cuánto merezco, señor? —preguntó Arianne sin poder ya contenerse—. ¿Tanto como para que me pidáis acaso vos también que sea vuestra esposa?

—Sabéis de sobra que no podéis ser mi esposa —replicó Sigurd con calma—. No es algo de lo que pueda disponer.

—Cierto, debéis casaros con la hija de vuestro hermano. Entonces, ¿me estáis proponiendo que sea vuestra meretriz? —dijo Arianne echando chispas por los ojos.

—Vos mereceríais ser reina, lady Arianne, y si de mí dependiese pondría en vuestra frente una corona —respondió Sigurd sin dejarse achantar por la furia de Arianne—, pero no tengo ningún reino que poner a vuestros pies. Sin embargo, lo que os ofrezco tiene más valor de lo que podríais pensar. Os ofrezco libertad. ¿No dicen que nada vale más que eso?

Arianne no contestó y Sigurd continuó ardiente y acariciador.

—En Lilehalle no habría puertas ni murallas cerradas. No habría otra dueña y señora que vos. Ningún esposo os ofrecerá eso. ¿No creéis que eso puede compensar cualquier otro inconveniente?

—¿Y también podría cerraros la puerta a vos? —preguntó Arianne tratando de mantener a raya la rabia fría que la poseía.

—Si es vuestra voluntad, pero ¿por qué habríais de desear hacerlo? —dijo Sigurd con la vanidad convencida de quien está seguro de sus posibilidades—. ¿Por qué querríais renunciar a todo lo que puedo ofreceros? No soy libre de elegir a mi esposa, pero os he elegido a vos para entregaros aquello que mi corazón ama más que a nada. ¿No tiene eso ningún valor?

Sus palabras tenían la fuerza de la sinceridad y es que en verdad Sigurd era casi del todo sincero. Solo Aalborg estaba por encima de Lilehalle en su estima y eso estaba fuera de todo trato. Pero Lilehalle no significaba gran cosa para Arianne.

—Si de verdad me apreciaseis, no me insultaríais de ese modo.

—¿Sería mejor que tratase de forzaros a ser mi esposa como ha hecho Derreck? ¿Aunque os obligase a compartir mesa con una prostituta y os humillase y os hiciese desgraciada?

—¿Qué os importa eso a vos? —replicó Arianne sintiendo la congoja del llanto amenazando su pecho. Hubiese golpeado a Sigurd. Hubiese deseado hacerle daño. Verdadero daño. Un daño que hiriese su corazón y le hiciese gritar de dolor.

—Me importa porque sois hermosa, lady Arianne. Sois tan hermosa que quisiera poder siempre contemplaros. Porque os quiero para mí y no para él ni para ningún otro, ¿comprendéis? Os ofrezco francamente lo mejor que puedo daros y solo os pido que lo penséis.

—¿Y no os preocupa lo que opinará de esto Derreck?

—Claro que me preocupa y estoy dispuesto a arriesgar mi amistad con él por vos. ¿Tampoco os dice nada eso?

Arianne guardó silencio. Sigurd también era ahora casi sincero. Por supuesto que le importaba lo que Derreck opinase, por eso había tratado de minar aquella determinación ciega que había advertido en él, pero no era tan estúpido como para no darse cuenta de que cualquier esfuerzo habría sido en vano, aunque tal vez eso no resultase igual de evidente para todos.

—¿Y a vos, lady Arianne? ¿Tanto os importa lo que piense

Derreck? ¿Os ha dicho él acaso lo hermosa que sois? ¿Os ha dicho alguna vez que os ama?

Arianne apartó su mirada. En verdad ella apenas conocía nada de Derreck ni de lo que pensaba ni de lo que sentía. Solo sabía de la oscura tensión que vibraba siempre entre los dos, especialmente cuando se encontraban a solas, y no estaba muy segura aún de lo que aquello significaba.

Sigurd en cambió no ignoraba lo mucho que Derreck se enfurecería si conseguía llevársela con él, pero era un riesgo controlado. Con un ejército dirigiéndose hacia Svatge, Derreck no podría permitirse buscarse más enemigos, y aunque la cólera le cegase y cometiese el error de dirigirse hacia el norte, la nieve y el frío guardarían a Langensjeen mejor que cualquier otro ejército. Siempre lo habían hecho. Solo los soldados del norte soportaban el norte; los demás caían, más lejos o más cerca de su lugar de partida. Derreck ya había cumplido su función, llamar la atención de Ilithe y de lord Cardiff. Sigurd no faltaría a su promesa. No le gustaba faltar a ellas. Pensaba cumplir la palabra que le había dado a Derreck igual que cumpliría la que acababa de darle a Arianne. Pero si Derreck se volvía contra él lo perdería todo.

Sigurd no tenía nada en su contra. Lo que ocurría era que cada uno tenía su lugar en el mundo y el lugar de Derreck estaba varios peldaños por debajo del suyo, y aquella era una ocasión tan buena como cualquier otra para recordárselo.

Aunque no era esa su principal intención y si la deseaba para él no era por el simple placer de arrebatársela. Sucedía solo que Sigurd era codicioso y ansiaba para sí cuanto era bello y de valor en este mundo. Y resultaba evidente que Arianne era valiosa, como una gema que resplandeciese iluminada solo por su propio brillo.

Si Arianne aceptaba, Sigurd le daría Lilehalle, y su presencia convertiría aquel lugar en algo tan perfecto como Sigurd imaginaba y a la vez tan independiente como adivinaba que ella anhelaba. Y cuando Arianne viese todo lo que Sigurd podía darle, los deseos de ella y los de él hallarían sin duda un mismo punto en el que encontrarse.

—No tenéis por qué responder ahora mismo —continuó él—. Parto mañana, pero algunos de mis hombres se quedarán aquí unos días más a fin de preparar lo necesario para construir un nuevo paso lo más pronto posible.

Esas palabras se abrieron camino en la ya alterada calma de Arianne con la rapidez de un rayo.

—¿Un nuevo paso?

Sigurd trató de no parecer demasiado satisfecho.

—¿No os lo ha contado Derreck? Va a construir otro paso a cinco leguas de aquí. Si todo va bien, estará listo en dos o tres meses.

Esos eran unos cálculos más que optimistas, pero tampoco el optimismo era un delito, ni alterar la verdad algo que turbase en exceso a Sigurd.

—No lo conseguirá —dijo Arianne con rotundidad, aunque se la veía más pálida.

—¿Lo pensáis? Yo no lo creo así. Es solo cuestión de tiempo que un nuevo puente cruce el Taihne y si os quedáis aquí podréis verlo con vuestros propios ojos.

Arianne volvió a encerrarse en su silencio. Eso alentó la confianza de Sigurd.

—De aquí a una semana un grupo volverá a Langensjeen. Derreck no es un hombre tan razonable como sería de desear, pero estará muy ocupado con las obras. Os sacarán de aquí sin riesgos. Llegareis a Langensjeen sana y salva. Os lo ofrezco sin contrapartidas. Cuando estéis allí seréis libre para decidir.

Arianne tomó aliento. Un nuevo paso. El castillo y el viejo paso ya no servirían de nada, perderían todo su sentido y al poco quedarían olvidados, y ella seguiría allí encerrada, condenada a ver cómo ocurría. En cambio, si aceptaba, sería libre según Sigurd. Libre en Langensjeen. Abandonaría para siempre Svatge y tendría una deuda que nunca terminaría de saldar con Sigurd. Y no era solo eso...

—No puedo marcharme —musitó sin fuerza—. La gente que aprecio. Harald, mi aya, mi doncella...

—Solo decid a mi guardia a quién queréis llevar con vos. La plata puede ayudar a solucionar cualquier dificultad. No dejéis que eso os turbe —susurró Sigurd con aquella voz que no habría perdido su suavidad ni aunque le hubiese estado proponiendo el más abominable de los crímenes—. Solo prometedme que lo pensareis.

—No os prometo nada —replicó veloz Arianne recuperando su energía.

Sigurd sonrió apenas. Confiaba en sus armas y en la fuerza de sus palabras, aunque no tanto como para engañarse a sí mismo.

—Pensadlo entonces solo si os place hacerlo —dijo con más dureza—. Podréis ver avanzar las obras y podréis confiar en que Derreck no retire su oferta de matrimonio cuando vos decidáis aceptarla.

—Eso no ocurrirá nunca —murmuró pálida Arianne.

—¿El qué? —preguntó Sigurd sarcástico—. ¿Que vos no aceptaréis o que Derreck no la retirará?

Arianne no contestó. A su pesar, la seguridad de Sigurd minaba la suya. Arianne no pensaba ceder. No podía ceder. Pero entonces, ¿qué hacía aún en Svatge? No podía dejar pasar su vida esperando una ayuda que nunca llegaría. Además, Sigurd tenía razón, nada bueno llegaría del oeste, si es que alguna vez llegaba. ¿Por qué permanecer allí? Solo por un castillo y un paso que muy pronto ya no le importarían a nadie. Sin embargo, todavía reunió la fuerza para alzar los ojos y contestar a Sigurd con orgullo desafiante:

—Ninguna de las dos.

Sin pretenderlo, Sigurd dejó escapar una sonrisa y tuvo que contener su asombro. Aun en aquella semioscuridad Arianne lucía irresistible y peligrosamente atrayente, y quizá por eso, pensó asaltado por una repentina cautela, quizá por eso lo mejor sería marcharse lo más pronto posible de allí y olvidarse de todo ese asunto, pero no habría sido muy airoso desdecirse.

—Admiro vuestra confianza, señora, y os deseo todas las venturas decidáis lo que decidáis. Y si cambiáis de idea recordad que mis hombres esperan solo una palabra vuestra.

Antes de que Arianne pudiese contestar o Sigurd terminar de despedirse, el sonido de un llanto desconsolado sorprendió a ambos. Winie apareció corriendo y fue directa hacia Arianne. Ella se arrodilló para acogerla entre sus brazos sin importarle lo más mínimo la presencia de Sigurd, que lo observaba todo como si se tratase de algún espectáculo insólito y extraordinario.

—¡¡¡Se ... se... me ha... se ha... estro... estropea...do!!! —balbuceó Winie entre hipidos y sollozos.

El precioso vestido dorado de brocado se había quemado por uno de sus bordes, la muñeca chorreaba agua y la mano de la niña se veía enrojecida.

—¡¡¡¡Hanse me la quemó!!!! —lloró Winie.

Hanse era un niño no mucho mayor que ella, pero que doblaba a Winie en estatura y disfrutaba haciendo daño por pura maldad.

Arianne tomó la muñeca e intentó calmar a Winie, mientras le secaba las lágrimas con sus manos.

—No te preocupes. Haremos otra y quedará aún más bonita.

—¡¡¡Yo quería esta!!! —chilló Winie inconsolable.

Sigurd se fijó en la dulzura con la que Arianne atendía a la niña, su suavidad y su ternura. Tal vez no todo estuviese perdido.

—Escucha, pequeña. ¿No te ha dicho nadie que si lloras estás mucho más fea?

Arianne miró furiosa a Sigurd, pero Winie dejó de llorar al instante y miró a Sigurd con atención.

—Así me gusta —sonrió Sigurd—. Buena chica. No merece la pena disgustarse por tan poca cosa y... espera... ¿Qué tienes aquí? —dijo mientras hacía como si sacase de entre los cabellos revueltos de la niña una pequeña cadena de plata.

—¡¡¡Ohhh!!! ¿¿¿Es para mí??? —dijo la niña tan asombrada por el truco como por el brillo con el que relucía aquel pequeño objeto.

—Claro, es tuyo —aseguró Sigurd enganchando los dijes de lo que hasta hacía un momento había sido uno más de los adornos de su capa en la pequeña muñeca de la niña—. Es plata maciza. Puedes venderla y comprar todo lo que quieras o... puedes quedártela. Es tu decisión.

Arianne se mordió la lengua. Si alguien descubría lo que Winie llevaba en su brazo, se lo robarían y no sería su decisión.

—Gracias —dijo Winie otra vez feliz y haciendo una graciosa reverencia.

—No es nada. Ojalá todos los problemas fuesen tan sencillos de resolver, ¿verdad, lady Arianne?

Arianne no respondió y apretó más fuerte la mano de Winie.

—Bien, bellas damas —dijo Sigurd inclinándose en un caballeroso saludo cortés y guiñando un ojo a Winie, que sonrió encantada—. Tengo que dejaros, pero si ese tal Hanse vuelve a molestaros no dudéis en avisarme.

Cuando Sigurd se marchó, Winie extendió su brazo observando el efecto de la cadena en su mano, olvidando por completo la quemadura.

—¿Es cierto que es un príncipe de verdad? —preguntó curiosa.

Arianne resopló.

—Sí, Winie. Es un auténtico príncipe.

—Y además es muy guapo —aseguró.

—¿Te lo parece? —preguntó Arianne sorprendida por que, aun siendo tan pequeña, Winie se fijase en eso.

—Claro que sí, aunque no más que sir Derreck —puntualizó la niña.

Arianne se rio un poco con ella. No estaba de humor, pero la verdad, por mucho que le pesase reconocerlo, pensaba igual que Winie.

—¿Y es mejor que sir Derreck? —preguntó la pequeña volviéndose muy seria hacia ella.

Arianne suspiró y apartó con suavidad el pelo de la cara de la niña.

—No, no lo creo, Winie.

La niña asintió como si eso fuera suficiente y volvió a mirar la cadena. Arianne pensó en lo que ocurriría en cuanto Hanse o cualquier otro la viera.

—Escucha, ¿quieres conservar esa cadena?

Winie asintió vigorosamente con la cabeza.

—Entonces tienes que esconderla, buscar un lugar que nadie más conozca y dejarla allí. Podrás verla siempre que quieras y nadie podrá arrebatártela. ¿Te parece bien?

La niña volvió a asentir con los ojos brillando de entusiasmo ante la idea.

—Pues, si eso es lo que quieres, vamos —dijo Arianne resuelta—. Te ayudaré a buscarlo.

Winie se agarró a su mano y las dos salieron juntas al patio.

Capítulo 22

La música sonaba alegre a su alrededor. Las risas y las conversaciones llenaban el comedor. La cena estaba acabando y el vino soltaba las lenguas y relajaba los modales, nunca demasiado esmerados, de la mayoría de los presentes. Irina sonreía apacible, Sigurd lo observaba todo con la calma imperturbable típica en él, Derreck parecía contener algún frecuente e inexplicable malhumor y a Arianne le dolía horrores la cabeza, y eso que ni siquiera había probado el vino.

Todo aquel alboroto le resultaba aquel día aún más insoportable. Quería quedarse sola, pensar con calma y tratar de llegar a algún acuerdo consigo misma. Multitud de ideas habían girado en su cabeza durante todo el día.

Una parte de ella, cansada de seguir luchando, le decía que marcharse era la única idea razonable. Olvidar el castillo. Olvidar el pasado. Hacer cuenta nueva y renunciar a Svatge que al fin y al cabo nunca le estuvo destinado.

Pero marcharse para ser la amancebada de Sigurd en Lilehalle...

Arianne imaginaba lo que los nobles y sus cortesanos comentarían. La hija menor de sir Roger viviría sus días convertida en uno más de los innumerables antojos que coleccionaban los señores del norte. Todos asegurarían que sospechaban que terminaría de ese modo, que nunca fue lo suficientemente buena, que no valía para nada mejor.

Y eso no era lo peor. Arianne ya estaba acostumbrada a ser el objeto de las murmuraciones de otros y al menos la ausencia de ceremonia debería suponerle un alivio. Si no había enlace, tampoco nadie podría exigir que se anulasen las nupcias. No habría reclamaciones, ni recriminaciones escandalizadas, ni explicaciones que no estaba dispuesta a dar.

Sí, aquello era una considerable ventaja, y Sigurd había hablado de libertad y ella deseaba ser libre, y tampoco tendría por qué soportar constantemente su presencia. Sigurd pasaría la mayor parte del año en Aalborg y solo de vez en cuando acudiría a Lilehalle y no por mucho tiempo. Probablemente se acostumbraría a soportarlo.

La sola idea la repelía, pero si las demás lo hacían, también ella se acostumbraría. Y cuando Sigurd tuviese lo que quería se marcharía, y así Arianne podría estar el resto del tiempo sola. Sola y ajena a cuanto pudiese ocurrir en el resto del mundo, allí en Lilehalle donde todo acababa, porque más allá de sus murallas no había más que hielo y sombras.

Con certeza aquel no debía de ser el lugar más acogedor de la Tierra, pero con un poco de suerte en Lilehalle no habría cocineras que le dijesen lo que tenía que hacer y la mirasen mal porque creyesen que pretendía robarles el afecto de sus hijas.

Y tampoco estaría Derreck, y así no se sentiría tentada a ceder.

Todo aquello pesaba a favor de Lilehalle, aun cuando sabía que no debía aceptar. Si lo hacía, se despreciaría a sí misma mientras viviese. No importaba lo alto que fuese el precio. No venía al caso que las leyendas hablasen de Lilehalle como la más delicada y perfecta obra que los hombres hubiesen levantado sobre la faz de la Tierra desde que la luz apareció en el cielo. Si aceptaba, Arianne sabía que sentiría toda su vida que Sigurd la había comprado, igual que los hombres compraban a las mujeres que vendían su cuerpo por unas pocas monedas.

Los pinchazos en las sienes se hicieron más agudos. Arianne tomó su copa intacta y la apuró de un trago. El dolor pareció cesar por un momento, pero las ideas seguían yendo y viniendo caóticas. También podría utilizar la oportunidad para huir. Salir de Svatge y escapar antes de llegar a Langensjeen, antes de que Sigurd pudiese enredarla con cualquier baja artimaña. Desaparecer e iniciar una nueva vida. Olvidarse de todo lo que dejaría atrás y buscar el modo de seguir adelante en otro lugar. Una vida más sencilla, sola también, pero sin obligaciones ni ataduras. Sí, aquello era una posibilidad. A cambio, solo debía renunciar a todo lo demás.

La voz de Derreck sonó a su diestra baja y preocupada.

—Estáis pálida. ¿Os encontráis bien?

No importaba que su interés pareciera sincero. Arianne siempre se sentía furiosa con él. Siempre deseaba culparle por alguna herida que realmente no había infligido. Siempre quería desahogar su dolor con él, incluso aunque su ira la dañase también a ella. Arianne quería gritarle que no se encontraba bien ni podría estarlo jamás. Pero logró contenerse y se levantó de su asiento a la vez que le contestaba:

—Me duele la cabeza y estoy cansada. Con vuestra venia, voy a retirarme.

Los caballeros se levantaron. Pese a que trató de evitarlo, no consiguió esquivar a Sigurd.

—Siento que os encontréis mal, señora. Permitid que me despida de vos. Salgo al amanecer y tal vez no tenga oportunidad de veros de nuevo.

Nada había en su expresión aparte de lo que cualquiera interpretaría como atenta cortesía, pero Arianne no tuvo valor para sostener su mirada y apenas le dedicó un gesto antes de irse.

Llegó a su cuarto. La chimenea languidecía. Vay ya ni siquiera preguntaba si tenía que venir o no y Arianne sabía que no aparecería. No le había dado tiempo a comenzar a desvestirse cuando unos golpes suaves en la puerta le sorprendieron.

No era el modo en el que llamaban los soldados y tampoco Vay. Vay golpeaba rápida y ligera y después entraba sin esperar respuesta. Temió que fuese Sigurd, pero acababa de dejarle en la sala y no creía que se atreviese a presentarse en sus habitaciones. Los golpes volvieron a repetirse. Esa vez una voz baja e insegura despejó las dudas de Arianne.

—Señora..., ¿estáis bien? ¿Necesitáis ayuda?

Irina. Irina la había seguido hasta allí. Sin que nadie se lo pidiese y sin que Arianne desde luego se lo agradeciese. Abrió de golpe la puerta y se encontró con su rostro tímido y amable.

—¡¿Qué haces aquí?! —exclamó con toda la rudeza que le permitía el dolor que martilleaba sus sienes.

—Disculpad si os he molestado —musitó Irina comprendiendo que no era bien recibida—. No teníais buen color y pensé que no estaría bien que estuvieseis sola si estabais enferma.

—¡Justamente lo que necesito es estar sola! —la interrumpió Arianne.

Irina calló y sus ojos parpadearon varias veces con rapidez. Solo intentaba ayudar, pero había vuelto a cometer un error.

—Yo... lo siento —dijo con un hilo de voz—. No os molestaré más.

Aquello hizo que Arianne se sintiese aún peor. Era injusto pagar su enfado con Irina. Se daba cuenta de que se estaba convirtiendo en una especie de bruja amargada.

—Espera, no te vayas —dijo deteniéndola—. No ha estado bien hablarte así... Perdona. Me duele mucho la cabeza —añadió fatigada a la vez que se pasaba la mano por la frente.

Irina sonrió agradecida y decidida a corresponder a aquel simple gesto.

—Pobre... Las jaquecas son espantosas. Tenéis que poneros paños con agua fría en la frente. Tumbaos y descansad. Yo me ocuparé.

Parecía tan entusiasmada y voluntariosa que Arianne desistió de contrariarla. Quizá, si se tumbaba y dejaba que hiciese lo que decía, se daría por satisfecha y de ese modo la dejaría en paz lo antes posible.

Se acostó sin desvestirse y cerró los ojos. Eso ya era un alivio.

Oía a Irina ir y venir por la habitación y pensó que estaría revolviendo entre sus cosas, pero no se sentía con fuerzas para levantarse y mirar. No pasó mucho tiempo antes de que la tuviese de nuevo a su lado con un aguamanil y varios pañuelos ya dispuestos. Mojó uno de ellos en el agua, lo escurrió y se lo colocó en la frente.

Estaba muy frío. Era agradable, atenuaba el dolor y sentaba bien. Irina sonrió. Su espíritu era dulce y se complacía en agradar a los demás.

—Veréis como pronto estaréis mejor. Tanto ruido, tanta luz y tanta gente... A mí a veces también me aturden. —Tan pronto como lo dijo, Irina se dio cuenta de que Arianne debía de estar más que acostumbrada a todo eso, pese a todo continuó—: Y si no se os pasa podéis probar con algo que nunca falla. Debéis colocar un cuchillo o algo que corte debajo de la almohada y así el dolor se partirá en dos y desaparecerá como por encanto. Veréis —Irina echó un vistazo a su alrededor y encontró unas pequeñas tijeras de costura—, esto servirá.

Arianne no estaba prestando atención, pero cuando notó que Irina trataba de levantar la almohada, se incorporó de golpe y procuró ya tarde impedirlo.

—¡No!

Irina se quedó inmóvil. Arianne había bajado de un manotazo la almohada, pero se había ladeado y una daga larga y afilada había quedado al descubierto.

La mirada de Arianne ardía en furia. Irina la esquivó y esbozó una sonrisa nerviosa.

—Vaya... Veo que ya conocíais el remedio. Entonces no necesitáis esto —dijo dejando a un lado las tijeras—. Pronto se os pasará.

Arianne se dejó caer y cerró otra vez los ojos. Quería que se fuese, que se marchase de una vez y la dejase sola con su dolor de cabeza y con sus secretos. Irina no tenía que haber visto eso. No era un buen lugar para esconderlo. Lo mejor habría sido llevarlo consigo, pero entonces lo más probable era que no hubiesen tardado en quitárselo, en cuanto alguien se hubiese dado cuenta, igual que le habría ocurrido a Winie con su pulsera si no la hubiese ayudado a ocultarla.

Irina siguió haciendo como si nada y le colocó solícita un nuevo paño mojado en la frente. Eso acabó por colmar su paciencia.

—¿No puedes marcharte ya de una vez?

Irina se apartó intimidada llevándose las manos a su seno, como si se defendiera de la ira de Arianne.

—Me odiáis, ¿verdad? Me odiáis y me despreciáis.

La joven la miraba con la misma aflicción con la que los perros maltratados miran a sus dueños, temiendo un golpe y esperando una caricia. Aquello sublevaba a Arianne.

—¿Y por qué habría de importarte lo que piense de ti? ¡No tendría que preocuparte si estuvieses convencida de que actúas bien!

Era un reproche, pero la expresión de Irina reveló más sorpresa que otra cosa.

—Pero... está bien... Quiero decir..., yo... —dudó Irina tratando de encontrar la forma de expresar sus ideas—. Antes era peor... Es solo que no quiero, ya sabéis —dijo con timidez—, no quiero haceros sentir mal por mi culpa.

Arianne suspiró y negó con la cabeza. Irina era tan atenta

que le preocupaba causarle molestias. Era enervante y una pérdida de tiempo intentar hacérselo entender.

—Olvídalo y márchate. Te estarán esperando.

Irina no se movió.

—No, no lo creo. No si no me manda llamar —dijo con sencillez—. Hace tiempo que ya no acostumbra a hacerlo.

Lo decía como si esperase que Arianne se compadeciese por eso. Realmente no podía entender lo que quería de ella.

—Sí, supongo que debe de ser muy duro para ti —dijo con un sarcasmo que tal vez, pensó, Irina no entendiese. Sin embargo, resultó ser más perspicaz de lo que había creído.

—Sí, es duro. Yo nunca tuve nada parecido a esto —dijo inclinando la cabeza hacia el vestido azul noche de damasco que vestía—, y además —continuó dirigiendo una significativa mirada hacia el lugar en donde estaba la daga que Arianne se había apresurado en ocultar—, además él no es tan malo. Quizá pueda parecerlo, pero en el fondo...

Irina hablaba con rapidez intentando explicarse. Aquello rebasaba todos los límites posibles que Arianne podía soportar.

—¿Te ha mandado él? ¿Te ha dicho que vengas aquí y me digas todo esto? —gritó levantándose de la cama, su dolor de cabeza pasado o tal vez olvidado.

—¡No! —dijo Irina a su vez alzando insospechadamente la voz—. ¡No me ha mandado nadie! ¡He venido solo porque yo he querido!

—¿Y qué haces aquí? ¡Sabes que no te soporto! ¿Qué has venido a hacer aquí? ¡Y no vuelvas a decir que solo quieres ayudarme!

—Yo... —empezó Irina otra vez indecisa, reuniendo el ánimo para seguir—. Yo os admiro y también... Sí, también os envidio, pero no quiero que penséis que estoy contra vos —se apresuró a añadir.

—¿Tú? —preguntó Arianne sorprendida y perpleja—. ¿Tú me envidias?

—Sí, pero no es por lo que podríais pensar —dijo Irina veloz—. Es porque sabéis lo que queréis y no dudáis en luchar por conseguirlo.

Arianne miró incrédula el rostro franco de Irina. Por mucho que se esforzase no podía comprender por qué nadie podría envidiarla.

—Si tú no luchas, será porque no quieras.

—Sí, quizá, o tal vez porque no tenga la fuerza suficiente o nada realmente bueno por lo que hacerlo —dijo Irina disimulando su tristeza con una sonrisa—, pero vos tenéis las dos cosas.

Irina calló. Arianne tampoco replicó, pero sabía que había algo de verdad en sus palabras. Ella tenía algo que le hacía continuar, que le daba fuerza y que la hacía sentir que todo aquello tenía un propósito. Arianne tenía que guardar el paso, pero si construían uno nuevo, entonces ya no habría nada que guardar.

El silencio hizo que Irina decidiese que era un buen momento para marcharse, antes de que volviese a enfadar a lady Arianne.

—Ya tenéis mejor aspecto. Será mejor que os deje descansar.

—¡Espera!

Arianne sujetó la mano de Irina. Era una idea desesperada, pero tenía que intentarlo.

—Si quisiese hablar ahora mismo con Derreck —dijo obligándose a sí misma a hacer la pregunta que sus labios se resistían a formular—, si quisiese hacerlo, ¿tú crees que podría encontrar el modo de hablar a solas con él?

—Si aguardáis en la puerta de su dormitorio a que vaya a acostarse —respondió Irina insegura.

—Preferiría que no fuese en sus habitaciones —replicó Arianne.

—¡Ah! Disculpad. Entonces no sé... Dejadme que piense... Creo que antes de retirarse pasa por el puesto de guardia.

—¿Por cuál de los puestos? —preguntó Arianne.

—¿Por cuál? ¿Hay más de uno? —dijo Irina confusa—. Si queréis, puedo encargarme de averiguarlo. ¿Es algo que no puede esperar?

—Déjalo —suspiró Arianne desanimada—. No tiene tanta importancia. Se lo diré mañana. De todos modos, no creo que me escuchase.

—Como deseéis —dijo Irina, y ya se marchaba cuando otra idea acudió a su mente y se creyó obligada a compartirla con Arianne. En parte porque también ella pensaba con frecuencia que todas aquellas cosas no le correspondían, y eso la hacía sentirse en deuda con Arianne—. Señora...

—¿Sí? —respondió cansada.

—Es solo que estoy segura de que, sea lo que sea lo que penséis decirle, sir Derreck os escucharía...

La puerta se cerró con suavidad tras Irina y Arianne se encontró de nuevo sola como deseaba. Sola para pensar y para intentar decidirse.

No era algo que tuviese que determinar en ese mismo momento, pero sabía que no descansaría hasta que tomase una decisión. Podía marcharse, marcharse y dejarlo todo, aunque al menos en eso Irina tenía razón: ella quería luchar por lo que era suyo.

Antes nunca había pensado que ni Svatge ni el paso fueran suyos, pero era lo único que conocía y lo único que amaba. Los bosques profundos y oscuros, los manantiales fríos como la nieve de la que provenían, el castillo y el jardín del sur, el Taihne y el paso. Todo aquello formaba parte de ella y Arianne sabía que fuese a donde fuese no habría ningún otro lugar al que pudiese llamar hogar. Pero si construían otro paso, si se quedaba allí solo para seguir esperando no se sabía bien qué... Si al menos consiguiese evitar que Derreck siguiese adelante con la construcción del nuevo paso...

La cena habría terminado ya hace tiempo, si esperaba más, quizá ya no daría con él. Tomó su capa, se la echó sobre los hombros y se ocultó el rostro con la capucha por si se encontraba con los soldados. No tenía muy claro lo que le diría. Esperaba que la inspiración la ayudase cuando llegara el momento.

Subió con ligereza las escaleras, esquivó a los guardias escondiéndose entre las sombras y salió a las murallas. Obedeció a su intuición y se encaminó hacia el oeste. Antes incluso de verlo reconoció su voz dirigiéndose a los soldados.

Se quedó donde estaba y su seguridad cedió un tanto. Aún no había pensado nada. Pensado o no oyó pasos acercándose. Firmes, fuertes, decididos... Arianne sabía que eran los suyos.

—¡Sir Derreck!

Él dejó escapar una sonora maldición. La repentina aparición de un bulto entre las sombras le había cogido por sorpresa. Solo el hecho de que hubiese reconocido su voz había evitado que tirase de la espada; aún sostenía la empuñadura entre sus dedos.

—¿Qué demonios hacéis aquí a estas horas? ¿No estabais indispuesta?

—Estoy mejor —dijo conciliadora—. Necesitaba hablar con vos.

—¿Conmigo? —preguntó él desconfiado, tanto por la extrañeza que le producía ese deseo como por su aparente amabilidad—. ¿Y exactamente de qué?

Arianne intentó ignorar una incipiente sensación de decepción. Comprendió que había esperado que Derreck reaccionase de otro modo.

—He oído que vais a hacer que se construya un nuevo paso. ¿Es cierto?

Derreck estudió su rostro iluminado por las antorchas que guardaban la entrada. Vio su ansiedad y su preocupación. Tampoco era eso lo que habría querido ver en ella. Desechó esas ideas y la frustración que le ocasionaban y respondió cortante.

—Os han informado bien. ¿Queréis saber algo más?

Arianne trató de dominar su genio y hablar civilizadamente con él.

—¿Me diríais dónde lo van a hacer?

—Claro, ¿por qué no? A cinco leguas hacia el norte.

—Es un mal lugar —saltó Arianne.

—¿No me digáis? —replicó él lamentando ya haberle dicho nada—. ¿Y cuál me aconsejáis vos?

—Os aconsejo que no construyáis ninguno y que mandéis a la gente de Halle de vuelta al norte mañana mismo con él.

Derreck no podía imaginar cuánto significaba eso para Arianne. No podía suponer qué era a lo que estaba renunciando. Si los hombres se marchaban con Sigurd, perdería la oportunidad de salir del castillo. Dejaría escapar una ocasión que tal vez no volvería a repetirse a cambio de resguardar el paso solo un poco más. No, Derreck no sabía nada de eso, pero sabía de su desvelo. Sabía lo importante que era para ella. Tanto como lo era para él.

—¿Así que sugerís que lo que debo hacer es nada en absoluto?

Arianne ignoró su sarcasmo y se dirigió a Derreck con la misma paciencia con la que lo habría hecho con un niño pequeño y testarudo.

—Si hacéis un nuevo paso más al norte, el castillo no podrá defenderlo y quedará expuesto a cualquier ataque. Ni el castillo ni el paso os servirán de nada. Malgastaréis tiempo y esfuerzo en su construcción, y puede que después no sirva a vuestros intereses, sino a los de otros.

—¿Y desde cuándo os preocupan mis intereses? —dijo Derreck enojado porque sabía que lo que Arianne decía era cierto.

—¡A mí no me preocupan, pero deberían preocuparos a vos! —contestó ella sin poder evitar enfurecerse también.

Derreck volvió la cabeza para tomar aire y para tratar de contenerse. ¿Acaso era condenadamente imposible conversar con aquella mujer sin que acabasen gritándose el uno al otro? Sin embargo, cuando la miró de nuevo, solo pudo ver lo desesperadamente crucial que debía de ser aquello para ella.

—Entonces, ¿lo que deseáis es que Svatge quede indefinidamente incomunicado con el oeste? —dijo poniendo toda su voluntad en tratar de comprenderla.

—Tal vez no sería indefinidamente... —respondió muy bajo Arianne sin atreverse a mantener su mirada.

Derreck creía saber el porqué de ese gesto huidizo. Siempre había sospechado que Arianne sabía del paso más de lo que reconocía. Era una más de entre las muchas cosas que ella rehusaba darle y ni siquiera era la que más le importaba.

—Tal vez —dijo Derreck con voz apagada y dolida—. ¿Y me pedís que abandone todo intento solo por un tal vez?

Arianne comprendía también. Sabía de la intensa tenacidad con la que tiraba de ella. Sentía su propia resistencia próxima a quebrarse, cada vez un poco más cerca...

—Solo os pido que esperéis...

Esperar no era uno de los fuertes de Derreck. Había agotado toda su paciencia en la espera por una venganza que había consumido gran parte de su vida. Esperar era algo que odiaba, y sin embargo un recuerdo lejano y casi olvidado acudió a su memoria.

—Esperar, esperar hasta que llegue la primavera, ¿no era algo así?

—¿Cómo decís? —preguntó ahora ella sin entender.

—Es una vieja canción, ¿no la conocéis?

Ante el desconcierto de Arianne, Derreck entonó en voz baja y cálida un par de estrofas de una antigua y melancólica tonada. Arianne le observaba asombrada y él se calló avergonzado.

—Es solo algo que oí alguna vez. Ya casi no lo recordaba.

Ella rio despacio y de buena gana, sincera y abiertamente, y su risa pareció llevar algo de calor a aquel lóbrego pasadizo.

—Sí, creo que yo también la conozco.

Era una vieja melodía, una de esas que suenan parecidas en todos los lugares por apartados que estén. Hablaba del invierno y el frío, de tristeza y esperanza, de separaciones y reencuentros. Arianne retomó la letra y su voz sonó limpia y cristalina, como si nunca nada hubiese podido empañarla.

Un viento frío espanta mi sueño,
pero pronto regresará la primavera.
Yo velaré junto a ti.
Yo protegeré tu sueño.
Esperaremos juntos la primavera.

Se detuvo y forzó una sonrisa que no ocultó del todo una cierta amargura. Y Derreck estaba demasiado cautivado por su belleza y por su encanto como para detenerse en averiguar cuáles podían ser las causas de esa tristeza.

—Sí, esa misma. Hacía tiempo que no la oía. Creía que no la conocían en otros lugares.

—Es una canción de cuna —dijo ella más cortante—. La cantan las madres a sus hijos para que se duerman.

Lo sabía porque había oído muchas veces a las mujeres cantarla. Sus voces llegaban en la noche a través de los patios y resonaban por el castillo. Derreck también recordó.

—Sí —dijo a su vez más huraño—, quizá sea algo de eso.

Aquel instante cálido que por un momento habían compartido se disipó en un segundo como si el mismo viento del norte lo hubiese arrastrado consigo. Pero Arianne trató de mantener la esperanza.

—Entonces, ¿lo haréis?

—¿El qué? —preguntó Derreck como si no supiese a qué se refería.

—Decir a Sigurd Halle que se lleve a sus hombres con él —respondió conteniendo la respiración.

Había una lucha en el interior de Derreck. Una parte de él deseaba ceder, deseaba hacer cualquier cosa que fuese precisa para conseguir llegar a ella. La otra parte se resistía. Le decía que la debilidad era un error y que no podía permitirse ser débil, ni confiar en Arianne.

—No, no lo haré —dijo de malhumor—. No dejaré que pase el tiempo esperando que las cosas sean distintas. No, si puedo hacer algo por cambiarlas.

—¿Es vuestra última palabra? —dijo Arianne buscando en la frialdad refugio para aquella nueva desilusión.

—¿No queréis decir siempre vos la última? —preguntó él esforzándose por parecer indiferente.

—¿Eso creéis? —dijo herida—. Está bien, entonces os deseo buenas noches.

Arianne marchó con rapidez escaleras abajo. Derreck se quedó atrás con aquella vieja canción rondando aún en su cabeza. Ahora recordaba mejor cómo continuaba.

¿Querrás darme calor esta noche?
¿Querrás calmar mi dolor?

Pensó en lo mucho que le habría gustado oírle cantar eso.

Le respondió con el ánimo invadido por un gris desaliento, aunque ya estaba lejos para escuchar.

—Yo también os deseo buenas noches, Arianne.

Capítulo 23

La marcha de Sigurd devolvió cierta tranquilidad al castillo. Nada de banquetes, nada de partidas, nada de visitas.

El grupo de eruditos expertos que se encargaba de las obras pasaba todo el día ocupado en las mediciones y el estudio del terreno, y la guardia que los escoltaría de vuelta no necesitaba mayor atención. Unos cuantos regresarían al norte al día siguiente para procurarse de los instrumentos y los medios necesarios, otros continuarían con los trabajos.

Derreck había estado aquella mañana con ellos, pero pronto los había dejado solos, aburrido de verlos hacer dibujos y cálculos y de oírlos discutir sin llegar a ningún acuerdo sobre cuánto podría costar el paso, cuánto tiempo llevaría y cuántos hombres necesitaría.

Él ya sabía la respuesta. Demasiado dinero, demasiado tiempo, demasiados hombres.

Sigurd había hablado de colaborar con los hombres y el dinero. El tiempo tendría que ponerlo todo él y presentía que se le iba a hacer eterno. De cualquier forma, a corto plazo las obras serían más una distracción que otra cosa. Si un ejército se acercaba por el sur, no le faltarían las ocupaciones en las próximas semanas.

Se había sentido tentado de salir a su encuentro, pero habría sido malgastar fuerzas que podría necesitar. Tendría que esperar. También para eso.

Se encontró de nuevo de malhumor. La inactividad le estaba pasando factura. Echaba de menos cabalgar durante horas, extrañaba la lucha despiadada y finalmente justa en la que solo quedaba en pie el más fuerte, deseaba enfrentarse lo antes posible a lo que tuviera que venir y ver llegar un nuevo día, si es que era eso lo que estaba escrito. Al menos él haría cuanto fuese posible por llegar a verlo. Era todo lo que podía hacer.

Decidió cabalgar porque no encontró nada mejor que hacer y apenas llevaba recorridas un par de leguas cuando se cruzó con un corzo. Era un ejemplar joven. No debería haber corrido tras él. No merecía la pena el esfuerzo y era demasiado rápido y ágil para su caballo.

Pero se empeñó.

Lo persiguió a través del bosque y atravesó malezas y saltó espinos. Por poco perdió el rastro, consiguió recuperarlo y estuvo a punto de atraparlo. Dos veces lo tuvo a tiro y las dos el animal saltó antes de que la flecha diese en el blanco. Comenzaba a pensar que algún espíritu perverso se estaba divirtiendo a su costa cuando el corzo dio signos de agotamiento y trastabilló tras dar un salto.

El animal buscó refugio entre unos arbustos. Bajó del caballo, que resoplaba de cansancio, y continuó a pie con el arco en la mano. Se acercó con lentitud. Las hojas se movían y se oían chasquidos y crujir de ramas. Podía escuchar su respiración jadeante, aunque seguía sin verlo.

Apartó algunas de las ramas procurando no hacer ruido cuando, antes de que le diese tiempo a reaccionar, el animal se le abalanzó encima, apoyó las patas delanteras sobre su pecho y lo utilizó para coger impulso y saltar.

Derreck cayó derribado de espaldas sobre un charco de barro y sus maldiciones pudieron oírse en varias leguas a la redonda.

—¡¡¡¡Bastardo hijo de...!!!!

Se levantó del suelo hecho un asco y chorreando cieno. El corzo se había esfumado y también su buena disposición, o si no la buena, al menos la razonable.

Negros pensamientos le asaltaron. Arrasaría aquel bosque. Acabaría con todos los corzos de Svatge. Mataría a las madres, a los machos y también a las crías. Borraría a aquella criatura y a todas las de su especie de la faz de la Tierra.

Era absolutamente incomprensible. ¿Acaso no era de sobra conocido que aquellos eran unos animales asustadizos y sin seso? Entonces, ¿cómo demonios era posible que aquel maldito bicho se hubiese burlado de ese modo de él?

Cabalgó de vuelta hacia al castillo más temprano que cualquier otro día, cubierto de barro y con las ropas mojadas calándole el frío hasta los huesos. Quizá fue el frío lo que le hizo darse cuenta de lo ridículo de sus planes de venganza, aunque su humor no mejoró.

Entregó el caballo a los guardias, que corrieron presurosos a recibirle, y se fue directo hacia los baños. El castillo tenía junto a los aljibes un par de cisternas con agua fría y caliente al modo de las antiguas termas de Ilithya. Pese a que no faltaban el carbón ni la leña no siempre las estufas que calentaban el agua estaban encendidas. Tampoco eran muchos los que las usaban. Por lo general, el aprecio por el agua no era muy común ni estaba muy extendido. Derreck pensó que más valía que ese día a alguien se le hubiese ocurrido encenderlas.

Tuvo suerte en parte.

Había una mujer de rodillas ocupada en lavar ropa en una tina. Se sobresaltó cuando le vio llegar y dejó al momento lo que estaba haciendo.

—Señor... —dijo incorporándose, inclinando el rostro y la cabeza en señal de obediencia.

—¿Está el agua preparada? —preguntó como si sus deseos tuviesen que ser no solo atendidos, sino también prodigiosamente adivinados.

—Lo está, señor, pero... el caso es... que...

La mujer se detuvo. No se atrevía a continuar y menos a contrariar a Derreck.

—¿El caso es que qué? —rugió. No estaba dispuesto a soportar que una sirvienta le hiciese perder más tiempo.

—Nada, señor —musitó ella—. Es solo que ahora mismo los baños están ocupados...

—¿Ocupados? ¿Ocupados por quién? —preguntó amenazador. ¿De qué le servía haber tomado aquel maldito castillo si ni siquiera podía tomar un baño cuando lo deseaba?

—Ocupados por lady Arianne, señor —dijo asustada la criada con un hilo de voz.

Derreck se quedó en silencio. La mujer alzó temerosa los ojos esperando sus órdenes.

—Lárgate ahora mismo de aquí.

La criada hizo una rápida reverencia y salió de la habitación con toda la ligereza que le permitieron sus pies.

En cuanto Derreck se quedó solo cruzó la sala y bajó la escalera que llevaba a las termas. Las paredes eran gruesas y de piedra como en el resto del castillo. Ningún sonido se escuchaba hasta que dobló la última esquina.

Evitó hacer ruido y no tardo en oír el murmullo de voces. Reconoció la de ella, la otra debía de ser la de su doncella. Había una tronera para la ventilación en la pared, para la ventilación o quizá para permitir que alguien se detuviese a hacer justo lo que él estaba haciendo en ese momento.

Derreck se quedó sin aliento al observar la escena que se brindaba ante sus ojos.

Ella estaba de espaldas. El cabello mojado y recogido e impregnado de algún bálsamo cuya dulce fragancia llegaba ahora hasta él. Reconoció ese perfume suave y floral que siempre acompañaba a Arianne y que hasta ese preciso instante nunca había identificado con claridad. El reconocimiento lo golpeó con la misma fuerza con la que lo hizo la visión de su cuello y de su espalda desnuda, esbelta, grácil, sensual, delicada, embriagadora... Perfecta.

Su corazón se aceleró sin control. Se sintió estúpido y desconcertado ante aquella penosa sensación nunca antes vivida. Había visto decenas de mujeres desnudas. Algunas de ellas pudorosas y recatadas, doncellas tímidas que se ruborizaban de vergüenza y reparo cuando las despojaba de sus ropas, otras audaces y descaradas, complacidas de mostrarse tal cual nacieron. Derreck había gustado de todas ellas, pero con ninguna había sentido esa desazonada zozobra, esa desconocida alteración, ese arrebato que le robaba el razonamiento y le cortaba la respiración.

Tan hermosa y tan cerca.

Bastaría con que la sirvienta saliese. Quizá entonces podría entrar en la estancia sin que ella lo advirtiese; confundida y confiada, los ojos cerrados, entregada a aquel relajado placer. Enjuagaría sus cabellos con la blanca vasija que reposaba a su diestra. Frotaría su espalda con el mismo paño que ella sumergía en el baño y después hacía escurrir sobre sus hombros para que el agua resbalase caliente y placentera sobre su cuerpo tibio y mojado. Besaría su boca cuando se volviese alertada tan pronto intuyese el engaño.

Y Arianne se resistiría. Sin duda. Sí. Se resistiría indignada, escandalizada, furiosa, violenta, esquiva..., pero solo hasta que aquella llama que la devoraba por dentro se desatase en sus brazos, exigente y abrasadora, como la urgencia que también a él le quemaba.

La haría suya en aquel mismo agua y en ese justo momento.

Derreck se pasó la lengua por los labios resecos y con un gran esfuerzo de voluntad se obligó a refrenar su imaginación.

Aquello no sería así. Arianne pondría el grito en el cielo en cuanto oyese sus pasos tras ella, se cubriría ofendida, le dedicaría los peores insultos que era capaz de expresar y le volvería a manifestar su invariable rechazo y su seguro desprecio.

Esa certidumbre le cubrió de amargura. Apenas unas cuantas semanas antes la habría echado del baño sin más contemplaciones y se habría divertido con la furia impotente de ella. Ahora en cambio se sentía inseguro, inerme y expuesto como si de un jovenzuelo torpe e inexperto se tratase. Un joven que ni siquiera recordaba haber sido alguna vez. No torpe al menos, y tampoco por mucho tiempo inexperto. Pero ahora...

Se forzó a apartar la vista y a tomar una determinación. Era humillante contemplarla de ese modo. Escondido como si pretendiese robar algo precioso y fatalmente vedado.

Pero ¿cuándo antes le había importado eso?

Se debatía entre sus deseos y lo que debía de ser algún recién adquirido sentido del honor cuando unas palabras llamaron su atención y le hicieron aguzar su oído.

—Ya os lo he dicho. Vickel me lo ha asegurado. Todo está ya arreglado.

—¿Y por qué estás tan segura de que te dice la verdad? —la oyó preguntar con esa desconfianza que era norma en ella.

—¡Porque confío en Vickel y vos también deberíais confiar! —aseguró con calor Vay.

Eso despertó en Derreck algo más que curiosidad. Vickel era uno de los oficiales de Sigurd. Se había quedado al mando de los hombres que restaban por marchar. No se le ocurría ningún motivo por el que Arianne tuviese que confiar en Vickel. Ninguno al menos que pudiese tolerar.

—¿Y cómo sabes que no te equivocas? —preguntó Arianne no tanto porque dudase de sus palabras, sino porque de veras deseaba averiguar qué era lo que hacía que Vay estuviese tan convencida.

—Lo sé —dijo simplemente. Aquella era una de esas cosas que se sienten, pero que no se pueden explicar, de todas formas Vay tenía una prueba que podía mostrar—. Además, mirad —añadió sacando de entre la blusa y por debajo de su corpiño un pequeño objeto que mostró a Arianne.

—¿Te lo ha dado él? —dijo Arianne mientras examinaba algo que Derreck desde allí no veía.

—Antes de pedirme que lo acompañase. Era de su madre —explicó Vay llena de un íntimo orgullo.

—¿Y sabe...? —preguntó vacilante Arianne.

—Claro que lo sabe —repuso Vay con rapidez—. Y no le importa. Me aseguró que los habría matado si no hubiesen muerto ya.

La tensión vibraba en las palabras de Vay. Derreck recordó que aquella era la muchacha a la que los soldados forzaron. Aquella por la que Arianne demandó que los hombres fuesen abandonados a su suerte en medio de la montaña al caer la noche. Días después otro grupo de soldados encontró sus restos. Los reconocieron por los jirones deshechos de lo que habían sido sus ropas. Los lobos no habían dejado mucho más de ellos.

Seguramente no era una conversación que él debiera estar escuchando. Ya estaba por marcharse de una vez y olvidar por ahora el baño y aquel malhadado día cuando Vay volvió a preguntar:

—Entonces... ¿vendréis al norte con nosotros?

Había sonado alto y claro, y esa breve frase se abrió paso en el entendimiento de Derreck cortante como el filo de una espada e igual de mortal.

La respuesta de Arianne se hizo esperar. Derreck habría podido medir el tiempo que transcurrió hasta que contestó contando los fuertes golpes con los que su corazón retumbaba en su pecho.

—Aún no lo he decidido —dijo en voz baja.

—¿Cómo podéis decir eso? —preguntó Vay indignada—.

¿Es que os habéis vuelto loca? Vickel me ha contado que ese lugar es hermoso como un sueño y el señor de Hallstavik ha prometido entregároslo. Vickel dice que el príncipe Sigurd nunca falta a una promesa. ¿Y vos todavía dudáis en aceptar?

Derreck no necesitó oír más para que una negra furia se adueñase por completo de él. En las imágenes que desfilaron por su cabeza, Vay sufría el mismo destino que los hombres que la habían afrentado. Sigurd moría a sus manos como debió haber ocurrido hacía ya largos años, cuando tuvo oportunidad de hacerlo, y Arianne... Arianne... El dolor y la rabia le impedían pensar en lo que haría con Arianne.

Vay insistió ante el silencio de ella.

—Sigurd Halle es un verdadero caballero y un gran señor. Os hará feliz y cuidará de vos. Podréis tener cuanto deseéis... Y si os quedáis aquí, ¿qué os aguarda aquí? —dijo Vay sin comprender.

—Sigurd ni siquiera piensa que sea digna de ser su esposa —se defendió Arianne.

Mataría a Sigurd. Ya lamentaba que solo pudiese matarle una vez.

—Sabéis que no puede romper su compromiso, pero os ha mostrado su afecto, y además, ¿acaso pensáis casaros con Derreck de Cranagh? ¿Después de todo lo que os ha hecho? ¡Por cuanto hay bajo el cielo! —clamó incrédula Vay—. ¡Mató a Gerhard! ¡Era vuestro hermano! ¿Es que lo habéis olvidado?

La voz de Vay era trémula. Tras su muerte había perdonado a Gerhard todas las ofensas con las que la había agraviado y en su memoria solo quedaba espacio para los buenos momentos y las noches amables. Vay se había refugiado en los días amargos que siguieron a la invasión del castillo en aquel breve pasado feliz. Hasta que la realidad que era Vickel le había hecho recuperar la sonrisa y la alegría. Pero eso no impedía que aún se mantuviese fiel a aquel recuerdo idealizado. Arianne lo sabía y no quería herirla enfrentándola a la verdad, pero ella, a diferencia de Vay, tenía bien presente la memoria del auténtico Gerhard.

—No, Vay. No lo he olvidado.

El silencio que vino después le pareció lúgubre a Derreck. Sintió sobre sí el peso de sus actos. Poco recordaba de Gerhard, su sangre fue la última que manchó su espada aquella fría mañana. Cuando la voz se corrió, los que aún se resistían entregaron las armas aceptando la derrota.

Pero él era su hermano.

—¿Y entonces? —preguntó Vay.

—Jamás me casaré con Derreck si es eso lo que quieres saber —dijo amarga Arianne.

—Prepararé entonces todo lo necesario —anunció Vay interpretando a su favor aquella respuesta.

Arianne se sumergió en el agua y permaneció allí unos segundos. Los segundos que Derreck empleó en asumir lo que tantas veces se había negado a aceptar. Escuchó cómo salía abruptamente poco después. Sus cabellos empapados caían formando una oscura cascada a lo largo de su espalda.

—Tengo frío, Vay —la oyó decir.

—Es verdad. El agua debe de estar helada. Esperad. Traeré algo para que entréis en calor.

Vay acudió a buscar un lienzo seco y caliente que ya tenía listo junto a un brasero al lado de la muda limpia de Arianne. Derreck no quiso saber nada más e inició su marcha escaleras arriba.

Podría haberla visto salir del agua. Podría haber contemplado su cuerpo desnudo y ver cómo se secaba y se vestía. Podría también haber oído el resto de sus planes. Podría, pero no se creía capaz de soportarlo.

Habría sido desatinadamente cruel obligarse a contemplar aquello que jamás podría poseer.

Capítulo 24

Feinn echó un vistazo hacia el cielo. Bandadas de negros cuervos sobrevolaban en círculos por encima de sus cabezas. No le gustaban los cuervos. Eran pajarracos de mal agüero.

—Es una señal —masculló para sí y escupió para mantener a distancia los malos presagios. El caballo también se revolvió inquieto, pero Derreck no movió ni una ceja.

Su atención estaba puesta en el camino por el que a la fuerza habría de pasar la comitiva que regresaba al norte. Desde aquel cerro podían ver sin ser vistos y, un poco más adelante, dos escuadras esperaban su aviso para caer como una tormenta sobre los desprevenidos viajeros.

Habría sido mucho más sencillo evitar que salieran, pero Derreck prefería enfrentar la evidencia. Detestaba las excusas y los alardes de inocencia. Así todo terminaría antes.

Los soldados tenían instrucciones de acabar con todos los que formasen parte del grupo. Con todos menos con ella. Derreck había sido extremadamente preciso con eso. Si Arianne resultaba herida, la vida de cualquiera de ellos perdería también su valor.

Debían interceptarlos, apresar a Arianne y escoltarla de regreso. En aquel lugar no sería difícil. El camino discurría encajonado entre rocas y hacia atrás solo estaba el castillo. Después se encargarían del resto. Rápido. Limpio. Definitivo. Sigurd esperaría en balde su llegada. A su tiempo ajustaría cuentas con él.

—Es una mala señal —volvió a decir obstinado Feinn. Los cuervos volaban cada vez más bajo y cruzaban ya casi a su altura.

—¿De qué demonios estás hablando? —preguntó Derreck irritado.

Feinn no se inmutó. Pocas cosas le alteraban.

—Los cuervos —dijo señalando con la cabeza—. Son una mala señal.

Derreck miró sombrío a los cuervos.

—En todo caso será una mala señal para ellos, no para nosotros.

Feinn observó a Derreck de soslayo. Conocía bien ese gesto de determinación, pero sabía también del peligro de dejarse llevar por una emoción. Pese a lo impulsivo de su carácter, la inteligencia había guiado siempre las acciones de Derreck. Hasta ahora.

—Esto traerá complicaciones.

Derreck reprimió una mala respuesta. No estaba acostumbrado a que lo contradijesen y Feinn menos que nadie. Había sido silencioso y leal desde que lo libró de una muerte segura por un asunto del que no le gustaba hablar. En realidad a Feinn no le gustaba hablar de nada. Por eso era extraño oírle pronunciarse ahora y más oírle insistir.

—Es una imprudencia. No os conviene tener al norte como enemigo.

Era una advertencia demasiado directa para dejarla pasar.

—Ocúpate de tus asuntos —replicó Derreck mordiendo las palabras.

El rostro de Feinn se hizo aún más pétreo. Aquel era un buen consejo que procuraba siempre poner en práctica, sin embargo esa vez le tocaba más de cerca. No solo Arianne marcharía en aquel grupo, con seguridad la acompañaría su doncella.

Feinn había estado observando a Vay desde que la sacó aterrorizada y sucia de la carbonera de la cocina. Había vigilado el temor con el que esquivaba las miradas rencorosas y acusadoras de los compañeros de los soldados que fueron devorados por los lobos.

Su presencia, oculta a los ojos de ella, y las amenazas nada veladas que había hecho correr, habían servido para proteger a Vay de los insultos y de otras cosas mucho peores que las palabras de desprecio.

Vay ni siquiera se había dado cuenta de que aquel hombre frío y silencioso velaba por ella y la miraba de un modo distinto al de todos los otros. Feinn no quería nada de Vay. Habría sido ridículo pensar que aquella muchacha hermosa y que sin duda volvería pronto a ser alegre, hubiese sentido otra cosa que repulsión y temor ante alguien como él.

Por eso no se sorprendió cuando aquel joven y apuesto oficial del norte conquistó con rapidez el favor de Vay, y si sufrió por ello algún pesar lo enterró rápidamente con el resto de emociones que ya no necesitaba.

Y ahora resultaba que Vay iba en esa caravana que, a no mucho tardar, desfilaría ante sus ojos, y su vida quedaría fatalmente segada. No debían quedar supervivientes, había ordenado Derreck, y Feinn imaginaba el cuerpo de Vay, que ya viera una vez desnudo y maltratado, ensangrentado y salvajemente mutilado, y no era una idea agradable.

Y todo a causa de ella.

—Estáis cometiendo un error —afirmó implacable Feinn—. Esa mujer no os traerá más que problemas. Haríais mejor en dejar que se marchase lejos.

Derreck palideció de rabia y le lanzó una mirada torva. Apreciaba a Feinn en lo que valía y una de sus mejores virtudes era la de hablar con franqueza y sin rodeos. Pero esa era una verdad que no necesitaba escuchar.

—Ten cuidado con lo que dices —le advirtió.

—Antes no os importaba lo que os dijera —continuó impasible—. Y también prestabais atención a lo que otros os decían. Aquellos que no quieren escuchar no tardan en quedarse sordos, y también ciegos.

Derreck comprendió a qué se refería Feinn, consciente de que sus palabras no eran una amenaza sino una realidad. No se podía conducir un ejército de hombres si no se sabía lo que pensaban y lo que sentían. Podías quedarte solo cuando menos lo esperabas, incluso esos mismos hombres podían volverse contra ti.

Por eso lo necesitaba. Feinn no tenía amigos, no era apreciado ni confraternizaba con los soldados, pero era poco lo que se ocultaba a sus ojos. Sin ir más lejos, Derreck habría jurado que la noticia de que la gente de Sigurd pretendía comprar a algunos de los guardias no le había pillado por sorpresa.

Y ahora Feinn insistía en que lo dejase todo correr. Debía de haber alguna razón para ello y era estúpido negarse a saber cuál.

—¿Y qué es lo que debería escuchar? —preguntó malhumorado.

—La gente habla —respondió con gesto severo.

—La gente habla... —replicó Derreck escupiendo las palabras con desprecio—. ¿Y puede acaso saberse qué es lo que dicen?

—Dicen que esa mujer conduce a la desgracia a todos los que la rodean, que está maldita y que lleva a la ruina a quienes se le acercan. Cuanto antes os deshagáis de ella mucho mejor.

Los dos estaban montados a caballo, pero eso no impidió

que Derreck agarrara a Feinn por el pecho y estuviera a punto de derribarle de la montura.

—¿Qué clase de maldita basura es esa?

—Lo sabéis perfectamente. Su madre, su padre, sus hermanos, aquel hombre con el que se negó a desposarse —recitó Feinn sin perder la calma—, esta misma gente que estamos aguardando... Todos morirán por su causa. La muerte la ronda, pero siempre la esquiva. No es buena —sentenció implacable.

—¡Al infierno contigo y con todos ellos! —replicó Derreck con furia a la vez que empujaba a Feinn—. ¿Qué culpa puede tener ella de la muerte de su madre?

—Ella la causó. Tal vez no lo deseara, pero eso no es lo que cuenta —dijo Feinn sin rastro de piedad—. Hay algo que está mal en ella.

Derreck ya tenía más que suficiente. No le preocupaba cuántas desgracias pudiesen rodear a Arianne. Era cruel e injusto culparla por eso. ¿Acaso no había él ayudado a que toda su familia desapareciese? ¿No había sido él quien había determinado que los que tuviesen la desdicha de acompañarla también debían morir? Y sin embargo Feinn la acusaba a ella y no a él de lo que pronto ocurriría.

Habría querido borrar la inflexible expresión de condena de su rostro, pero aunque lo hubiese logrado sabía que nunca habría podido cambiar sus pensamientos, a no ser que también acabase con él y con todos los que pensaban como él, y después de todo incluso Derreck sabía que no podía matar a todo el mundo.

—¡Calla la boca si sabes lo que te conviene! —dijo zanjando la conversación.

Feinn se encerró en un mutismo hostil que crispaba a Derreck. Feinn había estado siempre de su lado fuesen cuales fuesen las circunstancias y la compasión no era su sello. Tampoco a él le turbaban unos cuantos muertos más o menos. Y con todo había otro asunto que le molestaba.

¿Qué le diría a ella?

No había una respuesta posible a esa pregunta porque no habría forma de hacer comprender a Arianne la traición de la que Derreck se sentía víctima. No podría explicarle que no podía dejarla marchar porque la necesitaba de una forma que ni él mismo llegaba a entender, que no era capaz de resignarse a perderla, que no era eso lo que habría querido ofrecerle, pero que no había sabido encontrar el modo de llegar hasta ella.

Ahora que era demasiado tarde se le ocurrían muchas cosas que podía haber hecho. Algo tan sencillo como hablar con ella y pedirle que no se fuese; solo que Derreck no era capaz de imaginarse a sí mismo haciendo tal cosa, y se recordaba que no había sabido escuchar cuando Arianne le había pedido que hiciera marchar a esos hombres con Sigurd. Lo había rechazado sin intuir ni por un momento lo que significaba. Como un imbécil se había negado a dar su brazo a torcer.

Arianne le había dado una oportunidad y él la había dejado escapar.

El recuerdo de esa noche le hizo albergar una pálida esperanza. Quizá realmente no quería irse. Quizá tampoco Sigurd pudiese doblegar su voluntad y el empeño de su firmeza. Quizá no se fuese... Entonces podría intentarlo de nuevo. Tratar de hacerle olvidar sus errores. Apartar de una vez su tristeza. Dejar que su ira se estrellase contra él como hacían las olas en el mar contra las rocas, con una fuerza que envolvía a ambos y no los destruía.

Si tan solo le dejase acercarse a ella...

—Ahí están —anunció Feinn secamente cortando de un golpe sus pensamientos. También él los veía. Se acercaban rápido, como quien tiene prisa por alejarse de un sitio.

La tensión le hizo aferrarse con fuerza a las riendas de su

caballo. Enseguida vio a la muchacha. Era fácil reconocerla. Iba junto a Vickel y llevaba suelto el cabello. Aguzó más la vista. Un poco más atrás y oculto entre los otros jinetes se distinguía a alguien envuelto por completo en su capa, incluso había cubierto su cabeza. Sin embargo, su ligereza y su aire la delataban: era una mujer.

El frágil castillo de naipes que Derreck había elaborado cayó por su propio peso. Arianne se marchaba. Se iba con Sigurd. Pese a que ni siquiera se dignaba a hacerla su esposa, lo prefería a él. Buscó en su interior la rabia que le había llevado hasta allí, pero en su lugar solo encontró un dolor sordo y fiero. ¿Qué le importaba Sigurd? ¿Qué más le daba que aquella gente viviese o muriese si Arianne le detestaba? ¿Qué haría cuando la tuviese de vuelta en el castillo? Derrotada y recluida, igual que un pájaro atrapado que en su desesperación por escapar se golpease locamente contra las paredes.

Ahora de repente no estaba seguro de querer pasar de nuevo por todo eso. No se sentía con ánimo para soportar su mirada, su odio y su rechazo. Aquella agotadora lucha en la que comprendía que nunca podría vencer. Quizá cuanto antes admitiese que ya había perdido más fácil sería todo.

Feinn esperaba y los hombres estarían aguardando su señal. Tenía que decidirse. Podía dejarla marchar o conservarla a la fuerza, de cualquier modo nunca sería suya. Aunque quizá, si no tenía que verlo, sería más fácil vivir con ello.

—Dejadlos ir —dijo Feinn viéndole vacilar—. Halle lo lamentará de todos modos. El golpe caerá cuando menos lo espere y haréis que se arrepienta de esto. Dejad que crea que ha ganado y que no os importa. Encontraréis la ocasión de resarciros. Solo tendréis que esperar.

No hacía mucho Arianne también le había pedido que esperase y él no había querido escuchar.

—No me importa —contestó bruscamente—. Que se marche si es eso lo que quiere. —Picó a su caballo y se dio la vuelta para que Feinn no viese su rostro mientras le daba las órdenes—. Cuando hayan pasado de largo, haz volver a los demás al castillo y ocúpate tú de los guardias.

Feinn se limitó a asentir y si se sintió más satisfecho no lo mostró.

Derreck regresó solo al castillo. Todo parecía igual y sin embargo todo era distinto. Ya no volverían a encontrarse inesperadamente en las murallas, ni cruzarían miradas que después esquivarían con rapidez. No la vería de nuevo ni furiosa, ni altiva, ni ausente ni ofendida. Ya no contemplaría esa sonrisa que tanto costaba arrancar de sus labios.

No fue casualidad que sus pasos le llevaran al mirador de la torre que vigilaba el camino del norte. La luz entraba a raudales por el ventanal. Por eso, al contraluz, el contorno de aquella doncella vestida de blanco que observaba también el camino se difuminaba y se confundía con la claridad.

Se confundía, pero no tanto como para que él no la reconociese al instante.

—Estáis aquí. —Fue lo único que Derreck atinó a decir.

Arianne se volvió hacia él. Había oído pasos, pero no había prestado atención y se había imaginado que serían de los sirvientes.

—Habéis regresado temprano —comentó volviéndose solo un poco hacia él y girándose enseguida hacia el mirador.

—Recordé algo que había olvidado —respondió Derreck procurando con gran esfuerzo que sus palabras pareciesen tranquilas y naturales.

No parecía ni desdichada ni feliz, tal vez resignada fuera la palabra más adecuada, pero Derreck estaba demasiado afectado por sus propias emociones para preocuparse por eso.

—¿Mirabais algo? —preguntó todavía sin acabar de creer que estuviese allí.

—Vay se ha marchado al norte —contestó sin dejar de mirar por la ventana.

—¿De veras? —dijo Derreck acercándose más—. Debe de haber sido doloroso para vos. Sé bien cuánto la estimabais.

Arianne respondió sin pensar y sin ninguna intención especial, probablemente suponía que él no podría entenderlo.

—Lo ha sido, pero a veces hay que dejar marchar aquello que amamos.

Estaba esperando una respuesta que no llegó cuando se giró, intrigada por su silencio, y se encontró con que sus ojos la estaban mirando con una intensidad que la turbó y desconcertó, y también la sorprendió darse cuenta de que estaba mucho más cerca de lo que había creído. Sin embargo no se apartó, permaneció en silencio sosteniendo su mirada. De repente Arianne recordó algo, algo que debía decirle y que la hizo reaccionar y atemperar la turbación que su imprevista cercanía le había causado.

—No solo se ha ido Vay, también se ha marchado Irina —dijo sin ocultar su resquemor—. Me pidió que os lo dijera.

—¿Irina? —preguntó Derreck como si no supiese de lo que hablaba.

—Sí, Irina. Creo que fue una idea repentina.

No había sido suficiente con tener que dejar marchar a Vay, que se le había abrazado llorando desconsolada, además había tenido que ver cómo Irina se marchaba en su lugar.

Y es que a Irina se le había ocurrido que un cambio de aires era justo lo que necesitaba, y que una retirada a tiempo era mucho mejor que una batalla perdida. Así que había atado en un pañuelo todas las cosas de valor que había ido acumulando y se había decidido a probar suerte en otro lugar, por qué no, en el norte, donde Sigurd le había insinuado en alguna ocasión que no sería mal recibida.

Arianne se había dicho que al menos eso debería animarla

porque le fastidiaría a él, pero ahora resultaba que Derreck no parecía en absoluto fastidiado.

—¿No os importa? —preguntó extrañada.

—¿Por qué? ¿Os importa a vos?

—No la echaré de menos —respondió rápida Arianne.

—Tampoco yo —afirmó él igual de rápido.

Una sonrisa estuvo a punto de asomar en los labios de Arianne y Derreck deseaba más que ninguna otra cosa hacerla sonreír. Estaba allí cuando había perdido toda esperanza y ahora ya nada le parecía imposible.

—He estado pensando en lo que me dijisteis, sobre las obras del puente, puede que tuvieseis razón...

—¿Puede que tuviera razón? —repitió ella con desconfianza.

—Sí —concedió Derreck a regañadientes—. Puede que sea buena idea esperar un poco.

Arianne le miró incrédula. Su contrariedad resultaba demasiado sincera para ser falsa.

—¿Y qué le diréis a Sigurd Halle?

—No os preocupéis por eso. Le responderé adecuadamente cuando venga a preguntarme —replicó recuperando su acento más belicoso y agresivo.

—Entonces... ¿qué haréis ahora? —preguntó Arianne en voz baja, ya que Derreck estaba tan cerca como para que incluso un susurro fuese suficiente.

—Podríamos discutirlo los dos —sugirió él también suave—. Me gustaría escuchar lo que pensáis.

—¿Lo que pienso? —dijo Arianne alzando las cejas con incredulidad.

—Sí, lo que pensáis ¿Qué tal si me acompañáis esta noche durante la cena? En mis habitaciones, solo vos y yo, así podremos hablar con mayor libertad —propuso Derreck queriendo sonar desenfadado.

Por un momento Arianne no supo si ofenderse o echarse a reír. A pesar de su descaro, su sonrisa era tan contagiosa que tuvo que hacer lo segundo.

—¿En vuestras habitaciones? ¿No hay otro lugar en el que podamos hablar? —preguntó irónica—. ¿Por qué iba a querer cenar con vos allí?

—¿Porque os lo suplico humildemente? —aventuró Derreck con su tono más convincente y cálido.

Arianne lo miró despacio. Nada más lejos de Derreck que parecer ni humilde ni suplicante, pero había algo más en él, y también ella había tomado una determinación. Después de todo, había decidido quedarse.

—Tal vez —respondió ella como si aquello fuese ya un excesivo y extraordinario favor.

—¿Tal vez? —gruñó él con un gesto de cómica insatisfacción.

—Quizá lo haga...

—¿Quizá? —dijo Derreck alzando una de sus cejas.

—Es muy posible —terminó cediendo Arianne con una sonrisa.

—Entonces, os esperaré —le dijo sonriendo a su vez.

Todavía la vio sonreír un poco más, justo antes de retirarse del ventanal y desaparecer por la puerta. Y puede que fuese mejor así, porque Derreck no estaba muy seguro de haber conseguido esperar ni un minuto más.

Capítulo 25

Las mejillas de Arianne ardían encendidas. Puede que fuese a causa del fuego, o también porque Derreck había perdido ya la cuenta de las veces que había llenado de vino su copa.

Y no es que eso le molestase.

—¿Sabéis? Os encuentro distinta esta noche.

La verdad era que todo le parecía distinto a Derreck desde que había descubierto que no se había marchado, pero tampoco era nada habitual que Arianne entrase en su aposento, discretamente tímida pero resuelta y decidida. No era tampoco frecuente tenerla frente a él, sin soltar una palabra, pero sin dejar de mirarle, silenciosa y a la expectativa, ocultando probablemente algún interés tras el negligente descuido con el que sujetaba su copa.

Y Derreck no imaginaba cuál podría ser ese interés, pero aquello le gustaba.

Arianne se rio con una risa que sonó ligeramente ebria.

—Yo en cambio os encuentro exactamente igual.

—Y eso es algo tan terrible... —replicó Derreck con una voz que era más bien una caricia.

Ella sonrió y calló, y volvió a acercar la copa a sus labios, sosteniéndola con delicadeza entre sus dedos. Eso avivó también la sed de Derreck. Arianne dejó la copa lentamente sobre la mesa y recordó que había algo de lo que estaban hablando.

—Me estabais contando los planes de Thorvald.

Derreck abrió las manos y sonrió con franqueza, como si no tuviese secretos para ella.

—Preguntad lo que queráis.

—¿Creéis que lo conseguirá? ¿Ser el nuevo rey?

—Quién sabe... La fortuna es caprichosa. Podría ser que sí y podría ser que no —afirmó Derreck con indiferencia mientras se recostaba en la silla para apreciar mejor el intenso brillo de sus ojos.

—Eso no es mucho decir —contestó ella frunciendo los labios—. ¿Vais a ayudarle?

—Resulta que ahora que lo pienso no me haría demasiado feliz que un Halle se sentase en el trono —reconoció Derreck con un gesto de disgusto.

—Pero tampoco podéis apoyar al rey porque sus hombres están todos contra vos —resumió Arianne imparcial.

—Sois tan inteligente como hermosa —asintió él mientras se preguntaba por qué nunca antes se lo había dicho, cuando las dos cosas resultaban tan evidentes. Pero Arianne no se sonrojó, ni se turbó, ni pareció halagada por el cumplido, más bien su rostro se crispó un tanto. No duró mucho y trató de esquivar su mirada vigilante volviendo a recurrir a su copa, aunque esa vez apenas se mojó los labios.

—Es un problema en el que os habéis metido vos solo...

—¿Y con quién estáis vos? —preguntó él sin perder la sonrisa.

—Los Weiner siempre han estado con el rey. El título nos compromete con la corona.

—O sea, que si Thorvald u otro cualquiera fuese el rey también estaríais de su parte —apuntó Derreck con decidida malevolencia.

—Así es.

—Incluso si eso os contraría.

—Incluso así —reconoció ella de mala gana y volvió a llenar su copa sin esperar a que él lo hiciese.

Derreck dudó antes de continuar. Aquella noche medía con especial cuidado sus palabras.

—Pero mientras eso ocurre, ¿no entraría dentro de las obligaciones a las que os ata vuestro nombre el hacer todo lo posible para evitar que el rey sea derrocado?

Arianne se quedó mirándole fijamente, aunque se notaba que cada vez le costaba más mantener la atención.

—¿Qué queréis decir? —preguntó con una sonrisa que le advertía de que, aunque no pensase ya con mucha claridad, no iba a dejarse engañar.

—Nada... —dijo con suavidad—. Es solo que sería extremadamente noble y digno de aumentar la fama de vuestro nombre que vos, personalmente, ayudaseis a evitar la caída del rey.

—¿Personalmente? —repitió Arianne con aparente interés—. ¿Y de qué modo?

—Vos podríais cambiar el signo de lo que ha de venir. Esos hombres que vienen hacia aquí para atacar el castillo podrían dirigirse al norte, y yo los acompañaría.

—¿Los acompañaríais? ¿Dejaríais el castillo? —dijo ella sin poder evitar el sarcasmo y volviendo a tomar su copa—. ¿Y qué tendría que hacer para que eso ocurriera?

Mal que le pesase, la confianza de Derreck se resquebrajó un tanto.

—Tendríais que mostrar al oeste que puedo ser un aliado y no un enemigo.

Ella se quedó pensativa y pareció que meditase seriamente

la propuesta. Tantas veces y de tantas maneras había intentado convencerla de que aceptase ser su esposa... Derreck sabía que era orgullosa y testaruda. Quizá si le daba una salida razonable, algo que pudiese aceptar sin que pareciese una rendición...

—¿Queréis que yo también os confiese algo? —dijo por fin Arianne con una provocativa sonrisa bailando en sus ojos.

—Os lo ruego...

—En realidad no me importa lo más mínimo quién sea rey en Ilithe —rio perversa.

Derreck lo encajó bien. ¿Por qué habría de esperar otra respuesta?

—Entonces, ¿qué es lo que os importa?

Arianne volvió a tomarse su tiempo. Sus dedos se deslizaban por la superficie de la copa y la observaba como si fuese un objeto sumamente interesante.

—Me importa Svatge... Me importa el castillo... El paso... —dijo con voz lenta.

—Si aceptaseis, tendríais también eso.

La mirada de Arianne se endureció de golpe.

—¡No! ¡Lo tendríais vos! —exclamó y se levantó enfadada de la mesa.

Derreck dejó escapar el aire de pura frustración. También él sintió la amenaza del mal humor y se volvió hacia ella intentando calmarse. No era difícil conseguirlo cuando la miraba. Estaba muy bella aquella noche, con ese vestido de terciopelo rojo que la viera lucir por primera vez. Un vestido que dibujaba con claridad las suaves líneas curvas de su cuerpo. El cinturón cayendo sobre sus breves caderas. La cabeza inclinada dejando su nuca al descubierto. Bella y desairada. La artificial animación de hacía tan solo un instante desaparecida por completo.

No quería discutir por eso. No era eso lo que le importaba. No la quería por eso. Y seguramente sería bueno que lo supiese.

—Todo lo que tengo, todo lo que poseo o lo que pueda llegar a poseer algún día, todo lo que es mío sería también vuestro, Arianne.

Ella levantó los ojos hacia él. Parecía sincero, muy diferente al Derreck guerrero y avasallador. Arianne casi se sentía tentada a creer, pero también sabía con qué frecuencia los hombres están dispuestos a hacer o prometer cualquier cosa con tal de conseguir lo que desean y cómo después no tardan en olvidar. Y de todos modos se equivocaba si creía que desposarse con ella cambiaría algo.

—No servirá de nada, ¿sabéis? —dijo tratando de desengañarle—. El oeste no se dejará convencer por eso. No evitaréis la guerra.

—No temo a la guerra —respondió con sencillez clavando su mirada en ella.

—¿A qué teméis entonces?

—Creo que a nada en realidad.

El fuego iluminaba su rostro en tonos cálidos, pero su aspecto era oscuro. Y es que, si Derreck desconocía el temor, no era a causa de ninguna desatinada valentía, más bien ocurría que nunca nada le había importado tanto como para temer perderlo, ni siquiera su vida. Pero para Arianne, que había crecido acosada por demasiados temores, aquello era una más que envidiable ventaja.

—Tenéis suerte entonces —replicó desviando su vista y volviéndola hacia el fuego.

Derreck nunca lo había considerado así, pero era otra cosa lo que le preocupaba ahora. Tomó una de sus manos sosteniéndola solo por la punta de sus dedos.

—¿Y a qué teméis vos, Arianne?

Arianne temía muchas cosas, temía aquel contacto, a estar tan cerca de él como lo estaba ahora, a lo que ocurriría después y también se temía a sí misma.

—Tampoco temo a nada —mintió haciendo un esfuerzo por no retirar su mano.

—¿Estáis segura de eso? —preguntó mirándola intensamente a los ojos y acercándose más a ella.

—Lo estoy —musitó Arianne a escasa distancia de sus labios.

Arianne se apartó una décima antes de que Derreck se inclinase sobre ella. Inspiró el aire con fuerza y el intenso calor del fuego llenó de improviso sus pulmones ahogándola y quitándole el aliento.

Prácticamente se sintió desvanecer.

—¿No hace mucho calor aquí? Creo que necesito tomar aire fresco —dijo moviéndose con rapidez y torpeza. Una torpeza que hizo que se enredase en el vuelo de su vestido y estuviese a punto de caer.

Derreck la sujetó. Arianne tuvo que agarrarse a su brazo para mantener el equilibrio.

—¿Estáis bien?

—Sí, es solo... No es nada... Estoy un poco mareada.

—¿Queréis que os ayude?

—No, ya puedo yo —dijo Arianne soltándose y dirigiéndose hacia el balcón cojeando.

Se volvió desconcertada y vio que uno de sus zapatos se había quedado en el suelo, junto a Derreck. Él se agachó y lo recogió.

—Se os ha perdido —dijo sonriendo.

Arianne parpadeó confusa, se encogió de hombros y se inclinó para quitarse el otro zapato, lo tiró tras ella y siguió caminando descalza. Fue hasta el ventanal y, tras luchar arduamente con la cerradura, lo abrió de par en par y salió al balcón.

Derreck sacudió la cabeza, admirado por aquella mujer que nunca dejaba de sorprenderlo. Dejó caer el zapato al suelo lanzándolo por encima de su hombro, fue tras ella y se detuvo a contemplarla apoyado en el umbral.

Arianne estaba justo allí mismo. Era solo un pequeño mirador. Si dos personas se asomaban a la vez, tenían que estar muy cerca la una de la otra, o la una tras de la otra.

Derreck no compartía el entusiasmo de Arianne por exponerse al raso de la noche. Habría preferido estar dentro al calor del fuego, por suerte aquella noche no era especialmente fría. No faltaba ya mucho para que acabase el invierno y el aire venía del sur. Su soplo era tibio y traía consigo el anuncio de la primavera. La luna estaba baja en el cielo. Las estrellas brillaban. Ella estaba allí. Derreck habría podido jurar que era una noche perfecta, si es que alguna vez había existido alguna.

—¿Estáis mejor?

Arianne asintió con la cabeza.

—Se está bien aquí.

Derreck respiraba su perfume mezclado con el que traía el viento del sur. No se le ocurría otro sitio mejor en el que estar.

—¿Sabéis que oléis deliciosamente bien? ¿Qué demonios es?

Ella se volvió y le miró como si no comprendiese de qué le hablaba.

—¿Qué decís?

—Vuestro pelo...

—¿Mi pelo? —dijo sorprendida—. Será el jabón, supongo.

—El jabón —asintió él—. ¿Os importa si...?

Derreck tiró de una de las horquillas que sujetaban su recogido. Un mechón cayó sobre su rostro. Arianne lo apartó lentamente con la mano y se quedó mirándole en silencio, después se dio la vuelta e inclinó un poco la cabeza. Eso solo podía significar una cosa, así que alentado, Derreck comenzó a deshacer una a una sus trenzas.

Era una dura prueba para los nervios de Arianne. Aquel débil roce. Dejarse hacer. Sentirle tan cerca.

—¿Puedo haceros una pregunta? —dijo Derreck con voz ronca.

—¿Qué pregunta?

—¿Por qué nunca habéis consentido en casaros?

No era una pregunta que Arianne desease responder, pero el vino aflojaba su lengua y contestó con una ligereza que no sentía.

—¿Tendría que haber consentido? ¿Por qué motivo? ¿Para estar a las órdenes de un esposo en lugar de a las de un padre? El matrimonio solo beneficia a los hombres.

—¿Solo beneficia a los hombres? ¿Eso creéis? Os engañáis.

Arianne sentía su aliento quemando su piel. Muy cerca y muy cálido. Como sus manos, que habían terminado ya de deshacerle el recogido y ahora extendían con suavidad sus cabellos para que le cayesen por la espalda.

—¿Sería tan horrible... tan atroz... tan espantoso...?

Su boca tras ella. Cada palabra un soplo, una caricia. Arianne dejó caer la cabeza.

—Yo no lo creo —afirmó antes de recorrerle el cuello con sus labios.

Tampoco a Arianne se lo parecía. Algo que no era el vino embriagaba sus sentidos y le producía la misma sensación de mareo. Algo que la impulsaba a apoyar su cuerpo en el de Derreck para que el vacío no se apoderase de ella.

—¿Sabéis cuánto deseo haceros mi esposa?

Lo que Arianne sabía era que hacerla su esposa no era exactamente lo que Derreck deseaba. Era otra cosa lo que quería de ella. Lo sentía cada vez que la miraba, cada vez que estaban cerca el uno del otro, cada vez más presente.

Arianne no podría resistirse siempre a aquello. Era extenuante y agotador. Una lucha contra ella misma además de contra él. Por eso había dejado que llenase su copa una y otra vez. Suponía que así sería más fácil. Y en verdad ahora todo le importaba menos, pero aún le importaba.

Le importaba aunque no tuviese nada que perder. Pero si dejaba que pasase, si finalmente eso era lo único que quería de ella, si le bastaba con eso, entonces lo tendría. Arianne se lo daría. No valía nada. No significaba nada. Era lo que trataba de decirse a sí misma. Era solo su cuerpo, no era ella.

—Decidme que aceptaréis —le apremió Derreck ardiente, mientras la abrazaba desde atrás por la cintura.

¿Qué importaba que aceptase o no si después de aquella noche ya tendría lo que quería? Pero si se equivocase, si a pesar de todo Derreck todavía quisiera hacerla su esposa, entonces tal vez podría considerar la idea. Pensar en cómo sería compartir su vida con él y en si ella también lo deseaba. Quizá podría llegar a desearlo.

Sus manos la sujetaban, sus labios tomaban su piel desnuda allí donde no la cubría el vestido. Su calor la envolvía y el vino lo nublaba todo. Pero no era suficiente. Sus brazos, sus palabras, lo que pedía de ella. Arianne lo intentaba, pero no podía olvidar.

—No podrá ser. Saldrá mal —dijo sin querer, expresando en voz alta lo que era solo un pensamiento.

—¿Qué podría salir mal? —preguntó Derreck, poco dispuesto a pensar en inconvenientes.

A Arianne le costaba pensar. Imágenes y recuerdos se mezclaban confusos en su cabeza. Algunos tenía que rechazarlos con toda su fuerza para que su presencia no la paralizase. Otros eran tristes pero más soportables.

—Pensaba en mi madre —dijo Arianne, tratando verdaderamente de concentrar su atención en ese pensamiento.

—¿Es por eso? —Derreck creyó comprender. Era razonable, de hecho se reprochó no haberlo pensado antes, era lógico suponer que a Arianne le preocupara morir del mismo modo que había muerto su madre—. ¿Teméis que algo así os ocurra? No tenéis por qué —dijo con convicción y sin dejar de estrecharla contra sí ni de besar su cuello—. Las mujeres saben de esas cosas. Hay remedios para solucionarlo.

El cuerpo de Arianne se volvió más rígido y la lucidez luchó por abrirse camino en su mente.

—¿Para solucionarlo? ¿Es que no deseáis tener hijos?

—Los hijos son solo un estorbo. Será mucho mejor así.

Derreck solo decía lo que pensaba. No quería hijos. No quería riesgos ni ataduras. Solo la quería a ella. A ella completa y absolutamente para él. Entregada y rendida como estaba tan solo hacía un momento, aunque ahora pareciera querer rebelarse y él apenas pudiera ya dominar la impaciencia y el deseo.

—Arianne...

Arianne no contestó y Derreck consideró que eso valía tanto como un sí, y soltó el lazo que sujetaba a su espalda el vestido. La prenda se aflojó. Derreck esperó una protesta, Arianne solo dejó escapar el aire.

Era demasiado tentador desnudarla. Era absolutamente imposible resistir la necesidad de bajar su vestido y dejar sus hombros al descubierto. Verla cubierta solo con la fina camisola de tirantes que llevaba debajo.

Por eso lo hizo.

Su piel brillaba pálida a la luz de la luna. Su respiración era ahogada. Demasiado ahogada.

—No me encuentro bien... Todo me da vueltas...

La sostuvo cuando estaba a punto de caer. Debía de ser un vahído. Sus ojos estaban cerrados y su cuerpo se vencía sin fuerzas. Derreck la alzó en sus brazos sin saber bien qué hacer y la cabeza de Arianne cayó desplomada hacia el suelo.

La contempló aturdido. Parecía desmayada, pero el color no se había ido de su rostro. Entró con ella en la habitación. El aire más cálido del interior le golpeó en la cara como una bofetada. Solo se le ocurrió un sitio donde llevarla y un poco avergonzado de sí mismo fue hacia el dormitorio. La dejó sobre su cama sin que Arianne diese signos de reaccionar.

Era demasiado hermosa.

La lámpara que ardía junto al lecho iluminaba su rostro y su cabello, que se extendía formando ondas sobre la almohada. La camisa blanca se transparentaba mostrando su cuerpo. La garganta se le secó cuando distinguió las areolas oscuras y rosadas que despuntaban claramente bajo la tela.

—¿Arianne, podéis..., es decir, estáis despierta?

Esperó con ansiedad una respuesta pero no oyó nada. El deseo era ya apremiante y Derreck pensó en lo sencillo que sería saciarlo. La tendría tal y como anhelaba, y cuando al día siguiente despertase volvería a tenerla. Y si por una no extraña casualidad Arianne ponía el grito en el cielo y le acusaba de deshonrarla y abusar de ella, le respondería que no solo había consentido, sino que también le había alentado y que no podía culparle por no haberle hecho el desaire de rechazarla.

Mentir era un precio pequeño a pagar si así conseguía lo que quería, y además Arianne tendría que casarse sin más remedio con él. Ni siquiera ella podría negar esa consecuencia.

Su irresistible abandono. Sus labios rojos y húmedos. Su boca entreabierta.

Derreck se inclinó sobre ella fatalmente atraído. Historias de hombres que perecieron ahogados por perseguir a doncellas que los llamaban desde el fondo del agua pasaron por su cabeza. Aquellas historias siempre le habían parecido estúpidas, pero ahora Derreck los comprendía a todos.

También él se habría arrojado sin pensarlo dos veces a cualquier abismo si ella hubiese estado allí.

Se acercó aún más y aspiró su aliento. Rozó apenas sus labios intentando refrenar la pasión que aceleraba su pulso y apresuraba su boca. La besó lentamente aunque su contacto le quemaba y le urgía. Alentó la esperanza de que ella le devolviese el beso, semiinconsciente o ebria o dormida, le era indiferente con tal de que sus manos rodeasen su cuello para atraerlo hacia ella.

Esperó hasta que no pudo esperar más y asaltó impaciente su boca entera sin importarle lo que sucediera. Ansiaba con todo su ser despertarla. Deseaba morder sus labios y oírla quejarse o gemir o gritar de placer o de dolor.

Pero ninguna de esas cosas ocurrió y finalmente Derreck se apartó despacio reconociendo su derrota. Arianne parecía dormir. Inmóvil e indiferente. Inanimada como si aquello nada tuviese que ver con ella.

Tenerla así sería lo mismo que no tener nada.

Bruscamente se levantó del lecho y salió de la estancia golpeando la puerta con violencia.

La habitación se quedó en silencio y los segundos transcurrieron. Arianne comprendió que ya no volvería. Se sentó sobre la cama y miró hacia la puerta cerrada.

Seguía mareada y el vino entorpecía sus ideas, pero sabía que no estaría menos confundida cuando por fin se hiciese de día.

Capítulo 26

La plaza del mercado de Kilkeggany estaba llena a rebosar aquella mañana. Pip echó un vistazo para estudiar la situación. Un tragasables, dos malabaristas, un orate desvariando sobre el inminente fin de los tiempos... No esperaba tanta competencia en una villa de no más de dos mil almas, debía de ser un lugar próspero, nada que ver con las miserables aldeas del este. Había sido una pérdida de tiempo, menos mal que las cosas iban mejorando según se acercaba al sur.

Los mejores sitios ya estaban ocupados, así que decidió colocarse junto a los vendedores de verdura. Vio una vieja carreta vacía y de un ágil salto se encaramó a ella. Se aclaró la garganta, se ahuecó la capa, un tanto ajada, se atusó el pelo aplastado por el sombrero y probó a dar unos cuantos saltos para comprobar la firmeza de su estrado. Ya estaba listo. Ahora solo tenía que conseguir que su voz se escuchase por encima del jaleo de la plaza.

—¡Honradas gentes de Kilkeggany, gentiles damas, nobles caballeros, bravos y valientes guerreros! ¡Niños, niñas, villanos y labriegos! ¡Sed amables y prestadme un instante vuestra atención! ¡Mi nombre es Pip y os traigo nuevas de los lugares más alejados del reino!

Pip cogió el laúd y comenzó a tocar una tonada que él mismo había compuesto y que en su modesta opinión era muy buena. La gente lo miraba al pasar, pero ninguno de ellos se detenía, cuando una jovencísima dama, no contaría con más de quince primaveras, tiró de la manga de su dueña y se paró a escuchar. Pip sonrió y le hizo una reverencia. La joven ocultó un poco la cabeza tras el cuerpo de su aya y la mujer miró con severidad a Pip. Pip trató de ganársela con otra sonrisa, pero la dueña no se dejó impresionar con tanta facilidad y mantuvo el ceño arrugado.

Lo importante era que ya tenía un pequeño corro alrededor. La gente llamaba a más gente. Era el momento de empezar.

—En el valle que guarda el paso,
en la apartada Sverdor,
una traidora añagaza
se usó contra un noble señor.
Un desleal caballero
se sirvió de la traición,
y mató al buen castellano,
alzándose con el valle,
el paso y la guarnición.
No contento con su hazaña
aún fue mayor su felonía
y pretendió desposarse
con la bella Arielina.

El gentío era cada vez mayor. Pip concentraba su atención en la joven que le escuchaba con los ojos abiertos como platos. Aunque no solo ella escuchaba fascinada, todo el mundo guardaba silencio. Pip llevaba muchas leguas recorridas a sus espaldas y sabía cómo mantener la atención. Impostaba la voz, fingía acentos, lloraba, gritaba, amenazaba... y todo sin dejar de tocar el laúd.

—Si me dejarais, señora,
yo sería vuestro servidor.
—Antes me quitaría la vida
que entregárosla a vos.

Los niños se abrazaban a sus madres asustados y las mujeres los protegían estrechándolos contra su seno, incluso los hombres apretaban los puños contagiados de justa indignación. Pip era bueno en lo que hacía y además le gustaba más que ninguna otra cosa. Su padre era alabardero de la guardia del rey en Ilithe y él podía haber entrado también en la guardia, pero ese trabajo no era para él. Prefería los caminos, disfrutar de la vida, guiñar el ojo a las damas y burlarse de los caballeros. Siempre a sus espaldas, claro está.

Continuó por un buen rato adornando el relato con gran lujo de detalles, algunos de su propia cosecha, otros oídos a algún compañero de oficio, y cuando por fin concluyó, la dama joven lloraba a mares por la suerte de la pobre Arielina y su dueña no la dejaba atrás y como ellas muchas otras. Incluso algún hosco soldado enjugaba avergonzado y con disimulo alguna lágrima. Pip hizo una gran reverencia y todos aplaudieron a rabiar y buscaron alguna pieza de cobre en sus bolsillos.

Saltó de la carreta y comenzó a pasar el sombrero agradeciendo los cumplidos e inclinándose ante la damisela, que le dedicó una furtiva y ardorosa mirada antes de dejarle una moneda de plata.

Ahora Pip tenía buenos motivos para sonreír. Se guardó sus ganancias en la bolsa y buscó una taberna. Hablar tanto le daba sed y tenía que cuidar la voz. Ya había echado a andar cuando sintió el peso de una mano en su hombro.

—Eh, tú..., bardo.

No era un tono amistoso y Pip sabía bien lo que tenía que hacer en esos casos: salir corriendo a toda la velocidad que le permitiesen sus piernas, pero la mano se clavó con más fuerza y le obligó a darse la vuelta.

Era un hombre joven aunque mayor que Pip, que acababa de cumplir los veinte, y por su acento debía de ser del este. Llevaba barba, seguramente con la intención de dar más rudeza a su rostro, y el escudo que lucía bordado en sus ropas decía que era un caballero, aunque por lo deslucida que estaban su capa y sus botas debía de ser un caballero pobre. Sin embargo, su espada era considerablemente larga y parecía bien forjada. Pip temió que fuese el hermano o el marido de alguien.

—Eso que estabas contando, ¿dónde lo oíste?

Pip respiró y desechó sus temores. Hoy tampoco había llegado su día.

—¿Os ha gustado, señor? Vengo del este y allí la noticia corre de boca en boca y es tan cierta como que me llamo Pip.

—¿Pero tú lo has visto? ¿Pueden acaso los Weiner haber perdido el castillo del paso?

—¿No habéis oído el comienzo? El ejército del paso cayó en el desfiladero de Rickeren, la dama es la única que sobrevivió. ¿No venís vos de allí?

—Nada de eso había ocurrido cuando partí —dijo el caballero soltando a Pip y bajando el rostro, apesadumbrado.

—Las cosas cambian —replicó el bardo encogiéndose de hombros—. También he oído que un ejército viene del sur para devolver el paso al rey. Por lo visto van reuniendo a todos los caballeros que deseen unirse a su causa. Tal vez os interese —sugirió colaborador Pip.

—¿Y es verdad que ese canalla ha pretendido obligar a la hija de sir Roger a casarse con él?

—Verdad como que es de día, señor —dijo Pip observándolo con curiosidad. En realidad él no se había acercado ni de lejos al paso, y sospechaba que aquel desconocido sabía más que él del asunto.

—Tengo que regresar a Svatge y acabar con ese cobarde —dijo el caballero, y por lo visto pensaba hacerlo en ese mismo instante porque se dirigió con decisión hacia su caballo.

—¿Vos solo? ¿No sería mejor que acompañarais a las tropas reales?

—No puedo esperar. Tengo que ir en su ayuda.

—¿No me digáis que vais a ir a rescatar a la dama? Eso es digno de ser cantado, señor —aprobó Pip entusiasmado—. Aunque caigáis en el empeño, la posteridad reconocerá vuestro nombre. Por cierto, ¿cuál es vuestro nombre?

El caballero le respondió desde lo alto de su montura.

—Bernard. Soy Bernard de Brugge.

Después clavó las espuelas y desapareció de Kilkeggany como alma que lleva el diablo. Pip se prometió recordar aquel nombre y continuó en busca de la taberna. El vino siempre le inspiraba y ahora tendría que añadir unas cuantas estrofas a su canción. ¿Cómo le había dicho que se llamaba? Ah, sí, ya recordaba, Bertrand. Bertrand de Troje...

La claridad del exterior hizo que Arianne tuviese que llevarse las manos a los ojos para protegerse del sol. Tampoco sentía la cabeza muy firme y eso a pesar de que había estado durmiendo hasta bien avanzada la mañana, y eso que no estaba en su cama.

Cuando se había despertado y se había dado cuenta de la hora que era se había horrorizado pensando que Derreck pudiese entrar en la habitación y encontrarla aún allí, aunque por suerte eso no había ocurrido. Arianne había regresado a su cuarto, se había cambiado de ropa y después se había preguntado dónde y qué estaría haciendo él.

Se asomó a su ventana con la esperanza de verlo en el patio y no lo encontró. La sospecha de que estuviese por ahí con alguna mujerzuela pasó por su cabeza y a la jaqueca que sentía se unieron los sudores fríos, pero entonces lo vio salir de una de las torres acompañado por varios soldados. Arianne respiró y a hurtadillas se dedicó a observarlo.

Estaba lejos, pero incluso desde allí lucía desarmante e innegablemente apuesto, y eso a pesar del descuidado desaliño que a nadie sentaba tan bien como a él, de su pelo revuelto, que se olvidaba de cortar durante semanas, y de su rostro sin afeitar. Su rostro… El recuerdo del roce áspero y a la vez suave de ese rostro contra el suyo le aceleró el pulso.

Arianne lo examinaba desde su ventana y lo encontraba igual que todas las otras veces. Seguro de sí, arrogante, fuerte, tenaz, impulsivo… y también atrayente como solo ahora se permitía admitir que siempre había sido. No se había consentido ni por un instante ceder a esa atracción, pero ahora era inútil negar que existía. No tenía sentido negarlo, y seguramente debía de ser esa la razón por la que casi lamentaba que nada hubiese ocurrido.

Ella estaba dispuesta. Habría dejado que cualquier cosa pasara, pero no había pasado nada. O apenas nada. Solo ese beso caliente y húmedo, implorante al principio, insistente y violento al final. Arianne había templado su cuerpo y cerrado su mente. Solo quería que pasara pronto, que pasara ya. Después, cuando se había quedado sola, no había entendido lo que había ocurrido. Todavía no lo entendía. Quizá él esperase algo más de ella. Quizá esperase simplemente algo que no poseía.

El frío amenazó con atraparla de nuevo a pesar de la luz cálida que se filtraba por el cristal e hizo que cruzase los brazos contra su seno, cuando se dio cuenta de que él la estaba mirando. Y le sonreía...

Arianne se soltó y también sonrió. Derreck la saludó con la mano. Ella se asomó un poco más. Él le hizo una seña. Quería que abriese la ventana. No era una petición tan difícil de complacer.

—¿Qué estáis haciendo? —gritó desde abajo con un tono tan jovial y despreocupado como soleada era la mañana—. ¿No pensáis salir hoy?

—Me duele la cabeza —contestó y si levantaba la voz le dolía todavía más.

—Entonces os vendrá bien el aire fresco —dijo burlón—. Bajad. Hace un día espléndido y quiero mostraros algo.

—¿Mostrarme el qué?

—Bajad y lo sabréis.

Arianne comprendió que podía quedarse allí discutiendo indefinidamente con él o bajar y ver qué demonios era lo que quería mostrarle.

Así que por eso ahora estaba en el patio de armas, soportando su insoportable sonrisa engreída que proclamaba a voz en grito lo muy feliz que le hacía salirse con la suya...

—¿Cómo os encontráis?

—No muy bien. Debí de beber demasiado anoche —respondió reprimiendo el nerviosismo—. No recuerdo apenas nada.

—No hay mucho que recordar —dijo él con tranquilidad—. Os sentisteis mal y pensé que era mejor dejaros descansar.

—Lamento haberos causado molestias —se obligó a decir Arianne, aunque seguía pensando que eran muchas más y más graves las molestias que él le había causado a ella.

—No lo sintáis.

Lo dijo con sencillez y con intención y Arianne lo agradeció.

—¿Qué era lo que me queríais mostrar?

Derreck le dirigió una nueva y cálida sonrisa. Al parecer, aquel día las regalaba.

—Venid. Está aquí cerca.

Echó a andar sin esperarla y Arianne tuvo que seguirle hasta el patio que lindaba con las caballerizas.

—Aquí está.

Era un caballo. Un caballo negro. Uno nacido de alguna raza pura y salvaje. Sus crines brillaban como el azabache y parecía ligero y veloz, capaz de dejar atrás al mismísimo viento. Estaba suelto en medio del patio y campaba por allí a sus anchas, como si fuese el auténtico dueño del lugar.

Arianne se acercó a él fascinada. Era un animal que no dejaba indiferente. El caballo hizo ademán de espantarse cuando trató de acariciarle la testuz y agitó los cascos inquieto. Ella se quedó inmóvil, esperando, dejando su mano en el aire hasta que el caballo debió de decidir que era inofensiva y permitió que lo acariciase.

—Vaya, parece que le habéis caído bien —dijo Derreck con sorna.

—Es precioso... ¿De quién es?

—Es vuestro.

Arianne se giró hacia él.

—¿Mío?

—Así es, es un regalo. Si queréis aceptarlo...

—¿Un caballo? ¿Este caballo? —preguntó sin acabar de creérselo—. ¿Para montarlo aquí en el castillo?

—Para montarlo en el castillo no —resopló tratando de ignorar su sarcasmo—. Para montar por donde queráis.

Ella calló, su brazo apoyado contra el lomo del caballo, que ahora masticaba indiferente el haz de heno que Arianne le tendía.

—¿Lo decís de veras?

—Tan de veras. Es vuestro y podéis ir con él a donde os parezca.

Derreck siguió esperando una respuesta, pero toda la atención de Arianne seguía puesta en el corcel.

—¿Qué decís? ¿Os lo quedáis?

—Es un valioso regalo —reconoció Arianne—. Lo acepto.

La sonrisa volvió al rostro de Derreck, solo que esa vez era franca, abierta y sincera. Y todavía había algo más que tenía que decirle.

—También he pensado que, si vais a andar sola por los bosques, y sin duda pretenderéis hacer saltar a este pobre animal por esos barrancos del demonio, necesitaréis que alguien os escolte.

El rostro de Arianne pasó sin transición de la dulzura a la furia.

—¡¿Que me escolte?! —exclamó indignada—. ¿Me regaláis un caballo y ahora me decís que vais a hacerme vigilar y que tendré que llevar a alguno de vuestros malditos guardias pegados todo el día a mi espalda? ¿Para qué? ¿Para que me disparen otra ballesta si me alejo demasiado?

—¡¿Queréis callar y dejarme acabar?! —gritó igual de furioso Derreck.

Arianne calló aunque su pecho subía y bajaba con rapidez al ritmo de su respiración acelerada. Derreck hizo un esfuerzo por bajar su tono de voz.

—¿No queréis saber antes de protestar quién será vuestro acompañante?

Arianne apretó los dientes y no contestó. Derreck desistió de seguir jugando a las adivinanzas. Se volvió hacia uno de los guardias.

—Tráelo aquí.

El hombre desapareció hacia el interior del castillo. Arianne persistió en su mutismo y era Derreck el que se hacía ahora el ofendido. A Arianne le daba igual de quién se tratase. Por un momento había creído que quizá hablase de él mismo, y aunque entonces también habría protestado, habría estado dispuesta a ceder; y desde luego no dudaba de que con ese caballo podría dejar atrás a Derreck con suma facilidad, pero poner a un extraño cualquiera a vigilarla... No solo era humillante, también era estúpido.

Sin embargo, sus censuras se olvidaron cuando vio al hombre que venía con el soldado.

—¡Harald!

Arianne corrió hacia el viejo capitán, aunque se detuvo cohibida justo al llegar a su lado y en lugar de abrazarlo se conformó con tender sus manos hacia él. Harald se las tomó respetuosa y cariñosamente y se las estrechó con fuerza.

—¿Cómo estás?

—Estoy bien, señora. Estoy bien —repitió Harald mientras la miraba emocionado—. Vos estáis radiante.

Arianne había tratado muchas veces de ver a Harald, pero los guardias siempre le negaban el paso y Derreck no había querido ni oír hablar del tema. Harald era una especie de última carta que se guardaba en la manga y que ahora ya había gastado.

Estaba pálido y delgado, pero tenía buen aspecto. Derreck apreció satisfecho la alegría de Arianne.

—¿Os agrada más ahora la idea? —preguntó acercándose a ella.

—Habéis hecho bien —respondió soltando de mala gana a Harald.

—¿Lo creéis? —dijo mientras recuperaba su sonrisa más envanecida.

—Deberíais haberlo hecho hace mucho tiempo —afirmó Arianne encarándole.

—Puede, aunque yo no lo creo. ¿Queréis que discutamos sobre ello? Por ejemplo, esta noche...

Arianne tragó saliva. Esa noche. Otra cena. Sabía que no podría utilizar el mismo truco. No más trucos. Solo la verdad.

—Esta noche pensaba retirarme pronto. Si no os importa, hablaremos mañana.

Él lo encajó solo regular, pero cedió inclinando la cabeza a la vez que alzaba las cejas en un gesto de mal disimulada impaciencia.

—Está bien. Si lo preferís... Mañana, pues.

Ella le dedicó una sonrisa con la que habría podido hacerse perdonar cualquier cosa. Eso animó a Derreck y le recordó algo que trajo de nuevo la malicia a su mirada.

—¿No vais a dar un paseo?

—¿Ahora?

—¿Por qué no?

—¿Vos también vais a salir? —dijo deseando verdaderamente que la acompañase.

—No, tengo cosas que hacer —respondió sin perder la sonrisa—, pero salid vos.

Arianne le dio la espalda para que no viese que eso la contrariaba y fue hacia el caballo. Harald se había quedado a un lado, discreto como era su costumbre, aunque veía todo aquello con preocupación. Arianne no atendió a nada, se agarró con fuerza a las riendas y afirmó su pie en el estribo. El caballo se encabritó al sentir el tirón y se sacudió desembarazándose de ella antes de que le diese tiempo a montar. Arianne acabó en el suelo, sentada sobre sus posaderas, mientras el caballo se alejaba con un brioso y elegante trote.

—¡Señora! —exclamó Harald corriendo hacia ella—. ¿Estáis bien?

El dolor por el golpe le escocía y la diversión de Derreck le escocía todavía más.

—¡Estoy bien! —dijo rechazando la ayuda de Harald y volviéndose hacia Derreck—. ¡¿Qué maldita bestia es esta?!

—Olvidé decíroslo. Es un poco arisco, pero estoy seguro de que os haréis con él. Aunque si no lo queréis...

—¡Claro que lo quiero! —protestó Arianne con fuerza.

Derreck sonrió.

—Ya lo sabía...

La furia volvió a brillar en los ojos de Arianne y Derreck se dio cuenta de que estaba a punto de indicarle dónde podían ir él y el caballo, y seguro que no sería a un lugar agradable.

—Os dejo para que lo vayáis conociendo mejor. Ya me contaréis. ¿Mañana habéis dicho?

—¿Mañana?

—Nuestra cena.

Arianne olvidó el enfado y forzó una sonrisa.

—Mañana, cierto... Allí estaré.

Derreck todavía se la quedó mirando, pero Arianne se sacudió el polvo y se dirigió hacia el caballo, que se alejó tan pronto la vio venir.

Aquello iba a necesitar de mucha paciencia.

Capítulo 27

En las almenas los estandartes se sacudían agitados por el viento. El león rampante sobre fondo negro del Lander avisaba a todo el que se acercaba de quién era ahora el señor del castillo. Bernard había tenido ocasión de atestiguar la veracidad de la historia de Pip en muchas ocasiones durante su largo viaje desde Kilkeggany, aun así era duro comprobarlo con sus propios ojos. Y si eso era a lo que había quedado reducido el poder de los Weiner, ¿qué habría sido de las tierras de su padre allá en Brugge? Bernard no lo sabía, pero el aguijón del remordimiento por el deber olvidado lo hizo sentirse lleno de culpa.

Nunca debió haberse marchado.

No había sido esa su intención. Cuando salió de Svatge lo hizo sin ningún propósito concreto. Su plan original era volver a la heredad de su familia. No sentía prisa por hacerlo y su viaje de retorno se fue demorando. Un puente caído a mitad de camino le hizo cambiar de ruta y le obligó a dar un considerable rodeo. En una de las villas que encontró a su paso se celebraban justas abiertas. Bernard se animó a participar y la suerte le acompañó. Resultó vencedor en todos los combates a espada que se libraron.

Cuando la hija del noble señor que pagaba los festejos le hizo entrega, además de una generosa bolsa, de la rosa que le señalaba como vencedor del torneo, Bernard pensó en Arianne.

A ella fue a quien dedicó su victoria y a ella le agradeció la suerte que había acompañado a su brazo. Después guardó la rosa junto con las monedas y siguió su camino. Alguien le había hablado de otro torneo que se celebraría en una ciudadela más al sur. Y de ese modo, poco a poco, Bernard fue alejándose cada vez más de su tierra natal.

Algunas veces recordaba su hogar y le preocupaba lo que habría ocurrido en su ausencia, pero Bernard se decía que un hombre más o menos no significaría nada en aquella lucha, si es que finalmente había llegado a producirse. Y si Friedrich Rhine no había logrado convencer a los Weiner, poco podía hacer Brugge, aparte de ceder y rendirse, y Bernard no quería estar allí para ver eso, y tampoco quería deberle nada a Gerhard.

Por eso fue de villa en villa gastando el dinero que con tan poco esfuerzo había conseguido y haciendo amistades fáciles y rápidas al reclamo de la cerveza gratis. Bernard era generoso y entusiasta, y por primera vez gozaba de la libertad absoluta de quien no tiene obligaciones ni responsabilidades ni ojos severos y vigilantes como los de su padre o los de Friedrich Rhine acechando sobre él. Pero cuando se hacía de noche y el sueño lo reclamaba, incluso aunque no estuviese solo en su cama, pensaba en ella.

Continuó bajando hacia el sur y más adelante tuvo ocasión de probar nuevamente su espada y la fuerza de su temple al librar a una dama y a su pequeño hijo de las garras de unos salteadores de caminos. Los rufianes habían matado al abuelo del niño y al escudero que los acompañaba. La mujer derramó lágrimas de agradecimiento y le prometió una recompensa en nombre de su esposo. Bernard rechazó el ofrecimiento y los escoltó hasta su lugar de destino, pero se marchó antes de recibir compensación alguna. Entonces también pensó en Arianne.

Muchas veces fantaseó con la idea de que la noticia pudiera llegar a sus oídos y dio por hecho que habría estado orgullosa de él. Si hubiera llegado a saberlo, claro está.

Por eso su principal empeño era labrarse fama y reconocimiento y su destino último era el oeste. En sus sueños Bernard se veía siendo recibido en la corte. No era una empresa tan descabellada. Era bueno con la espada, no era simple fanfarronería ni presunción, lo cierto era que pocos le hacían sombra. Pero imponerse en aquellos lugares perdidos no tenía mérito ni gloria, en cambio, si eso mismo ocurriese en Ilithe... Entonces hasta Arianne oiría mencionar su nombre llevado de boca en boca, y cuando el propio rey reconociese su valía volvería a Svatge y pondría todo aquello a sus pies.

Algunos inconvenientes enturbiaban las esperanzas de Bernard. El principal, que demasiados años transcurriesen hasta que eso ocurriera y mientras tanto Arianne se casase con otro, o ambos envejeciesen tanto que el tiempo marchitase sin remedio la belleza de su dama. Las dos cosas le urgían a acelerar su viaje, pero como bien habría podido asegurarle sir Friedrich Rhine, los planes de los hombres carecen a menudo de valor, y ahora Bernard había deshecho en quince días el mismo camino que había tardado tres meses en recorrer, y Arianne oiría hablar de él mucho antes de lo que había pensado.

Bernard apartó su mirada de los estandartes. Ya los tenía más que vistos. Todo Svatge estaba inundado de ellos. Se había encontrado con muchos campamentos según se acercaba al castillo. Grupos armados y bien organizados hechos fuerte en los puntos más estratégicos. Nadie le había prestado atención. Un hombre solo no significaba nada. No suponía ningún peligro. Solo tenía una opción y era una posibilidad ardua y remota. Únicamente si Derreck aceptase un desafío podría tener Bernard una oportunidad.

El simple pensamiento de que lo despreciase nublaba su juicio y encolerizaba su ánimo. Eso sería innoble y vil, ¿pero no eran esas las palabras que mejor se ajustaban a las costumbres de Derreck? Bernard no ignoraba que lo más probable sería que muriese a la entrada del castillo, atravesado por una flecha o a manos de los guardias que custodiaban la puerta, por muchos que consiguiese llevarse antes en su compañía.

Lo único que podía hacer era fiar en el honor de quien se decía que no lo conocía. No le quedaba más que esperar que no se conformase con quedar como un cobarde delante de todos. O al menos delante de ella.

Bernard tenía esa extraña confianza. Una especie de seguridad. Si él hubiese deseado conquistar el favor de Arianne, no hubiera dudado en enfrentarse a cualquier rival. ¿Y no era eso lo que había venido a hacer?

Se encontraba ya frente a las puertas. Fuera como fuese la suerte estaba echada. Como muchos otros, Bernard era de los que pensaban que su destino estaba ya escrito. Lo único que quedaba en sus manos era afrontarlo con valor.

Los centinelas le cortaron el paso cuando lo vieron acercarse al puente levadizo.

—¡Alto ahí! ¿Quién sois y quién os manda? —preguntó desconfiado uno de ellos mirando su escudo de armas.

—Soy Bernard de Brugge —dijo despacio y sereno—, y no me manda nadie.

—Con que de Brugge —repitió el soldado, que no ignoraba que los Brugge no eran leales al Lander—. ¿Y qué hacéis tan lejos de Brugge?

Bernard apretó los dientes y dirigió una inquietante mirada a aquel hombre que se permitía mirarlo con desdén.

—No es asunto tuyo lo que haga aquí. Quiero ver a tu señor, así que aparta y déjame entrar.

Los guardias cruzaron entre ellos risas sin rastro de humor. Bernard mantuvo su mano izquierda firme en las riendas de su caballo y la derecha junto a la empuñadura de su espada.

—¿Queréis entrar, señor? Pues probad a hacerlo.

El hombre trató de adelantarse atacando con la lanza a Bernard, pero él lo esquivó con destreza y rapidez y le asestó un tajo en el brazo que sujetaba la lanza. El hombre aulló de dolor y su compañero alertó al resto de la guardia. Un hombre a pie contra otro a caballo resultaba en extremo peligroso como acababa de demostrarse, sin embargo Bernard renunció a esa ventaja y descabalgó para enfrentarse a la guardia armado solo con su espada.

Los hombres se lanzaron a por él, decididos pero torpes, y Bernard ya había herido o matado a varios y desarmado a otros cuantos, cuando llegó uno de los oficiales alertado por el jaleo.

—¿Qué demonios está pasando aquí?

Los tres o cuatro que aún plantaban cara a Bernard se detuvieron ante su superior. Bernard aprovechó la ocasión para tomar aliento, aunque no bajó la espada.

—¡Atacó a Jorgen sin avisar! —dijo uno de los centinelas.

Jorgen se retorcía ensangrentado en el suelo y el panorama no era muy halagador para la guardia. Había tres hombres más, caídos y malheridos. Bernard estaba solo rodeado por los soldados del Lander. No parecía asustado ni presto a rendirse. El oficial se fijó en su escudo.

—¿Acaso sois hijo de Enrik de Brugge?

—Él es mi padre —afirmó Bernard con fiero orgullo, más cuando no era nada común que alguien le reconociese.

—Yo también soy de Bergen, hijo de Theo Roien.

—Conozco a los Roien —reconoció cauteloso Bernard, temiendo que aquello fuese alguna trampa.

—¡Apartaos, inútiles! —gritó el oficial—. ¿Acaso creéis que valéis lo mismo que un caballero juramentado?

Los soldados se apartaron de Bernard escupiendo hacia el suelo y profiriendo maldiciones. Roien estaba irritado por la incompetencia de sus hombres, aunque en el fondo aprobaba el coraje de Bernard. Además era un paisano. No era tan importante que los Brugge siempre se hubiesen resistido a la fuerza del Lander. El viejo Enrik era huraño, pobre, independiente y orgulloso. Todo el mundo en Bergen lo sabía.

—¿Qué habéis venido a hacer aquí, hijo de Enrik de Brugge?

Bernard relajó solo un ápice su tensión. Sería mucho más sencillo enfrentarse a un solo hombre que a seis, pero después seguiría estando igual y necesitaba llegar hasta Derreck.

—He venido a retar en duelo a Derreck de Cranagh —dijo sin pestañear—. Si en verdad conocéis a mi padre, sabréis que es un hombre de honor. En su nombre os pido que me ayudéis.

Roien le miró sorprendido. Bernard había bajado la espada y se dirigía a él con sencillez y nobleza. Aunque fuesen virtudes en desuso, Roien conservaba una antigua pero arraigada simpatía por ellas.

—¿Por qué queréis desafiar a sir Derreck? —preguntó sin comprender—. Ahora hay paz en el este y nadie molesta a vuestra gente. Hace mucho que dejamos atrás Bergen.

—No se trata de eso —masculló nervioso Bernard, avergonzado de que un desconocido supiese más de su tierra que él mismo, y a la vez tranquilizado al saber que los suyos se encontraban a salvo.

—Entonces, ¿de qué se trata?

—Lo hablaré con sir Derreck —calló Bernard tenaz.

Roien no sabía qué pensar. Aquello no era nada frecuente, al menos no desde que llegasen a Svatge. Cuando estaban en el Lander sí que era común la llegada de mensajeros día sí, día no, retando a Derreck por los más variados motivos, pero empeñarse en venir desde Brugge para hacerse matar...

—¿Por qué habría de querer luchar sir Derreck con vos? Cientos de hombres podrían daros muerte perfectamente antes de que llegaseis a él.

—Hay tres al menos que no lo harán —dijo Bernard con rabia refiriéndose a los que habían quedado tirados a su alrededor.

El oficial frunció el ceño ante la ciega testarudez de Bernard. Este apretó con más fuerza la empuñadura de su espada. Entonces aquel hombre rompió bruscamente a reír. Bernard dudó sobre cómo tomarse aquello.

—Me caéis bien, Bernard de Brugge. Hablaré de vos a sir Derreck, quizá esté de buen humor y quiera divertirnos.

—¿De verdad lo haréis? —dijo Bernard con sincero entusiasmo—. Os quedaré eternamente agradecido entonces.

Roien rechazó la mano que Bernard le tendía.

—Me temo que si tenéis éxito eternamente no sea por demasiado tiempo...

Bernard bajó su mano y la volvió a su espada.

—Haced eso al menos por mí y dejad lo demás en mis manos.

El oficial se encogió de hombros.

—Lo intentaré, pero no os prometo nada. Marchaos y volved mañana a mediodía. ¡Y vosotros! —dijo dirigiéndose a sus hombres y señalando a los caídos—. ¡Limpiad todo esto!

Bernard aguantó firme las miradas rencorosas, pero cuando la reja se cerró y se encontró con los arqueros acechando vigilantes detrás de las murallas tuvo que tomar una determinación.

Seguramente era buena idea fiar en Roien y volver al día siguiente.

* * *

Aquella resultó ser una mañana agitada. La de Bernard no había sido la única visita, también sir Willen Frayinn había regresado tras un corto viaje de negocios y traía muchas noticias.

—Es una situación complicada, sir Derreck, quizá sería mejor que hablásemos en otro lugar —sugirió desconfiado mirando de refilón hacia Arianne.

—Hablad aquí —dijo impaciente Derreck.

—Como prefiráis —accedió tratando de ignorar la furiosa mirada con la que Arianne le recompensó—. Se dice que las tropas reales están formadas por no menos de siete mil hombres y que pronto llegarán al valle de Bree, desde allí no pueden tardar más de un mes en estar a las puertas de Svatge.

—No serán tantos como siete mil —dijo Derreck fríamente—, y no todos montarán a caballo. Eso les retrasará.

—¿Pero con cuántos contáis vos? —preguntó Frayinn sin disimular su nerviosismo. Ahora que las cosas comenzaban a torcerse temía estar en el lugar equivocado.

—No creo que eso deba preocuparos —le cortó secamente Derreck—. ¿Habéis oído rumores de que también puedan llegar tropas por la otra orilla?

—Sí, eso se dice, ¿pero qué más da? ¿O es que acaso está ya abierto el paso? —inquirió mirando a Derreck y después a Arianne, que esa vez pareció menos interesada en la conversación.

—No, el paso sigue estando igual que estaba —respondió Derreck de mal humor—, pero sería bueno saber cuántos han dejado en Ilithe y cuántos más partieron por el oeste.

—Todo son rumores. En cualquiera de los casos estáis en mala posición, no podréis resistir demasiado tiempo si os sitian.

—No pienso dejarme sitiar —aseguró Derreck duramente.

Willen comenzaba a lamentar estar allí y no se le ocurría nada más prudente que decir, pero la prudencia no era una virtud que todos admirasen tanto como Willen, y sin ir más lejos Arianne no la practicaba.

—¿Y por qué no enviáis un mensajero al oeste alertando de los planes del norte? Eso os congraciaría con el oeste y obligaría a que las tropas tuviesen que regresar a Ilithe.

Willen la miró sorprendido, ya era bastante extraño escuchar a una mujer opinar sobre esos asuntos, asuntos que por otra parte él desconocía totalmente pese a que no le faltaban informadores. Sus caravanas recorrían todo el reino y le traían noticias de primera mano. Y lo que más extrañó a Willen fue que Arianne pareciese estar de parte de Derreck.

—Sí, es una gran idea, solo veo un pequeño inconveniente. El mensajero tendría que convencer a los hombres del rey de que deben confiar en mi palabra, algo que sin duda estarán deseando hacer. Bastará con que les diga: «Escuchad, sir Derreck dice que debéis regresar» —dijo aún más mordaz Derreck—. Y por otra parte, ¿cómo llegaría ese mensajero al oeste? ¿Cruzaría volando por encima del paso?

—No tendría por qué cruzar volando —contestó ella con tanta aspereza como él—. Hay más formas de atravesar el Taihne. No para un ejército, pero sí para un par de hombres. No es imposible.

—Comprendo —dijo cínico—, solo hay que conseguir que un par de hombres bajen los desfiladeros, crucen con vida esa corriente de remolinos, después escalen al otro lado y luego ya convenzan a los pares de que deben regresar a Ilithe. Es sencillo...

—Estoy segura de que tenéis una idea mejor.

—Dadlo por hecho.

Willen se había hecho a un lado y comprobaba cómo las cosas no habían cambiado tanto como podía haberle parecido en un principio, cuando la entrada de Roien interrumpió la discusión.

—Señor...

—¿Qué pasa ahora? —preguntó Derreck airado.

Roien comprendió que no llegaba en buen momento, pero eso era algo frecuente y él se había comprometido a hacer el anuncio.

—Se trata de un caballero, alguien del este, conozco a su familia. Es de Bergen como yo. —Pese a haber dejado su tierra hacía tiempo, Roien conservaba el orgullo de los naturales de aquel rincón pobre e inhóspito que muchos en el reino despreciaban—. Ha llegado al castillo.

—No me digas. ¿Viene a hacerte una visita? —dijo impaciente Derreck.

—No, señor, pretende retaros en duelo.

Derreck alzó las cejas perplejo. Siete mil hombres se acercaban al castillo en menos de un mes y a uno solo se le ocurría que no tenía mejor cosa que hacer que ocuparse personalmente de él.

—¿Y por qué no lo han matado?

—Es un caballero —dijo incómodo el oficial—. Se ha enfrentado a la guardia él solo y ha acabado con cuatro hombres. Pensé que podría interesaros.

—Me interesa saber cómo crees que podremos plantar cara al oeste si cualquier idiota es capaz de quitarse de encima a tu guardia —dijo Derreck furioso.

—No es un simple idiota. Es hijo de Enrik de Brugge y tiene derecho a cruzar su espada con un noble —aseguró Roien.

—Entonces, ¿por qué no lo has matado tú? —dijo Derreck comenzando a perder la paciencia.

Antes de que a Roien le diese tiempo a justificarse, Willen

lo interrumpió, también él conocía a Enrik de Brugge y al menos a uno de sus hijos.

—¿De Bergen decís? ¿No será el joven Bernard?

—El mismo, ¿lo conocéis? —preguntó el oficial.

—Llegué aquí por primera vez con él. Es un joven valiente y diestro. Venció con facilidad al hijo de sir Roger. —Willen reparó tarde en que estaba hablando de alguien cuya ausencia podía ser dolorosa para algunos de los presentes—. ¡Oh, disculpad, señora! No pretendía... —Arianne estaba pálida y afectada. Willen trató de arreglarlo cambiando de tema—. Vos también lo conocéis, ¿verdad?

Willen no fue el único que reparó en la palidez de Arianne.

—¿Lo conocéis? —repitió Derreck

—Es solo un muchacho. No tendrá más de veinte años. Ignoradle y que regrese a su casa —respondió intentando mostrarse indiferente.

Derreck la miró a los ojos. La conocía ya lo bastante para leer en ellos mejor que en sus palabras. Todos los días buscaba nuevas señales. Habían transcurrido dos semanas desde que Arianne le pidiese que esperase a mañana. Mañana se había convertido en un día que nunca acababa de llegar.

Ocurría que bien Arianne estaba indispuesta, o no estaba, o estaba, pero prácticamente huía ante cualquier tentativa de acercamiento. Derreck había recurrido a toda su paciencia, pero ya se estaba cansando de aquel juego de palabras nunca dichas y de constantes demoras.

—Cuando yo tenía veinticuatro años salí del Lander con solo cincuenta soldados tras de mí, cabalgamos más allá de las fronteras y allí acabé con la vida de decenas de hombres que me doblaban en fuerza y en experiencia —dijo enfrentándose a ella sombrío—. Desde entonces han transcurrido ocho años y mirad dónde estoy ahora.

Si esperaba que eso la hiciese ceder, se equivocaba. Siempre que él la desafiaba, ella no solo no retrocedía, sino que daba un paso adelante.

—Sin duda Bernard de Brugge no tiene nada en común con vos —dijo Arianne con voz helada.

Derreck apartó el rostro de ella. No necesitaba seguir contemplando su desprecio.

—Marchaos. —Willen y Roien salieron de inmediato. Arianne iba a retirarse también cuando él la retuvo—. Vos no.

Arianne tiró bruscamente de la muñeca que él le sujetaba y consiguió soltarse, o él dejó que lo hiciera. Ya no era necesario indagar más en la mirada de Arianne para tratar de adivinar sus sentimientos. Estaba muy enfadada. Y Derreck tenía la certeza de que esa vez no lo merecía. No aún.

—Decidme, ¿por qué creéis que este tal Bernard ha decidido arriesgar su vida de un modo tan absurdo?

—¿Cómo queréis que lo sepa? —dijo ella con digna frialdad.

—Creía que lo conocíais bien, ya que afirmáis que no tenemos nada en común —respondió sarcástico.

—No sé nada de él ni sé por qué está aquí.

Arianne habría estado dispuesta a jurarlo por su vida, aunque solo fuese verdad en parte. Sospechaba y temía cuáles eran las razones de Bernard, aunque ella no le hubiese dado motivos ni esperase ningún rescate. No, desde luego no pensaba dejar el castillo para marcharse con Bernard; y si eso era lo que él estaba pensando, estaba muy equivocado. Pero Arianne no iba a ceder en su orgullo para satisfacer el de Derreck.

—No lo sabéis. Comprendo. Entonces no os importará que acepte ese duelo.

—¿Por qué ibais a hacer eso? —replicó más nerviosa—. Pensaba que no perdíais el tiempo con duelos.

—No es una norma fija y ahora tengo mucho tiempo hasta

que lleguen los hombres del rey. Y a todo el mundo le gustan los duelos. ¿No habéis presenciado ninguno?

—Jamás. Es algo cruel y propio de salvajes.

Arianne le escupió las palabras a la cara y él volvió a tragarse su rabia. Muchas veces había recibido insultos y también halagos. Le importaban tan poco los unos como los otros, pero pocas cosas le dolían tanto como que ella le despreciase.

—Salvaje y cruel... Otros dirían que es heroico y honorable, pero supongo que tenéis razón y es solo cuestión de nombres.

También Arianne lo conocía lo suficiente como para no dejarse engañar por su cinismo, también ella presentía las cicatrices de alguna herida que nunca le quería mostrar. Y sin embargo era entonces cuando más cercana a él se sentía, como si el dolor fuese algo que ambos pudiesen compartir, como si el dolor los uniera más que cualquier otra cosa, porque era lo que más profundamente arraigado estaba en ellos. Y por esa razón volvió a intentarlo.

—Dejad que se marche en paz. Renunciad al desafío —rogó suplicante.

Era tentador ceder a esa suplica. Era tan convincente su tono, tan prometedora su mirada, solo que Derreck estaba harto ya de promesas que nunca llegaban a cumplirse, de esperas que no conducían a nada, de permanentes aplazamientos. Necesitaba algo más que espejismos. Quería un compromiso.

—Lo haría, ya que vos me lo pedís, con una condición.

El gesto de Arianne cambió de inmediato.

—¿Con qué condición?

—¡Casaos conmigo de una maldita vez! —rugió desairado, porque bastaba con insinuar aquello para ver cómo se demudaba su rostro—. ¡Acceded a la ceremonia y evitad así eso que tanto decís que os desagrada!

—¡¿Así pretendéis que acepte?! —gritó también ella—.

¿Qué es esto? ¿Un chantaje? ¿Es que no sabéis hacer otra cosa más que engañar y manipular a los demás?

Arianne estaba al borde de las lágrimas, pero a Derreck solo le importaban sus reproches.

—¡Supongo que no! —respondió y en realidad lo que tenía era más bien una certeza. Aquella noche no había servido para nada y él solo había sido un estúpido por creer que la Arianne que se dejaba soltar los cabellos y reclinaba la espalda contra su pecho, mientras él la besaba y deseaba hacerla feliz como nunca antes había deseado hacer feliz a otra mujer, era algo más que una ilusión causada por la embriaguez—. ¡Tenéis mucha razón! —afirmó herido—. ¡No sé hacer nada mejor! ¡Así que decidíos de una vez! ¿Aceptáis ese enlace sí o no?

No necesitó pensarlo. No iba a aceptar. No así. Nunca. No por la fuerza.

—No. No acepto —consiguió decir, aunque una opresión llenaba su pecho y ahogaba su garganta y le hacía difícil articular palabra.

—Entonces tened por cierto que mañana tendréis ocasión de presenciar un duelo —aseguró dejándola sola en aquella enorme sala.

—¡No pienso asistir! —gritó Arianne impotente.

Derreck se detuvo.

—¿Por qué ibais a asistir? Después de todo solo se trata de dos hombres que pretenden matarse el uno al otro a causa de vos.

—¡No me echéis a mí la culpa! —gritó—. ¡Sois vos quien ha decidido manchar sus manos de sangre!

—No os precipitéis. Quizá tengáis suerte y me mate él a mí. ¿Os haría eso más feliz? —Arianne se negó a contestar, pero Derreck aún no había terminado y su expresión dejó al descubierto la brutal violencia que latía en él y que solo a duras penas contenía—. En cualquier caso hay algo de lo que podéis estar bien segura. Yo haré cuanto me sea posible por no dejarme matar.

Arianne enmudeció y también Derreck pensó que sobraban ya las palabras. Aquello debía terminar pronto de un modo u otro y él había tomado una determinación.

—Asomaos mañana a vuestra ventana. Es lo menos que podéis hacer.

Ella recuperó el aliento y lo llamó.

—¡Derreck! —Se detuvo, pero no se volvió y solo oyó su voz tras él—. ¡No lo hagáis!

No pronunció más que una breve frase antes de dejarla atrás. No tenía más que decir y era más fácil hacerlo si no tenía que verla.

—Ya está hecho.

Capítulo 28

Arianne caminaba arriba y abajo de la habitación incapaz de estar sentada. Sin pretenderlo su mirada se iba continuamente hacia la ventana y su oído se aguzaba atento a los sonidos que llegaban del exterior.

Estaba muy enfadada. Enfadada, nerviosa y preocupada. Enfadada con Bernard, a quien nadie había pedido que hiciera aquello, enfadada con Derreck, que había vuelto a aprovechar la ocasión para tratar de torcer su voluntad e imponer la suya, enfadada y furiosa con la gente que llenaba el patio de armas y reía, gritaba y jaleaba como si aquello fuese una fiesta.

Aún no habían comenzado, pero ya había visto de lejos a Bernard. El cabello negro y rizado, más largo que cuando se marchó del castillo, la barba también más crecida. Bernard tendría un par de años más que ella, pero Arianne pensó que seguía pareciendo igual de joven e ingenuo que la primera vez que le vio. Eso la conmovió un poco, aunque no tanto como para llegarse hasta el cristal y corresponder a las miradas ansiosas que él dirigía constantemente hacia su ventana.

También había visto a Derreck, implacable y determinado.

No había mirado hacia allí ni una sola vez. Pero eso podía soportarlo, lo que le preocupaba era que Bernard saliera con bien de aquello.

Si al menos él respetase su vida... No podía ser tan desalmado como para acabar con Bernard solo por pura maldad.

Arianne ni siquiera se cuestionaba por qué suponía que derrotaría a Bernard. Era algo que daba por hecho, y en el fondo también albergaba la esperanza de que Derreck perdonaría su vida.

Deseaba creerlo.

Lo que no sospechaba era que esa seguridad desaparecería tan pronto como se oyó el anuncio y el restallido del acero al chocar, cruzando a través de su ventana y destacando con claridad por encima de los gritos de los soldados.

Arianne se resistía a mirar, solo escuchaba de espaldas al cristal. No podía hacerlo. No podía verlo y pensar que podía haberlo evitado.

Los golpes se sucedían violentos y sin descanso uno tras otro. Los hombres gritaban enardecidos. El corazón de Arianne latía al unísono de aquel entrechocar rápido y constante. Solo aguardaba, mientras sus manos retorcían los dedos hasta lastimárselos. De pronto las voces cambiaron bruscamente y el griterío que jaleaba eufórico a Derreck se transformó en un rugido sordo y oscuro. Arianne comprendió ese sentimiento. Lo vivió físicamente en su propia piel. Sintió el miedo, la zozobra y la culpa luchando contra la incredulidad.

No podía ser que Bernard venciese a Derreck.

Se abalanzó hacia la ventana solo para ver por sí misma la sangre tiñendo de rojo su pecho. Él se defendía. Bernard atacaba. Ganaba espacio paso a paso, le acorralaba contra el graderío. Parecía una situación desesperada, cuando de pronto las tornas cambiaron. Derreck lanzó un mandoble que hizo retroceder a Bernard. Los hombres volvieron a aullar. Bernard devolvió la embestida con otro golpe feroz. Las espadas quedaron cruzadas en el aire, la una contra la otra. Arianne lo supo entonces. No acabaría bien. No había ninguna posibilidad. Únicamente terminaría cuando uno solo quedase en pie.

Y justo cuando esa certeza se instaló en ella Bernard se arrojó contra Derreck en una arremetida que este evitó por escasos centímetros. Bernard volvió a crecerse y atacó sin dar tregua. El choque de los aceros resonó intensamente en el silencio tenso que los rodeaba. Arianne observaba paralizada. La mancha carmesí en las ropas de Derreck era más grande ahora y Bernard llevaba la ventaja, pero cuando se abalanzó sobre Derreck este le rechazó con tal fuerza que el golpe se volvió contra Bernard y lo hizo caer de rodillas.

Arianne cerró los ojos para no verlo caer desplomado contra el suelo. Lo supo por el modo en que su cuerpo se derrumbó. Bernard ya estaba exánime antes de que su cabeza se estrellase contra las losas del patio de armas.

Ya no prestó atención a lo rápido que se apagaron los gritos que aclamaban a Derreck, ni a las voces que ordenaban a todos que volviesen a sus puestos. No vio a Derreck contemplar inmóvil y silencioso aquel cuerpo inerme.

No vio ni escuchó nada porque ahora solo podía recordar al joven tímido y perplejo al que había golpeado con una piedra por pretender matar a una cierva y dejar indefensa a su cría. El mismo que apenas un poco después renunciaría a cobrarse otra pieza solo porque sabía que ella no lo aprobaba. Bernard en el jardín del sur asegurando que la amaba y que solo esperaba una sonrisa.

Arianne rompió a llorar. Las lágrimas nacían y se derramaban sin que tuviese forma de evitarlo. Se escurrían por su rostro saladas y calientes y no calmaban sino que aumentaban su amargura. Le escocían y avergonzaban. Y es que ni siquiera era capaz de llorar por Bernard.

Las lágrimas de Arianne eran por ella.

Lloró mucho y largo tiempo, pero finalmente aquello también acabó, su rostro se secó y el atardecer la encontró sentada en penumbra junto al fuego, que llevaba horas apagado. Perdida en recuerdos y pensamientos que desfilaban por su cabeza arrastrados los unos por los otros sin necesidad de invocación. Su niñez, su adolescencia, su precoz y forzada madurez, adelantada pero incompleta, nunca del modo que debió ser, defectuosa ya para siempre. La vida que podía haber sido distinta, pero que nunca fue.

Pocas veces se permitía Arianne entregarse a la autocompasión, en el fondo de su ser lo despreciaba y no era lo que quería para sí, pero aquel día la necesitaba. La necesitaba y se hundía conscientemente en ella, seguramente porque sabía bien que no encontraría comprensión en nadie más.

Sin duda no la hallaría en él y por eso, cuando la puerta se abrió sin previo aviso, no se levantó ni se movió.

—¿No queréis luz?

La frialdad no ocultaba su tono de censura. Arianne sabía que Derreck le acusaba de cosas peores que de no haber prendido las velas.

—Estoy bien así.

—¿No pensáis comer hoy?

No había salido en todo el día, no pensaba salir ahora ni se sentía capaz de ingerir alimento alguno y tampoco quería discutir sobre ello. Ahora recordaba que también a él lo habían herido, pero sus ropas estaban limpias y su voz era firme y clara. No debía de ser una herida grave ni profunda.

—Ya os he dicho que estoy bien así.

Derreck guardó silencio. Arianne sabía que ni mucho menos había acabado.

—¿Y tampoco pensáis bajar a verlo por última vez?

Cerró los ojos, aunque no sirvió de nada porque la oscuridad ya hacía que su rostro fuese solo una sombra y su voz seguía sonando exactamente igual.

—No.

—No, comprendo. Pensadlo bien. Roien saldrá mañana al alba para llevar el cuerpo a su familia. Él mismo se ha ofrecido. Después ya no tendréis oportunidad.

Arianne se encaró con él. Odiaba que le hiciese eso. Odiaba que insistiese en dañarla como si pensase que aún no le dolía lo suficiente.

—¡Nunca debió haber muerto!

—¡Os lo advertí! —replicó Derreck dejando caer su falsa pretensión de frialdad.

—¡Sí, me lo advertisteis y ya me lo habéis recordado! —respondió airada y deseando con todas sus fuerzas que se marchase y la dejase sola. Se equivocaba si imaginaba que la entendía, que sabía lo que pensaba y lo que sentía. Se equivocaba si creía que la conocía. Se equivocaba en todo y quería que se alejase de ella de una vez y para siempre. Y se lo gritó tan alto y tan fuerte como su garganta le permitió hacerlo—: ¡Y ahora que lo habéis hecho dejadme en paz y largaos de una vez!

No lo vio venir. No supo lo que iba a ocurrir hasta que sus brazos la rodearon y la atrajeron imparablemente hacia él. Hasta que su mano le sujetó la cabeza impidiendo que se apartara y obligó a su boca a llegar hasta la suya para que él la besase con una dureza apasionada que la cogió por sorpresa y desprevenida.

Se debatió, pero no podía soltarse, no podía luchar, no podía resistirse a la fuerza con la que él la abrazaba y la besaba tan fiera e intensamente que no podía más que dejarse amar por él, si es que aquello podía ser el amor. Esa ansiedad salvaje y desesperada, ese vértigo oscuro y sin fondo, esa implacable exigencia imposible de sofocar.

Arianne se sentía ahogar y una parte de su ser deseaba hundirse con él, pero también necesitaba respirar. Necesitaba aire y liberarse antes de que la asfixia se apoderase de ella.

Apoyó su mano contra su cuerpo y aunque no lo había ni pensado ni pretendido fue a acertar en la herida abierta de su pecho. Él contuvo un grito de dolor y Arianne sintió el rechazo instintivo con el que se alejaba. Se desasió bruscamente y la apartó con rudeza a un lado.

Arianne dio unos pasos atrás y tropezó contra el muro. Se golpeó y tuvo que apoyarse en la pared para sostenerse.

Derreck seguía frente a ella y la respiración jadeante de los dos era lo único que rompía el silencio. No distinguía su rostro y ahora habría dado cualquier cosa por tener una luz, pero la habitación estaba cada vez más ensombrecida y eso y algo más asustaba a Arianne.

—Marchaos —le ordenó tratando de recuperar el aliento.

Él no se movió y Arianne lo repitió con más fuerza.

—¡Quiero que os marchéis!

Derreck continuó inmóvil, su expresión indescifrable y su voz carente de cualquier emoción.

—Descuidad, no tardaré en marcharme. Aún hay algo más que debo deciros. He convocado un consejo, de aquí a diez días se celebrará la ceremonia. Os convertiréis en mi esposa y así quedará escrito en el libro de las casas.

Arianne logró evitar solo en parte que el temblor de su garganta entrecortase sus palabras.

—¿Que habéis hecho qué?

—Lo habéis oído perfectamente.

—Podéis convocar todos los consejos que queráis. No voy a consentir —dijo sin comprender qué pretendía, pero aferrándose a aquella negativa como si se tratase de un conjuro que pudiese proporcionarle una última y desesperada defensa.

—No hará falta —aseguró cortante.

—¿Que no hará falta? ¿Qué queréis decir?

—Hoy ha sido un día más ocupado de lo que podríais pensar. He conversado con varios de los hombres que formarán parte del consejo. Se han comprometido a conseguir a los cuatro o cinco que faltan. Ellos dirán que consentisteis.

Intentó asimilar aquello que le relataba con indiferencia. No era posible que pudiese ocurrir de ese modo.

—¿Estáis diciendo que mentirán?

—Eso es. Darán falso testimonio y jurarán ante el mundo que aceptasteis ser mi esposa. Pensé que sería más difícil, pero si os digo la verdad han sido todos sorprendentemente receptivos. ¿No os parece que la antigua nobleza se está echando a perder? —apuntó con una malevolencia que resultaba innecesaria y cruel.

—No tendrá ningún valor —replicó Arianne insegura.

—¿No? Yo no lo veo así. Tendrá justo el mismo valor que si fuese auténtico. Servirá para defender mi derecho ante el oeste y puede que ayude a que acepten una alianza contra el norte y además —terminó deteniéndose especialmente en aquello—, con un poco de suerte evitará que sigan llegando caballeros ofreciéndose a morir por vos.

Arianne recibió el golpe igual que habría recibido una bofetada.

—Os odio —respondió de todo corazón.

Aborrecía que le hablase de esa forma, que la tratase de ese modo, que la hiriese tanto y tan profundamente, que la arrastrase así tras él. Odiaba que la hiciera sentir como se sentía y deseaba herirlo tanto como él hacía con ella.

—Si hacéis eso, jamás seré vuestra esposa más que de nombre.

La sombra que era él se cernió oscura sobre ella.

—No me importa en absoluto. ¿O es que creéis que tenéis algo especial que no pueda encontrar en cualquier otra, que necesito algo más de vos que el nombre y los derechos? No lo creáis.

Arianne acogió mal aquella nueva ofensa aun sabiendo que mentía. Estaba segura. Mentía sucia, baja y rastreramente y lo detestaba más por eso.

—No volváis a ponerme una mano encima jamás.

—¿O qué haréis?

—Haré que lo lamentéis.

Él se rio despacio, despacio, amargamente y muy cerca de ella.

—¿Pensáis que si hubiese querido tomaros por la fuerza no lo habría hecho ya? ¿Creéis que hubieseis podido evitarlo o que habríais podido hacer siquiera algo que lo impidiese? ¿Suponéis que si lo desease no podría tomar ahora mismo cuanto quisiera?

La sangre zumbaba con fuerza en los oídos de Arianne. Lo sabía, claro que lo sabía y también sabía algo más.

—Si abusáis de vuestra fuerza contra mí, llegará una mañana en la que no despertaréis —afirmó con la convicción de quien realiza una profecía.

Derreck volvió a reírse con suavidad.

—A todos nos llega antes o después una mañana en la que no despertamos. Preguntadle si no a Bernard de Brugge —añadió brutal dándole la espalda—. Guardaos, señora, y no os preocupéis. No volveré jamás a molestaros. Podéis conservar vuestras prendas para quien gane vuestro favor, y hablando de prendas —añadió despectivo cuando ya se marchaba—, tengo algo que es vuestro y que tal vez queráis conservar, aunque quién sabe... Es difícil afirmar que algo verdaderamente os importa. Algo más aparte del paso, claro está. Juzgad vos misma —dijo sacando de sus bolsillos algo que arrojó frente a ella.

Arianne oyó cómo golpeaba la puerta al cerrarla y se quedó por fin sola, tal y como deseaba, en la habitación en tinieblas.

Se había hecho de noche y apenas se diferenciaban los contornos de los escasos muebles de su aposento.

Se acercó a la chimenea, cogió la yesca y con manos que le temblaban consiguió encender una de las velas. No quería pensar en lo que había ocurrido, no quería reflexionar sobre lo que se avecinaba ni aventurar cómo sería la vida que la esperaba. Solo quería que su cuerpo dejara de temblar sin control, abrazar las rodillas contra su pecho y tratar de encontrar en sí misma algún consuelo. Pero antes tenía que saber qué era aquello.

Lo iluminó con la vela y aunque hacía mucho tiempo que lo había perdido lo reconoció al instante. No eran solo unas gotas las que manchaban ahora el pañuelo que aquella lejana mañana prestase en el bosque a Bernard. La sangre teñía ahora casi por completo la batista. Sin embargo, casualmente, la inicial bordada junto al escudo de armas de los Weiner destacaba intacta y sin mácula.

Una corriente de aire frío apagó de pronto la vela y la habitación se quedó de nuevo a oscuras.

Arianne sintió esa misma corriente danzar vertiginosa sobre ella y adueñarse implacable de su corazón.

Capítulo 29

Harald tomó aire para recuperar el aliento. Arianne le dedicó una mirada inquieta y volvió a comprobar las escaleras del torreón del sur para asegurarse de que no había nadie que pudiese escucharlos.

—Estad tranquila —dijo comprendiendo el motivo de su recelo—. Estoy seguro de que nadie me ha seguido.

No pareció del todo convencida, pero asintió.

—¿Lo tienes?

Ahora fue él quien puso mala cara, de todos modos abrió una pequeña bolsa y sacó un pañuelo que deslió para mostrarle una pequeña redoma de vidrio oscuro.

—Aquí lo tenéis.

Arianne lo tomó con solo dos de sus dedos y observó el contenido al trasluz. A pesar de lo minúsculo del recipiente no estaba ni mediado.

—¿Habrá suficiente? —preguntó con desconfianza.

—Más que suficiente, creedme. Me he asegurado —dijo ofendido por la duda.

—Está bien —asintió Arianne más calmada.

Necesitaba que aquello funcionase, si no todo su plan se echaría perder, y no se podía confiar en los vendedores ambulantes. Aprovechaban cualquier oportunidad para engañarte en el peso, en la calidad o incluso en la misma mercancía. Aquel pequeño frasco le había costado a Arianne una de las ajorcas labradas en plata de Dianne, pero no sería la primera vez que alguien pagaba una pequeña fortuna a cambio de un poco de agua coloreada.

—¿Y lo demás?

—Todo estará listo cuando llegue el momento.

—Entonces procura estar en el patio en cuanto caiga la noche. Te haré una señal desde la ventana.

—¿Y si no sale como esperáis? —cuestionó él mirándola severamente.

—Si no te han engañado, no tienes de qué preocuparte.

—Ya os he dicho que lo he comprobado, pero muchas más cosas pueden salir mal. ¿Cómo conseguiréis que vaya a vuestro cuarto? ¿Y cómo haréis que lo tome?

—Tú ocúpate de tu parte y déjame a mí lo demás —le espetó Arianne furiosa por la evidente reprobación de Harald.

—Está bien, señora. Se hará como digáis —aceptó inclinándose servicial, pero sin ocultar su disgusto.

Arianne se arrepintió de haberle reprendido tan duramente. En verdad no contaba con nadie más que con Harald y sabía que si hablaba así era porque se preocupaba por ella.

—Lo conseguiremos, Harald. No podemos quedarnos cruzados de brazos —dijo apelando a su más que reconocida lealtad de tantos años—. Piensa en Gerhard, en Adolf, en mi padre... Ellos no hubieran querido que esto quedara así.

Las arrugas de la frente de Harald se hicieron más profundas y su rostro curtido se encogió a causa del dolor. No transcurría un solo día sin que Harald recordase la suerte de aquellos a los que había servido tantos años y padeciese por el deshonor de haberlos sobrevivido. Harald sabía cuál era su responsabilidad, pero también conocía bien a Arianne y un gesto tierno y una mirada amable no iban a conseguir engañarle.

—No, no lo hubiesen deseado, pero ellos están fatalmente muertos y vos estáis viva, señora. Y sería más prudente que lo reconsideraseis.

La dulzura desapareció como por encanto del rostro de Arianne. En el fondo lo sospechaba, aunque había esperado que al menos Harald estuviese de su parte.

—¿Tú también vas a decirme que es mejor que lo olvide todo? ¿Que debo poner buena cara y presentarme ante ese puñado de farsantes y decirles que sí, que consiento, que me parece bien que todo cuanto es mío pase a ser suyo y que tiene mi aprobación para hablar en mi nombre y disponer por mí? ¡¿Es eso lo que me estás diciendo que haga?!

—No, señora —dijo apenado y dolido—. Lo que os digo es que me gustaría que recapacitaseis sobre cuáles son vuestros motivos y cuáles vuestro deseos. Lo único que me gustaría que pensaseis es si estáis completamente segura de que os sería absolutamente insoportable aceptar como esposo a sir Derreck.

Arianne le dio de lado para evitar la mirada inteligente y escrutadora de Harald. Él la conocía desde hacía más tiempo y mejor que ningún otro.

—Claro que estoy segura y sabes que nunca deseé desposarme. ¿Por qué iba a querer hacerlo con él? Después de todo lo que me ha hecho —dijo mientras su rostro se contraía amargamente.

Harald negó con la cabeza. Sabía lo terca que era, pero siempre había tenido la esperanza de que aquello cambiase algún día.

—Sabéis que estoy de vuestro lado. Es solo que creía que algún día mudaríais de opinión y os casaríais y envejeceríais feliz rodeada de vuestros hijos. Me habría gustado verlo...

Ahora Harald parecía más apenado que Arianne, tanto que fue ella quien se sintió impulsada a consolarle, si es que sus palabras podían considerarse un consuelo.

—¿Y por qué piensas que si me casase sería más feliz? Tú nunca llegaste a casarte.

Aquello era una gran verdad. Harald nunca había buscado una esposa ni había tenido hijos, aunque no ignoraba lo que era el amor. Largos años atrás había conocido una gran pasión, grande, secreta y no correspondida, pero no por ello menos real e intensa.

—No, yo nunca me case y no me arrepiento de ello, pero recuerdo a vuestra madre y pienso que a ella le hubiera gustado que lo hicieseis...

La mención solo consiguió oscurecer aún más el gesto de Arianne. Ya hacía mucho que habían pasado los años en los que preguntase ansiosamente a Harald por su madre. La vieja Minah solo negaba con la cabeza y rompía en lágrimas en cuanto se la mencionaba, y si alguna vez la evocaba, sus recuerdos se iban a la casa grande sobre la bahía, a la niña cariñosa y amable que todos adoraban, a la joven doncella que media corte se disputaba, a la dulzura de trato y la afabilidad de la siempre encantadora Dianne.

E, invariablemente, cuando Minah le contaba todo eso era para avergonzarla por lo muy distinta que era su conducta.

Arianne había preguntado a otros y habían guardado silencio, como Harald. Pero los silencios también hablaban por sí mismos, igual que las conversaciones interrumpidas cuando ella llegaba o los murmullos sigilosos a sus espaldas. Y lo que contaban era muy distinto de las historias de Minah.

—¿Crees que le hubiese gustado? —preguntó Arianne enojada—. ¿Crees que habría deseado lo mismo para mí? ¿Cómo es lo que has dicho? —dijo con ojos brillantes de lágrimas que no derramaría y mientras su voz se alzaba, olvidando el temor a que alguien los pudiese oír—. ¿Envejecer feliz rodeada de sus hijos?

Harald volvió a negar abrumado. Era difícil hablar después de callar tantos años. No había forma de que pudiese explicarle a Arianne cómo se llenaba su corazón cuando veía la resplandeciente dicha de Dianne. No solo sir Roger la amaba, todos caían rendidos a su belleza, a su amabilidad, a su alegría contagiosa. Arianne era sin duda incluso más bella, pero tan diferente...

Harald no albergaba esperanza alguna, ni pasó jamás por su cabeza ofender con semejante ultraje la confianza de su señor ni la admiración que le merecía Dianne. Pero no todos los hombres eran como Harald y un buen día un desconocido apareció en el castillo y se presentó como un primo lejano, aunque decía ser como un hermano para ella. Y en verdad Dianne lo recibió con los brazos abiertos; pese a la ausencia de sir Roger que se hallaba en la corte, requerido por algún motivo que Harald ya no recordaba.

Aquel hombre disgustó inmediatamente a Harald. Era altanero y jactancioso y había algo turbio en él. Sus palabras eran siempre corteses y lisonjeras, pero para Harald tenían el sello inconfundible de la falsedad. Dianne pasaba mucho tiempo con él, ¿pero qué podía Harald objetar a eso? En sus pensamientos no quedaba espacio para mancillar la honestidad y la perfección de Dianne con ideas ridículas y ofensivas.

Hasta que aquel desvergonzado desapareció una mañana sin previo aviso. Dianne preguntó a todos por él aquel día. El caballerizo afirmó haberle visto salir temprano y Dianne mandó a los hombres a rastrear el bosque por si había resultado herido y no podía volver por sus medios.

Los hombres salieron todos los días durante una semana y Dianne no consentía que volvieran hasta que la noche impedía ver nada. Harald era el que organizaba la búsqueda.

Estaba desesperada y solo hablaba de que era imposible que

su primo no regresase, que debía de estar malherido o perdido, solo y a merced de los lobos, en cualquiera de los inaccesibles quebrados de Svatge, y con ojos llenos de lágrimas rogaba a Harald que lo encontrase.

Harald buscó sin descanso, empujado por una lealtad ciega hacia su señora. Pero según pasaban los días, una idea iba tomando fuerza y forma en su cabeza. Hasta que una mañana tomó el camino real en dirección al sur, porque de allí era de donde había venido aquel malnacido, y se llegó hasta la primera posada que encontró. No necesitó ir más lejos. Todos allí le recordaban. Un imbécil borracho y vanidoso que se había dedicado a insultar a la señora de Svatge insinuando que había cedido a sus deseos. El posadero, que conocía a Harald y sabía de sobra quién era, le aseguró que no había prestado crédito a semejante calumnia y que le había llamado mentiroso a él y estúpidos a todos los que le escuchaban. A él, decía el posadero, no le daban miedo los caballeros y menos cuando estaban borrachos como cubas. Tenía a su servicio dos o tres mozos que armados con unas buenas estacas bajaban los humos a cualquiera que lo necesitase.

Pero aquel hombre se había reído y había sacado un medallón que mostró a todos los que se encontraban en la taberna. Tenía el emblema de la casa de Dianne: un pájaro al vuelo. El posadero lo había reconocido. ¿Tal vez había robado aquella alhaja y Harald pretendía recuperarla?

Harald asintió torpemente. Se despidió del posadero y regresó al castillo. Sentía su traición como si se la hubiesen infligido a él. Suspendió la búsqueda y cuando Dianne fue a preguntarle se limitó a decir que esperaría al regreso de sir Roger para continuar.

Ella debió comprenderlo. Debió imaginarlo por la actitud de Harald y su silencioso reproche. Se encerró en sus habitaciones y ya no salió de ellas ni para recibir a Roger a su regreso.

Harald temía el momento de contar a su señor lo que había

ocurrido en su ausencia, si le preguntaba no podría mentir, pero no fue necesario. Roger solo habló con Dianne. Largas horas encerrados los dos en aquella habitación. Cuando salió, su expresión decía que no necesitaba más explicaciones.

Sin embargo, Roger no actuó como Harald habría esperado, incluso sabiendo lo mucho que la amaba. Para su sorpresa mantuvo a Dianne a su lado y ella volvió a sentarse a la mesa, y las cosas aparentemente volvieron a ser como antes. Solo que su alegría se había evaporado como si el manantial del que brotaba se hubiese secado. Roger siempre fue austero y reservado, así que era difícil observar en él algún cambio, ni siquiera cuando la gravidez de Dianne fue visible a todos los ojos que supieran observar.

El leve amago de recuperación se desmoronó al confirmarse su estado. Recayó fatalmente en la melancolía y se quedaba en sus habitaciones desde la mañana hasta la noche. Ignoraba los requerimientos de Gerhard, que a sus cinco años echaba de menos los juegos con los que antes le distraía y tiraba constantemente de sus faldas reclamando su atención. Adolf, dos años menor, quedó por completo en manos de sus ayas.

Ya nunca volvió a ser la misma, y era falso como contaban las habladurías que Roger la hubiese dejado morir sola. Dianne estaba débil y apagada, pero él la visitaba todos los días. Harald le veía a la vuelta de esas visitas, apenado y avergonzado de sí mismo. Hasta el último instante conservó la esperanza de que volviese a ser la de antes.

Cuando Arianne nació y ella murió, Roger se encerró en un dolor hosco y silencioso. Nunca quiso a la niña. Era comprensible. Tampoco Harald la quería al principio. Pero de eso hacía ya mucho tiempo. Ahora habría dado su vida por la de ella.

—Vuestra madre cometió muchos errores y pagó duramente por ellos —dijo con voz que todavía se empañaba por la emoción—, pero nadie podría acusarla de ignorar la voz de su corazón.

—¡Yo no soy mi madre! —afirmó Arianne—. ¿Estás conmigo o tendré que hacer esto sola?

—Estoy con vos, señora —suspiró cansado Harald. Los años le pesaban inexorables ahora que necesitaba más que nunca su antigua fuerza—. Claro que estoy con vos. Hagáis lo que hagáis.

—Entonces, espera mi señal —dijo abandonando la torre en dirección a las escaleras.

Harald todavía se quedó un rato más. Necesitaba hacerse a la idea.

Arianne se encaminó hacia el comedor. Era muy sencillo dar con Willen.

Cuando el obeso comerciante vio cómo Arianne se le acercaba, miró hacia los lados y dado que estaba solo en la sala dedujo que quería hablar con él. Soltó la hogaza y se incorporó costosamente sacudiéndose las migas, algo atolondrado. Arianne tenía la particularidad de conseguir ponerle nervioso. Siempre le miraba como si le culpase de algo y a Willen le molestaba recordar que tenía buenos motivos para hacerlo.

—Señora...

—No os levantéis —dijo Arianne ante los esfuerzos de Willen—. No os interrumpiré mucho tiempo.

—Nunca interrumpís, señora —mintió cortés Willen volviendo a sentarse—. ¿Me buscabais?

—Así es —empezó Arianne titubeando. No le convenía parecer demasiado decidida—. No sabía a quién recurrir y pensé que vos podríais ayudarme.

Willen se extrañó y se incomodó aún más. Odiaba que le pidiesen favores.

—Vos diréis... —dijo sin comprometerse.

—Se trata de la ceremonia; como sabéis se celebrará de aquí a cinco días y no tengo ningún vestido apropiado para la ocasión

—dijo con lograda timidez—. Quizá ignoréis que mi madre falleció cuando nací. Nadie se encargó de preparar mi ajuar y no tengo nada de lo necesario —murmuró con la mirada baja apuntada convenientemente hacia el suelo—. Pensé que quizá estaría en vuestra mano conseguir que lo reuniese todo a tiempo.

La sorpresa de Willen dejó paso con rapidez al entusiasmo. No en vano el espíritu de Willen era el de un auténtico mercader. No hacía favores, pero le encantaba hacer negocios.

—Señora, habéis recurrido a la persona adecuada. Os conseguiré el vestido de esponsales más lindo del reino, y sábanas de lino más blancas que la nieve, y una camisa de dormir distinta para cada día de la primera semana —enumeró haciendo memoria—, y también varios vestidos de etiqueta para recibir a las visitas que sin duda os honrarán. Todo ello ascenderá a un total de... —calculó mentalmente—, no más de ochocientas coronas, de plata por supuesto.

Arianne fingió un gesto de preocupación.

—Temo que no tengo tanto dinero, sir Willen. Tendrá que ser algo más sencillo.

—Sencillo decís, eso no es nada. Si tuviésemos más tiempo, gastaríamos no menos de dos mil, pero con tan poco margen... —dijo disgustado—. Además, estoy seguro de que sir Derreck lo gastará encantado —afirmó pensando ya en el modo de elevar la cuantía.

—¿Lo creéis? No quisiera causaros un gasto que después no podré satisfacer —dijo agarrándose las manos insegura.

—No os preocupéis por eso. Dejadlo todo en mis manos —la tranquilizó levantándose ahora sí con decisión de la mesa y acompañándola hacia la salida—. Tendréis cuanto necesitéis. Confiad en mí.

Arianne le sonrió candorosa.

—Eso haré, sir Willen.

Aún faltaba un buen rato para el mediodía y hacía una estupenda mañana soleada. Willen se alejó hacia el interior del castillo y ella se dirigió al jardín. Atravesó el patio de armas y todos la vieron pasar. Arianne sentía sus miradas en su espalda.

El jardín palidecía por el efecto del invierno. Los brotes apuntaban en los árboles, pero aún no se habían abierto. Solo unos cuantos narcisos se vencían coquetos hacia el agua. Arianne se recostó contra el muro del sur y esperó. No tuvo que hacerlo mucho tiempo.

Sus pasos eran inconfundibles. Su corazón se aceleró y tuvo que recurrir a toda su sangre fría para calmar la cólera.

—¿Tomáis el sol?

Le irritó el modo trivial y despreocupado en el que se dirigió a ella. Pero seguramente también fingiese, pensó Arianne, y no lo haría mejor que ella.

—Solo dejo pasar el tiempo, ya que no puedo salir del castillo —dijo sin mirarle.

—Es solo temporal —le aseguró con ligero fastidio—. Solo hasta que se celebre la ceremonia. Después podréis ir donde os plazca.

—Me alegra saberlo —dijo sin molestarse en aparentar alegría.

Derreck dudó antes de continuar.

—Sir Willen me ha dicho que queréis un vestido.

Arianne se volvió hacia él y estudió con atención su rostro. Le pareció encontrar cierto matiz de mal oculta ansiedad.

—Ya que vais a hacerlo contéis conmigo o no, lo menos que podéis procurar es que no quede en ridículo.

—No quedaríais en ridículo aunque vistieseis harapos.

Arianne parpadeó un instante. Su respuesta tenía la fuerza de la sinceridad. Decidió dejarse de rodeos.

—Solo he pensado que, ya que no tengo otra opción, tendré que soportar esto de la mejor manera posible —dijo con visible esfuerzo.

Él la miró con desconfianza. Arianne no esperaba menos.

—¿Me estáis diciendo que pensáis aceptar?

—Lo he estado considerando —aseguró mirándole directamente a los ojos.

—¿Y qué necesitáis para decidiros? —preguntó sugestivo sin perder su aire de sospecha.

—Varias condiciones...

—¿Como cuáles?

Arianne sabía que tenía todo su interés. Solo tenía que jugar bien sus cartas.

—Este no es el mejor lugar para hablar —dijo retirándose del muro y apartándose de él—, pero podemos hacerlo más tarde.

—¿Más tarde? ¿Mientras cenamos? —dijo escéptico.

—No, mejor después de la cena. Venid a mi cuarto si os parece. Tendré una botella de vino.

Ni siquiera se molestó en fingir amabilidad, no le convenía excederse, y Arianne sabía que no confiaba en ella, pero también sabía que estaría allí. ¿No había sido él quien le había dicho en una ocasión que nunca daba por perdida una partida?

Soportó su mirada sin bajar ni desviar la suya hasta que cedió inclinándose ante ella. Nunca lo hacía. Más que una reverencia cortés parecía el saludo con el que se reconoce a un rival.

—Como gustéis, en vuestro cuarto después de la cena. Allí nos veremos.

Se marchó y Arianne se quedó en el jardín, no por mucho tiempo, tenía muchas cosas que hacer. Ya contaba con lo principal.

Ahora necesitaba una botella de vino.

Capítulo 30

Era tarde. Hacía un buen rato que había sonado el toque del cambio de guardia. Más tiempo aún desde que Arianne había abierto la botella y preparado las copas. Preparado cuidadosamente.

No eran de vidrio sino de plata, y tenían diferentes trabajos. Una representaba el Sol, la otra la Luna. Debían de ser el regalo de bodas de algún desconocido. Llevaban años guardadas en un arcón junto con unas cuantas botellas. Había temido que el vino se hubiese echado a perder después de tanto tiempo, pero lo había probado y era justo lo que necesitaba. Se trataba de un vino excelente y nada vulgar y los años habían acentuado su madurez y su intensidad. Tenía un paladar peculiar y complejo que ocultaría cualquier gusto extraño.

Pero no serviría de nada si él no llegaba.

Se estaba haciendo de rogar y la confianza de Arianne empezaba a resquebrajarse.

Había dejado la puerta entreabierta. Oyó que chirriaba. Cuando se volvió y lo vio, experimentó una alegría que bien habría podido definirse como salvaje.

—¿Aún mantenéis vuestra oferta en pie? —preguntó desde el umbral.

Llevaba una camisa blanca holgada y suelta, y a Arianne le pareció inquietantemente apuesto y turbador. Y también peligroso. Una emoción insospechada amenazó con traicionarla. Era lo que había estado esperando, solo que no había contado con que encontrarse de nuevo allí con él, los dos juntos y solos, la trastocaría de aquel modo.

Y eso a pesar de que ahora la luz llenaba por completo la estancia. Arianne había prendido velas y encendido lámparas como para iluminar todos los rincones de su cuarto con el esplendor de un banquete.

—Os estaba esperando...

Derreck cerró la puerta y se acercó a ella con una reticencia que la sonrisa nerviosa de Arianne no ayudaba a superar. Echó un vistazo a su alrededor, apreciando sin duda la muy distinta iluminación. Arianne pensó en ofrecerle ya la bebida, pero el temor a que recelase la detuvo, sin embargo fue él quien le echó una mano con eso.

—¿Habéis empezado sin mí? —preguntó mordaz al ver la botella abierta y considerablemente avanzada.

—No llegabais —se justificó Arianne llenando la copa del sol y ofreciéndosela—, y decidí probarlo.

Arianne tendía su mano y por mucho que lo intentase sabía que notaría su tensión. No era solo la inquietud ante el fracaso de su estratagema. Era también su presencia. Desde aquella noche le había evitado, solo esa mañana habían vuelto a conversar brevemente en el jardín. Y ahora estaban otra vez muy cerca el uno del otro, en el mismo lugar donde la había besado tan bárbaramente y después... Era mejor que no pensase ahora en lo que ocurrió después.

Él seguía mirándola y Arianne pensó que no podría resistir mucho más esa mirada ni mantener su mano tendida.

—¿No lo vais a aceptar? —preguntó retirando la copa de verdad afectada, aunque no por las razones que Derreck podría suponer.

—Disculpad —dijo en voz baja y tomó la copa rozando con suavidad sus dedos—. Por supuesto que acepto.

Arianne esbozó una sonrisa, también Derreck sonrió brevemente. Llevó la copa a sus labios y probó el vino. Solo un poco. La retiró extrañado y contempló su contenido. Arianne se espantó.

—¿De dónde habéis sacado esto?

—Llevaba muchos años guardado. Era un regalo. Estaba reservado para una ocasión especial —dijo Arianne con la mayor serenidad que pudo.

Él hizo un gesto admirativo y bebió un poco más.

—Desde luego, no es un vino corriente. Comprendo que no me aguardaseis —dijo burlón.

—Celebro que os guste —afirmó Arianne con cautela, ya más relajada.

Derreck miró en torno a sí. La estancia tenía una disposición parecida a la suya, aunque era más reducida. Una pieza amplia donde bien podían reunirse cuatro o cinco damas a hilar, a tejer, a charlar, o a cualquier otra distracción propia de mujeres, y otra pieza adyacente donde se encontraba el dormitorio. Esa puerta estaba cerrada a cal y canto y en la sala en la que se encontraban no es que hubiese muchos enseres, una banca junto al fuego, un escritorio, una rueca con aspecto de llevar años abandonada, un espejo empañado, varias arcas grandes y pequeñas... Todo recogido y en orden.

—Os confieso que me ha sorprendido vuestro cambio de idea —dijo Derreck yendo directo al grano—. No me lo esperaba.

—No me habéis dejado más alternativas. Supongo que hay que saber reconocer cuándo se ha perdido.

Los ojos de Arianne brillaban intensos. Seguramente no sería solo el vino lo que causase aquella luz. También el recuerdo de su anterior visita estaba demasiado presente en Derreck, igual que el corte resultado de su lucha con Bernard. Había sido necesario cauterizar con acero al rojo para detener la hemorragia. Derreck habría querido hacer lo mismo con la herida que ella le causaba, pero resultaba más fácil soportar el hierro candente que librarse de su influjo.

—¿Y qué hay de las condiciones de las que hablasteis esta mañana?

Arianne bajó la vista. No había dedicado suficiente tiempo a pensar en las condiciones, pero habría que darle una repuesta, aún no había bebido suficiente.

—Nada que no podáis aceptar. Yo recibiría un diezmo de todos los ingresos que percibiese el castillo y tendría completa libertad para emplearlo como me pareciese, y también decidiría sobre la servidumbre y el vasallaje —añadió, total, le era absolutamente indiferente que aceptase o no—. La guardia y la defensa las dejo en vuestras manos —terminó para congraciarse con él.

Derreck calló y solo continuó mirando la chispa rebelde y vivaz que aquella noche animaba sus ojos. En cambio, él estaba extrañamente serio para su costumbre.

—Tenéis razón. No es nada que no pueda aceptar. ¿Algo más?

Otra condición pasó por la cabeza de Arianne. No más mujeres. Ninguna otra. Ni en la mesa, ni en su cama, ni en ningún otro sitio, afortunadamente recordó a tiempo que aquello no era verdad.

—No. Con eso bastaría.

—¿Bastaría para que aceptaseis de buen grado? —insistió traspasándola con la mirada.

—Ya os he dicho que sí —dijo un poco brusca.

Derreck desistió de aquel intento de interrogatorio. ¿Qué más daba lo que le dijese si sabía que no podía confiar en ella? Lo más probable era que pretendiese que bajase la guardia para encontrar alguna nueva manera de frustrar sus planes. Pero ¿por qué no seguir su juego y tomarle la palabra?

—Entonces supongo que eso merece un brindis.

Arianne sonrió tan seductoramente que los reparos de Derreck estuvieron a punto de caer olvidados. Ella acercó su copa y él inclinó la suya. El metal tintineó con un agradable sonido argentino. La sonrisa de Arianne no palideció mientras llevaba la copa a sus labios y bebía hasta apurar su contenido.

Derreck la imitó y, cuando la miró de nuevo, Arianne le pareció resplandecientemente bella. No era solo su sonrisa, ni sus ojos, ni sus movimientos gráciles y fluidos. Había algo más que le fascinaba como si se tratase de una especie de sortilegio. Derreck no creía en supersticiones, ni en brujerías, ni en ninguno de esos cuentos de viejas, en realidad no creía en nada, pero Arianne estaba distinta aquella noche y él también se sentía distinto. Y aunque había determinado mantenerse apartado y mostrarse tan frío como ella, lo que su cuerpo y su mente le decían era que esa idea carecía de todo sentido y que Arianne era cuanto merecía la pena alcanzar.

—Esperad, os serviré más vino —se ofreció ella amable.

—¿No llenáis la vuestra? —preguntó experimentando un ligero mareo. En verdad aquel vino tenía que ser excepcional para producir ese efecto en él, y si era así, pensó esperanzado, también ella debería sentirlo.

—Por supuesto —asintió Arianne sonriendo mientras llenaba las copas.

Derreck la miró beber. El vino bajaba a través de su garganta de un modo tan sensual que lo excitó violentamente. Derreck deseaba beber ese vino de sus labios y dejar que se derramase de su boca en finos hilos que bajarían por su garganta y llegarían hasta sus senos. Quería lamer ávidamente ese rastro y rasgar su vestido. Volcar la copa sobre su vientre y beber de ella hasta que aquella sed enfermiza consiguiera aplacarse.

Por eso también apuró su copa de un solo rápido y ansioso trago.

—En verdad os digo que nunca he probado un vino como este —dijo casi sin voz.

—Es antiguo, ya lo veis, y de una cosecha muy celebrada. Viene del sur, de Alhairys. ¿Habéis estado alguna vez allí?

—Mi familia era del sur, pero no tan al sur —dijo algo confusamente.

—¿Provenís del sur? Nunca me lo habíais contado —se interesó Arianne—. ¿Cómo acabasteis en el Lander?

A Derreck no le gustó la pregunta. No quería hablar de eso.

—Olvidaos del Lander —dijo con brusquedad—. ¿Por qué me habéis hecho venir hoy aquí?

Ahora fue Arianne la que frunció el ceño. Se suponía que el jugo de adormidera ya debía de estar haciendo efecto, pero no estaba muy segura. Si Harald le había fallado...

—Ya os lo he dicho. Para llegar a un acuerdo. ¿Lo habéis olvidado?

—Podíais haberme dicho eso mismo esta mañana en el jardín, podíais habérselo dicho a Willen, podríais haber escrito un recado y hacérmelo llegar. ¿Por qué me habéis hecho venir aquí esta noche? —insistió.

—Solo quería hablar —dijo ella buscando las señales que esperaba.

Y ciertamente comenzaba a encontrarlas. Esa febril exasperación con la que la miraba, tan diferente de su frialdad anterior. Las palabras apresuradas que salían de su boca atropellándose unas a otras. Su atención que saltaba de un asunto al siguiente sin atender a sus respuestas.

—¿No hay demasiada luz aquí? —preguntó mientras miraba a su alrededor pestañeando.

—¿Os molesta? Todo se ve más claro cuando hay luz.

—Eso es cierto —asintió mirándola como si de ese modo

apreciase algunas de las ventajas de tanta iluminación—. Y decidme, ¿seréis solo mi esposa ante los hombres o lo compartiréis todo conmigo?

Derreck había dejado la copa a un lado y su mano se apoyaba peligrosamente cerca de la cintura de Arianne. Esa vez comprendió al instante lo que pretendía. No estaba dispuesta. Eso no entraba en sus planes. Pero temió que, si lo rechazaba, Derreck se marchase de allí, y entonces todo su plan se echaría a perder y ya no tendría más oportunidades. Solo quedaban cuatro días para que llegasen los convocados. No podía dejarle marchar.

—Dijisteis que jamás volveríais a acercaros a mí —le advirtió con voz tensa.

—Y vos dijisteis que me odiabais y me gritasteis que me marchase. ¿También queréis que me vaya ahora? —preguntó acercándose aún más a ella y rogándole con la mirada que no lo hiciera.

Y Arianne no podía decirle que se marchase.

—No...

Sus labios recogieron aquella palabra de su boca. Su mano la rodeó por la cintura para atraerla hacia él. Sus brazos la estrecharon con extrema delicadeza y Arianne volvió a hundirse en la imprecisa marea a la que él la llevaba. Esa vez era más lenta, más voluptuosa, más suave su insistencia y a la vez más irresistible su atracción. Más imposible no responder a aquella gentil y exquisita demanda.

No era posible no responder.

La pasión con que él la besaba se inflamó como la llama al prender sobre ramas secas cuando los labios y la lengua de Arianne se unieron a sus caricias. La calma se convirtió en vendaval y la suavidad en arrebato. Arianne volvió a sentir la zozobra.

—¡Esperad!

Él la empujó arrinconándola contra la pared. Arianne sintió todo el peso de su cuerpo contra el suyo, sus manos apresándola, sus brazos cercándola, el pánico amenazando de nuevo con apoderarse de ella.

—Soltadme —ordenó con voz temblorosa.

—¿A qué tenéis miedo? —preguntó sin dejar de sujetarla—. Creía que no temíais a nada. Creía que habíais dicho que seríais mi esposa.

—¡Pero aún no nos hemos casado! —protestó ella tratando inútilmente de liberarse, y es que los detalles formales no preocupaban lo más mínimo a Derreck en ese momento.

—¿Por qué se mueve la pared? —dijo aturdido, aunque el mismo efecto del narcótico le impedía darse cuenta de lo extraño que resultaba aquello.

—No os encontráis bien —afirmó Arianne esperanzada—. Deberíais acostaros un momento.

Derreck se quedó contemplándola, la mirada enturbiada por la adormidera.

—Enseguida —murmuró con fogoso ardor mientras buscaba otra vez sus labios.

¿Cómo podía besarla con esa dulzura incomparable y a la vez sujetarla tan férrea y firmemente? Arianne forcejeaba contra sus temores, pero también contra aquella hiriente emoción.

Él soltó sus brazos para recorrer su cuerpo. Arianne tembló bajó sus manos. Sus movimientos eran cada vez más lentos, su cuerpo pesaba más contra el de ella. No debía de faltar mucho para que las drogas le rindiesen por completo, pero Arianne ya no podía esperar más.

Buscó desesperada y encontró algo que serviría. Estiró cuanto pudo la mano y alcanzó el jarro que usaba como aguamanil. Lo agarró por el asa y con todas sus fuerzas lo estrelló contra la cabeza de Derreck.

El jarro se rompió con un crujido sordo y hueco y los pedazos cayeron a su alrededor. Derreck se desplomó más sobre ella antes de caer sin sentido al suelo.

Arianne se quedó apoyada contra la pared, intentando recobrar el aliento y temiendo que se levantase y fuese él quien la golpease, pero Derreck no movió ni un músculo.

Se agachó para asegurarse de que estaba inconsciente. Levantó una de sus manos, la soltó y la vio caer al suelo con pesadez. Se acercó a su rostro sin poder evitar que una confusa mezcla de sentimientos le asaltase. Aún respiraba.

Se quedó arrodillada a su lado contemplándole. Lo había conseguido. Lo tenía indefenso e inconsciente como pretendía. Lo había hecho y ahora que había llegado el momento las dudas la asaltaban. Podría simplemente marcharse, alejarse de él y olvidarle. Podría... Arianne vaciló. Estaba allí derrumbado, con la cabeza mojada por el agua del jarro y con una pequeña brecha abierta y sangrante donde le había golpeado y ya no parecía tan amenazador ni peligroso.

Sí. Podía dejarle allí, pero no lo haría.

Se obligó a dejarse de vacilaciones. Había tomado una decisión y no iba a permitirse debilidades. Se levantó con rapidez. Cogió una de las velas y se acercó a la ventana. No tardó en ver una figura abandonar el resguardo de las sombras y cruzar el patio. Se retiró, abrió un arca y sacó varias tiras de tela que tenía convenientemente preparadas. Ató las manos de Derreck con todas sus fuerzas, le amordazó y continuó con los tobillos y las rodillas. Se suponía que el efecto de la adormidera duraba horas, pero no iba a arriesgarse.

Oyó pasos cuando estaba acabando. Se detuvo y esperó. Unos golpes suaves sonaron en la puerta. Arianne respiró. Solo podía ser Harald.

—¿Estáis bien? —preguntó el anciano preocupado.

—Entra —dijo Arianne dejándole el paso libre y cerrando la puerta.

Aunque estaba preparado, Harald se sorprendió al ver a Derreck sin sentido y atado en el suelo.

—Lo habéis hecho —dijo admirado.

—Aunque no puede decirse que esa maldita droga haya servido de algo. He tenido que golpearle —gruñó Arianne.

—Ya lo veo —apreció Harald—. Os lo advertí... El efecto es distinto en cada hombre, a algunos los adormece casi al instante, a otros en cambio les produce una especie de euforia. Es impredecible.

—Ya... ¿Pero al menos no se despertará?

—No, no lo creo, y tampoco podría hacer gran cosa si se despertase. Habéis hecho un buen trabajo —reconoció tras comprobar las cuerdas.

—Tú me enseñaste —dijo Arianne agradeciendo el cumplido.

—Entonces, ¿seguís decidida a continuar adelante?

—¿Tú qué crees? —replicó colocando los brazos en jarras.

—Creo que sí —suspiró Harald—. ¿Estáis bien segura de que podréis lograrlo?

—Pues claro que estoy bien segura. Si no, ¿para qué habría hecho todo esto?

—Está bien. No os irritéis. Asomaos al corredor y comprobad que no hay nadie cerca.

Arianne hizo lo que le pedía. Todo estaba en silencio y no había guardias a la vista. Por eso la cita tenía que ser allí, porque su cuarto estaba muy cerca de la escalera de servicio que conducía a las cocinas. Era una estrecha escalera de caracol y los guardias nunca la recorrían y menos a esas horas. Con todo, había que doblar un par de esquinas hasta llegar allí. Era la parte más arriesgada. Contaba con la espada de Harald y ella no estaba indefensa, pero si se formaba alboroto todo se echaría a perder.

—No se ve a nadie.

Harald asintió, trató de levantar a Derreck y echárselo al hombro. Arianne comprendió que esa parte del plan también iba a presentar más dificultades de lo que había pensado.

—¡Espera! Te ayudaré. Cógele por las piernas y yo lo haré por los brazos.

Harald intentó rechazar su ayuda, pero vio que no llegaría muy lejos, y tampoco estaba seguro de que pudiesen conseguirlo entre los dos.

—Señora... —empezó de nuevo.

—¡Calla y cógele!

Arianne ya le había alzado de su lado y solo esperaba a Harald. Él hizo un gesto de resignación y se plegó a sus deseos. Salieron así al corredor. Pesaba mucho, pero Arianne solo pensaba en llegar lo más rápido posible a las escaleras. Cuando por fin lo lograron lo dejó caer. Harald también lo soltó fatigado.

—No creo que podamos bajar así con él los escalones. Pesa demasiado —dijo Harald sin resuello.

—No tenemos por qué cargar con él —decidió Arianne mientras recuperaba el aliento—. Le arrastraremos. Será más fácil.

Arianne se colocó junto a Harald y entre los dos tiraron de él escaleras abajo. La cabeza de Derreck rebotaba contra los escalones.

—¿No creéis que tantos golpes pueden ser perjudiciales? —preguntó Harald preocupado.

—Tiene la cabeza muy dura —refunfuñó ella. Harald le dedicó una mirada severa—. Está bien —concedió Arianne. Se quitó la capa y se la colocó a modo de almohada para amortiguar los golpes—. Vamos. Ya falta menos.

Continuaron así y llegaron sin mayores problemas a las cocinas. Todo iba bien hasta que el inconfundible sonido de una vasija estrellándose contra el suelo los alarmó.

—¿Qué ha sido eso? —preguntó Arianne mirando asustada a su alrededor.

Una voluminosa sombra se desplazó no muy lejos de ellos. Harald sacó la espada y corrió olvidando su fatiga. El hombre tropezó y cayó al suelo. Harald tenía la vista acostumbrada a la oscuridad y no le costó reconocerlo.

—¡Despedíos de este mundo, sir Willen! —dijo blandiendo su espada.

—¡No! ¡Piedad! —clamó aterrado Willen—. ¡No he hecho nada malo! ¡Solo bajé a buscar algo de comer! ¿Por qué vais a matarme?

Harald se volvió hacia Arianne esperando sus órdenes. Nada le agradaría más que cortar el cuello a aquel traidor.

—Debemos acabar con él o dará la alarma a todo el castillo. No es muy noble —reconoció Harald—, pero no merece mucho más.

—¡Señora! —rogó Willen—. ¡Os lo suplico! ¡Nunca os deseé ningún mal! ¡No sé nada! ¡No he visto nada! ¡Os lo juro!

Arianne tampoco sentía ningún aprecio por Willen, sin embargo no acababa de decidirse a ordenar su muerte, además podía ser útil...

—¡Levantaos! ¡Rápido! —Harald la miró sin comprender—. Nos ayudará a cargar con él.

—Pero ¿y si da la alerta?

—Si se os ocurre abrir la boca, yo misma os abriré la garganta. ¿Lo habéis comprendido?

Willen asintió con la cabeza. Se incorporó penosamente y empezó a caminar empujado por la espada de Harald. Cuando reconoció el bulto tendido en el suelo se quedó paralizado.

—Pero si es...

La punta de una afilada daga se clavó con la velocidad de un rayo en el cuello de Willen. Ni siquiera osó respirar.

—¿Qué os he dicho que os ocurriría si hablabais? —Willen tragó saliva en silencio. Arianne retiró la daga—. Cogedle.

Willen habría comenzado a sollozar en ese mismo instante, pero temió que eso enfadase más a Arianne. Se agachó y recogió a Derreck. Willen no hacía mucho ejercicio, no obstante era un hombre corpulento y más fuerte de lo que se podía sospechar. Derreck pesaba, pero Willen debía de pesar el doble.

—Caminad —ordenó Arianne.

Así, despacio pero seguros, salieron a los cobertizos de la leña donde los esperaban los caballos, el de Harald y el corcel negro que Derreck había regalado a Arianne. Había costado, pero había terminado ganándose al animal y ella lo prefería a ningún otro. El simple hecho de tenerlo a su lado le dio confianza. Lo lograrían. Ya casi estaba hecho.

—Dejadlo sobre el caballo —dijo en voz baja.

Willen obedeció y con la ayuda de Harald lo cargaron sobre el lomo como si fuese un fardo. No había duda de que la adormidera debía de ser tan buena como Harald decía para que Derreck soportase aquello sin salir de su letargo.

—Y ahora avanzad.

Harald volvió a mirarla dudando. Arianne no vaciló. No quería salir dejando más muertes a sus espaldas.

Se encontraban en el extremo oeste del castillo. Los guardias hacían la ronda sobre las murallas. La puerta del castillo estaba cerrada y habría soldados vigilándola, pero había una salida que nadie custodiaba.

Llevaba meses abandonada y los guardias no se molestaban en dirigirle ni una mirada. Arianne tomó su caballo por las riendas y lo llevó hasta la puerta del paso del oeste.

Willen no comprendía nada y Harald miraba inquieto en todas las direcciones. Arianne fue hacia el mecanismo y accionó las palancas con seguridad y decisión. Los brazos comenzaron a bajar silenciosa y grandiosamente, incluso Harald se quedó maravillado. Ella se lo había garantizado, pero hasta que no lo había visto no había terminado de creerlo.

—Vos... vos... vos sabíais bajar el paso —tartamudeó Willen atónito olvidando la amenaza de la daga.

—Jugaba muchas veces aquí de pequeña. Yorick creía que

no lo veía —afirmó Arianne con orgullo infantil, olvidando el peligro que aún corrían para recordar a esa niña que siempre se empeñaba en descubrir lo que otros trataban de ocultar.

Los brazos crujieron al encajarse. Alguien se preguntaría qué era eso. Arianne urgió a Harald.

—¡Vamos! ¡Rápido!

Harald empujó a Willen para que corriese. Eso era algo que Willen ya había olvidado. La espada de Harald obró el prodigio de refrescarle la memoria. Cuando estaban por llegar al otro lado oyeron a lo lejos los gritos de asombro de la guardia, pero ya no importaba.

—¡Álzalo, Harald! —ordenó Arianne.

Él obedeció, los brazos se inclinaron y Willen, que iba retrasado, cayó y rodó a los pies de los caballos. Se diría que lloraba.

—Lo habéis conseguido, señora —dijo Harald emocionado, más por la hazaña de hacer funcionar el mecanismo que por cualquier otra cosa—. Vos y nadie más que vos merece guardar el paso. El rey tendrá que reconocerlo.

Arianne miró hacia el castillo. Las antorchas corrían por las murallas y el revuelo de voces llegaba nítido hasta ellos. Amaba intensamente aquel lugar y sentía dejarlo. Con todo no era un adiós definitivo, pensaba volver algún día, le había costado mucho dejarlo atrás, pero lo había hecho.

Aunque no todo había quedado atrás.

Justo en ese momento una especie de rugido sonó ahogado y furioso. Arianne se volvió hacia Derreck. Había abierto los ojos y la miraba con rabia asesina.

Arianne sonrió.

Capítulo 31

El suelo bajo el que Derreck se apoyaba cedió, las rocas se soltaron desmenuzándose, resbaló pendiente abajo y cayó sobre la empinada ladera rocosa por la que trepaba, solo la cuerda impidió que rodase más lejos.

Ella no se volvió y la soga que le ataba por las muñecas tiró de él arrastrándole cuesta arriba.

No era la primera vez que caía ni sería la última. Las fuerzas comenzaban a fallarle, tenía el cuerpo magullado y lleno de golpes, las muñecas laceradas y la cabeza descalabrada. Era lo de menos. El dolor solo era un rumor sordo de fondo en el mar de su rabia.

La soga iba atada a la silla de su caballo, el caballo que él mismo le había regalado. Ese hombre que la ayudaba era el que había liberado para que cuidase de ella, para que la protegiese, para demostrarle lo mucho que le importaba su confianza. Ella había tomado todo eso y lo había empleado para hundirle y procurar su ruina, para burlarse de él y demostrarle cuán estúpido era, para humillarle y vencerle. Sabía de su debilidad por ella y la había usado fríamente para arrebatarle cuanto tenía.

Mientras caminaba, cada vez con más torpeza y pesadez, contemplaba su espalda, airosamente erguida sobre su montura. Derreck mascaba su odio y alimentaba su resentimiento y recordaba demasiado tarde las palabras de Feinn.

«Esa mujer conduce a la desgracia a cuantos la rodean».

No había querido escuchar, no había querido atender ninguno de los muchos signos que le decían que se apartase de ella. Se había obcecado obstinadamente en alcanzarla. Había deseado desatinadamente poseerla. Había deseado algo más que poseerla. Había sido tan idiota de pretender que Arianne le amase.

Aquella verdad, ocultada con vergüenza incluso ante sí mismo, se revelaba ahora penosamente evidente. Ese, más que cualquier otro, había sido su fallo y el origen de su desgracia. Derreck había llegado a creer de alguna estúpida y patética forma que ella podría amarle. A pesar de que hubiese matado a su familia, aunque hubiese invadido su hogar, aunque la hubiese derribado al suelo cuando huía insensatamente de él y la hubiese obligado a permanecer a su lado. A pesar de todo eso, Derreck aún esperaba que Arianne le amase.

Y se enfrentó a aquel muchacho al que nunca antes había visto solo por la frustración que aquella indefinida espera le producía, y cuando lo tuvo frente a sí, descubrió que Bernard luchaba con una desesperación que se parecía mucho a la que él sentía y se encontró con que no deseaba matarle.

Mientras paraba un ataque tras otro, un confuso sentimiento le advertía de que no era justo pagar con aquel muchacho su rencor y su frustración. Era más una sensación que un pensamiento y se volatilizó tan pronto como su vida estuvo realmente en peligro. Derreck no iba a dejarse morir.

Y cuando los hombres le abrieron el peto y apareció aquel pañuelo con el nombre de ella... La herida que sangraba en su pecho no era nada en comparación con aquella otra herida.

Y aun así se había dejado llevar por la insoportable necesidad que de ella sentía y la había besado más allá de toda lógica y de todo sentido. La había tomado irracional y desesperadamente sin atender a su dolor ni a su rechazo. La había buscado contra su propio orgullo y sus sentimientos heridos. Y le había devuelto su desprecio con el mismo resentimiento que Arianne había lanzado contra él.

Y, sin embargo, aquello había sido tan inútil como todos los otros esfuerzos que había alentado y ahora, después de tantos años, se encontraba de nuevo atado a una cuerda, arrastrado detrás de un caballo, tal y como llegó al Lander tras perder a su familia y todo cuanto tenía. También ahora lo había perdido todo. Había creído que poseía un castillo, un vasto territorio tras de sí, un ejército que le apoyaba y le seguía. Ahora Derreck comprendía que nunca había tenido nada. Nada le pertenecía realmente, no más que el aire que respiraba o el suelo que le sostenía. Aquellas cosas no eran suyas. Tan solo habían sido un espejismo.

No era así para Arianne. Ella nunca había ignorado lo que le correspondía. Derreck lo sabía, pero lo había olvidado, confiado en su propia fuerza y en su poder. Y en una sola noche ella le había demostrado que la partida siempre había sido suya, que solo había jugado un poco porque así se lo había permitido, que Svatge y el paso y la misma Arianne no le pertenecían y jamás lo harían.

Derreck rumiaba su rencor mientras caminaba ya casi rendido, extenuado por aquella interminable caminata, siempre hacia arriba, siempre continua. Sin descanso, sin comida, sin agua. Harald se la había ofrecido y él se la había tirado a la cara sin que ella se dignase a dirigirle una mirada.

Derreck seguía solo avanzando y, según pasaban las horas y la noche se iba acercando, una antigua y bien conocida compañía se asentaba con más intensidad en su maltrecha y abierta cabeza. Derreck sabía de su poder, de su capacidad para destruir y a la vez de dar fuerzas.

Sí, Derreck sabía bien hasta dónde era capaz de llegar con tal de dar por cumplida una venganza.

Harald le dirigió un breve vistazo. No hacía falta leer el pensamiento para adivinar las ideas que pasaban por la mente de Derreck y Harald no las tenía todas consigo. La soga que le sujetaba tenía no menos de veinte varas y cada vez con más frecuencia se tensaba cuando caía y lo arrastraba. También Willen había caminado, pero sus quejas habían sido tan deshonrosas y sus lamentaciones tan molestas que ya iban a abandonarle a su suerte en la montaña cuando encontraron un asno pastando en un claro. Arianne había decidido que podían emplearlo y ahora Willen iba el primero abriendo el camino. A Harald no le preocupaba Willen, pero no podía decir lo mismo de Derreck por malo que pareciese su aspecto.

El terreno era muy abrupto así que los caballos no podían correr, a duras penas ascendían. Arianne había preferido abandonar el camino real para exponerse a los riesgos de cruzar la montaña y así evitar preguntas molestas y encuentros no esperados. También para ahorrar tiempo en el viaje hacia el oeste. Aquella ruta era más difícil y tenía sus propios peligros, pero les permitiría llegar antes a la fortaleza de Silday y encontrarse con las tropas reales.

—No ha pronunciado palabra desde anoche —dijo Harald.

Arianne no hizo ningún comentario. Lo cierto era que al principio Derreck no había podido expresarse con mucha claridad porque la mordaza que cubría su boca se lo impedía. Después, cuando Harald se la quitó tras varias horas de camino, había roto en exabruptos y lindezas en las que abundaban las palabras como «mala zorra», «maldita pécora» y unas cuantas más demasiado ofensivas para que Harald las repitiese, en especial las que hacían referencia a la honestidad, o más bien a la falta de ella, de Arianne y también de la madre de Arianne.

Ella lo había oído como quien oye llover. Podía haberle pedido a Harald que volviese a amordazarle si le hubiese molestado, pero no le importaba lo más mínimo. Él había hecho cuanto había podido contra ella, solo le había devuelto el golpe. No le había dejado otra opción, le había avisado, pero no había querido escuchar. Ahora era Arianne quien no pensaba escuchar.

Después Derreck había terminado por callar. Habían pasado gran parte de la noche y todo el día caminando y tras el estallido inicial no había vuelto a decir una sola palabra, y por extraño que resultase, su silencio pesaba más a Arianne que sus insultos.

—Si no desea hablar, no vamos a obligarle —respondió Arianne.

—Y tampoco ha comido ni bebido nada —le recordó Harald.

—Pues entonces será que no tiene hambre ni sed —dijo duramente Arianne.

Harald se mordió la lengua para contenerse. Cuando lo logró se dirigió a ella con su más severa frialdad.

—Supongo que sabréis que no podéis bajar la guardia ni un instante.

—¿Qué quieres decir? —preguntó molesta.

—Quiero decir que, si tiene una oportunidad, no me extrañaría nada que tratase de cortaros el pescuezo —aseveró Harald ásperamente.

—No le voy a dar ninguna oportunidad.

—Eso espero, señora. No tardará en hacerse de noche y tendremos que buscar un lugar donde acampar. Ha sido un día largo, pero deberíamos hacer guardia. No me gusta la idea de que ambos durmamos mientras ellos nos vigilan, aunque estén atados. Yo puedo velar primero, pero antes o después tendré que descansar. Vos también tendréis que ayudar.

—Sabes que no me importa. Yo haré el primer turno y después lo harás tú.

—No. Yo comenzaré y os avisaré cuando llegue el momento. Solo quiero volver a recordaros lo peligroso que es esto.

—Ya lo sé. Lo sé perfectamente, Harald —dijo alterada—. ¿También avisaste a Gerhard y Adolf cuando salieron de Svatge?

Harald palideció y se dolió por su maltrecha dignidad de antiguo capitán de las ya desaparecidas huestes de Svatge.

—Sí, también los avisé, pero ya sabéis de qué poco valen mis consejos.

El viejo capitán se encerró en un mutismo herido y Arianne se arrepintió de haberle hablado así. Tan poca gente había tratado de ayudarla que cuando alguien lo hacía no sabía cómo reaccionar, pero sí sabía reconocer cuándo se equivocaba.

—Perdóname, Harald —musitó.

Harald suspiró con fuerza y le respondió más amable y más paciente.

—No hay nada que perdonar. Ambos estamos cansados. Únicamente espero que hayáis acertado en vuestras decisiones.

Arianne guardó silencio. La tarde estaba cayendo. Rodeados como estaban por espesos bosques de abetos, la oscuridad hacía que pareciese a punto de hacerse de noche.

—Este es un lugar tan bueno como cualquier otro, ¿no os parece? —dijo Harald deteniendo al caballo. Se hallaban en un pequeño rellano, más adelante el terreno volvía a inclinarse.

—Servirá —asintió Arianne cansada—. ¿Te ocupas tú de ellos? Yo recogeré algo de leña.

—No os alejéis mucho —le recomendó Harald.

No hacía falta alejarse. El suelo estaba lleno de ramas derribadas por alguna tormenta. Fue haciendo un montón vigilando de refilón lo que hacía Harald.

Había hecho que Willen atara a Derreck a un árbol. Sus temores por que causase problemas resultaron infundados. Derreck se derrumbó contra el tronco y se dejó atar sin más impedimentos que la torva mirada que les dedicó. Luego, el mismo Harald ató a Willen.

—¿Hablareis en mi favor, señor? —suplicó Willen—. Podría ser de gran ayuda a lady Arianne. Conozco a mucha gente en el oeste, gente noble, grandes señores. Yo abogaría por su causa.

—¡Callad y agradeced que aún estéis vivo! —replicó Harald. En verdad, era una tortura soportar las quejas de Willen. Le habría quitado la vida con gusto solo por no oírle lloriquear. Por fortuna, Willen debió de comprender y decidió guardarse sus lamentos.

Arianne había preparado ya la leña y encendido una pequeña llama con la hojarasca. El fuego comenzó a crecer y tomar fuerza, se convirtió en una hoguera, solo contemplarla hizo sentirse mejor a Harald. La primavera acababa de comenzar, pero en la montaña la noche sería fría y la jornada había sido agotadora, incluso para los que la habían hecho a caballo. Era agradable tener un fuego.

Se sentó junto a Arianne y agradeció el calor y el descanso que necesitaban sus ya molidos huesos. Ella buscó la bolsa con las provisiones y le pasó una hogaza de pan y un trozo de queso, también había algo de carne seca, almendras y manteca. Siempre podían cazar, pero sería una pérdida de tiempo y de esfuerzo. Harald había traído alimentos de campaña, comida que se tomaba en marcha y daba el sustento necesario para continuar.

Comió con hambre y rapidez, pero Arianne apenas probó un pedazo de queso.

—Habría que llevarles algo a ellos —sugirió en voz baja.

—Sir Willen dará buena cuenta de cuanto llevamos sin ningún reparo, pero si sir Derreck no ha querido probar el agua, ¿por qué iba a querer comer?

—Tal vez haya cambiado de opinión —aventuró Arianne.

Él la miró de hito en hito.

—Quizá vos tengáis más suerte que yo.

Arianne eludió la mirada de Harald y guardó silencio pensativa. Al cabo de un rato se levantó con decisión, tomó uno de los pellejos con agua y algo de comida y se acercó a él.

—¿No vais a beber?

Ella estaba de pie y él sentado en el suelo con las manos atadas tras el árbol. La camisa blanca que tan bien le sentase el día antes estaba toda desgarrada y sucia y él no presentaba mejor aspecto.

—¿No tenéis más vino de ayer?

Arianne se arrepintió de haber sentido lástima de él, incluso derrotado como estaba seguía decidido a mostrarse estúpidamente arrogante. Podía alimentarse de su propia arrogancia hasta que se hartase si era eso lo que deseaba.

—¿Queréis agua o no? —dijo violenta y dispuesta a marcharse.

—¡No quiero nada de vos!

Su desprecio la detuvo. No tenía derecho a hacerlo. No tenía derecho a nada.

—Podíais haber determinado eso mismo mucho antes. Ahora ya es tarde.

Él la miró desde abajo.

—Tarde... Tenéis razón. Es lo que ocurre cuando se espera demasiado —murmuró con desdén—. ¿No me pedisteis eso? ¿Que esperara? Sí, algo así dijisteis... Tal vez el paso no permanezca bajado indefinidamente... Maldita y falsa embustera.

—¡No era vuestro, no os pertenecía, no os lo hubiese dado nunca! —gritó sin dejarle continuar.

Derreck calló y miró sus ojos enfurecidos. También él estaba furioso, pero en ese momento lo que más podía con él era el cansancio.

—Quedáoslo, quedaos vuestros secretos, conservad vuestro nombre... Guardad el paso... Si aún hay paso que guardar cuando regreséis —terminó amarga y lúgubremente.

Arianne no se dejó intimidar.

—El paso seguirá allí. Lleva allí cientos de años. Podrá esperar un poco más.

—¿Sí? ¿Quién defenderá el castillo cuando lleguen los hombres del rey? ¿Quién se ocupará de que no prendan fuego a todo y quemen el mecanismo y cuanto encuentren? ¿Quién os dice que seguirá allí si no hay nadie para protegerlo? —dijo con deliberada crueldad.

Arianne comprendía y había pensado en ello. Lo que ocurriría tras su desaparición, pero el castillo podía resistir un largo asedio antes de rendirse y si se daba prisa quizá ni siquiera hubiese asedio.

—Lo evitaré. Hablaré con la gente del rey y les contaré los planes del norte. Tendrán que hacer volver a los ejércitos para defender Ilithe. Yo abriré el paso para ellos.

—Y para dar más valor a vuestras palabras me entregareis a mí al rey. Debería felicitaros —añadió Derreck con frialdad—. Lo habéis calculado todo perfectamente.

Sabía que pretendía hacerle sentir mal. No por eso dolía menos, pero era lo que había decidido y podía cargar con ello.

—Ibais a luchar contra un ejército. Podréis pedir al rey que os conceda la gracia de batiros en duelo. Estableceré la condición antes de entregaros. Tendréis una oportunidad.

Derreck soltó una corta risa resentida.

—Sois todo bondad, pero no contéis conmigo. No pienso jugar más a vuestros juegos.

—Entonces, ¿preferís morir de sed por el camino?

—Ya os avisé una vez de que siempre hago cuanto sea preciso con tal de sobrevivir.

Su voz y sus palabras eran lóbregas y su expresión oscura y todo cuanto les rodeaba era ahora oscuro también.

—Haced lo que tengáis que hacer. Yo haré lo mismo.

Le dio la espalda y regresó a la hoguera junto a Harald. El viejo capitán no le dijo nada y se limitó a observar su postura encogida junto al fuego, las rodillas contra el pecho y los brazos cruzándolas, la mirada concentrada en las llamas, el casi inapreciable temblor...

Harald cabeceó lentamente. No le gustaba nada aquello y presentía nuevas desgracias y renovadas amarguras, pero no había nada que él pudiese hacer para remediarlo. Nada, más allá de estar a su lado.

—Deberíais descansar, señora. Intentad dormid. Yo mantendré el fuego encendido y vigilaré para que no ocurra nada —dijo amable intentando calmar aquella agitación sorda y muda.

—Sí, estoy muy cansada —cedió ella sin tratar de resistirse—. Tú también tienes que dormir. Despiértame dentro de un par de horas. Nos turnaremos.

—No os preocupéis. Lo haré —asintió tranquilizándola, aunque pensaba tardar mucho más en despertarla. Harald era viejo y no necesitaba dormir más de cuatro o cinco horas.

—¿Cuándo crees que llegaremos, Harald?

—Hemos avanzado mucho hoy. Mañana cruzaremos el alto de Green y luego todo será cuesta abajo. Llegaremos a campo abierto antes de que se haga de noche, de ahí a Silday no hay más que un par de jornadas, pero no creo que sea buena idea aparecer con él en Silday por las buenas...

—No, deberíamos negociar antes las condiciones —dijo apagada.

—Ya lo pensaremos. Descansad. Todo se arreglará. Solo serán dos o tres días más...

—Solo dos o tres días... —dijo con la huella de la tristeza marcada en su rostro.

Harald sonrió afectuoso y estrechó con fuerza su mano.

—No penséis en eso ahora y dormid. Mañana lo veréis todo con más claridad.

Arianne esbozó una sonrisa pálida, siguió su consejo y se tendió acurrucada a poca distancia. El suelo estaba duro y echaba de menos su cama. La euforia de ayer había pasado y ahora se sentía triste y agotada, y no creía que pudiese conciliar el sueño.

La leña crepitaba al arder, la hoguera despedía un calor agradable y confortador, el bosque y la noche se cernían sobre ella como un manto pesado y todo cuanto había ocurrido en las últimas horas pasaba por su cabeza mezclándose en una amalgama confusa.

Tan pronto cerró los ojos, Arianne se quedó profundamente dormida.

Capítulo 32

Arianne estaba sola en el bosque.

Se decía a sí misma que no tenía por qué estar asustada. Era solo el bosque, su bosque, había estado allí sola muchas otras veces. Era únicamente que estaba oscuro y todo parecía más grande y amenazador de lo que en realidad era: los árboles, las sombras, los sonidos.

Y también ocurría que sabía que había algo más que se escondía detrás de los árboles y por mucho que se dijese que debía ser fuerte y valiente tenía miedo. Mucho miedo.

Intentaba actuar con calma. Solo tenía que encontrar el camino de vuelta y regresar. No debía dejarse llevar por el pánico. No debía correr. No debía llorar. Pasaría y volvería a estar en el castillo, en su habitación, en su cama. Despertaría y aquello no sería real.

Caminaba despacio intentando no hacer ruido. Si lo hacía la encontrarían y entonces ya no podría escapar. Avanzaba con sumo cuidado, pero las ramas crujían bajo sus pies y sonaban aterradoramente altas. Seguramente ellos también lo oirían.

No quería correr. La pesadilla comenzaría cuando echase a correr y ya no podría detenerla. No correría. Esa vez no correría. Arianne sentía la angustia bañando en sudor su cuerpo. El bosque estaba cada vez más oscuro y ella sentía su presencia.

Sabía que la acechaban y que la encontrarían allí. Era inútil tratar de esconderse. Él conduciría a los demás hasta ella. La rodearían y ya no podría escapar.

El pánico amenazaba con ahogarla. Por mucho que se dijese que no debía hacerlo, que sería aún peor, ya no podía aguardar más. Tenía que huir.

Corría tan rápido como le permitían sus piernas, pero no era lo suficientemente aprisa. Las ramas se enganchaban en sus ropas. Las apartaba y le arañaban las manos y la cara. Iba completamente a ciegas. Tropezaba y tenía que levantarse y volver a correr. Nunca acababa de salir de allí y ellos estaban cada vez más cerca.

No podía dejar de correr aunque sabía que la alcanzarían, siempre la alcanzaban, por muy rápido que corriese.

Ya casi no tenía fuerzas. Las ramas eran cada vez más espesas y sus movimientos más torpes. No quería que sucediese. Quería despertar, pero nunca lo conseguía. Nunca despertaba a tiempo. Nunca antes de que sucediese de nuevo.

—Arianne...

Incluso en la inconsciencia confusa del sueño aquello la detuvo. Era una voz que no reconoció, una voz de mujer, dulce y amable y a la vez enérgica. Irrumpió en el sueño y se impuso con autoridad sobre el patrón habitual de la pesadilla.

—¡Despierta, Arianne!

Podría haber sido la llamada cariñosa y confortadora de una madre que al escuchar los sollozos de su hija acudiese solícita a calmar sus terrores, pero nunca antes nadie había llegado para despertarla, y su madre había muerto sin que tuviese ocasión de conocer el sonido de su voz.

Estaba confundida. Ahora no sabía dónde estaba. El bosque había desaparecido y también los hombres, pero la sensación de amenaza seguía estando presente.

—¡Tienes que despertar, Arianne! —le apresuró la voz.

Se incorporó de golpe y abrió los ojos sobresaltada. No estaba en su cama.

Enseguida lo recordó todo. Habían dejado el castillo la noche antes, por eso estaba al raso. Harald se había quedado haciendo la guardia o eso se suponía, porque el fuego estaba apagado y él dormía con la espalda apoyada contra una piedra y la cabeza caída sobre el pecho.

Se volvió hacia los prisioneros. Willen roncaba sonoramente y Derreck parecía dormir. Todo seguía igual que la noche antes.

Una claridad pálida teñía el cielo. No debía de faltar mucho para que amaneciese. El malestar de la pesadilla volvió a hacerse presente. Se levantó para apartar los pensamientos oscuros que la asaltaban. Por muchas veces que se repitiese, el sueño siempre causaba ese efecto en ella. Habría preferido velar interminablemente a volver a pasar otra vez por lo mismo. Sin embargo, esa vez había sido distinto, esa voz...

Renunció a pensar en ello y recogió su manta para arropar a Harald y protegerle de la escarcha matutina. Comprendió que había caído rendido para dejar que ella descansase. Arianne experimentó un vivo sentimiento de gratitud hacia él. No lo habría conseguido sin su ayuda. Eso le llevo a apartar un poco la angustia cuando la misma sensación de peligro y urgencia de la pesadilla la sobresaltó.

—¡Arianne!

Soltó la manta y miró a su alrededor, alarmada. No había nadie más allí y se encontraba completamente despierta. Todo estaba en silencio y esa voz no venía de ningún sitio, a no ser del interior de su cabeza. Arianne pensó en el cansancio, el largo viaje, la fatiga acumulada, las dudas, la tensión y la angustia añadidas a las que ya de por sí le sobrevenían cuando en el sueño regresaba a ese lugar. Era consciente de todo eso, pero la sensación era tan vívida...

Se enfrentó a la noche. Estaba oscuro, pero no se veía ni se escuchaba nada extraño. Concentró toda su atención y puso en ello todos sus sentidos y lo percibió aún con más nitidez. Igual que en su pesadilla. La amenaza inminente. El peligro acechando, presto a caer sobre ella. Una, varias presencias acercándose, rodeándola. Sus ojos observándola fríos y feroces. Sí, esa vez los vio y los reconoció con claridad.

—¡¡¡Harald!!!

Su grito los hizo retroceder, sigilosos y cobardes, pero por supuesto no se habían ido. Seguían estando allí. Solo calibraban sus fuerzas y seguro que no tardarían en darse cuenta de que eran más y más fuertes.

—¡¿Qué?! ¿Qué ocurre? —dijo Harald aún medio dormido.

—¡Lobos! —gritó ella—. ¡Una manada! ¡Siete u ocho al menos!

—¿Lobos?

Harald ya no era joven y sus reflejos no eran los de antaño. Luchó contra la confusión que le aturdía y trató de aclarar sus ideas. El fuego. El fuego debía haber mantenido a raya a los lobos, pero se había quedado dormido y ahora la hoguera estaba apagada y ellos indefensos y sorprendidos. Aún no los veía, pero si eran tantos como Arianne decía solo había una esperanza.

—¡Señora! ¡Los caballos! ¡Soltad a los caballos y poneos a cubierto! ¡Alejaos de aquí! ¡Yo los entretendré!

Había sacado su espada y trataba de distinguir sus sombras entre todas las demás. Los vio fugazmente. Unos ojos amarillos vigilantes, otros rasgados y semicerrados un poco más atrás, esperando. Harald se espabiló del todo. Estaban demasiado cerca. Debían actuar con calma o se echarían sobre ellos al menor descuido.

—Señora —dijo muy despacio avanzando unos pocos pasos hacia el frente—. Id hacia los caballos, pero no les deis la espalda. ¡Apuraos!

Arianne permaneció inmóvil. El rostro alzado y la mirada fija en aquellos otros ojos que a su vez la observaban.

—¡Señora! —musitó Harald entre dientes desesperado al ver su desquiciante pasividad.

Ella no respondió y un alarido resonó por encima de sus cabezas. Era Willen.

—¡¡¡Lobos!!! ¡¡¡Soltadme por caridad, señor!!! ¡¡¡Soltadme!!!

Harald sintió deseos de acercarse a Willen, cortarle la cabeza y echársela de alimento a los lobos, pero el invierno había sido largo y sabía que no se conformarían con una sola cabeza, ni siquiera con el generoso cuerpo de Willen. Además, necesitaban ayuda.

Se aproximó a él sin quitar la vista de las sombras que los vigilaban y cortó de un tajo sus ligaduras.

—¡Callad y encargaos de avivar el fuego! ¡Rápido! —ordenó Harald.

Willen cayó sobre sus rodillas e intentó reanimar aquellas débiles ascuas. Solo saltaron unas pocas chispas.

—¡Haced algo! —le urgió Harald viendo cómo la manada se agrupaba y se preparaba para atacar de un momento a otro.

El bueno de Willen también lo comprendió. Se alejó a rastras procurando no llamar la atención cuando escuchó los susurros furiosos de Derreck.

—¡¡¡Willen!!! ¡¡¡Willen!!! ¡¡¡¡Maldita sea, Willen, desatadme o juro que yo mismo os despedazaré!!!!

Willen consideró las posibilidades de que Derreck llevase a cabo su amenaza y determinó que no eran muy altas, aunque pensándolo bien no le vendría mal tener a Derreck de su lado. Comenzó a desatarle temiendo que Harald los sorprendiese

No tenía por qué. Otros asuntos ocupaban a Harald en ese

momento. Arianne seguía paralizada y no parecía capaz de reaccionar. Él se había adelantado y había tratado de atraer la atención de la manada. Lo había conseguido y no menos de cuatro o cinco le cercaban, pero todavía quedaban más e iban hacia ella.

La miró fugazmente y vio brillar el filo de su daga. Era una pobre defensa contra aquellas bestias. Harald sabía que ni siquiera su espada era suficiente.

—¡Señora! —suplicó una vez más intentando que al menos ella se salvase.

Pero Arianne no escuchaba. Su mano aferraba con fuerza la daga y sus ojos atendían solo al que por su aspecto temible y su posición más adelantada debía de ser el líder de la manada. Los demás lo seguían, esperaban sus gestos y sus órdenes. A él era a quien se habían dirigido los que se habían vuelto contra Harald. Él había consentido con indiferencia y había seguido acechándola solo a ella.

No, Arianne no escuchaba ni razonaba, únicamente sentía revivir su pesadilla, solo que ahora era real y estaba despierta.

Y no pensaba correr.

Willen terminó de soltar a Derreck y sin aguardar a nada ni a nadie fue hacia los caballos.

—¡Daos prisa!

Derreck se incorporó entumecido. La manada se había dividido. Unos cuantos rodeaban a Harald y otros iban a por Arianne. Eran demasiados y ella estaba sola frente al que parecía el mayor y más peligroso de todos. Willen no sería de ayuda y él estaba desarmado. La mejor posibilidad de salir con vida era escapar. Marcharse sin mirar atrás y abandonar a los que quedasen a su suerte. Eso era lo que se proponía Willen y sin duda también su mejor opción.

Entonces, ¿a qué esperaba?

Derreck apelaba a su instinto de supervivencia y recordaba lo que ella le había hecho pasar: sus engaños, su desprecio, la larga marcha a rastras mientras hacía planes para entregar su cabeza a quienes celebrarían su llegada colocándola en una pica.

Derreck recordaba todo eso, pero sus pies no se despegaban del suelo y sus ojos no se apartaban de su perfil frágil y firme. Y no sabía si admiraba o detestaba aquella insensata temeridad.

—¡Sir Derreck! —le llamó Willen a lomos del caballo de Harald.

Justo entonces un aullido llenó la noche y su eco resonó por toda la ladera. Enseguida otros más cortos y obedientes respondieron a coro.

Incluso Derreck sintió cómo el vello se le ponía de punta y escuchó la orden imperiosa e instintiva que decía que había que huir. Los caballos se encabritaron y el pollino comenzó a rebuznar aterrorizado. Willen no se había molestado en desatarle y el animal intentaba liberarse despavorido.

Mientras, Harald ya había comprendido su error y sabía que estaban solos y perdidos, y Arianne... Arianne continuaba petrificada sin mover un solo músculo.

El tiempo pareció detenerse un instante y después se desató la locura.

El macho dominante emitió un gruñido fiero y corto y la manada se lanzó al ataque. Harald asestó un certero tajo al primero que se le acercó y los otros retrocedieron rabiosos y enfurecidos y comenzaron a dar vueltas en torno a Harald esperando la ocasión para saltar sobre él. Unos cuantos más corrieron hacia los caballos. Willen huía abrazado al suyo como si de las faldas de su madre se tratase, pero el de Arianne los hizo frente, se levantó de patas y relinchó con orgullo. Los tres o cuatro que le acechaban agacharon el lomo y buscaron una víctima que opusiese menos resistencia. Muy cerca estaba el pequeño asno atado. Los lobos se cebaron con él.

Solo uno de ellos había permanecido inmóvil, el pelaje erizado, enseñando los dientes, gruñendo desafiante y salvaje, esperando que ella se amedrentase y dejase de plantarle cara, aguardando solo un gesto que le asegurase que sería una presa dócil y fácil. El lobo conocía su propia fuerza, pero no dejaba de ser una bestia oportunista y cobarde y solo se atrevía con los que eran más débiles que él. Ella parecía débil, pero no actuaba como si lo fuese.

La manada aullaba enloquecida. Era el líder y tenía derecho a reclamar su recompensa. Arianne apretó con más fuerza su daga.

—¡Apartaos! —dijo Derreck furioso y la empujó a un lado, dejándola tras él.

Arianne tembló de rabia e indignación. En parte por verlo libre y desatado, en otra porque la tratase así. El lobo no entendía de detalles y solo comprendió que alguien se interponía entre su presa y él. Saltó sobre Derreck elevándose sobre sus patas traseras, clavó las garras en su pecho y se lanzó directo a la yugular. Derreck cayó al suelo. Sus manos se aferraron a la mandíbula del animal y comenzó una lucha salvaje y desproporcionada. El lobo se revolvía sobre él, sus uñas le desgarraban la carne y no dejaba de lanzar dentelladas locas y feroces intentando engancharle. Derreck solo trataba de mantenerlo a distancia de su cuello.

El lobo era casi tan grande como él y seguramente mucho más fuerte. Arianne no comprendía cómo había llegado a ocurrir. Era ella quien tendría que haber estado debajo de ese animal. Era su garganta la que pretendía devorar. Era ella y no Derreck quien debería haber caído, aunque Arianne sabía ahora, si alguna vez había llegado a dudarlo, que no habría tenido ninguna oportunidad.

Y deseaba ayudarle. Quería hundir la daga en esa maldita fiera y rajarle el vientre hasta vaciar sus entrañas, pero los dos rodaban por el suelo y aún estaba oscuro y su mano temblaba y temía no ser capaz.

Derreck, en cambio, no pensaba. No habría podido resistir y pensar a la vez. Apretaba los dientes y hacía presión con todas sus fuerzas. El pecho le ardía. El lobo le había mordido en un brazo, pero había conseguido liberarse y ahora apresaba su quijada. Y aunque la sangre escurría caliente y pegajosa por las palmas de sus manos no iba a soltar. No iba a soltar porque sabía que si lo hacía sería lo último que hiciese y no iba a dejar que una bestia sarnosa como esa acabase con él.

El lobo gruñía y atacaba rabioso. Derreck hizo un último esfuerzo desesperado. Algo crujió roto. El animal lanzó un corto aullido de dolor y aflojó la presa. Arianne vio la ocasión y hundió la daga hasta el fondo en su cuello. El cuerpo del lobo se sacudió en un estertor y cayó desplomado sobre Derreck.

Arianne temblaba de pies a cabeza. Los dos lobos que Harald mantenía a raya lanzando mandobles con la espada detuvieron su acoso y miraron hacia su jefe. Yacía muerto y otros dos de sus compañeros de manada también estaban muertos o malheridos por la espada de Harald. Los demás se marchaban con el hambre saciada a costa del asno. Los lobos comprendieron que habían elegido mal su presa y abandonaron el cerco sobre Harald para ir a husmear entre los restos de carroña.

El veterano capitán dejó caer la espada agotado. Estaba comenzando a clarear cuando ya pensaba que jamás volvería a ver la luz del día. Los dioses gentiles y bondadosos que los habían amparado debían de saber bien que necesitaba un descanso, pero Arianne no le dejó ni tomar aliento.

—¡¡¡Harald!!! ¡¡¡Corre, Harald!!! ¡¡¡Ven aquí, corre!!!

Harald avanzó trastabillando. La tensión que atenazaba sus músculos apenas le permitía caminar. Arianne estaba arrodillada al lado de Derreck y apretaba con fuerza su brazo.

—¡Ayúdale, Harald! —suplicó.

La sangre manaba a borbotones. Arianne intentaba contener la hemorragia con sus propias manos, pero nada detenía aquella fuente.

—No os molestéis. No merece la pena —replicó Derreck entre dientes. El brazo le ardía, pero junto con el agotamiento había regresado el sarcasmo—. ¿No creéis que este juego ya ha durado bastante?

—¿Por qué habéis hecho esa estupidez? —le exhortó Arianne exasperada—. ¡Nadie os pidió que lo hicierais!

—Creía que ya estabais acostumbrada a que los hombres hiciesen estupideces por vos —dijo casi sin aliento.

—¡¡¡Harald!!! —le urgió ella.

El capitán examinó la herida. La mordedura era fea, pero no parecía demasiado grave, lo malo era que debía de haber afectado a alguna arteria y la sangre no paraba de brotar.

—¡Traed un trozo de cuerda, tela, algo...! ¡Rápido!

Arianne buscó a su alrededor. Junto al árbol estaba la soga con la que le habían atado, pero pensó que le llevaría demasiado tiempo llegar hasta ella. Alzó su falda y tiró del dobladillo de la enagua. La tela se rasgó dejando al descubierto y al desnudo por un fugaz instante sus piernas.

Harald tomó la tira de tela que ella le tendió sin comentar una palabra y comenzó a hacer un torniquete alrededor de la herida. Derreck parpadeó varias veces estupefacto hasta que al fin reaccionó.

—En verdad..., si tan solo hubiese sabido qué era lo que tenía que hacer para que por fin os levantaseis el vestido...

Arianne sentía ganas de llorar de pura furia e impotencia.

—¡Callaos! ¡Sois un imbécil! ¡Siempre lo hacéis todo mal!

—Es cierto... —murmuró él más apagado—, pero quizá ahora haga algo bien... Quizá cuando esté muerto me miréis de otro modo, ¿no es así como preferís a vuestros pretendientes?

—¡Cómo podéis decir eso! —dijo apesadumbrada y asustada. No podía concebirlo. No podía ser que él muriese. No podía ser que la vida se escapase de su cuerpo fuerte y espléndido, de su espíritu tenaz y rebelde—. ¡No vais a morir!

—Es posible... Quién sabe... —Su mirada era vidriosa y su piel parecía cenicienta a la claridad grisácea del amanecer—. Puede que logréis mantenerme vivo y así consigáis entregarme a tiempo... Aunque en realidad no creo que sea imprescindible que me entreguéis vivo.

—¿Por qué os empeñáis en hacerme sufrir? —sollozó Arianne con los ojos empañados por las lágrimas.

Harald dio por terminado su intento de cura. La sangre seguía brotando aunque más lentamente. Él no podía hacer otra cosa y se apartó incómodo y apenado.

—No deseo haceros sufrir... Nunca lo deseé... Arianne... —musitó sin fuerzas—. Hay algo que debo deciros... ¿Me escucharéis?

—Decid —imploró ella.

—Acercaos...

Arianne aproximó el rostro hasta que su mejilla casi rozó los labios de Derreck y pudo sentir sobre la piel su aliento tenue.

—Tengo que confesaros... —Derreck se detuvo. Arianne aguardó sus palabras con el corazón en un puño—. Es algo que necesito de vos... —Ella giró el rostro hacia él confusa. Derreck sonrió pálidamente—. Necesito agua... Estoy muerto de sed.

Arianne miró su sonrisa y de pronto ya no le pareció que estuviese tan grave. Le habría golpeado por engañarla así si no le hubiese detenido el hecho de que de veras se hallaba muy malherido.

—Harald, tráele agua —dijo apartándose destemplada.

Derreck pensó en llamarla, pero se mordió la lengua cuando su nombre ya estaba en su boca. Harald le pasó el pellejo. Bebió hasta que no quedó una sola gota y cerró los ojos, exhausto.

Harald dejó que descansase y miró a su alrededor. El pequeño campamento tenía el inconfundible aspecto del campo después de la batalla. Los lobos muertos pronto serían pasto de los buitres y del resto ya no se veía ni rastro. El caballo de Arianne había salido indemne y se acercó lentamente a ella. El animal empujó su cabeza contra la de Arianne buscando ánimo o quizá tratando de darlo. Arianne apoyó en él su frente y lo acarició.

—¿Qué vamos a hacer ahora? —preguntó Harald contemplándola descorazonado—. He hecho lo que he podido, pero no creo que baste...

Arianne guardó silencio. Sabía perfectamente lo que había que hacer. Había que curar esa herida o nunca sanaría. No debía de ser tan difícil. Solo era algo que se había roto. Alguien sabría cómo recomponerlo. Si bien Arianne no ignoraba que unas heridas sanaban con más facilidad que otras y que algunas cosas rotas nunca podían ya recomponerse.

—Saldremos ahora mismo. Tú y yo caminaremos y él irá en el caballo. Buscaremos a alguien que sepa curar.

—Aun así, si llegase a morir... —comenzó Harald.

—No morirá —dijo cortante Arianne.

Harald calló y se inclinó ceremonioso.

—Como digáis, señora.

Había dicho que la apoyaría y lo haría hasta el final. Y eso a pesar de que en aquel instante Arianne le parecía mucho más joven de lo que realmente era. Quizá porque su rostro tenía la determinación infantil de quien cree que basta con desear algo con mucha intensidad para que termine por cumplirse.

Capítulo 33

Arianne tenía que tirar cada vez con más fuerza de las riendas del caballo. El sendero se había ido estrechando y el animal se resistía a avanzar. Estaba cansado de la larga jornada sin descanso y, para colmo, cargado con un jinete que no colaboraba.

Al principio, Derreck había tratado, incluso herido como estaba, de resistirse. Había lanzado todo tipo de juramentos e imprecaciones y había despotricado un buen rato sobre los desvaríos de Arianne y lo caprichoso y sin sentido de sus actos. Luego había tratado de convencerla para que diese la vuelta y regresase al castillo y, cuando no dio resultado, aseguró que no iba a secundar sus locuras ni por un instante más. Se había tirado del caballo y Arianne había contemplado en silencio cómo le daba la espalda y echaba a caminar tambaleándose pesadamente. No había recorrido más que unos cuantos pasos cuando cayó al suelo desplomado. Entre Arianne y Harald habían conseguido a duras penas subirle de nuevo al caballo. Tras eso, Derreck solo había vuelto a hablar para pedir más agua y desde la última vez que lo había hecho había pasado ya demasiado tiempo. Ahora estaba inconsciente, derrumbado sobre el caballo, y a Arianne le parecía que no iban a llegar nunca a su destino.

—¿No es eso una luz, Harald?

Se les había vuelto a hacer de noche en el camino y entre la espesura destacaba un macilento resplandor amarillo.

—Eso parece. El muchacho aseguró que no estaba a más de media legua.

Habían encontrado una aldea. Los habían mirado con recelo. En ningún sitio gustaban los extraños y menos los que traían problemas. Ellos parecían tener la palabra escrita en el rostro. Cuando habían preguntado por un curandero, les habían señalado la dirección que debían tomar, pero nadie había querido acompañarlos. Harald ya desesperaba de encontrarlo y más de que estuviesen a tiempo para que sirviera de algo.

Arianne aceleró el paso y el caballo protestó bufando. La luz provenía de la ventana de una pequeña cabaña solitaria. Habría querido volar, pero no había forma de hacer andar más rápido al animal.

Por fin llegaron. Arianne golpeó con fuerza la puerta. Era tarde para visitas, pero no era momento de andarse con ceremonias. Nadie contestó. Arianne volvió a golpear más fuerte y más rápido.

—¿Hay alguien ahí? Por favor, necesitamos ayuda —imploró—. Hay un hombre gravemente... —La puerta se abrió interrumpiéndola, solo un pequeño resquicio. Arianne suplicó esperanzada—. Por favor...

La puerta se abrió un poco más. Una especie de gigante apareció en el umbral. Arianne retrocedió instintivamente. Su rostro no se distinguía envuelto en las sombras, pero su aspecto al contraluz era inquietante y su silencio no ayudaba a despejar temores. Harald llevó la mano a la empuñadura de su espada y avanzó hasta cubrir la espalda de Arianne. El gigante siguió impasible. Arianne se aclaró la voz y probó de nuevo.

—Venimos en busca de ayuda. Nos han dicho que aquí podríamos encontrarla. Traemos un hombre herido...

El hombre no contestó y alguien más apareció tras él: una mujer. Una mujer no anciana, pero sí más próxima a la vejez que a la juventud. Su espalda estaba encorvada aunque se la veía ágil y sus ojos, inteligentes y despiertos, la hacían parecer más joven de lo que era en realidad. No habría tenido tan mal aspecto si sus cabellos negros entremezclados de canas no hubiesen echado en falta un buen cepillado.

—Hazte a un lado, Horne —ordenó la mujer y el gigante se apartó.

Arianne se adelantó procurando desechar sus temores.

—¿Sois Unna?

—Ese es mi nombre, ¿y quién sois vosotros? —preguntó suspicaz—. No sois de por aquí. Una mujer joven, un viejo y alguien que está más allá que acá por lo que veo —dijo examinando con ojo crítico y experto el bulto exánime que era Derreck.

—Estamos de paso. Los lobos nos atacaron y le hirieron. En el pueblo nos dijeron que entendíais de curaciones y de muchas más cosas —respondió Arianne inquieta. El aspecto de la cabaña, como el de sus habitantes, era más bien lóbrego y no inspiraba confianza. Un olor acre salía de su interior o quizá proviniera del gigante.

—¿Eso os dijeron? —preguntó la mujer con una sonrisa aviesa—. Es cierto. Entiendo de muchas clases de males, pero solo se acuerdan de la vieja Unna cuando todos sus otros remedios han fracasado. Apenas nadie ha venido este invierno. Han tenido suerte y sus ovejas no han enfermado ni sus niños han contraído fiebres. Ha sido un mal año para Unna. Casi no he tenido con qué alimentarnos a mi hijo y a mí y ya comprenderéis que no es una boca fácil de saciar.

Arianne tragó saliva pensando en el apetito de aquel coloso sombrío y huraño.

—Tengo plata. Os pagaré, pero es muy urgente.

La mujer sonrió como si hubiese dicho las palabras mágicas y le franqueó el paso a su morada con una inclinación.

—Horne, trae al caballero. Vos podéis pasar, joven señora. El viejo se quedará fuera. No me gusta que haya tanta gente en mi casa —dijo la mujer, repentinamente gruñona.

Harald dirigió a Arianne un gesto de protesta, ella se encogió de hombros y le rogó con la mirada que aceptase. El ceño de Harald se frunció con preocupación mientras Horne agarraba a Derreck con la misma facilidad que si fuese una gavilla de trigo, cargando con él como si tal cosa. Arianne le siguió, la puerta se cerró y ellos dos se quedaron dentro y Harald fuera.

El fuego que ardía en el hogar proporcionaba toda la iluminación existente en la casa. La chimenea no debía de tirar bien y había un fuerte olor a humo. Otros olores menos intensos pero reconocibles llegaban desde todos los rincones. Haces de muchas clases de plantas colgaban atados de las vigas del techo y abundaban las repisas repletas de tarros y vasijas de diversos tamaños y colores. Arianne se sobresaltó al sentir unos ojos sin vida que la observaban fijamente. Tardó un poco en advertir que se trataba de una lechuza disecada.

Horne dejó a Derreck sobre una mesa situada en el centro de la habitación. Arianne volvió a alarmarse al contemplarle. Había visto a lo largo del día su fuerza apagarse igual que una vela a punto de consumirse, como si el más mínimo soplo de aire pudiese apagarla. Arianne se había aferrado a una esperanza y había hecho oídos sordos a la voz culpable que le decía que aquello podía haberse evitado. Ahora ya no podía ocultarse hasta qué punto era desesperada la situación.

—Así que un lobo decís —preguntó la mujer a la vez que

encendía una lamparilla y examinaba a su luz la herida de Derreck—. ¿Los lobos os atacaron en el camino?

—Nos habíamos desviado del camino —dijo Arianne sin extenderse en detalles.

—¡Ajá! —exclamó la mujer como si eso lo explicase todo—. Siempre es peligroso desviarse del camino. No debisteis hacerlo.

—Llevábamos prisa —se justificó ella, aunque no estaba por la labor de dar explicaciones a aquella mujer que la reprobaba sin tener la menor idea de sus motivos.

—Y ahora estáis retrasada —dijo la mujer triunfante—. Y no creo que vayáis muy lejos, no al menos con él —aseguró dejando caer sin el menor cuidado la mano de Derreck tras comprobar su pulso y su temperatura. Estaba frío y pálido. Arianne podía verlo por sí misma. Nunca le había visto tan pálido—. Ha perdido demasiada sangre.

—¿Pero podéis curarle? —preguntó ansiosamente Arianne.

La mujer entrecerró los ojos y la miró como si fuese una cosa molesta y desagradable que alguien hubiese colocado en su camino.

—Podría coserle la herida y curarla para que no se infecte, pero no puedo devolverle la sangre al cuerpo. No se puede recuperar lo que se ha perdido. Debisteis traerlo antes. No me gustan los moribundos. No se puede hacer nada con ellos. Solo traen complicaciones.

—¡Pero él no está moribundo! ¡Y es muy fuerte y muy obstinado! ¡Se recuperará! ¡Tiene que recuperarse! —afirmó Arianne colocándose frente a ella para impedir que se apartara—. Por favor... Ayudadme. No tengo a nadie más.

Unna pareció pensarlo. La estudió con sus pequeños ojos astutos y miró sus ropas de viaje, sucias y discretas pero de evidente calidad, igual que su portadora.

—¿De dónde venís? Por vuestro acento parecéis de la otra orilla...

—¿Qué más da de dónde venga? —dijo Arianne impaciente.

—No importa, pero me llama la atención que vengáis de allí. El paso lleva meses cerrado.

—Viví un tiempo al otro lado del paso, pero ya no, y ahora voy a Silday. Me están esperando —afirmó tratando de dar seguridad a su voz.

—¿A Silday? Silday queda a un par de jornadas de aquí. —Unna se volvió hacia Derreck, se encorvó pensativa y tomó una resolución—. Está bien. Trataré de ayudaros. ¿Cuánta plata tenéis?

Arianne vio la avaricia pintada en su rostro. De repente le pareció una mala idea confiar en ella, pero ¿acaso tenía otra opción? Le debía eso a Derreck. Le hubiese dado su propia sangre si hubiera existido algún modo de entregársela. Él la había salvado. Ella iba a entregarle al rey y él había arriesgado su vida por la de ella.

Abrió su bolsa y la vació sobre la mesa. Los ojos de la mujer brillaron de codicia.

—¿Hay bastante?

—Señora —dijo Unna haciendo una reverencia y recogiendo con rapidez todas las monedas—. Haré cuanto pueda por él. Dejadlo en mis manos. Le curaré esa herida. ¡Horne! —gritó llamando a su hijo—. ¡Trae más luz!

El hombre obedeció mansamente y fue llevando muchas velas que prendió alrededor de Derreck, mientras Unna sacaba aguja e hilo y cogía un pocillo de agua hervida de la cacerola que ardía en el fuego.

—Iba a servir para preparar nuestra cena, pero esto nos dará de comer muchas más noches, señora —dijo Unna aduladora.

Añadió un puñado de hojas secas al agua y el aire se llenó de un olor fresco y medicinal, lavó bien la mordedura, la secó con cuidado, enhebró la aguja y comenzó a coser igual que si zurciese un roto. Derreck ni siquiera se inmutó.

—Es un hombre hermoso, señora. No me extraña que queráis conservarlo. Mi marido también era un hombre fuerte, aunque no tanto como mi Horne.

Arianne calló. Miró a Derreck, que no mostraba la menor expresión en su rostro pese a que aquella mujer clavaba la aguja una y otra vez en su carne.

—¿Por qué no se queja? —preguntó Arianne inquieta.

—Porque su alma se encuentra ya cerca del reino de las sombras, señora. Su cuerpo aún está con nosotros, pero no será por mucho tiempo —advirtió la mujer con frialdad.

Un escalofrío helado recorrió a Arianne. No solo por la indiferencia de Unna. Al fin y al cabo, ¿qué le importaba él a esa mujer? ¿Qué podía saber ella? ¿Cómo podía entender siquiera lo que Arianne sentía? ¿Acaso lo comprendía ella misma? La segura certeza de que, si la vida de Derreck se apagaba, se apagaría también cualquier rescoldo de calor que pudiese quedar en su corazón.

—¿No hay nada más que podáis hacer? —preguntó Arianne con voz tensa.

La mujer calló mientras terminaba de cortar el hilo con los dientes y comenzaba a recoger sus cosas.

—Hay algo… —musitó—. No a todos les gusta y no siempre da resultado.

—¡Hacedlo! —exigió Arianne—. ¡Haced cualquier cosa que pueda servir!

—También tiene un precio —dijo Unna levantando el rostro.

Arianne contuvo la rabia por sentirse engañada.

—Os he dado todo lo que tenía —aseguró con fría calma.

La codicia brilló siniestra en el rostro de Unna.

—Hay algo que lleváis encima... Ese colgante... Tal vez pueda ayudar.

Ella se llevó la mano a la garganta. Solo la cadena quedaba a la vista. El medallón estaba debajo del vestido. Llevaba el emblema del paso. Era la única alhaja que había cogido. No valía mucho. Era más bien una especie de prueba para usar en caso de necesidad. Pero si aquel no era un caso de necesidad...

Arianne tiró con fuerza de la cadena y el cierre se rompió. Se lo dio a Unna sin vacilar, enseguida el colgante desapareció entre sus bolsillos.

—¡Rogaremos a los espíritus! —dijo Unna mostrando un repentino entusiasmo—. Les haremos una ofrenda. Sin duda mostrarán simpatía ante vuestra generosidad.

—¿Eso es todo lo que vais a hacer? —dijo Arianne desencantada—. ¿Rogar a los dioses?

La mujer chistó secamente y miró a Arianne severa negando con la cabeza.

—No subestiméis el poder de una plegaria. Los dioses escuchan a quienes saben hablarlos —aseguró con el semblante oscurecido, como si Arianne la hubiese insultado gravemente—. Y no hay nada que esté fuera de su poder.

—No quería ofender vuestras creencias —murmuró Arianne en voz más baja, un poco intimidada por la luz exaltada que brillaba ahora en los negros ojos de Unna.

—Solo ofende quien puede —refunfuñó algo más calmada—. Creedme, no ofenderéis a Unna. Entonces, ¿qué decidís? ¿Lo haréis o no?

—Haced lo que sea preciso —cedió Arianne.

—Así me gusta, que seáis una buena chica —dijo mostrando una sonrisa que no inspiraba confianza—. Traed vuestra mano.

Arianne iba a protestar otra vez, pero la mirada de la mujer la avisó de que no lo hiciera, así que tendió de mala gana su mano. Unna la dio la vuelta rudamente, tiró de ella para atraerla hacia la luz de las velas y se quedó un buen rato estudiándola silenciosa.

Aquello ponía muy nerviosa a Arianne, pero no quería volver a enfadar a aquella extraña mujer. Tras un buen rato, Unna levantó el rostro y se dedicó a mirarla a ella. Eso todavía la hizo sentir peor.

—Interesante... Interesante y poco común —murmuró desviando por fin la vista.

—¿Qué es tan interesante? —preguntó Arianne recelando, más por obligación que porque tuviese verdadero interés en conocer sus pensamientos.

—Las líneas que rigen vuestro destino. Son claras y muy profundas.

La mujer calló y siguió mirando el borde de la mesa. Arianne esperó hasta que no pudo resistirse.

—¿Y qué es lo que dicen?

—Dicen muchas cosas —aseguró Unna volviéndose misteriosa hacia ella—. Dicen que tenéis un propósito y que por él estáis dispuesta a hacer grandes y dolorosos sacrificios, dicen que podréis alcanzar cuanto pretendéis, pero no sin antes causar grandes pesares y derramar mucha sangre...

—¿Qué sangre? —interrumpió con voz tensa Arianne.

La mujer volvió a mirar a la mesa y a Derreck.

—¿Qué sangre? Es difícil saberlo. Él ya ha vertido una poca, pero no ha sido la primera y juraría que no será la última... Seguramente vos sabéis mejor que yo qué sangre deseáis derramar —dijo mirándola con sagacidad.

Arianne le respondió airada.

—No te he pagado para que me digas cosas que ya sé.

—Claro que no, señora —dijo la mujer inclinándose de nuevo—. Queréis resultados. No os preocupéis. ¡Horne! —gritó volviéndose hacia su hijo—. ¡Trae un carnero!

Horne dejó oír por primera vez una voz gutural y apagada.

—No queda ningún carnero, madre. Matamos el último para comérnoslo.

—¡Para que te lo comieses tú, querrás decir! —exclamó furibunda—. ¡Trae algo! ¡Lo que sea! ¡Una cabra!

—Solo quedan gallinas —dijo lóbrego Horne.

—¡Pues trae una puta gallina! —Horne no se movió. Unna continuó mirándolo hasta que Horne bajó la cabeza y salió golpeando la puerta tras de sí.

Unna recuperó con rapidez la compostura y se volvió hacia Arianne sonriendo nerviosa.

—Tenéis que disculparle. Es un buen chico, pero un poco lento y si me descuidase creo que un día trataría de arrancarme un brazo para comérselo. Tiene un apetito voraz.

Arianne asintió débilmente, estaba espantada y no solo por la voracidad de Horne. No le gustaba nada Unna, no le gustaba su hijo ni su cabaña oscura y maloliente. Y ahora no le parecía buena idea dejar que volviese a tocar a Derreck.

—Creo que deberíamos irnos... Ya os he causado bastantes molestias. Buscaremos un lugar donde pasar la noche y esperaremos. Seguramente esté mejor mañana. Ya no sangra.

—¿Qué decís? —dijo alarmada la mujer—. ¿Os habéis vuelto loca? No podéis moverlo. Necesita descanso. Cualquier esfuerzo puede matarlo. ¿Es eso lo que queréis?

—¡No! —saltó Arianne—. ¡No quiero matarlo!

—Claro que no —aseguró Unna con voz más dulce—. Queréis que viva... Una vida larga y feliz, llena de venturas, viendo crecer a vuestros hijos y envejeciendo juntos al lado del fuego. ¿No es eso?

Arianne asintió con la cabeza sin saber ni lo que hacía. Unna estaba ahora muy cerca y sus ojos ardían como carbones encendidos.

—Es un noble deseo. Pediremos juntas por él a los espíritus. Dadme vuestras manos.

La mujer agarró con fuerza las manos de Arianne, cerró los ojos, elevó la cabeza hacia el cielo y murmuró algunas palabras en un lenguaje que Arianne desconocía. Guardó silencio un momento y cuando habló lo hizo con seria gravedad.

—¿En quién depositáis vuestra confianza, señora? ¿En los espíritus del agua, del aire, de la tierra o del fuego?

Arianne tuvo que aclararse la garganta para contestar. Se sentía incapaz de mentir a aquella mujer.

—No confío en ninguno de ellos.

Unna alzó las cejas.

—¿En ninguno? ¿Ni siquiera en los espíritus de vuestros antepasados?

—Nunca ninguno me ayudó cuando lo necesité —afirmó duramente Arianne pese a que el recuerdo de aquella voz que la había sacado del sueño estaba aún muy presente en su memoria, pero no iba a vender su lealtad por tan poco precio después de una larga vida de abandonos.

—Bien —admitió Unna cediendo—. Entonces supongo que tendréis que poner toda vuestra fe en vos misma. Yo pediré en vuestro lugar a quienes quieran escuchar a la vieja Unna.

Comenzó a recitar otra larga letanía ininteligible. Arianne no sabía qué pensar de aquello. Hacía mucho que había perdido la fe en las plegarias y en los dioses, sin embargo era bien sabido que cuando no había nada más a lo que recurrir solo quedaba rezar, si rezar se podía llamar a aquello que hacía Unna.

La mujer calló al cabo y Arianne esperó con el ánimo encogido. No se le ocurría cómo podía ayudar eso a Derreck.

—Los espíritus me han escuchado —anunció Unna saliendo de su trance y abriendo súbitamente los ojos—, y han mostrado interés por vuestros pesares.

—¿En serio? —dijo Arianne con cautela, pensando si ya

sería buen momento para soltarse de las manos de Unna—. ¿Y qué os han dicho?

—Dicen que para conseguir lo que deseáis tendréis que renunciar a lo que amáis —aseguró Unna con la frialdad de un juez que dictase una sentencia cruel y definitiva.

—¿Por qué? —preguntó Arianne airada y tenazmente. No estaba dispuesta a aceptar así como así esas palabras y además se sentía muy enfadada, aún no sabía si con Unna o con los espíritus.

—Porque todas las cosas tienen un precio. Pero vos podéis elegir, los espíritus os han concedido ese don.

—¿Entre qué debo elegir? —dijo Arianne sin comprender nada. Comenzaba a sentirse atrapada en aquella pequeña habitación, tan cerca de Unna que notaba el desagradable olor sucio de sus ropas, sujeta por sus manos húmedas y frías que no la dejaban soltarse.

—Debéis elegir qué es lo que más os importa —dijo con voz profunda que parecía nacer más allá de su garganta—. La vida y la muerte giran a vuestro alrededor desde que nacisteis. Luchan por imponerse la una sobre la otra. La una contra la otra. Las dos con la misma fuerza. Las dos igual de poderosas. Tendréis que decidir con quién estáis vos, a quién le pertenecéis. Esa y no otra será vuestra elección.

Un lamento angustiado atenazó a Arianne. No había querido creer en Unna. Sus rezos en un lenguaje desconocido no significaban nada para ella y sin embargo ahora parecía leer en el fondo de su corazón.

—Yo quiero vivir —dijo por fin en un sollozo ahogado.

—Claro que sí, mi dulce niña —dijo Unna uniendo las manos de Arianne y cruzándolas entre sí—. Viviréis... Y conservaréis lo que amáis. Así debe ser. Todo irá bien —dijo sonriente acariciando sus manos.

La puerta se abrió. Arianne se volvió sobresaltada. Era Horne y traía una gallina sujeta por las patas, cacareaba y revoloteaba alborotada con sus inútiles alas. Obediente, se la tendió a su madre.

—Gracias, querido. Has sido un buen chico —dijo dándole una palmadita cariñosa en una de sus enormes manos—. Terminaremos enseguida, señora. No miréis si no queréis. No es necesario —aclaró mientras agarraba un cuchillo.

Arianne no pensó ni por un momento en dejar de mirar. Unna alzó la gallina, que seguía volanteando y armando escándalo, la dejó justo encima del pecho de Derreck y comenzó a declamar en voz solemne y alta:

—Sangre por sangre. Vida por vida.

Cortó el cuello de la gallina de un solo tajo limpio y su molesto cacareo cesó a la vez que su sangre se derramaba sobre Derreck. Los labios de Arianne se convirtieron en una sola línea pálida cuando vio teñirse de rojo su pecho.

—Bien. Ya está hecho —dijo Unna limpiándose las manos en el vestido y echando a un lado los restos de gallina que más tarde aprovecharía—. Ahora hay que esperar. Llévalo a tu cama, Horne. Pasará allí la noche y vos podréis velar su descanso si lo deseáis. El viejo puede dormir en el establo. Horne le hará compañía. Es un buen muchacho, mi Horne —añadió aprobadora cuando le vio coger en brazos a Derreck.

—¿Y con esto será suficiente? —preguntó Arianne todavía trastornada y sin acabar de asimilar el cambio de Unna, que había pasado de hablar de tú a tú con los espíritus a organizar el alojamiento de sus huéspedes, como si aquello fuese una largamente esperada reunión de queridos amigos o añorados familiares.

—Será o no será —dijo Unna encogiéndose de hombros—. Eso no depende de nosotras. Descansad ahora y no penséis en el mañana. Seguro que el día trae buenas nuevas —aseguró cerrando la puerta del cuarto y dejándola sumida en las tinieblas.

—¡Esperad! —La puerta volvió a abrirse y la luz que llegaba de la habitación iluminó el jergón sobre el que se hallaba Derreck—. ¿No podríais dejarme al menos una vela?

Pareció que Unna tuviese que detenerse a considerarlo. Arianne pensó que le respondería que también las velas tenían un precio, pero debió de sentirse generosa.

—Claro que sí. Os la traeré. Una vela...

Regresó enseguida con una que era poco más que un pábilo. Se la entregó con su forzada y desagradable sonrisa y volvió a cerrar la puerta.

Arianne la dejó en una pequeña hornacina horadada en la pared. Tomó una banqueta de madera que encontró a un lado y se sentó junto a Derreck.

La vela alumbraba con reflejos cálidos su rostro, casi parecía dormir serena y plácidamente. Arianne echó un vistazo a la vela, no duraría mucho y después ya no podría contemplarle.

En algo tenía razón Unna. Dos impulsos luchaban constantemente dentro de Arianne, combatían silenciosa aunque fieramente. Por fin, uno venció al otro.

Llevó su mano hasta la áspera mejilla de Derreck y la acarició despacio con el dorso.

Recordó las palabras de Unna. Una elección.

No, no le perdería.

No renunciaría a aquello que amaba.

Capítulo 34

Tras muchas horas esperando algún cambio en Derreck, Arianne había terminado por quedarse dormida. Era un sueño ligero, acomodada de mala manera como estaba en una banqueta, reclinada entre la pared y el jergón de paja. La vela se había consumido hacía mucho tiempo y en la oscuridad la respiración de Derreck se oía débil pero constante. Se sentía agotada y echaba en falta la seguridad del castillo y de los rostros conocidos. Unna no le inspiraba ninguna confianza y su callado y enorme hijo aún menos, y ahora estaba en su casa, bajo su mismo techo, y les había entregado todo cuanto llevaba a cambio de un deseo.

Arianne era desconfiada, a la fuerza y por naturaleza, sin embargo, los presagios de aquella mujer volvían a ella una y otra vez. Lo que deseaba y lo que amaba.

Sabía que no podría tener ambas cosas, quizá ni siquiera una sola de ellas, y lo único que ansiaba en ese momento era que él se recuperase. No quería mirar más adelante, no sabía qué haría después. Solo cabía esperar e ignoraba por cuánto tiempo tendría que hacerlo.

El sueño era una nube de la que Arianne subía y bajaba sobresaltada. Abría los ojos y ponía toda su atención en percibir el silbido apagado de su respiración, cuando lo oía se tranquilizaba y volvía a quedarse adormilada.

Con todo, aquellas cortas cabezadas debían de ser más profundas de lo que Arianne pensaba, porque no hizo el menor gesto cuando la puerta se abrió sigilosa ni cuando una inquietante sombra avanzó hacia ella.

No escuchó ni sospechó nada hasta que una mano enorme atenazó su rostro, tapando su nariz y su boca, ahogando el grito que murió en su garganta e impidiendo por completo su respiración. Arianne reconoció el olor rancio y espeso, y además, aquella descomunal mano que la asfixiaba solo podía pertenecer a Horne. Trató desesperadamente de liberarse, pero él la contenía con la misma facilidad con la que un hombre lo habría hecho con un niño chico: sin el menor esfuerzo.

Horne no se movía, no hablaba, no soltaba su férrea presión y Arianne pataleaba inútilmente mientras sentía cómo el aire se le agotaba y su pecho parecía a punto de estallar.

Pensó que era absurdo, injusto, ridículo. Después todo desapareció y cedió desvanecida...

Abrió los ojos y le costó enfocar las imágenes, iban hacia delante y hacia atrás y las voces parecían llegar de muy lejos. Estaba confusa y no sabía dónde se encontraba, ni qué hacía allí, ni por qué le dolían tanto los brazos y su boca estaba llena de algo que le producía náuseas.

Una de aquellas imágenes borrosas se le acercó y la estudió con atención.

—Mira... Ha abierto los ojos.

Unna la echó un vistazo sin moverse de su silla y asintió satisfecha.

—Te lo dije. Solo estaba atontada. Es joven... Se recuperan con facilidad.

Arianne lo recordó todo. La huida del castillo, los lobos, la extenuante jornada en busca de ayuda, la vieja Unna y su hijo Horne. Él la había atacado mientras dormía y ahora estaba amordazada, sujeta de pies y manos y atada a una silla. Intentó tomar aire por la boca y sintió arcadas. Cerró los ojos y se concentró en respirar por la nariz para que pasara.

El hombre la examinó curioso. Arianne lo observó aterrada. Estaba ya lejos de ser joven y era enteco y de cuerpo seco, duro y resistente. Su rostro aguileño, curtido por la edad y las inclemencias de una vida hecha a la intemperie, mostraba una larga cicatriz desde la mejilla hasta el mentón. Podía ser un antiguo soldado o un cazador furtivo, quizá. Si se hubiese cruzado en su camino, Arianne se habría hecho a un lado por instinto.

—No lo sé —dijo el hombre receloso—. Podría ser cualquiera. El paso continúa alzado. Ayer mismo lo vi con mis propios ojos.

—¡Y tú mismo me contaste que en la orilla decían que lo habían visto bajar en mitad de la noche! —protestó Unna decepcionada por la falta de entusiasmo del hombre—. ¡Es ella! ¡Estoy segura!

Arianne comprendió. Unna la había reconocido o había sospechado de ella y por eso le había ofrecido su hospitalidad y la había manipulado para que se quedase allí esa noche. Se sintió engañada y traicionada. Nuevamente. Era el precio de su debilidad. Se había jurado que sería fuerte y dura y había fallado. Ahora estaba encerrada en una cabaña perdida a merced de aquella mujer horrible y de un granuja y, para colmo, pensó encogida por la angustia, ignoraba cuál habría sido la suerte de Derreck y Harald.

—Pobre pajarita —dijo el hombre con una mueca que hizo aún más desagradable su rostro—. Mírala, está asustada.

—Un golpe de suerte, Ceryr —celebró Unna—, si alguna vez ha habido alguno, y ya iba siendo hora.

—No lo sé —dijo más escéptico Ceryr—. Vi alguna vez a sir Roger en Silday. No se parece en nada a él.

—¿Y eso qué? ¿No lo ves? Tiene el aire de la gente del sur. Su madre era de allí y, además, se decía que no era verdadera hija del señor del paso —afirmó Unna con aire enterado—. Lo contaban en las dos orillas.

Los ojos de Arianne echaron chispas para satisfacción de Unna.

—¿Lo ves? No le ha gustado oír eso. Es ella, Ceryr. Estoy segura. Si salimos ahora, podemos estar en Silday en un par de días. La llevaremos en tu carro y le echaremos algo por encima para que nadie la vea. Tú te quedarás vigilándola y yo me presentaré en el castillo. Se alegrarán de saber la noticia. No se negarán a ayudar a una pobre mujer que ha viajado hasta allí solo para servir bien a su señor. Y habrá un buen pellizco para ti si me ayudas, Ceryr...

—Promesas —dijo Ceryr sin dejarse impresionar por la palabrería de Unna—. ¿Por qué te iban a creer? ¿Quién me dice que no te echarán a patadas en cuanto te vean? Incluso si te escuchasen y al final resultase ser solo la hija de un mercader, ¿qué ganaría yo?

—¡No es la hija de un mercader, cabeza de chorlito! ¿Es que no la ves? —dijo Unna perdiendo de nuevo los estribos—. ¡Es una dama si alguna vez he visto alguna! ¡La dama del paso! Y además —dijo más calmada acercándose maliciosa a Ceryr—, es una dama muy bonita... No tienes tanto que perder.

Ceryr soltó una risa rijosa que puso los pelos de punta a Arianne, lo mismo que la sonrisa ennegrecida de Unna, pero Ceryr recuperó pronto su sentido comercial.

—Aun así prefería cobrar por adelantado. Vamos, vieja —regateó—, seguro que tienes algo por ahí escondido. El caballo necesita cebada y yo tengo derecho a tomar algunas pintas. No seas tan avarienta...

El rostro de Unna se nubló como si hubiese mencionado la peste.

—¡Sabes que apenas he sacado nada este año! ¡Tú no me has traído más que despojos y esa bestia come por diez hombres! —graznó enfurecida, apretando con rabia los puños como si atesorase en ellos las monedas que no pensaba soltar.

—No se te ha dado tan mal —refunfuñó Ceryr—, y además, ¿qué hay de ella? Si es tan importante como dices, no iría con las manos vacías.

Unna arrugó el gesto ante aquella muestra de astucia de Ceryr. En verdad era muy tacaña y para ella suponía un enorme sacrificio renunciar a la más mínima parte de sus ganancias.

—¡Se ha escapado, idiota! ¿Es que no lo entiendes? ¿Crees que llevaría el tesoro del paso bajo las faldas?

—A lo mejor es que no has mirado bien —farfulló Ceryr malhumorado entre dientes y echó una mirada resentida a Arianne.

Ella tragó saliva. Aquellos dos seres miserables discutían como si no estuviese presente. Al menos el hecho de que fuese valiosa para ellos le daba alguna esperanza.

—Escucha, Ceryr —dijo Unna falsa y melosa—. Este es un buen negocio. Tendrás tu paga, una muy generosa en cuanto lo sepan en Silday. Todos esos señores que se han reunido allí están como locos por que funcione de nuevo el paso. Sabes cómo se alborotaron cuando cambiaron los estandartes en el castillo. Los Weiner ya no son los amos —recordó Unna—, tú también lo sabes. Alguien llegó del este... Los señores de Silday nos darán lo que les pidamos si les entregamos a quien sepa cómo hacer bajar el paso —dijo inclinando la cabeza hacia Arianne mientras le daba un codazo cómplice a Ceryr.

A su pesar, Arianne tenía que reconocer la astucia de aquella mujer y, lo que era peor, su propia estupidez. No se le había ocurrido pensar que en la otra orilla habría tanta inquietud por el paso como en Svatge, y ni por un momento había sospechado que una mujer que vivía en una cabaña en medio del bosque la reconocería.

—¿Y qué hay de los otros? Los hombres... ¿Quiénes son? —preguntó Ceryr sin terminar de decidirse.

—El viejo debe de ser algún servidor y el otro será su caballero. El que la ha rescatado... Se decía que no quería casarse con el nuevo amo del castillo, debía de preferir a este —resolvió Unna con seguridad.

Arianne palidecía de pura humillación y de remordimiento por su necedad. La noche anterior había sido tan idiota de creer que Unna leía en su mano, que sabía interpretar las líneas y los lances del destino, que quizá incluso gozaba del favor de los espíritus, cuando en realidad conocía su historia y la de su familia al dedillo. Y que Unna no veía más allá de sus narices lo demostraba el hecho de que pensase que Derreck la había rescatado de algo.

—De todos modos, no te preocupes por ese —añadió Unna quitándole importancia—. Morirá hoy, si no ha muerto ya.

La cólera de Arianne se desvaneció y otra vez se sintió marearse y desfallecer. No le preocupaba lo que Unna pensase de ella ni lo que fuese a ocurrirle, si la vendería en Silday o la cambiaría por un caballo a Ceryr. Si Derreck moría, todo lo demás no le importaba.

—¿Qué dices? ¿Tenemos trato o no? Piénsalo rápido o buscaré a otro —amenazó Unna.

—Maldita mujer... Espero que no te equivoques —rezongó Ceryr—. Lo haré, te ayudaré, pero aunque no resulte ser quien dices tendrás que pagarme veinte piezas de plata.

—¿Veinte? —ladró Unna—. ¡Eres un ladrón, Ceryr!

—Y tú una vieja bruja miserable —dijo él casi amistoso—. Veinte o no hay trato.

—¡Te daré diez y da gracias! ¡Por una sola pieza podría comprar tu carro y tu caballo! ¡Y tú mismo no vales más de un cobre!

—Entonces, ¿por qué no te las apañas tú sola? —preguntó Ceryr picado, levantándose de su banqueta.

—Vamos, Ceryr —dijo Unna apresurándose a retenerle por el brazo—. Los caminos son peligrosos para una mujer sola —se quejó adoptando una actitud desvalida que no casaba muy bien con ella—. Podría ir con mi Horne, pero es tan estúpido que sería capaz de dejarlo todo para ir a bañarse a un río. Es igual que un niño. No es de fiar como tú —terminó untuosa.

—Veinte o nada —repitió Ceryr testarudo.

—¡Está bien! ¡Tendrás tus veinte! —gritó Unna de muy malhumor—. ¡Me sacaríais la sangre entre todos si pudierais!

—¿Quién querría tu sangre, Unna? —preguntó Ceryr más satisfecho.

—¡Tú la querrías si pudieras venderla! —se quejó Unna furiosa todavía.

—Tú venderías a tu propio hijo si alguien te lo quisiese comprar.

—Eso es verdad —dijo Unna y se rio soez, Ceryr le hizo coro y a Arianne volvieron a darle arcadas—. Espera, recogeré mis cosas y nos iremos.

Se levantó tan animosa como si se hubiese quedado para ella todas las fuerzas que le faltaban a Arianne. No podía moverse, las cuerdas se lo impedían, pero además se sentía rendida, como si luchar ya no tuviese ningún sentido.

Unna recogió su atado y con rapidez deslizó furtivamente un pequeño objeto en su interior, pero Ceryr tenía vista de águila y el brillo del metal acaparó al instante su atención.

—¿Qué tienes ahí? —preguntó acercándose como un lobo al olor de la carne fresca.

—¡Nada! —rugió Unna—. ¡Son cosas mías! ¡Aparta tus sucias manos o te meterás en problemas! —amenazó sombría.

A Ceryr no le gustaban las amenazas y conocía lo bastante bien a Unna para saber que ladraba pero no mordía. Ceryr era hombre de menos palabras y más actos.

—Déjame verlo o serás tú la que tenga un buen problema.

—¡No hay nada que ver! —rabió Unna apretando con fuerza su mano cerrada. Ceryr la cogió y se la retorció hasta que la mujer gritó de dolor y abrió la mano soltando su preciado contenido—. ¡Devuélvemelo! —gritó hecha una furia—. ¡Es mío!

—Mira qué tenemos aquí —dijo examinando el colgante que Unna había sacado a Arianne—. Juraría que es plata.

Pero antes de que Ceryr tuviese tiempo de morderlo para comprobar la dureza del metal, Unna se lo arrebató con la rapidez de un ave de presa.

—¡Tráelo acá! ¡Lo necesito!

La turbia camaradería que unía a Unna y a Ceryr desapareció como por ensalmo. Arianne los observaba en tensión. Aquellas dos comadrejas se habían olvidado de ella y parecían a punto de saltar la una sobre la otra. Estaba segura de que no irían muy lejos juntos.

—¿Para qué lo necesitas? —preguntó sibilante Ceryr.

—¡Lo necesito para que me crean en Silday! —reconoció Unna viéndose atrapada—. ¡Tiene el emblema del paso! ¡Por eso tiene que ser ella!

—Interesante —murmuró Ceryr entre dientes, volviéndose a Arianne con un brillo siniestro en los ojos—. ¿Sabes qué, Unna? Creo que será mejor que sea yo quien guarde eso.

El rostro de Unna se contrajo en una mueca de rabia. Había cometido un error recurriendo a Ceryr. Era tan codicioso como ella y no era tan fácil de manejar como Horne.

—¡Tú no puedes entrar en Silday! —dijo llena de odio—. ¡Te colgarán de una soga en cuanto te vean aparecer!

—No se trata de eso —aseguró él con una sonrisa taimada y embustera—. Solo quiero asegurarme de que no se pierde por el camino.

—¡Lo llevaré yo!

—¡Dámelo, mujer! —exigió Ceryr olvidando su sonrisa.

Ante los ojos atónitos de Arianne, Unna cogió un cuchillo de la mesa, lo empuñó contra Ceryr y comenzó a llamar a voces a su hijo.

—¡¡¡Horne!!! ¡¡¡Horne!!!

Ceryr se abalanzó contra ella sujetándola del brazo.

—¡Suéltalo, maldita bruja!

—¡Ladrón!

Los dos forcejearon empujados por su egoísmo y su codicia. Unna era fuerte y más corpulenta que Ceryr, pero Ceryr tenía más mañas y de un empellón la hizo caer y volvió el cuchillo contra ella. Unna lanzó un aullido inhumano. Ceryr dio un solo paso atrás sacando el cuchillo del vientre de Unna.

—¡Maldito! ¡Maldito seas! ¡Asesino! ¡Canalla! ¡Me has matado! —se quejó Unna, que no en vano entendía de heridas lo suficiente para saber que la suya era mortal de necesidad—. ¡Yo te maldigo! ¡Morirás por esto! ¡No escaparás, Ceryr! —amenazó inútilmente.

—¡Calla! —escupió dándole una patada que la hizo retorcerse—. Vieja loca... ¿Crees que me asustan tus maldiciones? —preguntó con desprecio mientras se inclinaba para arrancarle el medallón al que Unna seguía aferrándose.

Después se volvió hacia Arianne, que lo había visto todo espantada, y le dirigió una mirada escalofriante.

—Tranquila, pajarita. Nos iremos enseguida.

Se acercó a ella y con el cuchillo cortó parte de las ligaduras. Arianne se levantó y esquivó la zarpa de Ceryr, pero perdió el equilibrio, atada de pies y manos como estaba, y cayó al suelo. Ceryr trató de agarrarla y cargarla a cuestas, pero Arianne era escurridiza. En eso estaban cuando la puerta de la cabaña se abrió y Ceryr detuvo su persecución. Una mole compacta ocupaba el umbral tapando la luz del exterior.

—¡¡¡Horne!!! —gimió Unna alzando una mano temblorosa. La sangre formaba ya un charco denso y negro a su alrededor—. ¡¡¡Mátalo, Horne!!! ¡¡¡Mátalo!!!

Horne contempló inexpresivo el cuerpo agónico de su madre y miró a Ceryr.

—¡Hazte a un lado, retrasado, o correrás su misma suerte! ¡No lo repetiré dos veces!

Ceryr era mucho más pequeño que Horne, pero a su lado el gigante parecía lento y torpe, de hecho seguía parado en medio de la cabaña sin hacer nada y sin que su rostro mostrase la menor emoción. Parecía solo grande y estúpido. Ceryr era con seguridad más ágil y además tenía un cuchillo.

Arianne no se atrevía a inclinarse por ninguno. Se arrastró con dificultad, echándose atrás en la medida en que se lo permitían sus ataduras, buscando el pobre refugio de la pared.

Horne seguía parado. Ceryr movía nervioso el cuchillo de un lado a otro esperando su ataque. Unna acució a su hijo.

—¡¡¡Mátalo ya, Horne!!! —exigió sacando fuerzas de su agonía.

El gigante se volvió hacia su madre. Ceryr aprovechó el descuido y se abalanzó sobre él cuchillo en ristre buscando su pecho. Horne lo desvió de un manotazo, aunque no evitó el golpe. Exhaló un aullido sordo y bajo, herido pero no demasiado dañado. Su cuerpo era grande y compacto y acostumbraba a llevar bajo la camisa una cota de cuero que había amortiguado el impacto. Golpeó a Ceryr con un revés de su brazo con tanta fuerza que el truhan salió disparado y fue a dar contra la pared.

Ceryr sacudió la cabeza conmocionado y trató de enfocar a su contrincante. Le había alcanzado pero no de gravedad. Horne estaba ahora furioso y resoplaba como un animal presto a embestir. Ceryr apretó el cuchillo lleno de rabia y se lanzó ciegamente hacia él. Horne lo apresó sin esfuerzo, agarró el puño de Ceryr y con la otra mano asió su cuello. Apretó y apretó hasta que la cara de Ceryr se puso roja y después violácea.

Arianne vio cómo Horne estrangulaba a Ceryr con una sola mano y siguió haciéndolo aun después de que estuviese muerto. Quizá hubiera seguido así por mucho más tiempo si su madre no lo hubiese detenido.

—Ya basta, Horne, basta... Buen chico, mi Horne —consiguió decir Unna—. Ven aquí con tu pobre madre.

Horne soltó obediente a Ceryr y este cayó desplomándose sordamente. Se acercó con lentitud a su madre, miró la herida y posó la punta de sus dedos en ella. La sangre los tiñó de rojo. La vida se escapaba sin remedio de Unna, pero conservaba íntegra su malicia y su rencorosa avaricia.

—Lo has hecho muy bien, Horne, pero aún hay algo más que tienes que hacer, por el descanso del alma de tu pobre madre... Mátala también a ella, hijo —ordenó cruel mirando hacia Arianne.

Ella se arrinconó más contra la pared tratando de huir del odio de Unna. Horne la observó torvamente y solo el cadáver de Ceryr se interponía entre ellos. La muerte extendía su oscura sombra sobre todos los ocupantes de aquella humilde morada y Arianne recordó lo que le había asegurado el día anterior a Unna.

No quería morir.

No aún. No de ese modo. Atada y amordazada. Asesinada por un bruto enorme y desconocido. Ahogada por la maldad de aquella bruja egoísta y mezquina. Desaparecida y olvidada para el mundo en aquel lugar perdido al que había arrastrado a Derreck y a Harald. No quería morir ni que ellos muriesen por su causa.

Unna se incorporó a duras penas y señaló con la mano a Arianne. La había engañado y la había traicionado, pero en aquel último momento pareció leer otra vez sus pensamientos.

—¡Ella tiene la culpa de todo! ¡Júrame que la matarás! —le dijo a Horne apuntando a Arianne con el dedo—. ¡Está maldita!

La mano se desplomó y la vida se escapó por fin del terco cuerpo de Unna. Horne solo dejó escapar un gemido y el silencio se apoderó de aquella sórdida y siniestra cabaña.

El tiempo comenzó a pasar muy despacio para Arianne. Horne permaneció inmóvil y cabizbajo al lado de su madre, mientras ella no se atrevía a mover ni un músculo.

No sabía qué hora era, pero debía de ser temprano. Hora de llevar el ganado a los pastos y las hortalizas al mercado. Si lograse liberarse, quizá podría esquivarle y huir. Buscaría ayuda, volvería a por Derreck y encontraría a Harald. Si Harald aún vivía...

Era una posibilidad muy pequeña. Procuraba no pensarlo mientras movía despacio las manos para frotar la cuerda contra el canto de una piedra que sobresalía un poco más que el resto de la pared. Siguió así mucho rato, mientras su frente se iba perlando de sudor y a pesar de los calambres en los brazos.

Horne seguía encorvado junto a su madre, de repente levantó la cabeza y la miró. Arianne se detuvo alarmada. Él se incorporó y se acercó con decisión. Arianne tiró desesperada de las cuerdas, se frotó la barbilla contra el hombro y consiguió deshacerse de la mordaza y gritar con todas sus fuerzas.

—¡¡¡No!!! ¡¡¡No lo hagas!!! ¡¡¡Espera por favor!!! ¡¡¡Espera!!!

Horne la cogió por debajo de los brazos sin atender a sus gritos, la alzó del suelo con rudeza pero no violentamente, la sentó otra vez en la silla y la ató con una única y firme vuelta.

—¡No! ¿Qué haces? ¡Suéltame! ¡Suéltame!

Él la ignoró. Fue a sentarse junto a la mesa a contemplar fijamente los cadáveres. Y no era una visión agradable.

Arianne tomó aire jadeante y trató de recuperar el aliento y la calma, al menos ahora podía respirar mejor. Y si Horne no la había matado quizá terminase por no hacerlo.

—Horne... —dijo con voz débil.

No obtuvo ninguna respuesta.

—Horne —probó otra vez alzando más la voz—, tienes que soltarme. No ha sido culpa mía. Yo no quería... —Arianne se detuvo, en realidad sí que lo había querido, mientras los dos discutían, había deseado fiera y ferozmente que se matasen entre ellos, pero ni ella había confiado en que su deseo fuera a cumplirse. Tragó saliva y siguió con su tono más suave y persuasivo—. Yo no quería que esto ocurriese, de veras, solo vine en busca de ayuda.

Horne no hizo la menor señal de haber oído, Arianne dudó incluso de que pudiese hacerlo, tal vez Horne solo fuese capaz de entender los gritos de su madre.

—Desátame —suplicó—. Por favor...

—¡Calla! —dijo Horne con su vozarrón ronco y hueco—. Tengo que pensar —musitó al cabo de un poco, como si eso le supusiera un esfuerzo sobrehumano.

Arianne guardó el más absoluto silencio y se limitó a pasar la lengua por sus labios resecos. Horne no debía de ser muy listo, pero no parecía tener la malicia de Unna ni la voracidad miserable de Ceryr. Le dejó pensar un buen rato y, como no notó ninguna señal de progreso, volvió a intentarlo.

—Yo creo que eres un buen hombre, Horne. Todo esto puede arreglarse... Déjame ir y te juro que no te guardaré ningún rencor, es más, te daré plata, mucha plata si me dejas ir. Se la hubiese dado a ellos si me la hubiesen pedido. No la tengo aquí —se apresuró a añadir—, pero si me acompañas al lugar donde vivo... Es un castillo. Allí te daré todo lo que desees.

Esperó la contestación de Horne. No fue muy alentadora.

—Ella dijo que te matase —pronunció lenta y oscuramente.

Arianne tragó saliva y buscó con cuidado sus palabras.

—Te quería y quería lo mejor para ti. Estaba malherida y confusa y se equivocaba. Seguro que habría querido que tú tuvieses ese dinero.

Procuraba parecer sincera, aunque era difícil decir algo así y resultarlo, sin embargo, sorprendentemente, el dinero no debía de preocupar demasiado a Horne.

—Está mal —afirmó más para sí que para Arianne—. Me hizo hacerlo, pero está mal. Yo soy muy grande. No está bien hacerle daño a alguien tan pequeño —aseguró mirándola avergonzado—. No quería hacerte daño.

—No me has hecho daño —aseguró Arianne esperanzada—. Estoy bien. Estaré mejor en cuanto me sueltes. Además, no me iré a ningún sitio. Tengo que cuidar de él —le aseguró señalando con la mirada hacia el pequeño cuarto lateral—. Ayúdame, Horne.

—¿Y qué pasa con ella?

—¿Con ella? —dudó Arianne resistiéndose a mirar a Unna—. Nos ocuparemos de ella. Estará bien.

—Estará furiosa —aseguró lóbrego Horne.

Arianne se estremeció pensando en la furia de Unna, que era capaz de perseguir a Horne hasta después de muerta.

—Tienes que hacer lo que tú creas que es correcto, Horne.

Arianne aguardó sintiendo sus nervios tensarse ante la pasividad de Horne. Tras muchas cavilaciones, se resolvió.

—Creo que debería desatarte.

—Es una buena decisión —afirmó Arianne respirando por fin.

Se levantó y la soltó, desató las ataduras de sus manos y sus pies y, a pesar de su fuerza y de su aparatosa humanidad, lo hizo con cuidado y con la singular delicadeza de quien atrapa un pájaro entre sus manos y sabe que cualquier descuido puede ser fatal.

Los calambres reaparecieron en cuanto se puso en pie, los ignoró y fue corriendo hacia el cuarto. Horne no se lo impidió. Se detuvo al cruzar el umbral. No había ventanas en aquella pieza y su propia respiración sofocada le impedía oír la de él.

Avanzó despacio y se arrodilló a su lado. Acercó su mano a la de Derreck y la sintió caliente y viva bajo la suya. Tan viva. Latía con la misma vida que desbordaba su corazón.

—Derreck —le llamó con un hilo de voz. No obtuvo respuesta. Se aclaró la garganta y pronunció otra vez su nombre con más claridad—. ¡Derreck!

El resultado fue el mismo. Pensó en sacudirle y en incorporarle y tratar de ponerle en pie, pero también pensó que eso no sería de mucha ayuda, sino más bien lo contrario. Horne entró y la encontró inclinada sobre él y desalentada.

—El hombre viejo está atado en el establo —recordó avergonzado.

Arianne también se avergonzó por olvidar a Harald. Miró a Horne. Parecía un niño muy grande arrepentido por sus faltas y dispuesto a enmendarlas.

—¿Le desatarás? ¿Le dirás que yo te he pedido que venga aquí?

Horne asintió con la cabeza y salió caminando pesadamente evitando los cuerpos tendidos que encontró a su paso y dejando a Arianne sola con Derreck.

Seguía pareciendo tan fuerte y tenaz como siempre, pero mucho más vulnerable, como si su vida, cualquier vida, fuese tremendamente frágil, ¿y acaso no era así? La vida era endeble e inconstante, en cambio, la muerte era implacable y jamás veía saciada su hambre, aguardaba su ocasión y ya no soltaba a su presa y terminaba siempre por proclamar su victoria.

Arianne miró a su alrededor y reconoció su presencia letal y helada mientras el silencio y el mismo aire se hacían más pesados, más opresivos por momentos.

Se volvió hacia los muertos. Era una visión macabra y grotesca. Desprendía algo malo y frío que la estremeció e incluso habría jurado que también a Derreck.

Se incorporó sin menguar la fuerza con que sujetaba su mano, se puso en pie y se encaró con aquellos espectros invisibles y malignos, ahuyentó los temores y espantó los miedos. Los rechazó con toda la fuerza consciente de su voluntad.

Arianne no iba a dejarse asustar ahora.

No, y mucho menos, cuando si algo había quedado claro aquella temprana mañana de primavera, era que ella se contaba entre los vencedores, no entre los vencidos.

Capítulo 35

—¿Y entonces pensáis quedaros aquí sola con esa bestia hasta mi regreso?

Harald no disimulaba su preocupación, pero Arianne ya había tomado una decisión.

—No es peligroso —aseguró mientras veía por la ventana cómo Horne terminaba de enterrar los cuerpos de Unna y de Ceryr. Él había abierto los hoyos y él los estaba tapando.

—¿No es peligroso? —protestó furioso Harald—. ¡Me golpeó y me ató mientras dormía, hizo lo mismo con vos y si no os hubiese sonreído la fortuna ahora estaríais camino de Silday atada en una carreta!

—Pero no fue idea suya y fue él quien me desató —dijo Arianne dando por zanjada la discusión—. Irás tú a Silday y les explicarás lo que pretende el norte, que piensan atacar Ilithe por mar y que Thorvald ambiciona hacerse con el trono, que tendrán que hacer regresar a los ejércitos si quieren evitarlo y diles que yo les garantizaré el paso si se comprometen a reconocer mi derecho.

Harald seguía sin estar convencido.

—¿Y qué hay de él?

Arianne se volvió hacia Derreck. Le habían llevado a la única habitación de la casa que tenía una ventana. Ahora estaba en la que fuese la cama de Unna, tenía un colchón de lana en vez de simple paja como el cuarto de Horne, Arianne había quitado las sábanas raídas y había hecho un montón con ellas con intención de quemarlas. En otra pieza cerrada con llave había encontrado muchos objetos de valor, alhajas de familia, botas de montar y prendas de vestir, baratijas y utensilios de provecho. El fruto de muchos años de rapiña. Arianne no podía comprender que Unna viviese en la miseria y a la vez amontonase tantas cosas valiosas.

Encima de un arca de madera artesonada decorada con hojas y ramas había encontrado un lienzo de lino delicadamente bordado. Se trataba de un gran mantel, uno para una mesa que no entraría en la cabaña de Unna. Era mucho mejor que los trapos mugrientos que Unna usaba como sábanas, así que lo dobló en dos y tapó el colchón con él. Después había dado de beber a Derreck escurriendo un pañuelo en sus labios como le había enseñado Harald, pero la mañana estaba ya avanzada y seguía sin dar signos de despertar.

—¿Cómo puede ser que duerma tanto? —preguntó preocupada Arianne.

—He visto a otros así antes de él. Algunos despiertan y otros no —afirmó Harald sin pararse en contemplaciones—. Si muere, no habrá nada más que hablar, pero ¿qué haréis si despierta?

—¿Qué quieres decir? —repuso Arianne a la defensiva, aunque eso no impresionó a Harald, ya estaba acostumbrado a sus arranques.

—Sabéis lo que quiero decir, ¿acaso seguís pensando en entregarle?

—¿Cómo voy a entregarle? —dijo Arianne bajando la mirada hacia la migas de pan que había dejado sobre la mesa el frugal almuerzo de Harald. Nunca había pensado realmente en entregarle y ahora menos que nunca—. Me salvó la vida.

—Entiendo —aseguró él con calma—. Entonces lo dejaréis marchar, supongo. ¿Y qué ocurrirá si tenéis éxito y consigo que los consejeros del rey acepten vuestra propuesta de que os entreguen un ejército con el que recuperar el castillo?

—No es más que justicia —respondió Arianne enojándose de nuevo.

—Es de justicia, cierto —concedió Harald—, pero ¿qué creéis que opinará de eso sir Derreck?

—¿Y qué tiene que ver en esto su opinión? —protestó Arianne—. ¡El castillo no es suyo!

—¡Los hombres que ocupan el castillo y que vos tendréis que echar son suyos! —replicó Harald—. ¿Tampoco os importa eso?

—¡Tú estás de su parte! —exclamó incrédula Arianne—. ¡Quieres que él se quede el paso!

Harald contempló con pesar el rostro desolado y lleno de incomprensión de Arianne. Era poco menos que imposible hacerla entrar en razón, evitar que fuese víctima de su propia tozudez, cuando a los ojos de Harald era evidente a quién destinaba Arianne su afecto y sus desvelos. No ya ahora, sino al menos que él supiese desde que le liberaron de su encierro. Y no es que aquello le fuese especialmente grato a Harald. No sentía por Derreck más aprecio que el debido al rival a quien es de justicia reconocer más fuerte, más listo o más afortunado que tú. En cambio apreciaba y quería a Arianne y deseaba lo mejor para ella, y no creía que el camino que había escogido fuese el adecuado para lograrlo.

—No hay nadie que merezca más guardar el paso que vos, mi señora —dijo Harald rozando afectuoso con sus dedos ásperos de soldado la mano de Arianne—. Solo quiero ayudaros a alcanzar aquello que os haga feliz.

El gesto de Arianne se suavizó ante la preocupación y la amabilidad de Harald.

—Ve a Silday por mí —rogó—, en cualquier caso hay que avisar del ataque del norte, luego ya pensaremos en el paso.

Harald tardó un poco en claudicar, pero como ocurría siempre, terminó por ceder a los ruegos de Arianne.

—Está bien. Hablaré con los emisarios del rey y volveré lo antes posible para daros cuenta de su respuesta. Meditad sobre lo que hemos hablado mientras tanto —le recomendó con seriedad.

Arianne calló y se levantó de la silla huyendo de su mirada. Harald dejó escapar un suspiro cansado y se dispuso a partir.

—Prometedme que tendréis cuidado.

—Tendré mucho cuidado —respondió con una sonrisa que no disimulaba su tristeza.

Le acompañó al exterior. Harald montó en el caballo y la saludó inclinando la cabeza como despedida. Ella alzó la mano. Pronto desapareció de su vista.

Miró en torno suyo y tampoco vio a Horne por ningún sitio. Estaba sola en aquel lugar escondido del mundo. Sola con un durmiente y ausente Derreck por toda compañía.

Se volvió hacia el interior de la cabaña. Era sombría y olía a sucio y a cerrado. Fuera el sol brillaba y la mañana era radiante. Las aguas cristalinas de un arroyo destellaban a pocos pasos de allí. Arianne tuvo una idea. No se lo pensó dos veces.

Vio un viejo cubo abollado junto al cobertizo que hacía las veces de establo y comenzó a acarrear agua hasta la casa. Se arremangó el vestido y no dudó en ponerse de rodillas para baldear y fregar el renegrido y carcomido suelo de madera. Abrió las ventanas. Tiró todas las cosas que le parecieron extrañas o sospechosas o simplemente malolientes; y lavó, limpió y ordenó lo que le pareció de utilidad. Se pasó el resto de la mañana y buena parte de la tarde ocupada en aquella tarea.

Cuando terminó ella misma estaba sucia, desastrada y parecía una auténtica fregona y no la dama del paso, también la cabaña parecía otra. Horne se asomó y su cara de confusión fue tan sincera que Arianne temió por un momento su reacción. Tras el desconcierto inicial, fue hacia la alacena, sacó una gran pieza de jamón curado y se la llevó con él al cobertizo.

El apetito de Horne hizo despertar el de Arianne. Debía de ser cerca de media tarde y no había probado bocado desde el día anterior. Tantos acontecimientos le habían quitado el hambre, pero ahora su estómago rugía y eso le hizo volver a pensar en Derreck.

Engañó al estómago comiéndose casi entero a cucharadas un frasco de confitura de fresas que encontró en la alacena. No se fiaba de nada que hubiese sido de Unna, pero aquello olía tan deliciosamente bien que olvidó sus reparos. No podía ser que aquello fuese algo malo y estaba convencida de que también sería del gusto de Derreck.

Entró en la otra pieza. Era la primera que había ventilado y aseado. El aire fresco y limpio de la primavera entraba por la ventana. Derreck parecía dormir tranquilamente, pero no se podía vivir solo del sueño.

Se colocó tras él e incorporó su cabeza de modo que quedase apoyada contra su regazo. Cogió una cucharada de confitura y la llevó a sus labios. Derreck no los abrió. Consiguió entreabrirlos con la cuchara y darle a probar un poco, aunque no estaba segura de que lo hubiese tragado y apenas era nada. Tras varios intentos tuvo que desistir.

Arianne no lo entendía. Puso la mano en su frente y no tenía fiebre. La herida no sangraba ni estaba infectada, pero no despertaba.

Habría parecido el mismo de siempre si no hubiese sido por su palidez y por las sombras lívidas alrededor de sus ojos. Su barba se veía más cerrada y oscura, y su cabello negro y siempre revuelto estaba desgreñado y lacio. Aún llevaba la camisa blanca y rota, sucia de sangre negra y seca pegada a su piel.

Arianne odiaba ver esa sangre.

Se levantó con decisión. Puso un caldero en el fuego y mientras el agua se calentaba buscó entre los tesoros de Unna. No tardó en encontrar entre un gran montón de ropa otra camisa también blanca, limpia y de una calidad poco usual. Arianne sospechaba que debía de ser Ceryr quien consiguiese aquellas cosas, obtenidas a buen seguro de forma deshonesta, para que Unna se encargarse más tarde de revenderlas.

Encontró también un sencillo vestido de lana verde y tras lavarse y adecentarse lo cambió por el suyo. Tomó un pañuelo, retiró el caldero del fuego, comprobó la temperatura del agua con la mano y le pareció la adecuada. Estaba caliente, pero no quemaba. Lo llevó al cuarto, lo vertió en una palangana, mojó el pañuelo en el agua y comenzó a desvestirle.

La camisa estaba rota por varios sitios y era más fácil terminar de rasgarla que sacársela por la cabeza. Arianne tiraba de la tela a la vez que el pulso se le aceleraba y el corazón le golpeaba contra el pecho. Él permanecía indiferente, pero Arianne no podía evitar pensar en lo que Derreck diría si despertaba justo en ese momento y la encontraba quitándole la ropa.

Cuando terminó de arrancarle la camisa hecha jirones, el calor le sonrojaba el rostro y no solo por el esfuerzo. Lo miró, furiosa otra vez con él, aunque ni ella misma sabía bien por qué esa vez. Quizá porque en el fondo esperaba ver su familiar sonrisa sarcástica y provocadoramente lasciva, quizá también porque una vocecilla más egoísta y profunda le decía que tal vez no fuese tan malo tener así para ella a Derreck.

Arianne procuró ignorar esos pensamientos, cogió el balde, escurrió el pañuelo y comenzó a asearle con rapidez y eficiencia. Limpió primero los restos de sangre y el agua se tiñó de rojo. Arianne la tiró y la cambió por otra limpia. Ahora ya no era tan horrible verle yacer sin sentido.

Enjugó más despacio su cara y su cuello. Incluso yerto y desmejorado, Arianne no podía dejar de pensar en lo hermoso y espléndido que era. Su rostro de rasgos firmes y perfectamente dibujados, su mandíbula recia y decidida, su fuerza manifiesta, abrumadora y desafiante, ahora en reposo y contenida, pero que aún se proclamaba orgullosa.

El paño de Arianne se deslizaba lenta y cálidamente por su cuerpo y se detenía con más cuidado en las cicatrices que lo marcaban. Una era oscura y muy reciente: la herida causada por Bernard. La piel todavía era fina ahí y muy sensible, así que procuró no presionar apenas.

Había más. Algunas finas y largas, trazadas rectas a lo largo de su pecho y su estómago. Otras cortas y profundas. Varias ya desdibujadas, sufridas sin duda hacía mucho tiempo, posiblemente cuando aún era solo un niño. Arianne leía en ellas igual que habría podido hacerlo en un libro. Era una historia de resistencia y valor, de dolor y supervivencia, de valentía y tenacidad.

En todo eso pensaba al recorrer con el pañuelo mojado sus brazos, su pecho, la suave depresión que marcaba el fin de su estómago, justo hasta donde aún le cubrían sus ropas. Turbada por aquella intimidad no consentida, azorada por su propia indiscreción, confundida por la intensidad de aquel anhelo.

Un recuerdo similar, pero en el que los papeles estaban cambiados, se presentó ante ella. Fue la noche en la que se emborrachó y se hizo la desvanecida y Derreck la llevó a su propia cama y la besó.

Arianne guardaba la experiencia de ese beso, igual que la de todos los otros que llegaron después, impresa nítidamente en su piel y en su memoria. Los demás fueron tan dolorosamente apremiantes y violentos que dudaba de sus propios sentimientos, pero aquel primer beso de Derreck fue dulce como el vino que habían compartido, tan sugestivo y alentador, tan suplicante y ardiente a la vez... Arianne recordaba bien sus emociones, la lucha entre el temor y el deseo, y sabía que aquella noche el deseo habría vencido al temor. Lo sentía en lo más hondo de su cuerpo y de su espíritu. Pero había sido cobarde. Había sido falsa y cobarde, y se había negado a dejar que él viera la verdad en ella.

Había querido dejarle toda la responsabilidad para poder culparle después, tener otro motivo más para acusarle, otra razón más para odiarle, una justificación nueva para olvidarle cuando Derreck renunciase a ella; cuando se apartase sin remedio al verla tal y como realmente era.

Pero él no había entrado en su juego y había rechazado lo que ella tramposamente le ofrecía. Ahora Arianne comprendía que Derreck tenía algo de lo que ella carecía. Había auténtica nobleza en él. No la nobleza de la sangre, ni la del nombre, ni siquiera la de las apariencias y las formas. No era esa clase de virtud. Su nobleza residía en el auténtico fondo de su carácter, nacía de su alma y su corazón, era una cualidad que negaba y ocultaba tras el cinismo y la rudeza. Ella misma había tardado mucho tiempo en descubrirlo y más en reconocerlo, pero ahora ya no podía ocultárselo. Derreck era más noble que ella, más sincero y más valiente, y no habría esperado a hallarla sin sentido para hacer lo que Arianne jamás habría hecho si hubiese estado despierto. Soltó el pañuelo en el agua, desanimada. Cogió la camisa y le vistió deprisa y con cierta brusquedad. Él seguía durmiendo, pero ¿qué cambiaría cuando despertara? Arianne seguiría siendo la misma y la situación no se arreglaría. Harald tenía razón, si tenía éxito conseguiría la alianza con el oeste, recuperaría el castillo y perdería definitivamente a Derreck. Incluso aunque no lo entregase, seguiría siendo un enemigo para el oeste y su ejército, uno invasor.

Y no sería más sencillo si renunciaba a la alianza. Tendría que rogar por que se recuperase y la perdonase. Por ponerle en evidencia ante sus hombres, por haberle atado y tirado de él a través de leguas, por dejar que casi muriese... Y no era eso lo peor, lo peor era que nada había cambiado en Arianne, salvo que no quería perderle. Por eso le había drogado, atado y arrastrado y había preferido sufrir para siempre su odio que resignarse a dejarlo atrás. Esa era la lamentable y dolorosa verdad.

Aquello empeoró su malhumor. Todo era siempre demasiado complicado para ella. Habría sido mucho más fácil si hubiese hecho lo que se esperaba de ella. Callar, asentir, aguardar segura y protegida tras los muros del castillo que algún otro, sir Roger, Gerhard o más tarde Derreck, decidiese por ella. Pero Arianne no era así y no podría serlo nunca. Incluso aunque no hubiese escapado de los ojos vigilantes y descontentos de su aya, para recorrer sola el bosque, aquel aciago y odiado día que siguió a su puesta en escena como doncella casadera y disponible en el mercado de alianzas y favores recíprocos. Solo que si aquello no hubiese ocurrido quizá habría podido tolerarlo, habría aprendido a aceptarlo tal y como hacían todas las otras, habría cedido a cambio de lo que Unna había adivinado: una vida compartida, uno o más hijos a los que dar todo lo que ella no había recibido, alguien a quien amar y que a su vez la amase.

Nada de eso sería nunca para ella. Arianne lo sabía como sabía tantas otras cosas, que el sol saldría a la mañana siguiente por la otra cara de la montaña, que la noche sería oscura y fría, que tras la primavera, el verano y el otoño llegaría de nuevo el invierno y sería tan largo y helador como todos los otros inviernos.

Igual que sabía eso sabía que no era buena. Tenían razón Gerhard y los que hablaban a sus espaldas, incluso Unna lo supo sin haberla visto antes. No lo había sido desde el comienzo y lo que le había sucedido después la había hecho peor y no mejor. Arianne llevaba la fatalidad consigo y la contagiaba a quienes se le acercaban. Y si no hubiese estado lo bastante segura de eso, le habría bastado con mirar a Derreck para confirmarlo.

Sus ojos seguían cerrados y su respiración era apenas audible. No le habían importado mucho los demás. Aunque se hubiese visto envuelta en sus muertes no las había deseado ni procurado. Ni la de aquel infeliz de Elliot, ni la de Gerhard, ni la de Adolf. Ni tan siquiera la de su padre, que no era su padre ni actuó nunca como un padre, y que siempre la culpó, igual que Gerhard, de la muerte de Dianne. Tampoco deseaba ningún mal a Bernard, pero a diferencia de los demás, se sentía responsable por él, porque podía haberlo evitado, igual que habría podido evitar que Derreck yaciese inconsciente.

Si al menos fuese capaz de despertarle, si pudiese traerlo de vuelta, si lograse rescatar su vida... Debía intentarlo, debía hacer que retornase de aquel lugar en el que su espíritu se mantenía atrapado. No podía ser que toda la intensidad con la que lo deseaba no sirviese para nada. No podía ser que no fuese capaz de hacer algo bueno por una vez en su vida.

Se sentó otra vez en el lecho, animada por esa convicción, y apoyó la mano en su rostro, tímidamente al principio y con más calor después; y lo llamó en voz baja, pero urgida por la ansiedad de recuperarlo.

—Derreck...

Esperó y como no resultó insistió muchas más veces. Dulce e implorante, firme y enérgica, suplicante o exigente, Derreck siguió sin dar señal alguna de oírla ni de sentir su contacto.

—¡Derreck! ¡Maldita sea! —exclamó furiosa y obstinada, renunciando a la suavidad para sacudirle bruscamente por los hombros—. ¡Despertad, Derreck!

Quizá fueron imaginaciones suyas, pero creyó ver sus ojos

cerrarse con más fuerza y su rostro crisparse al pronunciar esas palabras.

—¿Me habéis oído? ¿Podéis hacerlo? ¡Tenéis que despertar!

Una nube veló el sol, el aire entró por la ventana y silbó frío sobre Derreck. Arianne no prestó atención porque justo en aquel momento él se agitó visiblemente ante su mirada exaltada.

—¡Derreck! ¿Me oís? ¡No podéis seguir durmiendo! ¡Debéis despertar!

No hacía tanto que otra voz había susurrado en su oído frases muy similares a esas y también a Derreck le eran familiares. Su agitación se hizo más intensa, su respiración angustiada y sus labios pronunciaron a medias unas palabras entrecortadas e ininteligibles.

—¿Qué? ¡No os entiendo! —sollozó al percibir todas las señales exteriores de la pesadilla, acrecentando más si cabe su necesidad de sacarlo del sueño—. ¡Despertad, Derreck!

Y esa vez su llamada causó un efecto inmediato en él, aunque no el que Arianne hubiese deseado, porque las cosas de esta tierra no dependen de un único deseo; y eran muchas y muy violentas las emociones que esas sencillas palabras provocaban en Derreck. Y otras voluntades, además de la de Arianne, luchaban por imponerse en aquella habitación.

Él abrió repentinamente los ojos y antes de que Arianne pudiese decir una palabra la agarró por el cuello y comenzó a ahogarla.

—¡Aunque sea lo último que haga juro que os mataré! —amenazó Derreck sobrecogedor.

Sus ojos la miraban, pero no la veían. Arianne lo comprendía, aunque eso no cambiaba el hecho de que no podía soltarse ni el terror que sentía. Clavó las uñas en su brazo y tiró con todas sus fuerzas, pero él no aflojó. Buscó a su alrededor algo con lo que golpearle. La palangana cayó estrepitosamente y el agua la salpicó. Volvió a intentar apartarle, pero era completamente inútil y sus ojos la miraban con un odio que era tan insoportable como su presión.

Era peor, peor que ninguna otra cosa. Era horrible sentir su rencor, pensar que quizá merecía aquello. Era mil veces peor que nada que hubiera podido ocurrírsele.

Pero Arianne seguía sin querer morir y consiguió alcanzar el balde volcado y golpearle con el canto en el rostro. Derreck acusó el impacto. Aflojó lo justo para que Arianne se soltara y escapase del cuarto sin mirar atrás. Sus ojos no veían por dónde iba y al salir fuera tropezó con Horne, que había oído el jaleo y acudía a averiguar la causa.

—¿Quién te ha hecho daño? —preguntó el hombre enfurecido al ver sus lágrimas y las marcas oscuras de su cuello.

Arianne no podía hablar, sollozaba convulsa junto a Horne, que de gigante amenazador había pasado a transformarse en una especie de figura acogedora y protectora.

—¿Ha sido él? —preguntó señalando hacia el cuarto del que ya no llegaba ningún sonido. Arianne asintió con la cabeza sin dejar de llorar—. ¿Quieres que lo mate?

—¡No! Está enfermo. No sabía lo que hacía —dijo tratando de convencerse a sí misma tanto como a Horne.

—Pero puede ser peligroso —afirmó Horne, que era hombre de pocas pero firmes ideas, y la más reciente que había encontrado hueco en su cabeza era la de cuidar de Arianne—. Al menos debería atarle.

—Sí, sí —repitió Arianne aún alterada—. Es una buena idea, Horne. Te lo agradezco.

Horne mostró una gran sonrisa complacida y con su largo caminar pesado cogió una soga que colgaba de un clavo en la pared de madera y entró con ella a la cabaña.

Arianne se quedó en el exterior. Necesitaba serenarse. Necesitaba respirar. Necesitaba acallar todas esas voces que la acusaban y sobre todo la suya propia. La que decía que era ella lo que estaba mal, que siempre estaría mal.

La noche la encontró al raso, sentada en la hierba a la luz de las estrellas, con las rodillas abrazadas contra su pecho. Horne había respetado su deseo de estar sola y no se le había acercado. Sería noche avanzada cuando oyó abrirse la puerta y a Horne caminar hasta ella. Su voz profunda y apagada pareció llegar de mucho más lejos.

—El hombre ha despertado y ha preguntado por ti.

—¿Por mí? —respondió con voz que aún temblaba.

—Tú eres Arianne, ¿no? —Ella asintió con un gesto nervioso—. Entonces pregunta por ti —afirmó Horne muy satisfecho por su capacidad de deducción.

Se levantó y se sacudió y alisó torpemente el vestido. Horne esperaba paciente. Reunió sus maltrechas fuerzas y se encaminó hacia la casa. El fuego estaba encendido y el tenue resplandor de las velas llegaba de la otra habitación. Arianne se detuvo en el umbral. Lo encontró consciente, incorporado apenas en la medida en que las cuerdas que ataban sus muñecas a los barrotes de la cama le permitían sentarse. Su aspecto era consumido y cansado, pero no parecía nada irreparable. El brillo que iluminó sus ojos al verla fue tan fugaz como intenso y duró lo suficiente para que Arianne lo advirtiese.

—Entonces era cierto y no estoy en un cuento —murmuró con su singular cadencia única y cálida, encontrando en alguna parte el ánimo suficiente para dirigirle una sonrisa—. Salvo que también vos forméis parte de él...

—No es un cuento —respondió Arianne sonriendo a su vez, aunque su sonrisa era aún más pálida que la de Derreck—. Estamos a dos jornadas de Silday en el bosque de Green. Perdisteis el conocimiento y habéis pasado dos días así.

—Dos días —asintió él lentamente mirándola a los ojos y

también más abajo, a las señales amoratadas de su garganta—. Ese troll de las cavernas que estaba antes aquí me ha dicho que yo os he hecho eso —dijo grave y apesadumbrado a pesar de su pretendido tono ligero.

—Debíais de estar soñando. Sé que no lo hacíais adrede —respondió Arianne evitando mirarle.

—¿Por eso estoy atado? —preguntó tratando de no mostrar lo mucho que aquello le hería—. Aunque, disculpad, olvidaba que soy vuestro prisionero.

También aquello hería a Arianne, pero era mucho mejor que fuese así.

—No voy a entregaros al rey, si es eso lo que estáis pensando. Harald salió esta mañana hacia Silday, cuando regrese volveré con él a Svatge. Una vez que hayamos partido le diré a Horne que os deje libre y podréis ir a donde queráis.

—Comprendo —dijo Derreck buscando la mirada que ella le rehusaba—, ¿y eso es todo?

—Es todo. Debéis procurar recuperar fuerzas. Le pediré a Horne que os traiga algo de comer —dijo disponiéndose a marchar.

—¡Arianne!

Cerró los ojos, aunque tuvo que abrirlos antes de volverse hacia él.

—¿Qué...?

Derreck no contestó inmediatamente, solo la miró con aquella intensa, clara y profunda mirada azul que amenazaba con desarmar todas las defensas de Arianne.

—Siento de veras todo el daño que os haya podido causar. Nunca, creedme, nunca —insistió afectado—, nunca volveré a hacer algo que os hiera. ¿Podéis aceptar eso al menos?

Ella asintió despacio con la cabeza y no se quedó a contemplar su apagado semblante descorazonado.

Tampoco Arianne quería herirle más a él.

Capítulo 36

Ahora que Derreck había despertado, la cabaña se le quedaba pequeña a Arianne. La escasa distancia que mediaba entre los dos la ponía en tensión. En el castillo era frecuente que el día entero transcurriese sin que llegasen a cruzarse, especialmente si Arianne ponía interés en evitarlo, pero allí, incluso desde el estrecho e incómodo camastro del cuarto de Horne oía con absoluta claridad todas y cada una de las veces que Derreck se daba la vuelta desvelado en su cama.

Ella también durmió poco y mal. Se levantó temprano y salió evitando hacer ruido y decidió ayudar a Horne con los animales. Echó grano a las gallinas, recogió los huevos, llenó de agua las pilas de los cerdos e incluso intentó con poco éxito ordeñar una vaca. Horne se acercó a auxiliarla cuando el animal comenzó a mugir descontento. Trató de explicarle cómo debía hacerlo y terminó por ocupar su puesto cuando la vaca amenazó con perder la paciencia.

Luego Horne apartó a un lado la leche que se iban a beber y el resto la empleó para hacer mantequilla y queso. Arianne también se ofreció a ayudar con eso y estuvo muy ocupada toda la mañana batiendo nata, escurriendo suero y dejando que fuese Horne el que se ocupase de Derreck.

El día así entretenida se le hizo corto, aunque Arianne iba a necesitar menos distracciones de lo que había supuesto. Mediada la tarde vio cómo un jinete se acercaba al galope.

Arianne lo reconoció al instante. Que Harald regresase tan pronto volvió a llenarla de sentimientos contradictorios. En cualquier caso, no era posible que hubiese tenido tiempo de cumplir su misión con tanta rapidez.

—¿Qué ha ocurrido? —dijo sin dejarle ni desmontar del caballo—. ¿Por qué no has ido a Silday?

—Porque ya he hecho lo que me pedisteis —replicó Harald adelantándose a los reproches de Arianne.

—¿Ya? —preguntó Arianne desconcertada—. ¿Cómo es posible?

—No me ha hecho falta ir hasta Silday —contestó Harald quitando los avíos a su montura para dar un merecido descanso al animal. Un descanso que también Harald comenzaba a echar en falta—. Encontré un destacamento con la insignia real a media jornada de aquí. Venían de Bigward y los heraldos portaban el emblema del lord Canciller.

Arianne palideció. Harald dejó que asimilase la noticia, parecía muy impresionada y no era para menos. El propio Harald apenas había podido dar crédito a lo que veían sus ojos cuando había divisado a un numeroso ejército, e iniciando la marcha al séquito del más poderoso de entre los pares. El mismísimo lord Cardiff.

Lord Cardiff era el canciller del reino, grande entre los grandes, primer gentilhombre de la corte, mano derecha de Su Majestad, valido y hombre de confianza del rey Theodor. Al menos en teoría, porque eran muchos los que se quejaban de que el rey era una marioneta en sus manos y que de hecho era lord Cardiff, y no el débil rey Theodor, quien tomaba todas las decisiones referentes al gobierno y dictaminaba sobre cualquier cuestión o estrategia.

No es que eso cambiase mucho las cosas. La familia de Cardiff había sido rica y poderosa desde los más antiguos de los tiempos y siempre habían ocupado un lugar cercano al trono, pero nunca en él. Tampoco lo necesitaban, generaciones enteras de Cardiff habían obtenido favores y ventajas arrimándose al sol que más calentaba y sacando buen provecho de esa cercanía. Los reyes cambiaban, pero los Cardiff conservaban sus privilegios, aumentaban sus riquezas y mantenían el prestigio de un nombre que iba unido a la corte y al poder.

Lord Cardiff no había desmerecido a sus ancestros y desde su juventud había sabido usar en su provecho las múltiples posibilidades que propiciaba la desidia de Theodor. El monarca había dejado el gobierno a su criterio y Cardiff lo había sacado adelante con mano firme, rigurosa y que nunca se veía satisfecha. Los tributos crecientes, las continuas levas y los nuevos y más gravosos arbitrios, las tasas y los bienes requisados para sostener los caprichos de una corte que ignoraba las necesidades y los deseos de todo lo que quedaba más allá de Ilithe, habían acabado por colmar muchas paciencias; y solo el temor a la fuerzas que Cardiff era capaz de pagar y reunir habían frenado las revueltas.

Durante años los levantamientos habían sido sofocados sin excesivo esfuerzo por la mano de hierro de Cardiff, pero lo acontecido en Svatge le había cogido por sorpresa. No había dado importancia a la caída de Ulrich en el Lander, ¿a quién le importaba el Lander? No le importaba a nadie porque hacía tiempo que los bárbaros estaban desunidos y debilitados, o eso al menos pensaban en el oeste, pero Svatge, Svatge era algo completamente distinto. Cardiff había comprendido su error y estaba dispuesto a repararlo, y a eso iba cuando Harald se cruzó en su camino.

—¿Tú has visto a lord Cardiff a media jornada de aquí? —dijo Arianne consiguiendo solo con relativo éxito que su tono esforzadamente sereno no trasluciera lo alterado de sus pensamientos.

—Lo he visto. Me presenté ante su guardia y solicité audiencia —afirmó Harald, dejando entrever tras su sencilla actitud de soldado que solo acata órdenes, el orgullo por haber sido recibido en persona por el mismísimo lord Canciller.

—¿Y qué te ha dicho? —preguntó Arianne.

Su rostro era del color de la cera, a causa seguramente, imaginó Harald, de lo crucial de las noticias que aguardaba. Y aunque no se podía decir que fuesen malas, lo cierto es que no eran las que Arianne había esperado.

—Será mejor que entremos dentro y nos sentemos —propuso Harald tratando de ganar tiempo y tranquilidad para explicar el resultado de su mediación.

—¡No, dentro no! —negó rápida Arianne—. Él ha despertado —añadió más bajo mirando furtivamente hacia la cabaña.

—¿Ha despertado? —comentó Harald alzando las cejas con cautela. Una de las posibilidades con las que había especulado para no considerar de todo punto imposible la anuencia de Arianne a la propuesta de Cardiff era que Derreck muriese. Ese despertar complicaba todavía más las cosas.

—Hablemos aquí —dijo Arianne.

—Como deseéis... Pues bien, os decía que iba de camino a Silday cuando me crucé con un gran séquito formado por muchos hombres armados y caballeros de renombre. Enseguida distinguí la enseña de lord Cardiff y comprendí que nadie mejor que él para exponerle vuestras demandas —explicó Harald deteniéndose para dar tiempo a que Arianne aplaudiese su buen juicio, como eso no ocurrió, continuó—: El lord Canciller detuvo la marcha en cuanto oyó vuestro nombre y me llamó a su presencia en el acto, además aseguró acordarse de mí —relató más que satisfecho de que un principal tan notable como lord Cardiff lo reconociese, cuando apenas se habían visto más que en un par de ocasiones, con motivo de las breves visitas con las que el lord Canciller había hecho el honor de honrar con su ilustre presencia Svatge. De la última hacía no menos de seis años.

—¿Y te dejó marchar sin más? ¿Estás seguro de que no te ha seguido hasta aquí? —preguntó alarmada Arianne.

—Me ofendéis, señora, y ofendéis a lord Cardiff —protestó el antiguo capitán sin querer reconocer que también él había sentido algunos temores, en especial cuando había visto desde lo alto de una colina que dos jinetes seguían su mismo camino. En vano, porque Harald era zorro viejo y sabía ocultar su rastro tan bien como el que más—. Nadie más sabe que estáis aquí. No tengáis cuidado. Sin embargo... —se detuvo dubitativo—, sin embargo, lord Cardiff no ocultó lo vital que es para Su Majestad y para todo el reino que el paso vuelva a funcionar. Y cuando le hice saber las noticias acerca del inminente ataque del norte, esa urgencia se hizo mucho mayor aún.

—¿Y qué te contestó? —preguntó Arianne urgiendo a su vez a Harald, su rostro todavía más pálido.

—El lord Canciller escuchó atenta y amablemente todas vuestras demandas —respondió tratando de apaciguar la tormenta que sospechaba se avecinaba—, y después fue tan considerado de explicar en detalle las razones por las que no podía cederos un ejército, entre ellas, principalmente, porque si el norte va a atacar Ilithe todas las fuerzas serán imprescindibles allí.

—¡Pero...!

Harald detuvo con un gesto de su mano el torrente de imprecaciones de Arianne.

—Dejadme terminar, os lo ruego. —La seriedad y la firmeza de Harald tuvieron el efecto deseado. Arianne apretó los labios y dejó hablar a Harald—. Como os decía, lord Cardiff determinó que no puede entregaros ninguno de sus ejércitos, pero también considera que no sería prudente dejar el paso abandonado a su suerte y apartado de la lealtad a su majestad y al reino que vuestra familia siempre ha mantenido. Por eso —se detuvo vacilando antes de referirse a lo que era el punto más delicado de su misión—, por eso lord Cardiff me rogó que os comunicase que, si le hacéis el honor de convertiros en su esposa, él, personalmente, garantizará la seguridad del paso y dispondrá para ello de todos los hombres que sean precisos. Y también asegura que vuestro nombre y el derecho sobre el paso seguirá correspondiendo por siempre y por entero y mediante privilegio real a vuestros descendientes. Cuando los tengáis, claro está —añadió Harald incómodo.

El silencio de Arianne siguió a sus palabras y tan prolongado se hizo que Harald se vio obligado a romperlo, confundido por encontrar aquel extraño mutismo en lugar de la tempestad de gritos que él esperaba

—Bien, ¿qué os parece?

Arianne tenía el gesto ido y ausente, recuperó el dominio y le dirigió a Harald una mirada extraviada.

—¿Crees que hablaba en serio?

Eso sorprendió más a Harald. A pesar de que ya había enviudado por tres ocasiones, desposarse con Cardiff habría sido un sueño hecho realidad para todas las doncellas nobles del reino, ya fuese en Tiblisi, en Langensjeen o en Bergen... Para todas, habría asegurado Harald, excepto para Arianne. Y sin embargo, si no se engañaba, Arianne estaba considerando seriamente esa oferta.

—Lo ofreció ante sir Marcus Barnage y sir Walter Berry —afirmó Harald reprochándole que pusiese en duda la palabra dada por uno de los pares—, y la mayor parte del consejo real estaba presente. Pero no creí que pudierais considerarlo realmente. Le dije que no estabais interesada en desposaros y que en mi humilde opinión, a pesar del incuestionable honor que os hacía, rechazaríais esa oferta.

—¿Y qué dijo él? —preguntó Arianne con la misma mortal y fría calma.

—Contestó que no deseaba saber mi opinión, sino la vuestra —recordó Harald un tanto picado por la soberbia displicencia de Cardiff, pese a que no ignoraba cuánta era la distancia que separaba al lord Canciller de un viejo soldado que para colmo había perdido a su señor.

Harald aguardó su contestación. Posiblemente Arianne valoraba cuáles eran sus bazas y a criterio de Harald eran varias y buenas, aunque quizá no lo suficiente. Cardiff había tratado de disimular su nerviosismo ante el anuncio del ataque del norte. Eso más que nada había acaparado su atención y la de los hombres de su guardia de honor. Harald sabía que estaba deseando que él saliese para poder hablar en confianza y decidir sus próximos movimientos. La oferta de boda había sido una manera rápida de quitarse un problema de encima y a la vez reafirmar su posición. Muchos hablarían por lo bajo de lo poco apropiado de ese enlace, pero si alguien podía permitírselo era Cardiff.

Muy distinta era la situación de Arianne. Indudablemente ella no gozaba de las amplias libertades que otorgan la riqueza y el poder, pero Harald sabía que nadie podía obligarla a hacer algo que no deseara.

—Acepto —dijo breve y firmemente Arianne.

—¿Cómo decís? —preguntó Harald sin dar crédito a lo que oía.

—Voy a aceptar la oferta de Cardiff —afirmó Arianne sin vacilar—. Me casaré con él si es lo necesario.

—Pero... —comenzó Harald atónito.

—Está decidido —interrumpió con aspereza Arianne—. Podemos irnos ahora mismo. Quizá estemos a tiempo de alcanzarle por el camino. Cuanto antes partamos, mejor.

—¿Cómo vamos a irnos ahora mismo? —protestó Harald sin entender nada. No esperaba eso de Arianne. El viaje de regreso lo había pasado elaborando razonamientos sumamente sensatos y prudentes para exponer a Arianne las bondades de un acuerdo, y ahora que había aceptado se sentía inexplicablemente contrariado e incluso decepcionado por aquel rápido asentimiento. Harald creía conocer a Arianne, pero tal vez solo se engañaba al respecto—. ¡Tenemos un único caballo y en verdad es un noble animal, pero está reventado tras llevar tres días corriendo sin descanso! ¿Queréis que montemos los dos en él o pensáis ir sola hasta Silday y que yo os alcance corriendo?

Arianne apretó más los dientes y cedió solo lo indispensable.

—Ve a la aldea y consigue otro caballo. Saldremos mañana al amanecer.

Había algo al menos en lo que Harald reconocía a Arianne: su terca testarudez.

—¡Muy bien! ¡Conseguiré otro caballo! ¡Vos misma veréis a donde os lleva esto! —desaprobó malhumorado—. ¿Puedo por lo menos comer algo antes?

—Hay queso en el cobertizo. Y tú puedes hacer lo que quieras, pero yo partiré al alba y ese caballo —dijo Arianne con dureza señalando al fatigado, pero aún espléndido ejemplar que se refrescaba en el pasto— es mío.

Harald volvió a inclinarse apenado.

—Como digáis, señora. No os preocupéis —dijo tratando de ocultar su pesar tras la máscara de la dignidad herida—. Buscaré otra montura para mí. Os prometí que no os dejaría sola y no lo haré.

—Pues entonces busca ese caballo —contestó secamente Arianne sin dejarse conmover por la tristeza de Harald y echó a andar dándole la espalda.

Permaneció fuera hasta que vio cómo volvía a marcharse. Ahora que se había ido ya no necesitaba seguir fingiendo calma. Estaba muy afectada, pero por primera vez en mucho tiempo sabía a ciencia cierta cuál era el camino que debía tomar.

Todo estaba claro ahora. Ya no sentía dudas ni temores, una cierta clarividencia la acompañaba, una determinación fatalista, como si todo el largo y doloroso camino recorrido en esos años la hubiese conducido inexorablemente hasta aquel punto: así era como tenía que ser.

Vio a Horne segando heno con la conciencia tranquila e indiferente de quien no tiene más cuidados que procurarse su sustento y mantener alejados a los que pretendieran molestarlo. Como si la muerte no hubiese pasado justo por su lado hacía tan solo unas horas, como si aquellas sombras negras nada tuvieran que ver con él.

Arianne le envidiaba.

Envidiaba su vida sencilla y su mundo ordenado de líneas rectas y precisas que señalaban lo que estaba bien y lo que estaba mal. Envidiaba su cabaña que ahora le parecía casi hogareña y su quehacer diario afanado y productivo: cortar leña, alimentar al ganado, encender el fuego... Arianne pensó que habría estado bien hacer aquello aunque solo hubiese sido unos cuantos días más.

Entró en la cabaña. La tarde comenzaba a caer y dentro estaba oscuro. Miró hacia la otra pieza. No se había acercado en todo el día. Había decidido evitarlo. Evitar verle. Evitar hablarle. Evitar pensar en él... Eso último no lo había conseguido.

Todo el tiempo, mientras mantenía ocupada sus manos, su

mente giraba en torno a Derreck. Se repetía una y otra vez que lo mejor para ambos era tomar rumbos distintos y se había dado abundantes razones que justificaban esa decisión. Ninguna había sido capaz de convencerla para que aceptase el hecho de que, si dejaba que se apartase de ella, seguramente jamás volvería a verle.

Y en cambio ahora todos sus desvelos habían mudado con la misma facilidad con la que un día claro de primavera se torna de repente lluvioso y frío. Arianne habría querido ver el sol brillar.

Apartó esos pensamientos. Había acabado el tiempo de las vacilaciones. Sin embargo, tenía algo más que hacer. Se lo debía.

Entró en su cuarto y procuró ignorar el mal reprimido gesto de ansiedad con el que Derreck la devoró, y sin mirarle fue a sentarse en una banqueta que había junto al lecho. Tenía mucho mejor aspecto que el día anterior, aunque era fácil advertir que su obligado reposo estaba haciendo mella en él.

—Comenzaba a creer que me estabais castigando con soportar a ese ogro por toda compañía.

Arianne alzó la vista y consiguió esbozar una sonrisa. Sería duro no sufrir más su ironía, su suave malicia, su terquedad apasionada, su constante empeño mordaz, sus provocaciones descaradas y salaces, su brusca e inesperada ternura... Nunca habría llegado a imaginar cuánto llegaría a amar y extrañar todo aquello. Todo lo que formaba parte de él. Sería cruel y amargo, pero lo soportaría. Además, se dijo a sí misma en una especie de triste consuelo, lo más seguro era que no tuviese que hacerlo durante demasiado tiempo.

—Si deseara castigaros, me ocuparía personalmente de ello. —Sus palabras eran ligeras, pero cierta tensión nerviosa empañaba su tono—. Podéis estar bien seguro.

—Os creo —murmuró él con aire rendido—. ¿Por cuánto tiempo más pensáis dejarme aquí atado?

—No mucho más. Todo terminará ya pronto —le garantizó rehuyendo su mirada.

—Si pretendéis alentarme con eso, tendréis que hacerlo mucho mejor —replicó él tratando de adivinar sus intenciones, pero la mirada de Arianne seguía perdida en algún otro punto y eso hacía que leer en ella fuese aún más difícil.

—Recuerdo —comenzó lentamente Arianne como si algún otro asunto la distrajese— que en una ocasión me preguntasteis si sabía lo que era odiar a alguien de tal modo que hiciera que fuese capaz de sacrificar cualquier cosa con tal de ver vengado ese sentimiento.

Derreck se revolvió tocado. La cuerda no le dejaba separarse de los barrotes que le retenían.

—¿Estáis hablando de entregarme al rey? —preguntó con voz sorda y airada.

—No, no estoy hablando de vos —negó Arianne volviéndose ahora sí franca y directamente hacia él—. El sueño que tuvisteis la otra tarde, cuando me atacasteis, dijisteis: «Os mataré aunque sea lo último que haga».

La tensión de Derreck se relajó, pero no como si desapareciese, sino solo como si se replegase agazapada en su interior.

—¿Y...? —Ahora era él quien evitaba mirarla.

—¿Llegasteis a hacerlo? ¿Conseguisteis matarlo?

—Sí, lo maté —murmuró tras una corta vacilación.

—¿Era aquel hombre de quien me hablasteis una noche en la muralla? —preguntó ella con más timidez.

Derreck suspiró largamente.

—Sí, era él. Era Ulrich. Ya sabéis —dijo recuperando un poco de su cinismo más amargo—, el hombre al que juré solemnemente profesar lealtad.

—¿Por qué? —quiso saber Arianne negándose a dejarse engañar por su mal fingida indiferencia.

—¡Porque mató a mi madre delante de mis propios ojos cuando yo era solo un crío! —exclamó brusca y ferozmente—. ¡Y habría jurado cualquier cosa con tal de acabar con él!

Arianne calló y el ataque de furia de Derreck se diluyó tan repentinamente como había aparecido.

—Pero eso no hizo que dejarais de tener pesadillas —comprendió apenada.

—No, no lo hizo —reconoció Derreck cansado.

—Pero... ¿volveríais a hacerlo?

—Una y mil veces —afirmó y en sus ojos salvajes y claros no había la menor sombra de duda.

—Es cuanto quería saber —contestó Arianne bajando la mirada—. Estaréis fatigado. Os dejaré descansar.

—¡Esperad! ¿Qué hay de vos? ¿A quién si no es a mí odiáis así?

A sus espaldas, Arianne se retorció por un instante los nudillos, recuperó la calma y se giró hacia él.

—No puedo contároslo, aunque os aseguro que no tardaréis en saberlo.

El semblante de Arianne era tan delicadamente bello como siempre, pero algo oscuro lo ensombrecía; algo oscuro que Derreck reconocía también como propio, y por ello sabía de sobra cuánto dolor conllevaba.

—Es tarde ya. Os traeré algo de cena.

—¡Arianne! —llamó—. Hay algo que desearía que supierais —Derreck se detuvo buscando las palabras. Sabía lo que quería decir, y aun cuando no estaba seguro de poder explicarlo deseaba al menos intentarlo—. No recuerdo nada de lo que ocurrió durante estos dos días, ni siquiera recuerdo haber soñado, pero hay algo que sí recuerdo claramente.

Él volvió a callar y eso hizo que Arianne sintiese la necesidad de preguntar.

—¿Y qué es lo que recordáis?

—Recuerdo el sabor de las fresas —dijo mirándola de improviso con una profundidad que consiguió trastornarla.

—¿Fresas? Qué curioso... —musitó Arianne un poco sonrojada recordando la cabeza de Derreck apoyada en su seno mientras intentaba hacer que comiese.

—Es lo que recuerdo.

—¿Os gustan las fresas? —dijo tratando de serenarse, mientras su boca dibujaba una sonrisa que iluminó la habitación—. Creo que podré conseguiros algo de eso.

—Me gustan, pero no es lo que quería deciros.

—¿Entonces...?

—Mientras estaba inconsciente... Era algo extraño... —dijo inseguro—. No comprendía lo que ocurría. Yo sabía que estaba allí, solo que no tenía ningún pensamiento ni sentía dolor ni deseos. Era como si nada existiese realmente y tampoco me importaba. Habría podido quedarme para siempre en aquel lugar, pero cuando sentí aquello... Ese gusto en mi boca... No sé cómo explicároslo... de alguna manera me llevó a pensar en vos.

—¿En mí? —preguntó Arianne en voz muy baja.

—Sí, en vos. Y eso fue lo que me hizo sentir deseos de despertar. Quería que lo supierais.

Cualquiera que no le conociese podría haber pensado que lo que trataba a duras penas de confesar Derreck era algún tipo de abominable crimen, pero no se le ocurría ningún modo mejor de hacerle comprender a Arianne lo que pasaba por su cabeza.

Derreck había tenido mucho tiempo para pensar. En apenas tres días había perdido cuanto tenía. No se hacía ilusiones al respecto. Aunque consiguiese regresar en un futuro cercano a Svatge, otro allí habría ocupado su puesto. Un ejército necesitaba alguien que lo comandase o se deshacía en pedazos. Recuperar lo ganado sería poco menos que imposible. Y sin embargo, para su propia sorpresa, aquello no le preocupaba lo más mínimo. Ninguna de esas cosas habían conseguido hacerle feliz, nada había llenado el vacío que le empujaba a acumular cada vez más y más, nunca nada había sido suficiente. Ni matar a Ulrich, ni conquistar el este ni someter Svatge y su valle.

Solo ella. Solo Arianne daba valor a su vida. Aquel sabor intenso, dulce y ácido a la vez, le recordaba vívidamente a Arianne. Le traía a la memoria todo lo que era bueno y valioso y que merecía la pena conservar, por lo que merecía la pena vivir, por cuanto tenía sentido luchar. Pero Derreck no se decidía a pronunciar las sencillas palabras que habrían resumido a la perfección todo eso. No, cuando sabía bien que habría sido cierta y comprensiblemente rechazado.

—Voy a preparar algo de cena.

Arianne se marchó sin que Derreck consiguiera esa vez evitarlo. A pesar de todo habría ido tras ella si aquella maldita cuerda no se lo hubiese impedido. Habría vuelto a besarla aunque hubiese acabado una vez más por apartarlo, porque no conocía otro modo mejor de hacerle comprender cuanto sentía por ella. Lo habría hecho porque Arianne era lo único que deseaba tener a su lado en este mundo o en cualquier otro.

Y también aquello, que hiciera lo que hiciera, siempre terminaba por escapársele de entre las manos.

Capítulo 37

—Tendréis que renunciar a lo que amáis para conseguir lo que deseáis.

Arianne daba una y mil vueltas intentando conciliar el sueño, pero la advertencia de Unna volvía a su mente una y otra vez. Se había negado a aceptarlo, más cuando había comprendido que todas las palabras de aquella arpía avariciosa eran solo cháchara vacía. En cambio, ahora no podía dejar de pensar que aquella mujer había acertado de pleno; y Arianne ya había elegido el precio a pagar por conseguir su deseo y también el lado del que estaría.

A tantos otros, además de a Unna, había oído decir que no era buena, que estaba maldita, que llevaba la muerte y la desgracia consigo. Solo esperaba que eso resultase cierto ahora, cuando más lo necesitaba; pero si pese a todo fracasase...

Ese era su principal temor, que su sacrificio fuese en vano, que aquella dolorosa renuncia no cumpliera su cometido. Entonces lo habría perdido todo a cambio de nada y la victoria de aquel a quien tanto odiaba sería absoluta y completa.

Eso acrecentó el furor de su odio. Era lo que más aborrecía

Arianne. La llaga abierta que había dejado en ella y que nada había sido capaz de cerrar. La consecuencia de aquel ultraje tan presente en su memoria y en sus sentidos como el primer día. Lo que había hecho con ella. Lo que había hecho de ella.

Los ojos de Arianne brillaron en la oscuridad con lágrimas de rabia. Las secó con rapidez con el dorso de su mano. Aquello le había hecho derramar ya demasiadas lágrimas. No pensaba verter ni una más. Y no iba a darle también aquel triunfo.

Se levantó con determinación del maltrecho jergón. Antes que ninguna otra cosa cogió su daga. Había vuelto a recuperarla de entre el montón de tesoros de Unna. No solo la había perdido esa vez, la había echado en falta cuando más la había necesitado. Confiaba en que no le volviese a ocurrir. A partir de ese momento no prescindiría de ella.

Y una vez que su propósito se cumpliese... Arianne negó para sí. No valía la pena pensarlo. No habría mucho más que pudiese hacerse después. Tenía que decidirse ahora.

No era una concesión a su voluntad, era más bien un enfrentamiento con sus más enraizados terrores, los que él había dejado arraigados, como una mala semilla que lo hubiese invadido todo.

No quería llevar por más tiempo esa carga y no quería seguir viviendo en el miedo.

En su pieza, la luz de la luna entraba por la ventana y caía sobre su rostro. Parecía dormido. Sus manos colgaban anudadas por las muñecas sobre su cabeza. Ajeno e indefenso. Eso alentó a Arianne. No podía ser demasiado difícil acabar con un hombre mientras dormía, por mucho más fuerte que fuese...

O tal vez sí, porque alertado por un sexto sentido o quizá tan solo por la inesperada cercanía de otro cuerpo junto al suyo, Derreck abrió los ojos.

—¿Qué diablos...?

Nadie podría acusar a Derreck de ser un cobarde, pero lo cierto es que cuando vio a Arianne a su lado, el brillo del acero destellando en su mano en la oscuridad y sus ojos brillando salvajes con una luz que se aproximaba peligrosamente a la demencia... Bien, lo cierto es que Derreck temió cierta y realmente por su vida.

—¡Callad! —ordenó Arianne con rabia a la vez que con un rápido y limpio tajo cortaba las ligaduras que le sujetaban a la cama.

—¡Pero qué demonios os pasa ahora! —exclamó Derreck frotándose las muñecas doloridas sin entender absolutamente nada. Ni su liberación intempestiva, ni su furia, ni por qué Arianne sujetaba aquella daga como si su vida dependiese de ello.

—¡He dicho que os calléis! —sollozó Arianne al borde del llanto.

Derreck calló desconcertado y la miró tratando de comprender. No había nada que desease más que comprenderla, pero en vano trataba de hacerlo. Sin embargo, aquella mirada interrogante fue suficiente para Arianne, suficiente para apaciguar sus temores, bastante como para hacerle recordar por qué estaba allí. Su crispación se suavizó, dejó a un lado la daga y sin más preliminares se sacó el modesto vestido que era la única prenda que llevaba encima, alzándolo sobre su cabeza y quedándose completamente desnuda.

Si Derreck estaba ya confuso y sorprendido por el extraño comportamiento de Arianne, esa confusión se tornó en estupefacción y la sorpresa en pasmo al ver su cuerpo claro, menudo y deslumbrante, expuesto abierta y francamente ante él, exhibido sin más a la tenue luz que se filtraba por la ventana.

Aunque su estupor duró poco, porque un impulso más elemental y primario se impuso en el acto a todos los demás. Antes que nada aquello era un mensaje que Derreck sí podía entender y que no requería de más explicaciones. Ya habría tiempo para explicaciones...

Ahora Derreck necesitaba tener inmediatamente a Arianne debajo de él, precisaba tomarla por entero, cubrir con su cuerpo el cuerpo de ella, tenerla y poseerla ya, rápidamente, antes de que aquel raro sortilegio del que debía de ser víctima se desvaneciese.

Pero cuando Derreck se abalanzó sobre Arianne, ella se echó hacia atrás rechazándole, y pronunció una brevísima palabra que sin embargo no dejaba lugar a malinterpretaciones.

—¡No! —Derreck se detuvo en seco, tanto por su negativa como por su feroz tono imperativo. Arianne vio su incomprensión y volvió a repetirlo aunque con un acento más bajo y más amable—. No...

Derreck esperó en pie junto a esa cama en la que había pasado las horas sin ver llegado el momento de dejarla. Ahora no habría salido de aquella habitación por ninguna de las riquezas de esta tierra. Arianne se acercó tímidamente a él. Derreck aguardó inmóvil comenzando a entender. Ella tiró de su camisa ayudándole a despojarse de ella y después del resto de su ropa. Derreck se dejó hacer, excitado e impaciente, pero dispuesto a seguir sus reglas. Cualquier cosa, si era ella la recompensa.

Apoyó con suavidad la mano en su pecho para pedirle sin pronunciar una sola palabra que se tumbase, y después se acostó a su lado. Desnuda junto a su piel desnuda. Derreck volvió a intentar besarla, pero Arianne le detuvo otra vez.

—No —susurró besándole sin rozarle apenas, apartándose rápida para esquivar su boca y volver enseguida a besar su rostro, áspero por la barba ya más que atrasada.

Él la dejó hacer mientras sus labios bajaban por su cuerpo y le acariciaban lentamente. Leves como soplos seguían las cicatrices que cruzaban su pecho y caían en picado hacia su vientre. Las manos de Arianne se deslizaban por sus manos y subían bordeando sus brazos, retirándose cada vez que Derreck hacia el menor signo de intentar tocarla a ella. Forzosamente quieto, mientras sentía el roce de sus muslos tibios y suaves, de sus breves senos casi adolescentes destacando pálidos a la luz de la luna a tan solo un palmo de él, tentadores y vedados como el fruto del árbol prohibido.

Derreck pensó que sin duda aquella era una nueva y refinada tortura, un tormento fruto de una mente perversa y diabólica, un infierno en el que de buena gana habría deseado para siempre arder.

Por eso consintió resistir sin protestar todas sus exigencias, aturdido por el perfume de sus cabellos libremente derramados, por la sinuosidad de sus caricias, por el aliento progresivamente más sofocado que ella vertía junto a su cuello. Lo soportó todo paciente hasta que Arianne rodeó con la mano su miembro henchido y pulsante y se levantó sobre él para guiarle hacia ella.

—¡Esperad! —dijo Derreck tan asombrado por la desenvoltura de Arianne como porque esas fuesen sus propias palabras.

Arianne se detuvo confusa. Le soltó un poco avergonzada, también decepcionada quizá.

—Permitid —imploró incorporándose y llevando la mano al hombro de Arianne, esperando antes de posar los dedos para asegurarse de que no se alejaría. Sabía que se alejaría en cuanto la tocase. Podía sentirlo en la tensión que la recorría.

Seguramente, pensó Arianne, no sería muy justo actuar así con él. No quería ser injusta, solo pretendía poner fin a sus miedos, entregarle lo que sabía que él ansiaba, tomar lo que ella misma deseaba, vencer la pesadilla que incluso despierta la acosaba. Por eso asintió solo con un gesto y dejó que su mano se quedase en su hombro y que también la besase. Su beso fue igual de leve que el de Arianne y a la vez tan corto y ardiente que de inmediato sintió su falta y experimentó el vivo deseo de alargarlo.

Pero su boca estaba ya en su cuello y se demoraba más lentamente allí. Su lengua lamía ahora la curva de sus senos y el calor y otro sentimiento indefinible comenzaban a acelerar desbocadamente el corazón de Arianne. Con una mano, Derreck sujetaba su espalda impidiendo que se venciese hacia atrás y haciendo que confiase a él su apoyo y su peso. Con la otra acariciaba con las yemas de los dedos el interior de sus muslos con una delicadeza que, a pesar de llegar tan íntimamente a ella, la llevaba al abandono; cediendo a una entrega que aumentaba con cada roce que Derreck dejaba en su piel, envolviéndola en una dulce maraña de la que no deseaba soltarse para permitir que él recorriese y pulsase, diestra y hábilmente, rincones de su cuerpo que ella misma desconocía.

En verdad todo era ahora desconocido para Arianne, el sobrecogedor anhelo que sentía por él, la agudizada sensibilidad de su piel ante su tacto, la creciente necesidad de entregarse completa y enteramente a Derreck. El calor sonrojando y humedeciendo su cuerpo.

Arianne nunca había sentido antes ese calor. Venía de dentro hacia afuera y no al revés. Nacía de su interior y quemaba sus labios y su vientre y perlaba de diminutas gotas los poros de su piel. Con certeza habría derretido el hielo.

Derreck abandonó su cuerpo que también Arianne había ya abandonado, olvidada y alejada cualquier sombra. La tendió sobre el lecho y la besó, ahora sí, profunda, desesperada y completamente, tan completamente que Arianne sintió su sabor en la boca. Su propio sabor que probaba de los labios de Derreck. Su urgencia era su misma urgencia y ella se la devolvía apresurada y ansiosa, igual de impaciente. Solicitándose el uno al otro. Sus cuerpos enlazados convertidos en un solo nudo apretado.

Entonces fue cuando la tomó. Se irguió sobre Arianne y tiró de su cintura alzándola en lugar de descansar su peso sobre ella. La levantó contra él sin vencerse, con la facilidad que le procuraban su fuerza y su potencia. La mantuvo en el aire mientras Arianne exhalaba un grito agónico al sentir la plenitud de él en ella.

Derreck se inclinó sobre Arianne y la mordió salvajemente en el cuello haciéndola sollozar de dolor y de placer. La cabeza caída, su cuerpo suspendido entre sus manos; suspendida también ella, apartada de todo lo que no fuese aquel momento.

Derreck se volcó reclamando aún más. Arianne cedió por entero a esa incontenible marea que la mecía y la inundaba. A la luz, al calor, al deleite, a la evanescencia que deshacía su cuerpo convirtiéndolo en algo líquido y cálido que se fundía mezclándose con el cuerpo de Derreck.

Después lo sintió. Dilatarse y crecer. Llevarla a un punto más alto si aquello era posible. Alcanzar un instante perfecto donde todo estaba claro, todo era dolorosamente vívido, compartido, real. Su aliento era su aliento. Su piel era su piel. Ella y él uno mismo, unidos, mezclados. El uno del otro. El uno para el otro.

Entonces Arianne comprendió muchas más cosas, cosas sencillas y bien conocidas que todo el mundo sabía, pero que ella había olvidado. Comprendió por qué la primavera seguía al invierno para renovar todo lo que parecía marchito y seco, por qué la tierra se abría generosamente, año tras año, estación tras estación, para dar fruto, sin importarle que mientras tanto la vida y la muerte jugaran sin descanso su eterna danza. Nacer, crecer, morir... Y por qué la vida vencía siempre. Sí, Arianne ahora lo comprendía, se equivocaban quienes afirmaban lo contrario. Ella misma había estado confundida. No era la muerte, era la vida quien se imponía siempre sobre cualquier otra cosa. Ahora y mientras hubiese luz y calor en el mundo.

Esos y otros pensamientos pasaban sin demasiado sentido por su cabeza cuando Derreck se hizo a un lado apartándose porque temía pesarle demasiado. Arianne lo lamentó, porque su peso no le pesaba sino que la completaba. La confortaba. Se giró hacia él buscando otra vez su contacto. Derreck apartó de su frente las hebras pegadas en sudor de sus cabellos y la besó con más dulzura y con la misma calidez.

—¿Estáis bien?

Arianne sonrió. No recordaba haber estado nunca mejor. Pero el vistazo fugaz que Derreck dirigió hacia el lecho y el desconcierto que leyó en sus ojos le recordaron a Arianne aquello que tanto le había costado olvidar.

Le tapó la boca con los dedos antes de que tuviese tiempo de pronunciar palabra.

—No preguntéis —suplicó.

La angustia que atenazó su rostro fue suficiente para que Derreck lamentase haber insinuado cualquier principio de interrogatorio. Apartó la mano de su boca con suavidad y la besó para que pasase. Y aunque al principio notó su inconfundible tensión y su sutil pero inequívoca resistencia, pronto se desvanecieron para arder en la llama que los dos avivaban.

La noche fue larga y exigente. Arianne sentía su cuerpo despertarse ávido tras tanto tiempo de frío letargo. Él apenas sentía saciados los muchos deseos atrasados. Aquella noche Derreck la tomó de todas las formas posibles y Arianne las encontró todas ellas igualmente gratas y placenteras.

Después, cuando el cansancio rindió sus cuerpos exhaustos, él continuó abrazándola, resistiéndose a soltarla, como si sospechase que de hacerlo Arianne se desvanecería en el aire. Temió que se hubiese quedado dormida. Habría querido prolongar aquella larga noche de modo que nunca amaneciese, pero sabía que eso no ocurriría y antes de que terminase había algo más que necesitaba saber.

—Arianne...

Abrió los ojos y le miró. No estaba dormida. No habría podido dormir. También Arianne quería atesorar cada pequeño instante. Esperó la pregunta que él no se decidía a formular. Un rebelde mechón de pelo caía sobre el rostro de Derreck y aun en la oscuridad su mirada era insegura. Algo le atormentaba y le era difícil de expresar. Tampoco a Arianne le gustaban en exceso las preguntas, además no confiaba en las palabras.Estas no servían de mucho, y también los actos eran a veces ambiguos y solían falsear la verdad. Solo los sentimientos no mentían, ¿pero quién podría afirmar con seguridad ser capaz de leer solo en un gesto?

Derreck acabó por claudicar y pronunció unas vacilantes palabras.

—Arianne..., ¿me amáis?

El dañado corazón de Arianne se rompió un poco más. Se rompió de amor por su inseguridad, por su hambrienta necesidad, por la herida que iba a causarle y por su propia y apenas suavizada herida.

No podía decirle unas palabras que después él interpretaría como una burda y falsa mentira. No podía responder sin que su corazón se terminase de deshacer a pedazos. No podía explicarle y hacerle entender. No hubiera podido. Solo podía besarle y calmar sus dudas, besarle y mostrarle lo que él le hacía sentir, le hacía vivir, le hacía amar.

Sí, le amaba, pero le respondió con otra pregunta.

—¿No os basta con esto? ¿Qué más necesitáis?

Él le devolvió el beso. Arianne habría querido hundirse en ese abrazo y no escapar nunca de él.

—Os necesito a vos —murmuró comenzando a amarla de nuevo. Ella se entregó estremecida y poseída por su misma incontenible necesidad.

—Yo también os amo, Arianne —musitó Derreck mientras ella se perdía en sus besos y recogía aquellas palabras de su boca.

Sí, se dijo Arianne. Él sabía. Él también comprendía.

Así transcurrió la noche, y aún continuaban abrazados cuando la turbiedad lechosa que comenzó a empañar el cielo le indicó a Arianne que pronto amanecería. Pensó que Derreck dormía y se deslizó tratando de no despertarle. Aún estaba sentada sobre la cama cuando él la rodeó por la cintura y la atrajo hacia sí.

—¿Adónde ibais? —preguntó dejando implícitamente claro por su incitante acento que no pensaba dejarla ir a ningún sitio.

Arianne se volvió hacia él. Sonrió y llevó la mano hasta su rostro. Él la tomó y besó su palma. Arianne sintió vacilar su propósito. Tenía que ser ahora, si no, no sería capaz de hacerlo y la herida nunca cicatrizada se convertiría en un cáncer que carcomería para siempre su vida, igual que la había carcomido hasta ahora.

—Tengo que salir. Horne puede entrar en cualquier momento y no sería muy apropiado que me encontrara aquí, ¿no creéis? —dijo tratando de parecer despreocupada.

—Mataré a Horne —dijo brusca y apasionadamente tirando más de ella—. Mataré a cualquiera que intente separarme de vos.

Arianne le miró triste y volvió a tocar el rostro que tanto añoraría.

—No quiero que matéis a nadie por mí.

—Haría cualquier cosa por vos —aseguró Derreck sujetando su mano para que no la apartara.

—Dejadme marchar entonces —rogó Arianne.

Derreck dejó escapar el aire y soltó su mano rendido.

—Os dejaré ir... solo si me prometéis que no tardaréis en regresar.

Arianne adivinó su desconfianza. ¿Quién podría reprochársela? Y ella no quería mentirle, pero tampoco podía decirle la verdad.

—Os lo prometo. Regresaré a vos. Tan pronto como me sea posible.

Derreck no pareció muy convencido de que eso fuera suficiente. A pesar de todo la soltó. Arianne se levantó y buscó su ropa.

—¿Y me prepararéis el desayuno? —preguntó Derreck disfrutando del simple placer de verla vestirse, recostado de lado apoyado sobre su brazo, actuando como si fuesen un par de recién desposados para los que cualquier nimiedad sin importancia se convirtiese en un deseado y nuevo acontecimiento.

—Tan pronto...

—Tan pronto como os sea posible —dijo Derreck con sorna terminando su frase.

—Eso es —sonrió ella.

—Bien, entonces esperaré —cedió resignado.

—Os lo suplico —murmuró dándole un último beso.

Derreck no contestó, prefirió besarla y tirar nuevamente de ella con la intención de derribarla sobre la cama, solo que Arianne ya no se dejó arrastrar.

—Dijisteis...

—Sí, sí... —reconoció soltándola de mala gana—. Dije que os dejaría marchar, pero recordad vuestra promesa.

—No la olvidaré —dijo Arianne desde el umbral escondiendo la daga que había recogido del suelo.

Salió encajando la puerta, y en lugar de ir al cuarto de Horne abrió sigilosamente la puerta delantera y la cerró tras ella procurando no hacer ruido.

Aún no había comenzado a amanecer.

Capítulo 38

Las almenas de Silday despuntaban en el horizonte. No era una fortaleza tan impresionante como Svatge ni poseía su rectilínea y elegante altivez vertical. Era recia, cuadrada y sólida. Adecuada a su propósito. Servir como cuartel general a una gran cantidad de tropas y procurar seguridad y abastecimiento.

A Arianne le pareció horrible y aplastante, pero eso era lo de menos.

Harald le pasó el agua, bebió y se la devolvió distraída. Se habían detenido en aquel alto para dejar descansar a los caballos. Ya habían recorrido la mayor parte del camino y antes de que oscureciese llegarían a Silday. Durante aquel par de días Harald había esperado que la determinación de Arianne vacilase según fuesen aproximándose a su destino, pero se había mostrado silenciosa, segura y firme.

—Deberíamos buscar una posada, hacer noche antes de llegar... Descansar y daros ocasión para que os pongáis más presentable —se atrevió a sugerir Harald. Arianne llevaba una saya de burda lana todavía más deslucida si cabe por el polvo del camino. Y aunque se la veía hermosa como siempre y aún más sin que Harald acertase a adivinar la razón exacta de ello, su viejo corazón de leal servidor a los Weiner se dolía de ver entrar en Silday a Arianne como si se tratase de una pordiosera.

—No esperaremos más —negó Arianne—. Llegaremos hoy mismo.

Harald resopló por toda respuesta. ¿Para qué perder el tiempo con más palabras? Habían dormido la noche anterior en un abandonado refugio de pastores, no habían parado ni una sola vez en una aldea ni se habían dado más tregua que la imprescindible para no reventar a los caballos. Harald habría jurado que no habrían corrido más si los hubiese perseguido el mismísimo diablo.

—Entonces podemos proseguir en cuanto lo deseéis...

Arianne se detuvo a observarle y se ablandó al apreciar su agotada pero incansable lealtad.

—Espera, creo que aún queda algo de comida en mi bolsa. Podemos estar aquí un poco más antes de partir.

Harald aceptó de buen grado e incluso procuró olvidar provisionalmente sus preocupaciones ante aquella súbita muestra de amabilidad de Arianne. Siempre había sido así con ella...

Arianne había supuesto una fuente constante de problemas ya desde antes de nacer, pero aunque se suponía que el capitán de la guardia del castillo no debía perder el tiempo con esas cosas, resultaba que Harald tenía debilidad por aquella sonrisa y por aquel corazón valiente y generoso, por esa mocosa que se escabullía entre sus piernas cuando intentaba detenerla alertado por los gritos de reproche del aya. Su primer impulso era llevarla de vuelta cogida por las orejas o al menos darle una buena azotaina por hacerle correr como un idiota tras de ella por las murallas, pero cuando por fin conseguía penosamente darle alcance, Arianne reía como si aquel fuese el más divertido de los juegos y Harald terminaba por dejar que volviese a escapar.

La pequeña, traviesa y siempre sonriente Arianne... A pesar

de las malas caras, de las peleas con Gerhard, de la indiferencia de sir Roger, a pesar de todo eso, cuando aún era una niña, Arianne prodigaba una alegre y desarmante sonrisa. Después, un día, sin que Harald se diese cuenta de cómo había ocurrido, sucedió que Arianne dejó para siempre de ser una niña y aquella sonrisa también desapareció.

Arianne sacó un pedazo de cecina y, a falta de otra cosa mejor, comenzó a cortarlo con su daga. Harald se fijó en ella. La había visto usarla varias veces a lo largo del viaje y ahora que la tenía más cerca podía comprobar lo que ya sospechaba.

—Aún la conserváis —dijo con voz teñida por el afecto—. Pensaba que la habíais perdido.

Ella sonrió, aunque no con la descarada alegría de aquella niña que Harald aún añoraba, sino con la velada tristeza que la sustituyó cuando creció.

—La perdí. Gerhard intentó quitármela y como no lo consiguió se lo contó a Minah.

—Y ella se lo dijo a vuestro padre. Lo sé —recordó Harald—. Fue culpa mía, no debí entregárosla, no era un regalo adecuado para una joven dama como vos.

Y es que en aquella época Harald temía por Arianne. Siempre rondando por las cocinas y las cuadras, corriendo la primera a recibir a los vendedores que llegaban de paso al castillo, saliendo al bosque con los otros chiquillos como si fuese una más y no la hija del señor, aunque todos los demás supiesen y hablasen. No, Harald lo tenía bien presente. Ningún lugar parecía ser el correcto para Arianne, pero eso no la desanimaba, y él solo pretendía que no estuviese indefensa. El mundo era y sería siempre un lugar peligroso. Gerhard era el joven señor y tenía su espada, Adolf era la sombra de Gerhard, pero Arianne no tenía a nadie y era imprudente y decidida. Harald quería que pudiese cuidar de sí misma, y para eso un buen y afilado pedazo de acero nunca estaba de más.

—Era un buen regalo, Harald. Y siempre te estaré agradecida por él, por eso y por todo lo demás —murmuró bajando los ojos.

—No tenéis nada que agradecer —suspiró Harald—. No se puede decir que haya hecho mucho por vos. Miradnos —dijo echando un mirada conmiserativa en torno a ellos y a su maltrecha apariencia—. No tenemos mejor aspecto que un par de labriegos.

—No tiene nada de malo ser un labriego —protestó Arianne con una sonrisa algo más animada.

—Pero vos pronto seréis la esposa del lord Canciller —replicó Harald sin dejar escapar la oportunidad de hacer hablar a Arianne de aquello. No en vano cuanto más lo pensaba menos lo comprendía. Sabía lo mucho que Arianne deseaba recuperar Svatge, pero también sabía cuánto odiaba la rigidez, el protocolo y la doblez que en Svatge eran solo una pálida sombra de lo que serían en la corte.

—Sí, lo seré —asintió Arianne mordiéndose el labio.

—¿Y viviréis en Ilithe?

—No tengo la menor intención de vivir en Ilithe —aseguró Arianne convencida.

—Pero lo más lógico será que vuestro esposo desee que residáis allí, con él —insistió Harald escrutándola con su mirada inteligente y sagaz.

—Dijiste que me devolvería el paso —replicó Arianne como si eso lo justificase todo.

—Pero...

—No quiero pensar hoy en más contratiempos, Harald. ¿Podríamos partir? Estoy cansada y quiero terminar con esto —rogó volviéndose hacia él y apelando a su afecto.

Harald cabeceó asintiendo, aunque se resistía a levantarse de la piedra que les servía de asiento.

—Partir. Claro que sí... Cuanto antes lleguemos mucho mejor, ¿verdad? —musitó cabizbajo.

Arianne contempló su desilusión. Era duro defraudar a Harald, pero no más que las otras cosas que había elegido decepcionar. Solo que Harald siempre había tratado de ayudarla y no merecía aquello.

—¿No era eso lo que deseabas? Que por fin me casase...

—Lo que yo deseaba era que fueseis dichosa —dijo Harald sin dejarse engañar por sus palabras.

Arianne sonrió correspondiendo a la sincera estima de Harald.

—¿No lo serían muchas en mi lugar?

—Pero vos no lo sois.

—No, aún no —reconoció Arianne—, pero puede que llegue a serlo, ¿no crees?

Harald no acababa de ver aquello muy claro. Al menos debía reconocer que hacía tan solo unos meses nadie habría creído posible aquel enlace.

—Sin duda vuestro padre habría estado orgulloso de vos.

Ella se volvió decepcionada y negó con la cabeza. No era esa la respuesta que esperaba y ya no quería seguir con aquella farsa. No al menos con Harald.

—Déjalo, Harald, sabes tan bien como yo que no era mi padre y no creo tampoco que hubiese estado orgulloso. Seguramente habría pensado que nada de esto me correspondía. Y habría tenido razón —dijo amarga.

A Harald le dolió oírla hablar así. No por nada había callado tantos años y no iba a hablar ahora.

—Sois la hija de Dianne. Eso es suficiente para mí, y sois la última de vuestro nombre, y abristeis el paso. Eso debería ser suficiente para todos —afirmó Harald solemne.

Arianne sonrió. Eso era cierto. El paso era algo que contaba y de lo que bien podía sentirse orgullosa.

—Harald, si algo me pasara... —Arianne dudó un momento, pero se resolvió enseguida—. Te contaré cómo bajar el paso, así, si yo no pudiese regresar, no quedará cerrado para siempre.

—¿Qué habría de ocurriros a vos? —preguntó Harald inquieto—. Es mucho más probable que me ocurra algo a mí.

—No nos ocurrirá nada a ninguno de los dos —dijo tomando cariñosamente su mano—, pero es una pesada carga guardar para uno mismo durante tanto tiempo un secreto. ¿Lo compartirás conmigo?

—Sabéis que lo guardaré y os serviré mientras tenga aliento —prometió Harald conmovido.

Arianne le susurró unas palabras al oído sin dejar de estrechar sus manos.

—¿Lo recordarás? —preguntó con suavidad.

—Jamás lo olvidaré.

—Entonces creo que ya podemos irnos —dijo Arianne levantándose. Harald asintió y la acompañó silencioso y aún emocionado.

Llegaron a Silday con las últimas luces. Ella sintió su corazón latir con tanta fuerza que parecía querer escapar de su pecho. Sin embargo, su inquietud se apagó mucho antes de lo que había pensado.

Cuando Harald anunció sus nombres en la puerta los dejaron entrar al instante, como quien ya está sobre aviso. Enseguida llegó un caballero de muy alto rango, según indicaba su librea.

—¿Sois vos lady Arianne? —dijo mirándola perplejo.

—Yo soy —afirmó alzando la barbilla con un orgullo que ni siquiera pretendía mostrar, pero que como tantas otras cosas era innato en ella.

El hombre pareció dudar. Harald le dedicó una mirada tan furiosa que el caballero terminó inclinándose en una cumplida y algo exagerada reverencia, más aún dadas las circunstancias.

—Disculpad, señora. No me he presentado. Soy sir Edwin Bare y estoy a vuestro servicio para cuanto necesitéis.

Arianne correspondió con brevedad al saludo. El caballero vestía más dorados y gemas de los que ella hubiese llevado encima en toda su vida y no se molestaba en disimular su desaprobación al contemplarla.

—Imagino que en primer lugar desearéis cambiaros esas ropas. Esperábamos vuestra llegada y he dispuesto que os atienda una doncella. Pedidle cuanto podáis echar en falta —dijo sir Edwin disponiéndose a retirarse al considerar que aquello era lo suficientemente cortés como para servir de bienvenida.

—¡Sir Edwin! —le detuvo Arianne—. ¿Cuándo podré ver al lord Canciller?

Sir Edwin se volvió fastidiado. No le gustaban las conversaciones en los patios y tampoco las doncellas exigentes y malencaradas. En Ilithe las damas no alzaban así como así la voz en público y tampoco andaban por los caminos a caballo ni escapaban en la noche de sus castillos. Con razón se decía que más allá del Taihne todo era barbarie, pensó sir Edwin.

—Lamento deciros, señora, que no podréis ver al lord Canciller en un plazo tan breve como seguramente desearíais. Me ha encargado que os transmita sus más afectuosos deseos y que disponga de todo lo necesario para que ambos os podáis reunir con la máxima presteza.

—¿Reunirnos dónde? —preguntó Arianne alarmada.

—En Ilithe, por supuesto —respondió el cortesano—. ¿Dónde si no?

La mirada de Harald decía claramente: «Os lo advertí...». Arianne no se achantó.

—¿Lord Cardiff se ha marchado de Silday sin esperar a que llegase? —dijo con voz que temblaba por la cólera.

Sir Edwin miró alternativamente a Arianne y a Harald y también en torno suyo, pero no había nadie más allí que pudiese liberarle de aquella singular dama y de sus modales, tan distintos a lo que sir Edwin estaba acostumbrado.

—Estoy convencido de que el lord Canciller hubiese tenido un extremo placer en recibiros —arguyó sir Edwin, aunque su tono evidenciaba que lo ponía manifiestamente en duda—; pensad que ignoraba cuándo llegaríais. Y vos misma, según me han informado, afirmáis que esos ingratos y desleales Halle conspiran contra Su Majestad. Sin embargo, lo ha dejado todo dispuesto para que seáis escoltada hasta la corte sin demora.

—No abriré el paso sin haber hablado antes con lord Cardiff —aseguró pálida Arianne, interrumpiéndole.

Sir Edwin la miró reprobador. No le agradaba lo más mínimo Arianne ni sus exigencias.

—No será necesario. Los cetreros han recibido mensajes de la otra orilla. Fueron bien acogidos ya que confirmaban vuestras nuevas —concedió generoso sir Edwin—. Las patrullas han informado de que los traidores del Lander se dedican ahora a luchar entre sí. Por cierto, ¿qué decís que ocurrió con Derreck de Cranagh? Vuestro hombre no fue muy claro al respecto.

—Pero las tropas reales no podrán regresar para defender Ilithe si el paso está cerrado —replicó Arianne sin contestar a la pregunta de sir Edwin.

—No es algo que sea de vuestra incumbencia —dijo sir Edwin irritado—. Ya que sois parte interesada os diré que no será necesario puesto que el consejo ha decidido que las tropas se dirijan hacia Langensjeen

—Pero, entonces, ¿qué ocurrirá con Svatge? —exclamó Arianne, viendo cómo su plan comenzaba a desmoronarse.

—No tiene por qué ocurrir nada. El consejo ha decidido mostrar su magnanimidad ofreciendo el perdón real a todo el que se una a su causa contra el norte; con seguridad las huestes del Lander se unirán en masa a nosotros. Eso o serán aplastadas —aseguró sir Edwin con molesta superioridad.

Arianne sintió tambalearse su confianza. No es que sus esperanzas estuviesen muy fundadas. Sabía que sus intenciones eran descabelladas e insensatas. Lo que le daba fuerzas para seguir adelante era pensar que al menos pronto aquello finalizaría, con un resultado u otro. Esto lo complicaba y lo retrasaba todo y Arianne no sabía si tendría ánimo para aguardar tanto.

—Tengo que aclarar este asunto urgentemente con lord Cardiff. ¿Cuánto hace que partió? —preguntó Arianne ante la incredulidad de sir Edwin y el espanto de Harald, que ya veía a Arianne dispuesta a salir corriendo en ese mismo momento.

—Partió hace dos días, señora, apenas se detuvo aquí, pero podréis seguirle tan pronto como amanezca si así lo deseáis —le garantizó sir Edwin pensando que se sentiría muy feliz de perder de vista lo más pronto posible a tan desconcertante criatura—. A no ser que queráis marcharos ahora mismo...

Harald esperó su respuesta resignado. Arianne se sintió de pronto terriblemente cansada, como si toda la fatiga y la tensión acumuladas se volcasen a la vez sobre sus hombros. Volvió a pensar en la cabaña del bosque y en lo mucho más sencillo que habría sido quedarse allí. Quedarse para siempre allí.

—No, no. Pasaremos aquí la noche y saldremos mañana temprano —cedió Arianne rendida.

—Como gustéis, señora. Seguidme entonces —dijo sir Edwin abriendo la marcha.

Arianne se dejó conducir hasta la estancia que le había sido destinada. Consintió en que una doncella le preparase un baño y le cepillase y peinase el cabello. Comió lo que le pusieron delante sin atender a lo que era y, cuando se acostó, cerró los ojos y no quiso pensar en nada más.

Pero sin necesidad de evocarlos, los recuerdos que poblaron aquella noche sus sueños fueron luminosos y dulces.

Bien distinto fue el despertar de Derreck a la realidad. El sol estaba ya alto en el cielo cuando salió de la cabaña la mañana en la que Arianne partió. No le llevó mucho tiempo comprobar la sospecha que pese a todo se negaba a admitir. El gigante se lo dijo. Se había marchado y se había llevado los caballos. Ella y el viejo. No sabía dónde habían ido. No, no creía que pensasen volver, porque ella se había despedido estrechando su mano y le había dado las gracias.

Sí, a Horne también le hubiese gustado que Arianne volviera. Era amable e intentaba ayudar. Pero como todos decían y él mismo no tenía problema alguno en reconocer, Horne no sería muy listo, aunque sí lo bastante como para saber que ella no regresaría.

Derreck se sintió mucho más estúpido que Horne. Renunciaba a comprenderla, renunciaba a conseguir entenderla o a tratar de adivinar sus intenciones, pero no iba a perdonarse nunca haberla dejado marchar. Sabía que no tenía que hacerlo. Su cabeza y su instinto le decían que no la soltase. Pero ella se lo había rogado y a cambio le había dado una palabra y ahora Derreck no tenía nada.

Se fue de aquel lugar y siguió las indicaciones de Horne para llegar a la aldea más próxima. Y bien porque las indicaciones no eran buenas o porque Derreck no estaba acostumbrado a orientarse en aquella masa verde indistinta, lo cierto es que se perdió.

Derreck pasó días enteros vagando por los bosques de Green, buscando la salida de aquel laberinto sin puertas ni esquinas, cazando conejos a lazo cuando salían confiados de sus madrigueras y siguiendo el curso de arroyos que se mezclaban unos con otros sin conducir a ninguna parte.

Pasó cinco noches al raso hasta que llegó a una pequeña villa. Nunca había estado en el oeste, así que no conocía los escudos ni las ciudades. Preguntó por el paso y le dijeron que estaba a una semana de viaje por el camino real.

Se quedó con el caballo, la bolsa y la espada del primer desprevenido viajero que tuvo la mala fortuna de cruzarse con él y apenas un poco más animado por esa en comparación insignificante conquista cabalgó hacia Svatge.

No sabía qué le diría, no sabía qué haría cuando por fin la encontrase, porque no tenía la menor duda de que la encontraría. Fuesen cuales fuesen sus planes, Arianne acabaría por regresar al paso y al castillo, eso era lo único que tenía claro; eso y que no volvería a dejarla escapar bajo ninguna circunstancia.

Era solo que aún no sabía de qué modo podría hacer que permaneciese a su lado, y tampoco había mucho que pudiese ofrecerle ahora; y cuán poco valían sus esperanzas quedó de manifiesto en la concurrida posada en la que paró a hacer noche justo a unas pocas jornadas de llegar al paso.

Había mucha gente y bastante animación. Derreck buscó un lugar apartado para sentarse. Eso no evitaba que prestase atención a las conversaciones. Ya había oído antes las noticias. La gente no hablaba de otra cosa. Soldados arriba y abajo. Algunos decían que el mismísimo rey se dirigía hacia Silday para que el paso se abriese de nuevo. Eso era lo que preocupaba a todos en aquella orilla.

El paso cerrado suponía bolsillos vacíos. Cosechas y mercancías que se quedaban sin comprador. Los hombres del rey habrían sido bien recibidos si no fuese por la mala costumbre de tomar cuanto necesitaban sin considerar necesario entregar a cambio compensación alguna. Por eso los comentarios se dividían entre las maldiciones y la confianza en que todo aquello sirviese para algo. Y justamente uno de los nombres que más se maldecían era el suyo.

Por eso, cuando oyó a sus espaldas una admirada exclamación de sorpresa, lo primero que hizo fue echar mano a la espada.

—¡Sir Derreck! —dijo sir Willen Frayinn atónito—. ¡Sois vos! ¡Qué afortunada casualidad! No esperaba encontraros aquí. —Tampoco Derreck esperaba encontrarle a él y que no se alegraba en exceso quedaba claro por el modo en que su mano aferraba la empuñadura de su espada—. Sin embargo, aún somos amigos, ¿no es así, señor? —continuó inseguro Willen dando un par de prudentes pasos atrás.

Derreck envainó la cuarta de acero que había sacado ante la mirada desilusionada de los que se habían vuelto interesados y asintió poco convencido. Nunca había considerado a Willen un amigo, solo un aliado movido por el interés, y desde luego no recomendaría a nadie confiar en él. Pero Willen estaba de excelente humor y se sentó a la mesa de Derreck sin esperar su invitación.

—De veras sois un hombre de recursos, sir Derreck, siempre os he admirado por eso. Es algo que tenemos en común, ¿no os parece?

En aquel momento Derreck odiaba tener nada en común con Willen, aunque había que reconocer que no le faltaba razón.

—¿Qué hacéis aquí? —preguntó irritado Derreck en voz baja.

—¿Aquí? —repuso extrañado Willen—. Lo sabéis perfectamente, con gusto estaría en cualquier otro lugar, pero esa endemoniada mujer...

—Quiero decir en esta posada —le detuvo Derreck antes de que Willen dijese algo que acrecentase su irritación hacia él, por mucho que su parecer fuese del todo legítimo.

—Pues pretendo cenar —respondió Willen y justo en ese momento un mozo se acercó para servirle un rebosante plato de asado—. No os importa que os acompañe, ¿verdad? —preguntó mirando el plato a medias de Derreck y empezando a devorar el suyo sin esperar respuesta.

Derreck volvió a comprobar por enésima vez cómo el desmesurado apetito de Willen obraba el curioso efecto de hacer desaparecer el suyo, ya de por sí no muy intenso. A Willen, en cambio, nada le afectaba, y era capaz de hablar y comer a la vez con idéntica eficacia.

—Como os decía, no esperaba volver a veros tan pronto, sin embargo estaba seguro de que saldríais con bien de aquel endemoniado lance, igual que ella... La verdad es que solo me sorprendí un poco cuando conocí la noticia, bueno —rectificó Willen—, reconozco que me sorprendí mucho, pero solo fue la primera impresión, luego comprendí que no era tan extraño. Dicho sea de paso, y aun reconociendo que no os hayáis en buena posición, pienso que no podéis quejaros de vuestra suerte, dadas las circunstancias... Lo cierto es que esa mujer es demasiado aguda para lo que conviene a un esposo. No envidio al lord Canciller —aseguró Willen con la boca llena.

—¿Cómo que no puedo quejarme y qué demonios tiene que ver en esto el lord Canciller? —dijo Derreck sin comprender y no solo porque las palabras de Willen fuesen casi ininteligibles.

—Oh, sé cómo os debéis de sentir, pero no tenéis que preocuparos. Yo mismo me he arruinado completamente tres veces. Solo hay que levantarse y volver a empezar. Estoy seguro de que lo conseguiréis. Quizá podríais dirigiros al norte, allí seríais bien recibido, y por mucho que lord Cardiff se las prometa muy felices, el norte resistirá, siempre resiste —divagó Willen evitando referirse más directamente al lord Canciller, al comprender que Derreck no tenía por qué saber, y evitando así ser el portador de unas noticias que con total seguridad no serían bien acogidas.

—Ya no apoyo al norte —dijo secamente Derreck.

Willen se encogió de hombros y se guardó de decir a Derreck que ya no estaba en condiciones de apoyar a nadie sino más bien de buscar apoyos.

—Es una guerra que está por librar. Se dice que muchos de los que estaban con vos ahora marchan hacia Langensjeen.

También Derreck lo había oído y no le importaba gran cosa.

—¿Y qué hay del paso? —preguntó inquieto. Había esperado que Arianne regresase tan pronto como consiguiese ayuda en Silday, pero ahora el paso ya no parecía tan importante como Arianne había pensado.

—El paso tendrá que esperar —dijo Willen debatiéndose entre la presunción y la prudencia.

—¿Esperar a qué? —replicó Derreck impaciente.

Willen se rindió por fin a la vanidad de relatar a Derreck cuánto más sabía que él de aquel asunto.

—El paso quedará bajo el amparo del lord Canciller tan pronto como lady Arianne y él se desposen. Me encontré con la comitiva hace hoy ocho días. Vi a lady Arianne. Por fortuna ella no me vio a mí. Lo cierto es que me costó reconocerla, parecía recién salida de un grabado de los tiempos antiguos —afirmó Willen recordando la túnica resplandeciente como la nieve y la diadema salpicada de brillantes—. Sin duda parecía digna de ser no solo la esposa del lord Canciller, sino del propio rey.

—¿Cómo de seguro estáis de eso? —atinó a preguntar Derreck.

—Muy seguro —afirmó ufano Willen—. En Silday encontré a un antiguo socio y camarada. También él desea que el paso se reabra lo antes posible. Tenemos buenos negocios juntos en perspectiva. Él fue quien surtió a lady Arianne de cuanto necesitaba a expensas de lord Cardiff. Fue una buena ocasión que se nos escapó a ambos —reconoció triste Willen solidarizándose con Derreck, aunque él solo pensase en sus ventas perdidas—. Reconozco que casi llegué a creer que por fin la habíais convencido, pero no puede uno confiar en las mujeres. Por eso yo procuro pasar el menor tiempo posible con las mías. No hay forma de contentarlas. Pero imagino —

dijo Willen callando incómodo al ver el rostro de Derreck— que no os interesan mis problemas maritales...

Derreck ya no oía a Willen. No más allá de cuando había dicho que Arianne había salido de Silday hacía ocho días y que por lo tanto ahora estaría a dos semanas de viaje de allí. Ninguna otra cosa más que tratar de asimilar que había consentido, así como así, en casarse con algún otro, con algún otro que para colmo era el lord Canciller.

—Hay que admitir que es verdaderamente linda —se atrevió a decir Willen—, y a pesar de todo, porque aunque no me creáis, conozco a las mujeres, he tenido dos esposas y cuatro hijas y llevo toda la vida tratando inútilmente de agradarles; y por ello habría jurado que no le erais del todo indiferente, a pesar de que os arrastrase de aquel modo por aquella condenada montaña...

Tan evidente era el hundimiento de Derreck que Willen no podía dejar de intentar animarle, aunque sus palabras no destacasen por su tacto.

—Vamos, no tengáis cuidado. Sois aún joven, sois gallardo, valiente, audaz y todas esas cosas que tanto gustan a las damas. Solo porque ella se os haya resistido... —El ramalazo de orgullo herido que pasó por los ojos de Derreck hizo sospechar al instante a Willen—. Porque se os ha resistido, ¿no es así?

Derreck apartó la vista sin contestar, pero como bien se dice, hay ocasiones en que los silencios resultan más elocuentes que cualquier afirmación y Willen comprendió admirado.

—¡No se os resistió! Entonces, ¿cómo dejasteis que...? —Willen se detuvo precavido al ver la desolación furiosa de Derreck—. Lo que quiero decir —dijo carraspeando— es que no entiendo cómo lady Arianne pudo actuar con tanta... liviandad —expresó un poco temeroso ante la mirada amenazante de Derreck—. Cuando las nupcias se consumen y se descubra que no era doncella, lord Cardiff podrá exigir la anulación y ella perderá cualquier derecho.

Era una norma que perduraba desde los tiempos antiguos y nadie dudaba de su validez. ¿Por qué aceptaría cualquiera casarse para conseguir algo que otro había obtenido sin mayores requisitos?

Por eso todas las damas nobles sabían muy bien que debían guardarse de ceder a esa clase de requerimientos, y por eso los matrimonios se celebraban apenas las muchachas dejaban de ser niñas, por si las muchas advertencias no resultasen ser suficientes. Las damas repudiadas perdían su dote en favor de su esposo y debían volver de vacío y avergonzadas a la casa de sus padres, si estos consentían en acogerlas de nuevo...

Willen seguía hablando y rememorando pasados escándalos de notables y públicamente humilladas recién desposadas. No tenía presente que Arianne tenía algo de más valor que cualquier dote y que no se dejaría arrebatar fácilmente: el secreto del paso. Tampoco Derreck pensó en ello, a pesar de que en algún momento ese secreto había sido su principal desvelo. Lo que Derreck recordaba ahora era la claridad de la piel de Arianne destacando pálida en la oscuridad, sus ojos brillando, su cuerpo en sus brazos...

Derreck tomó la jarra de vino, acabó con ella de un trago y pidió que se la llenasen de nuevo con la intención de emborracharse con la mayor rapidez posible. Así quizá podría soportar la odiosa charla de Willen y amortiguar la rabia que le producía una inamovible certeza.

Con paso o sin paso estaba seguro de que el lord Canciller no sería tan imbécil de renunciar así como así a Arianne.

Capítulo 39

Ocurrió una tarde fría y oscura. El invierno estaba a punto de comenzar y hacía poco que había nevado.

No había sido una gran nevada. No una de esas que lo cubrían y uniformaban todo. Eran solo jirones blancos que moteaban el paisaje. Suficiente para que el viento soplase gélido, pero Arianne lo prefería a estar en el castillo.

Había demasiados extraños allí. Grandes señores a los que según Minah no se debía mirar a los ojos si te cruzabas con ellos. Era extremadamente importante. Mantener la mirada baja y mostrarse modesta y tímida. Arianne al principio no había podido evitar cierta curiosidad, pero ya llevaban allí una semana y había perdido todo su interés. Por eso se había escabullido de la vigilancia de Minah y de la de los guardias de la entrada y había salido corriendo rumbo al bosque, hacia su escondrijo secreto.

Había un lugar en el bosque que había decidido que le pertenecía. Una pequeña oquedad oculta por la maleza. Ella lo había descubierto y no se lo había contado a nadie. Allí escondía todas las cosas que quería proteger. Gerhard la odiaba y

Minah volvería a enfadarse si descubría algunas de esas cosas. Ya le habían quitado la daga que Harald le había regalado.

No es que fueran cosas muy valiosas: una moneda antigua con viejas runas grabadas en una de sus caras, una aguja de marfil, un colgante con una piedra verde brillante y transparente que relucía facetada... Alguien debió de perderlo y Arianne pensó que no era necesario contar que lo había encontrado. De todas formas, no guardaba todas aquellas cosas porque valiesen más o menos, aún era joven para darle importancia a eso. Las quería porque eran suyas, únicamente suyas, no pensaba compartirlas con nadie más, y sobre todo no quería que se las arrebatasen. Contemplar aquel pequeño botín le proporcionaba un extraño y tibio consuelo que no hallaba en ningún otro sitio.

Y aquel día estaba especialmente necesitada de consuelo. La víspera había sido complicada. Sir Roger había ofrecido un banquete en honor a sus huéspedes y Arianne se había sentado por primera vez en la mesa principal. Estaba a punto de cumplir quince años y aún no estaba prometida. Minah decía que no tendría mejor ocasión para conseguirlo que aquella, que con un poco de suerte encontraría un marido en Ilithe, y entonces dejaría aquel valle sombrío y conocería la antigua casa de su madre.

Arianne no estaba muy convencida de querer marcharse de Svatge para ir a Ilithe. Si todos los que vivían allí eran iguales que los que visitaban el castillo, decididamente no lo deseaba. Y sospechaba que en Ilithe no habría bosques en los que esconder sus tesoros, y también intuía que escapar de un marido sería más difícil que escapar de Minah.

De todas formas obedeció, porque sabía que eso era lo que se esperaba de ella, y que si complacía a Minah después tendría más libertad para hacer lo que se le antojara. Así que dejó que la peinasen con el cabello suelto y adornado con pequeñas flores y que la vistieran con un vestido amarillo pálido de Dianne que habían arreglado para ella.

Arianne se encontraba incómoda con él. Era demasiado fino. Parecía que la tela estuviese a punto de desgarrarse en cualquier momento. Los cordones estaban muy ajustados y le tiraban y oprimían; pero si hubiesen ido más sueltos, el vestido se habría caído sin más de lo bajos que le quedaban los hombros. Además, todos la miraron cuando apareció con él, también sir Roger, que generalmente hacía como que no la veía, aunque por la expresión que oscureció su rostro Arianne supo que tampoco esa vez le había agradado. No era una novedad. Nunca nada de lo que hacía le agradaba.

Soportó aquel largo banquete escuchando los cumplidos de gente que normalmente no se tomaba la molestia de saludarla y procuró no darles el gusto de parecer avergonzada o apocada. Minah la regañó cuando volvió a su cuarto y dijo que debía haberse mostrado más humilde y más sonriente, pero después sentenció que quizá no todo estuviese perdido y que, si no se engañaba, y ya era vieja pero no tanto como para engañarse en eso, a algunos de aquellos señores les había gustado mucho Arianne. Lo cierto era que Arianne no tenía el menor reparo en demostrar que a ella no le gustaban. Por eso había salido corriendo a la menor oportunidad.

Oyó ruido de pasos. Se sobresaltó, asustada y temerosa de ser descubierta y cogida en falta. Recogió todas sus cosas y las envolvió en el pañuelo, pero no le dio tiempo a esconderlas.

—¿Os lo dije o no os lo dije? ¿Veis como es ella?

Arianne tragó saliva. Eran precisamente ellos. Los extraños que pretendía evitar, caballeros provenientes de la corte. Eran aquellos a los que había que responder con la voz y la mirada baja y solo después de que se dirigiesen a ti.

Uno era, al parecer, especialmente señalado. Arianne le había sido presentada en primer lugar. Le había preguntado algo,

algo sobre su madre y también le había comentado lo mucho que debía de hastiarla vivir allí tan apartada de la corte. Después había hablado casi todo el tiempo sobre él, sus muchas responsabilidades, el linaje de su familia y su palacio en Ilithe. A Arianne le había resultado insoportable. Vanidoso, prepotente y soberbio, y no le gustaba cómo la miraba.

Y ahora estaba justo allí.

—Pero si es la pequeña Arianne —dijo él—. ¿Qué haces aquí sola?

Arianne estuvo a punto de exigirle que se dirigiese a ella con respeto, ambos eran iguales, era noble y estaba en su derecho. Pero recordó lo que le había dicho Minah, que el mismo rey callaba cuando aquel hombre hablaba, y después de todo, lo único que le importaba era que se fueran.

—He salido a pasear —dijo con firmeza, alzando la cabeza a pesar de su inseguridad y de los consejos de Minah.

—Pasear... ¿Tú sola? ¿Te dejan salir sola del castillo? —preguntó con una exagerada mueca de asombro—. ¿O te has escapado?

—¡No me he escapado! —mintió descaradamente Arianne alzando la voz.

Ellos se rieron mucho mirándose entre sí, como si se tratase de algún tipo de broma privada que nadie más podía entender.

—No lo pongo en duda, pero no deberían dejarte salir sola. El bosque es muy peligroso —dijo bruscamente serio—. ¿Nadie te lo ha dicho?

Arianne conocía muy bien los peligros del bosque. Los cortados resbaladizos, los lobos, los senderos que creías reconocer y te llevaban a un lugar completamente distinto del que esperabas, las simas ocultas por breñas en las que podías caer y morir sin que nadie volviese a saber más de ti. Los conocía y sabía cómo evitarlos. Los lobos no se acercaban tanto al castillo y

Arianne leía en los signos y en las huellas, pero ahora se trataba de un peligro completamente distinto a aquellos que Harald le había enseñado a evitar.

—¿Qué escondes ahí? —dijo aquel hombre malicioso, fijándose en la mano que Arianne ocultaba a su espalda.

—¡Nada! —gritó ella apretando más fuerte el envoltorio.

—¿Estás segura? Puedes confiar en mí. No se lo diré a nadie.

Lo último que aquel hombre le inspiraba a Arianne era confianza, y tampoco ninguno de los otros dos.

—No me lo quieres decir, ¿verdad? Es tu secreto... Está bien, puedes conservarlo, pero no debes quedarte aquí sola. Pronto empezará a nevar. Ven con nosotros... Te llevaremos de vuelta. Irás más segura.

Le tendía la mano tratando de parecer amistoso en una actitud que no cuadraba en absoluto con él y que Arianne reconoció de inmediato como falsa.

No pensaba dar ni un paso con ellos. De ninguna manera. A ninguna parte. Escaparía y ya pensaría después lo que diría en el castillo cuando Minah, y por lo tanto sir Roger, se enterasen; porque se enterarían, estaba segura de que se lo dirían, pero correría ese riesgo antes que regresar con ellos.

Cuando intentó huir uno de los hombres le cortó el paso con una sonrisa feroz y el otro avanzó para cerrarle el camino. Arianne retrocedió acorralada.

—¿Qué te pasa? ¿Por qué huyes? ¿Tienes miedo? No vamos a hacerte daño. ¿Es que no sabes quién soy? No tienes nada que temer...

Quizá sus palabras fuesen amables, pero su tono era amenazador. Había algo en aquel hombre que alarmaba a Arianne. La seguridad de que pretendía hacerle algo malo. Algo que Arianne solo intuía torpe y oscuramente, pero que la atemorizaba y le hacía desear escapar con todas sus fuerzas.

—¿No te han dicho que eres muy bonita? Es una pena que estés aquí enterrada en este oscuro y frío castillo. ¿Sabes qué? Podrías venir conmigo a la corte, allí hay tantas cosas como puedas imaginar y yo las conseguiría todas para ti. ¿Sabes que puedo tener cuanto desee? ¿Sabes que nadie se atreve a negarme nada de lo que pido? No tienes por qué decírselo a tu padre. No te aprecia mucho, ¿verdad? No le importará. Estarás mucho mejor allí.

El hombre estaba tan cerca que Arianne podía sentir su aliento a vino. Quizá por eso actuaba así y hablaba rápido y atropelladamente, pero no estaba tan bebido como para no saber lo que hacía y además sabía de lo que hablaba. Arianne lo comprendió rápidamente. Lo que muchos murmuraban y ella todavía se negaba a aceptar. Algo sobre sir Roger y ella y por qué Arianne no era lo suficientemente buena.

—¿Qué me dices? —dijo acercando su mano al rostro de Arianne y apartando un mechón de su frente para acariciarla.

Su mano era blanda, húmeda y fría, igual que el tacto de un sapo. Arianne soltó el atado y le empujó con todas sus fuerzas. Él trastabilló sorprendido y Arianne consiguió zafarse, pero uno de los hombres la atajó y la cogió por el brazo reteniéndola y empujándola otra vez hacia él.

—¿Por qué has hecho eso? —dijo enfurecido—. No iba a hacerte nada.

La atrapó antes de que pudiese volver a intentar escapar y la sujetó para besarla. Era repugnante y viscoso. Su aliento le asqueaba y su lengua en la boca le daba arcadas. Trató con desesperación de soltarse, pero él cada vez la sujetaba más fuerte y le hacía más daño y Arianne comenzó a sentir pánico porque comprendió que no podría escapar por sí sola. Se debatió y comenzó a pegarle patadas. Él la derribó al suelo y la aplastó con todo su peso.

Gritó tan alto como pudo. Alguien tenía que oírla. Alguien

tenía que ayudarla. Él le tapó la boca. Puso toda su mano en su cara. No solo le cerraba la boca, también la nariz. No le dejaba respirar.

—¡Calla!

Era fuerte y corpulento. Mucho más que ella. Ni siquiera conseguía moverse y necesitaba desesperadamente respirar. El hombre se movía sobre ella con torpeza y brutalidad. Empujaba encima de Arianne haciéndola sentir vergüenza y asco. La ahogaba y le hacía daño, pero no parecía satisfecho con eso. Hasta que empujó más fuerte y Arianne sintió un dolor agudo e intenso desgarrándola. Él empezó a jadear. Arianne solo podía pensar en la asfixia. Iba a morir. Iba a morir seguro.

Los pulmones le estallaban cuando aflojó la presión de su mano. Arianne tomó aire en un sollozo agónico. El rostro le quemaba por las lágrimas y la herida abierta en su cuerpo le escocía ardiente.

El hombre se levantó, tambaleante como un borracho, los hombres guardaban silencio, mudos como estatuas, y apartaban la vista incómodos. Él también estaba incómodo.

—Vamos, muchacha... Levántate... No es para tanto... Lo que te dije era verdad. Puedes venir conmigo a la corte. No te faltará de nada.

Arianne lloraba tan quedamente que apenas se oían sus gemidos. Ellos murmuraron entre sí.

—Deberíais iros, señor. Ahora mismo. Yo le explicaré a sir Roger que tuvisteis que adelantar vuestra partida.

—Pero si lo cuenta... —protestó nervioso.

—No lo contará, y si lo hace será su palabra contra la vuestra. Nadie la creerá. Y además, ¿qué hacía sola en el bosque?

—Pero todo puede arreglarse —dijo él como si le ofendiese más que le acusasen de mentir que de abusar brutalmente de una mujer—. Yo me haré cargo de ella. Ese idiota testarudo tendrá que ceder...

—No lo conocéis bien. Sir Roger no permitirá que sea vuestra concubina, ni siquiera aunque no sea su verdadera hija. Dejadlo en mis manos. Yo me ocuparé.

Él todavía vaciló, pero miró el bulto encogido que era Arianne y debió de decidir que lo mejor sería desentenderse lo más pronto posible de aquello.

—En realidad, debería haber partido ya. Solo me quedé por no desairar a ese estúpido engreído. Tengo asuntos más importantes de los que ocuparme. Traed mi caballo.

La dejaron sola, pero Arianne los oía cerca y el terror por que volviesen se impuso a cualquier otra cosa. Se movió arrastrándose y se escondió en su refugio. Era solo un hueco, apenas cabía encogida y agazapada. Se quedó allí acurrucada abrazándose las rodillas para evitar que el temblor que la sacudía la descubriese, mientras oía que al menos uno de ellos regresaba y la llamaba.

—¡Maldita sea, muchacha! ¿Dónde te has metido? ¡Sal de una vez! ¡Solo quiero llevarte al castillo! ¡Está empezando a nevar!

El hombre se quedó bastante más rato. Arianne estuvo allí hasta mucho después de oír su caballo alejándose. El frío y el miedo agarrotaban su cuerpo y la nieve se pegaba a su pelo y a su capa. Tardó mucho en regresar porque en cuanto oía el menor ruido el pánico la paralizaba y solo pensaba en esconderse.

Cuando llegó a la puerta entró corriendo sin importarle que todos la vieran. Se encerró en su cuarto y en medio de un llanto que no la dejaba respirar trató desesperadamente de limpiarse. Se sentía manchada por una suciedad que el agua no podía lavar.

Minah llamó a la hora de la cena. Ella no abrió y dijo que estaba enferma. En verdad lo estaba, se sentía aterida y no podía dejar de tiritar. Pero por mucho que Minah gritó y amenazó no se movió de la cama. No quería ver a nadie. Nadie podía hacer nada por ella. Todos lo habían permitido. Ninguno la comprendería. No podía dejar que lo supieran. Dirían que se lo estaba buscando por salir sola del castillo. Dirían que no debió replicar ni alzar la vista a aquel hombre. Dirían como siempre que la culpa era suya.

Por eso guardó el secreto todos aquellos años. Se volvió fría, dura y amarga como el odio que marchitaba su corazón. Consiguió recuperar su daga quitándosela a Adolf de su cuarto y se juró no dejar que aquello jamás le volviese a ocurrir. Sabía que aquella pequeña arma no era gran cosa, posiblemente tampoco le hubiese servido de nada si aquel día la hubiese tenido en sus manos.

Pero las lámparas que iluminaban su dormitorio aquella primera noche de recién desposada en el palacio de la bahía de Ilithe reflejaron su brillo en el acero cuando Arianne apartó el dosel de su cama.

Habían sido más de tres semanas de viaje. Hasta la misma víspera no había llegado a Ilithe. El séquito la había conducido a la casa de la familia de su madre, la casa grande y blanca sobre la que Minah siempre le hablaba. Un hombre al que nunca había visto y que dijo ser su tío se deshizo en atenciones con ella y le expresó su felicidad por que su queridísima sobrina fuese a contraer matrimonio con el lord Canciller. Él mismo iba a ser uno de los doce que atestiguaran la ceremonia. La prosperidad de su casa estaba asegurada. No podía estar más satisfecho. Había pensado en muchas ocasiones en invitarla a visitarlos, pero siempre había surgido algún impedimento. Por tristes que hubiesen sido los acontecimientos que había tenido que sufrir, lo importante era que todo había terminado venturosamente.

Arianne apenas se había molestado en responder y se había alegrado de salir de aquella casa que le resultaba del todo extraña. Y había vuelto a recordar Svatge y lo que había dejado atrás. Y cuando le preguntaron si consentía, tampoco pensó en aquel desconocido que juraba a su lado ataviado con la armadura que solo estaba reservada a los pares y en cuya capa de terciopelo rojo lucía la insignia del lord Canciller.

Los esponsales fueron forzosamente breves porque lord Cardiff estaba muy ocupado y no celebró recepción ni banquete. Los barcos de Thorvald habían sido arrastrados por las tormentas y su gente había quedado dispersa a lo largo de la costa. Los dioses habían bendecido de nuevo a Ilithe, pero no podían confiarse. Los del norte se estaban agrupando y las tropas reales tenían muchos frentes que atender. Se temía que pronto intentaran atacar la ciudad.

Otro séquito la había llevado al palacio de la bahía que era la residencia del lord Canciller. El palacio real estaba en la colina, más apartado, pero a la familia de lord Cardiff no le había importado nunca proclamar ante todos su poder y su riqueza.

Arianne apenas había dedicado una ojeada a todo aquello y durante lo que quedaba de día había esperado pacientemente que su esposo se dignase por fin a presentarse y cruzar unas palabras con ella. Ni antes ni después de la ceremonia se habían visto.

Cuando la luna apareció sobre la interminable extensión plateada que centelleaba bajo su ventana, supo que ya no tardaría.

—Lady Arianne...

Ella tomó aire y permaneció de espaldas. Extrañamente recordaba mejor su voz que su rostro. El tiempo había transformado el recuerdo de su cara en una mancha deforme y odiada. No tenía mucho que ver con el hombre de barba entrecana y aspecto altivo, seguro de su posición y su poder, que había jurado junto a ella aquella mañana. En cambio su voz... su voz era justo tal y como la recordaba.

—Estáis aún mucho más hermosa que la última vez que os vi…

La última vez que la vio no había cumplido ni quince años. No era mucho más que una niña débil, inocente e indefensa. Ya no era ninguna de esas cosas.

—No hemos tenido ocasión de encontrarnos antes, pero quería que supierais… —Cardiff se detuvo.

Arianne esperó, pero ninguna otra palabra salió de su boca.

—¿Qué? ¿Qué era lo que queríais que supiera? —preguntó duramente sin volverse.

Un gesto de disgusto arrugó la frente de lord Cardiff. Pero estaba dispuesto a hacer un esfuerzo y era cierto que Arianne resplandecía. El vestido le dejaba la espalda al descubierto y el tejido en el que estaba bordado cambiaba de tono con la luz, irisado con el brillo satinado de las perlas.

—Quería que supierais —continuó— que durante todo este tiempo he conservado vuestro recuerdo y que me complace haberos hecho mi esposa y… que espero que, si actué mal en el pasado… —Cardiff se detuvo dudando—. Bien, hace ya mucho tiempo de eso. Espero que hayáis olvidado cualquier error que pudiese cometer.

Arianne parpadeó frente al dosel.

—Olvidado decís —repitió volviéndose despacio y encarándose con él—. ¿De verdad lo creéis? —dijo escupiendo las palabras con desprecio.

—Señora… —comenzó Cardiff en un tono de advertencia.

—¡No lo he olvidado! —aseguró con los ojos brillando fieros antes de darle de nuevo la espalda.

Cardiff calló turbado, afectado muy a su pesar por su furia. No era realmente un completo malvado. Era tiránico, egoísta, cruel y despótico, pero siempre eran otros los que se encargaban de ejecutar sus deseos. Eso hacía que Cardiff tuviese un buen concepto de sí mismo. La verdad era que no entraba dentro de sus costumbres violar y estar a punto de asesinar muchachas. Lo que ocurría era que aquel había sido un impulso irrefrenable, tan irrefrenable como el que le empujaba a acercarse a ella y a desear tocar su espalda desnuda. Pero sería mejor ir despacio y tratar de ganarse su favor. Ahora era su esposa. Podía intentar ser considerado, al menos por un poco más de tiempo.

—Vos no lo podéis entender. Erais tan linda... Como una flor que pidiese a gritos ser cortada —aseguró Cardiff sintiéndose insospechada e inoportunamente lírico.

—Tenéis razón —concedió Arianne—. No puedo entenderlo.

—No pude evitar hacerlo, no sé qué me ocurrió, nunca antes... —Cardiff se detuvo tratando de encontrar una defensa—. Empujáis a los hombres a la locura. Deberíais saberlo.

Arianne consideró aquello. Ciertamente muchos hombres habían hecho cosas estúpidas por ella, pero ningún otro la había golpeado y forzado en el suelo helado del bosque. Y si alguno más lo hubiese intentado habría deseado para él lo mismo que había deseado para lord Cardiff.

—Un acto de locura —se quejó amarga y melancólica, rememorando los años transcurridos ocultando aquella afrenta—. Nada os importó. Ni lo que fuese de mí, ni lo que me ocurriese, ni que arruinaseis mi vida...

—Todos decían que no os casaríais —alegó como si eso sirviese de excusa—. Teníais catorce años y aún no os habíais prometido y lo que os dije era cierto. Os habría traído a Ilithe. Os he hecho finalmente mi esposa.

—Sí, lo habéis hecho —admitió con lentitud Arianne—. Debería estar agradecida de que hayáis vuelto a enviudar por tercera vez.

Lord Cardiff no supo cómo tomarse eso. Supuso que Arianne le reprochaba que no le hubiera ofrecido antes ser su esposa.

—Alguien de mi posición no siempre puede elegir libremente. Aun en estas circunstancias muchos se han sentido ofendidos porque os he señalado a vos y no a una de sus hijas. Pero aunque no lo creáis, no os olvidé. ¿Sabíais que los juglares os nombran con frecuencia en sus canciones? —dijo endulzando su acento y acercándose más a ella—. La bella Arianne, esquiva y distante... Ningún hombre pudo jamás tenerla para sí. Cuando llegó la noticia de que ese condenado bastardo había tomado el paso pensé que os tomaría también a vos —murmuró con voz cada vez más inflamada—, y creed que sufrí por ello... Pero ni siquiera él pudo conseguirlo. Cuando lo supe, comprendí. Todo este tiempo habíais estado esperando por mí, ¿no es así? —dijo atreviéndose a rozar su espalda—. Entonces supe lo que tenía que hacer.

—Sí, yo también comprendí —afirmó ella helada al sentir su odiado tacto.

Arianne se volvió y apuñaló a Cardiff antes de que pudiese reaccionar.

Él abrió la boca sorprendido y exhaló un gemido cuando vio la daga hundida hasta la empuñadura en su estómago. La sangre se derramaba de su cuerpo igual que lo habría hecho el vino de un odre de cuero roto. Se dobló en dos y se llevó la mano a la herida. Arianne no retrocedió.

—Acertáis en pensar que os estaba aguardando, pero en algo os equivocáis —dijo Arianne tirando con la daga hacia arriba y abriéndole el vientre en canal. Cardiff vio cómo sus entrañas resbalaban entre sus propias manos y todavía parecía no dar crédito a lo que estaba ocurriendo—. No solo yací con Derreck —añadió Arianne con rabia mirándole a los ojos—. Debéis saber además que obtuve un gran placer de ello.

Cardiff también intentó decir algo, pero lo que salió de su

boca fue un último estertor. Enseguida cayó derrumbado al suelo. La daga se le quedó a Arianne entre las manos mientras jadeaba por el esfuerzo.

Dio un paso atrás y contempló su cuerpo sin vida. Lo había conseguido. Lo que tanto tiempo había deseado. Ya no tendría que temer más que la pesadilla se hiciese de nuevo realidad. No por él al menos. Nunca más por él.

Comenzó a temblar a causa de la tensión. La daga se resbaló de entre sus dedos. Había tenido tanto miedo de que su estratagema solo sirviese para meterse dócil y voluntariamente en el propio cubil del lobo. Pero ya estaba hecho. Todo el dolor, toda la angustia, el temor, el odio acumulado, Arianne lo había volcado todo fuera; y en ese preciso momento no sabía si quedaría algo que pudiese ocupar el vacío que le había quedado dentro.

La puerta se abrió y un servidor apareció trayendo vino. La bandeja se le cayó de las manos cuando vio a Arianne con su vestido blanco cubierto de sangre y al lord Canciller muerto a sus pies.

—¡Por todos los dioses!

El hombre salió corriendo. Arianne seguía conmocionada. No había pensado en lo que haría después. Suponía que aquello ocurriría. Algo así no podía pasar inadvertido. Pronto vendrían y se la llevarían. La acusarían de asesinato y traición y la ejecutarían en público. Le cortarían la cabeza o la colgarían de una soga mientras la muchedumbre la insultaba y tiraba piedras. Ese sería su final.

Era una muerte horrible. Arianne tembló al pensarlo. Miró la daga que estaba en el suelo. Podría usarla para ella, pero estaba manchada con su sangre. Eso la asqueó.

La llama de una lámpara bailó ante sus ojos y Arianne se acercó hipnotizada. Eso era. Aquella era la solución. Era bien conocido. El fuego lo limpiaría todo. Lo purificaría. Acabaría de una vez por todas con aquella podredumbre.

Derramó el aceite sobre el lecho y acercó la llama. El fuego se alzó tan alto que lamió el dosel y en tan solo un instante prendió los cortinajes. Cuando los guardias entraron lo primero que vieron fueron las llamas.

—¡Fuego!

El nerviosismo y la confusión prendieron entre los hombres. Unos acudieron a dar la alarma, otros corrieron en busca de agua y al menos uno de ellos se quedó allí, se le encaró y la agarró por el brazo sin que ella opusiera resistencia.

—¡Lo has hecho tú, zorra! ¡Pagarás por esto! —dijo golpeándola con el puño y haciéndola caer al suelo.

El golpe hizo reaccionar a Arianne. Miró a aquel hombre y sintió renacer toda su furia. Podía soportar morir, pero no que alguien se permitiese impunemente golpearla y condenarla. Él había dejado de prestarle atención y trataba de apagar el fuego arrojando un tapiz a las llamas, aunque no hizo más que avivarlas. Arianne le golpeó en la nuca con el atizador de la chimenea y el hombre cayó al suelo sin sentido.

Recuperó su daga y limpió la sangre en las cortinas. Pronto vendrían más. Era una lucha imposible. Podía atrancar la puerta y morir allí sola o tratar de escapar. Sería difícil conseguirlo... Estaba apenas vestida y cubierta de sangre y no conocía el palacio. Si lo intentaba, lo más probable sería que la prendiesen y acabase ejecutada en el cadalso.

Arianne no temía morir. Sabía que antes o después ocurriría. Era una sombra que pendía sobre ella desde su nacimiento. En cambio, temía a la humillación y al odio. Pero había algo más que también le importaba: recordó que había hecho una promesa.

Su corazón volvió a abrirse por el dolor. Cuando la hizo sabía que no sería fácil cumplirla, sin embargo deseaba tanto hacerlo...

La vida que habría deseado vivir se desplegó ante sus ojos.

El cuerpo de Derreck dándole calor y cobijo, las noches compartidas, los inviernos dejados atrás, la lluvia en primavera y todos los años por venir, las risas y el llanto que anuncian el nacimiento de una nueva vida... Eso era a lo que Arianne había decidido renunciar. El precio que había elegido pagar. Un precio más que alto.

Las vigas del techo crujieron sobre ella. Arianne comprendió que debía elegir. Y supo que quería intentarlo.

Tropezó en la puerta con uno de los guardias que llegaban con baldes de agua. Los dos cayeron al suelo, pero Arianne se levantó más rápido y corrió hacia el pasillo. Los tambores redoblaban alertando a los que aún no sabían. El caos se había adueñado del palacio.

Al parecer, con la confusión o por algún tipo de extraño contagio, otro incendio se había declarado en el ala contigua. No era tan infrecuente que ocurriera algo así. Tan grande era el poder del fuego que muchos caían atrapados por él, y cuando una pequeña chispa se encendía, las hogueras acababan multiplicándose, como sacrificios ofrecidos en el ara de una divinidad antigua y cruel.

Las llamas asomaban por una de las esquinas y en la habitación principal el techo se derrumbó. Aunque el palacio era imponente visto desde el exterior, las vigas estaban carcomidas y a duras penas resistían su propio peso. El pánico comenzó a cundir. Los que gritaban pidiendo agua eran muchos más que los que llegaban con ella. Arianne sujetaba su daga como si fuese un talismán y corría sin saber hacia dónde ir. El humo comenzaba a llenarlo todo y le escocía los ojos y la garganta. Muchos se cruzaron en su camino, la mayoría retrocedieron espantados como si hubiesen visto un fantasma que clamase exigiendo venganza, y era cierto que su aspecto tenía algo de espectral.

Atravesó multitud de pasillos evitando los lugares donde

la gente se amontonaba y en especial a los guardias. Sin saber cómo lo había logrado, Arianne se vio en la calle. Había un enorme tumulto frente al palacio. Algunos solo lloraban y se lamentaban, pero la mayoría trataba de ayudar haciendo cadena para transportar agua. Sin embargo, y a pesar de los esfuerzos, el desánimo empezaba a cundir. Las llamas asomaban ya por muchas ventanas, el tejado del ala oeste se había derrumbado y una larga lengua de fuego lamía la torre principal.

Arianne no podía dejar de mirar. No era prudente permanecer allí, pero sus pies estaban clavados al suelo. Entonces alguien la reconoció.

—¡Por todos los dioses piadosos! ¡Estáis aquí!

Era Harald, el familiar y amado rostro de Harald, que rompió a llorar nada más verla. Arianne no había visto nunca antes llorar a Harald. Cuando lo abrazó sintió también derramarse sus propias lágrimas.

—¡Señora —dijo emocionado—, si os hubiese perdido! Traté de encontraros, pero no sabía por dónde empezar. Los soldados me echaron —dijo tragándose el orgullo por la humillación de verse empujado y tratado como un estorbo por la guardia del Canciller—. Pero os habéis salvado. —Al separarse para mirarla mejor vio la sangre en el vestido sucio y rasgado—. ¡Estáis herida! —exclamó alarmado.

Arianne negó con rapidez y miró inquieta a su alrededor antes de responder.

—No es mi sangre, Harald.

Harald calló tratando de asimilar esa información y pareció comprenderlo todo sin necesidad de más explicaciones. Tampoco era buen momento para darlas. Más guardias con los escudos de las familias nobles comenzaban a llegar al lugar. La explanada era un hervidero y en los corros la gente se preguntaba por la suerte del lord Canciller.

Harald se quitó la capa y se la echó a Arianne por los hombros.

—Seguidme. Salgamos de aquí.

La sacó de entre la multitud y la guio a contracorriente del gentío sin soltarla del brazo, a través de calzadas empedradas primero y por callejuelas oscuras y estrechas después. Recorrieron rápido y en silencio toda la ciudad y solo se detuvieron cuando estuvieron en las afueras.

—Esperaremos aquí hasta que se haga de día —dijo Harald sin aliento—. Las puertas están cerradas ahora y lo más probable es que mañana también lo estén. Tendremos que buscar un lugar seguro hasta que sea prudente salir.

Arianne asintió estrechándole la mano agradecida. Sentía ahora la seguridad de que todo iría bien. Quizá fuese difícil, pero lo peor ya había pasado.

Harald se sentó agotado en el suelo y ella se volvió hacia la ciudad. En el horizonte el palacio de la bahía ardía envuelto en llamas con el mar de fondo a sus pies. Toda Ilithe resplandecía iluminada en vivos tonos anaranjados.

A Arianne le pareció tan esplendorosamente bella como siempre oyó cantar en todas las canciones.

Capítulo 40

Tras el desastre provocado por el incendio, el desorden y las persecuciones no tardaron en extenderse, primero por la ciudad y después por todo el reino.

Ante la desaparición del lord Canciller se le dio oficialmente por muerto. Otra más de las muchas víctimas del fuego, igual que su recientísima y malhadada esposa, la también desaparecida lady Arianne. Así que el consejo tuvo que designar de entre sus miembros a un nuevo Canciller. El rey convalecía de otro de sus frecuentes ataques de melancolía, por lo que no estuvo presente en el nombramiento. Se culpó del incendio a traidores infiltrados provenientes del norte y durante muchos días la muralla permaneció cerrada y se detuvo y torturó a cuantos tenían acento o aspecto extraño. Muchos confesaron no solo haber prendido fuego al palacio del Canciller, sino haber conspirado para acabar con la vida del rey. En fin, el nuevo Canciller había aprendido bien del anterior y no deseaba quedarse corto, así que antes de que transcurriesen tres días ya se había ajusticiado a docenas de extranjeros acusados de espías y enemigos del reino.

Tanta rapidez no convenció a todos. En la calle los rumores eran confusos y la gente murmuraba sobre el fantasma de una mujer pálida y ensangrentada que, sedienta de revancha, se había levantado de su frío túmulo para arruinar la noche de esponsales de lord Cardiff; seguramente a causa de una promesa rota, aventuraban las comadres, pues eran más que conocidas las muchas faltas que pesaban sobre el alma del finado lord Canciller. En lo que todos estaban de acuerdo era en compadecerse de Arianne, que había sido tan desafortunada que no había podido disfrutar ni un solo día de su casamiento.

Si algunos sospecharon o incluso llegaron a afirmar que la dama ensangrentada y Arianne eran la misma persona, sus voces quedaron pronto acalladas o fueron tachadas de estúpidas. ¿En qué cabeza cabía pensar que una recién casada iba a apuñalar al hombre que le había hecho el privilegio de tomarla por esposa, a prender fuego a su propio palacio y a renunciar por lo tanto a ser la primera dama del reino? Máxime cuando desde la lejana muerte de su esposa, el rey Theodor no había vuelto ni se pensaba que volviese ya a contraer matrimonio.

No, eso no resultaba creíble. La versión de la aparecida rencorosa resultaba en cambio mucho más atractiva y fue la que se extendió de boca en boca de un extremo a otro de Ilithya. Arianne ni siquiera llegó a oírlas. Las semanas que siguieron al incendio del palacio de la bahía las pasó encerrada en una miserable choza de los arrabales de Ilithe. Harald no salía más que lo indispensable y cuidaba de que no hiciese ninguna locura.

Arianne solo hablaba de regresar lo antes posible al paso, pero aparte de la imposibilidad física de salir de la ciudad durante los primeros días, una nueva preocupación vino a turbar el ánimo de Harald. El estado de Arianne le inquietaba. Algún extraño mal la acechaba.

Su incansable empuje se había apagado casi por completo.

Arianne estaba blanca y agotada a todas horas y ningún alimento paraba en su cuerpo. Todo le daba náuseas y únicamente tras mucho insistir conseguía Harald hacer que comiera; solo para ver cómo poco después Arianne arrojaba todo lo ingerido y tenía que volver a acostarse lívida como la cera.

Harald estaba muy asustado y habría traído a un médico si no hubiera temido que sospechase y la reconociera. Además, los médicos no visitaban a las mujeres que vivían en las chozas de los arrabales, y mucho menos ahora que se decía que los del norte estaban cada vez más cerca y la ciudad se preparaba para un asedio. Los motines y las revueltas se declaraban en todas la esquinas. Harald no sabía qué hacer.

Fue Arianne la que se decidió. Tan pronto oyó los redobles que anunciaban el cierre de las puertas avisando de la inminente llegada de las huestes de Thorvald. A pesar de su debilidad, a pesar de los mareos, a pesar de los cientos de soldados que tomaban las calles y se aprestaban para defender las murallas, a pesar de todo eso, Arianne se levantó e ignoró los razonamientos de Harald y consiguió salir de Ilithe luchando contra la marea de gente que se empujaba y se peleaba por entrar. Harald creyó perderla aplastada entre el gentío, pero Arianne solo pensaba en lo que había más adelante, en su promesa y en lo que le debía a Derreck.

Fue un pensamiento al que tuvo que recurrir con frecuencia durante el largo viaje de regreso. Un viaje lleno de peligros y fatigas cruzando a pie un reino asolado por las luchas. El asedio que cercaba Ilithe y la muerte del Canciller habían hecho que aumentasen los enfrentamientos entre señores rivales. Leales a la corona y rebeldes se revolvían como mastines que pretendiesen despedazarse unos a otros. En aquellas circunstancias un caballo era un bien demasiado valioso y el simple hecho de poseer uno podía costarte la vida. Arianne y Harald renunciaron a ir montados y consiguieron sobrevivir escondiéndose de los soldados y huyendo de los caminos, caminando campo a través bajo un sol de justicia, cruzando mieses quemadas y pastizales que esperaban en vano la siega, buscando refugio en pequeñas aldeas apartadas y contando siempre una mentira distinta para descansar y reponer fuerzas.

Arianne veía las muchas calamidades que iba dejando tras de sí y solo callaba. Callaba y caminaba haciendo de su debilidad fortaleza y obligándose a avanzar cuando hacía muchas horas que sus pies maltrechos y llenos de ampollas gritaban que no podían dar un paso más. Su resistencia endurecida. Su estómago más asentado conforme iban pasando los días. Días que se hicieron más cortos, suaves y agradables cuando el verano fue languideciendo.

Y así, un día, más de cinco meses después de salir del castillo, Arianne se encontró de nuevo frente al paso. Estaba allí. Tal y como ella lo había dejado, y también estaba el castillo, aunque incluso desde la otra orilla parecía silencioso y vacío y ningún estandarte ondeaba en las almenas.

La mirada de Harald volvió a avisarla de lo arriesgado que era aquello, pero no intentó desanimarla. Arianne no había recorrido ochocientas leguas a pie para detenerse ahora.

Bajó el paso y entró en el castillo. Los que aún quedaban salieron al oír los brazos desplazarse. No eran más de treinta o cuarenta. Arianne los conocía a todos. Viejos moradores en su mayoría. Se quedaron boquiabiertos cuando la vieron aparecer y corrieron emocionados a besar su mano o tocar su falda. Todos menos Feinn...

Feinn la miró como habría mirado a un enemigo mortal y sus ojos grises mostraron la frialdad del acero. Harald se llevó la mano a la espada. Era prácticamente heroico que la hubiese conservado después de aquel largo viaje imposible, sin embargo Arianne lo detuvo con un gesto. No había sentido nunca el menor aprecio por Feinn, además el sentimiento era mutuo y ninguno de los dos se molestaba en ocultarlo, pero no podía menospreciarse el hecho de que había sido él quien se había ocupado de mantener el castillo a salvo.

Cuando Derreck desapareció y los capitanes empezaron a matarse entre sí por hacerse con el mando, Feinn se hizo a un lado y se mantuvo apartado de esas luchas. Habría sido una causa perdida y él no debía nada a ninguno. Después, cuando los del oeste llegaron, muchos se marcharon con ellos al norte. Otros se quedaron y asediaron el castillo para arrebatárselo a los que se habían hecho fuertes en él. El castillo habría podido resistir indefinidamente si hubiese estado abierto el paso, pero sin paso y sin las reservas adecuadas, la fortaleza era solo una gigantesca ratonera.

Un día, el último y breve amo del castillo desesperó, y salió con todos sus fieles a luchar contra los sitiadores a campo abierto. Feinn aprovechó el momento. Cerró las puertas y los dejó fuera a todos. Sitiadores y sitiados. Dentro quedaron solo los sirvientes, muchos de ellos nacidos en el castillo. Pudo parecer un plan absurdo y suicida, pero Feinn tenía sus propias reservas, un silo de grano que él mismo se había encargado de proveer antes de que los acontecimientos se precipitasen. Escaso para cuatrocientas personas, pero más que suficiente para cuarenta, por lo menos hasta que las cosas se calmasen. Además, Feinn solo le debía lealtad a Derreck, y hasta que él regresase, si lo hacía, el castillo era un lugar tan bueno como cualquier otro para quedarse.

Y de ese modo fue transcurriendo el verano en Svatge. Las reservas menguaban y los sitiadores iban disminuyendo, pero unas cuantas centenas hacían guardia acampados a las afueras del castillo.

El caso es que, a pesar de traer consigo la ventaja que otorgaba recurrir al paso para asegurar la supervivencia, Feinn no recibió a Arianne con los brazos abiertos.

Ella luchó por sobreponerse a la decepción que le supuso no encontrar a Derreck en Svatge. Se lo merecía, seguro. Había sido estúpido pensar que la perdonaría y habría vuelto a buscarla. Le debía algo más que una disculpa y una explicación y deseaba más que nada dársela y, si aún podía aceptarla, tratar de empezar de nuevo. De veras lo anhelaba con todas sus fuerzas, pero a saber en qué parte del ancho mundo podría estar Derreck. El único lugar sobre la tierra en el que podían tener la oportunidad de reencontrarse era el castillo. Si alguna vez él quisiera llegar a hacerlo...

Arianne le explicó aquello a Feinn con muchas menos palabras, renunciando a la protección de Harald, y debieron de ser suficientes porque Feinn cedió. Arianne volvió a instalarse en sus habitaciones del ala sur y bastaron unos pocos días para que, casi sin darse cuenta y poco a poco, todos la tratasen como la dueña y señora.

Harald también volvió a ser oficialmente el capitán de la guardia de Svatge, aunque en la práctica era Feinn quien siguió encargándose de organizar la defensa del castillo. Y pese a que no se tenían la menor simpatía, los dos callaron y obedecieron, y mal que le pesase y nunca lo admitiese en voz alta, Harald tenía que reconocer que Feinn no lo hacía tan mal.

A Feinn, por su parte, seguía sin gustarle Arianne, pero todavía era capaz de discernir cuando alguien mentía, y por eso sabía que le había dicho la verdad y en cierto modo respetaba su coraje. Además, había algo más que era ahora visible en Arianne y que ni siquiera Feinn podía ignorar. También él era humano y alguna vez, en un pasado remoto, había tenido una familia.

Y es que la enfermedad de Arianne se había revelado con el paso de los meses menos extraña y preocupante de lo que Harald había pensado. Y después de lo duro que había sido regresar a Svatge y de la desilusión de no hallar a Derreck, cuando por fin se vio en su hogar, en aquellas habitaciones que antes de ser suyas habían sido de Dianne y antes de Dianne de otras muchas más, Arianne comprendió que solo le restaba aguardar.

Y así, poco a poco, con su habitual e indiferente discurrir, el tiempo y la naturaleza prosiguieron su avance. El otoño pasó y el invierno llegó de nuevo. Svatge se cubrió de blanco y los sitiadores fueron desapareciendo. Muchas otras guerras se libraban en otros lugares y la posible recompensa era más apetecible que un viejo castillo que parecía dormitar olvidado...

Una mañana clara, antes de que acabase el invierno, un acontecimiento vino a alborotar la paz del castillo. Era uno de esos días en los que el sol salía tan intenso y brillante que la nieve caída durante la noche se derretía con rapidez y el agua chorreaba por los tejados. No estaba ni mediada la mañana cuando un gran grupo de hombres armados apareció al otro lado del paso y los que portaban el estandarte enarbolaban la insignia real, si bien el escudo que lo guarnecía no era el del rey Theodor, sino otro distinto que Harald reconoció como propio de una antigua casa del oeste.

Demasiadas novedades a la vez, pensó Harald, mientras divisaba la señal que solicitaba que se bajase el paso a los hombres del rey. Una señal que durante siglos había sido respetada en Svatge, pero ahora las cosas no eran como antes y sin duda esa era una decisión que Harald debía consultar con Arianne.

La encontró en la sala de audiencias. Más gente había llegado en las últimas semanas buscando la protección del castillo y Feinn había conseguido establecer una especie de guardia. No suficiente para dirigir un ataque, pero sí lo bastante para presentar una sólida defensa, en resumen también eran más bocas a las que alimentar. Por otra parte, algunos de los señores locales habían vuelto su mirada tímidamente hacia el castillo. Arianne los había recibido, con frialdad, pero los había recibido, y muchos se habían apresurado a volver a ofrecer su lealtad a Arianne. Y aunque ella no apreciaba su lealtad sí admitía su contribución a la causa, sobre todo si se traducía en algo efectivo. Todo eso hacía que fuesen muchos los asuntos que tenía que administrar y atender, y no es que le sobrase el tiempo...

—¿Y ahora qué pasa? —preguntó Arianne, que ya se disponía a regresar a sus habitaciones cuando vio la cara de circunstancias de Harald.

—Tenemos visita, señora —dijo prudente Harald.

—¿Visita? ¿Y qué es lo que quieren? —contestó reacia, pues eran más lo que venían a pedir que a dar.

—Son hombres del rey. Están al otro lado del paso —advirtió Harald.

Arianne se alarmó, pero enseguida recuperó su seguridad.

—¿Al otro lado del paso? Pues pueden quedarse allí o darse la vuelta, pero no pienso abrirles el paso.

—Traen otra enseña que no es la del rey Theodor. Nos vendría bien saber...

—No quiero saber nada de ningún rey. No tenemos gente suficiente para defendernos de un ejército, Harald. Tú mejor que nadie deberías saberlo —le recriminó.

—Lo sé —aseguró Harald paciente—, pero no podemos quedarnos indefinidamente aislados, ni enfrentarnos así como así al nuevo rey, si es que lo hay... Podríamos indicarles con las banderas que se alejen todos menos los oficiales y dejar pasar a un par de ellos.

Arianne vaciló y tras pensarlo un instante se negó.

—Hablarán y hablarán y querrán que les dejemos pasar. Y no estamos en condiciones de hacer eso Harald, aún no —dijo Arianne con preocupación—. Es mejor que aguardemos un poco más.

Harald se resistía a dar su último argumento. Además, era solo una impresión. Una impresión percibida con nitidez a través de los novecientos pies que mediaban entre ambas orillas, y Harald aún conservaba una buena vista.

—Juraría que el que va al frente de ellos es sir Derreck... —lanzó Harald dejando la frase en el aire.

Un aire precisamente fue lo que por un momento pareció sufrir Arianne. Palideció visiblemente y Harald temió que fuese a desvanecerse, pero Arianne no se desvaneció en absoluto.

—¿Te lo ha parecido? —dijo tratando de calmar sus nervios.

—Eso diría, tampoco estoy del todo seguro... A menos que lo dejemos entrar, o tal vez queráis venir vos a ver qué os parece —sugirió él.

—¡No! —negó alzando la voz. Tomó aire y procuró recuperar la compostura—. No... Ve tú y haz lo que has dicho, que se alejen todos y que entre solo uno de ellos.

—Como digáis, señora —asintió Harald satisfecho antes de retirarse.

Arianne comenzó a caminar arriba y abajo de la habitación. Habría querido correr hacia las murallas y comprobar por sí misma si aquello podía ser verdad, pero temía que la esperanza se convirtiese en desilusión cuando el jinete que cruzase el paso se convirtiese en un desconocido que en nada le importaba.

Todos y cada uno de los días había esperado el regreso de Derreck. Cada vez que desde su ventana veía aproximarse un viajero, lo escudriñaba ansiosamente tratando de reconocer sus rasgos, y todas las veces habían supuesto una decepción.

Harald no volvía y Arianne empezaba a temer que su ansiedad fuese en vano. Iba ya a salir corriendo, incapaz de aguardar más, cuando Harald apareció en la puerta.

—Señora, sir Derreck de Cranagh solicita vuestra audiencia.

Apenas tuvo tiempo de terminar su frase cuando Derreck entró sin aguardar presentaciones, registrando y a la vez devorando la presencia de Arianne con la mirada. Pero su primera frase no fue conciliadora y su voz y sus modales poseían la antigua y desbordante actitud avasalladora que tan familiar resultaba a Arianne.

—¡¿Estáis satisfecha, señora?! ¡¿No es bastante para vos ignorar vuestra obligación de bajar el paso a los hombres del rey que también tenéis que humillar y dudar de la palabra de sus emisarios?!

—¿Vos sois ahora emisario del rey? —dijo Arianne, superando el estupor y la impresión que le causaba verle allí, tan insoportablemente arrogante y apuesto como siempre, tan guerrero y tan combativo que Arianne ni siquiera pudo evitar responderle del mismo modo—. ¿De qué rey y de qué palabra estáis hablando si puede saberse? ¿Y qué me importa a mí vuestra palabra?

—Sí, ¿por qué ibais a confiar en mi palabra? ¡Desde luego yo no confío lo más mínimo en la vuestra! —rugió Derreck alzando la voz más que ella, mientras Harald parpadeaba perplejo al ver la escena, aunque realmente no era muy distinta de lo que había imaginado.

—¡No sabéis, no tenéis derecho...! —se quejó ahogada Arianne.

—¡Sois vos quien no tiene derecho a negarme el paso y a pedirme que entre aquí completamente desarmado y vendido!

Más que discutir cada uno gritaba sus propias razones sin escuchar las del otro, y si Arianne estaba dolida, también Derreck se sentía furioso, también aquel año había sido duro para él. Errando por los caminos supuestamente sin rumbo, pero de alguna u otra manera acercándose siempre hacia Ilithe, incluso cuando supo de la noticia. El palacio y media Ilithe ardiendo en una sola noche, el Canciller y la joven Arianne, ambos muertos calcinados la misma noche de su boda.

Al principio Derreck se negaba a admitirlo. No acababa de entrarle en la cabeza. No podía aceptarlo. No podía creer que ella hubiese muerto. Después escuchó las habladurías, la mujer del puñal ensangrentado...

Derreck oía aquel cuento sobre aparecidos y la imagen que se dibujaba en su cabeza era la de Arianne. Sabía que prestar oídos a esa historia absurda era alentar una esperanza loca e insensata, pero cabalgó hasta Ilithe y consiguió entrar en la ciudad justo antes de que Thorvald cerrase el asedio.

Es largo de contar todo lo que aconteció después. El rey Theodor murió sospechosa y repentinamente. No tenía descendencia y varios nobles proclamaron simultáneamente su derecho a la corona. Derreck vagaba por Ilithe como si fuese otra alma en pena, prestando oídos a todos los borrachos que en las tabernas aseguraban haber sobrevivido al incendio del palacio de la bahía, y todos ellos juraban haber visto a la mujer de ojos verdes y ondulada cabellera castaña, bella y a la vez terrorífica como un delirio. Derreck los invitaba a otra ronda y de paso los acompañaba. Así hasta que los soldados de Thorvald consiguieron cruzar la primera línea de las murallas. Derreck recordó que aún llevaba una espada cuando un norteño pretendió acabar para siempre con sus pesares.

Tras aquello Derreck cambió la borrachera que produce el alcohol por la de la sangre. Días intensos y agitados en los que acabó siendo nombrado caballero de una de las órdenes que defendía la ciudad en una breve ceremonia celebrada en una sórdida esquina de Ilithe. En honor a la verdad hay que decir que la suya fue una ayuda apreciada. Derreck no parecía estimar su vida y se lanzaba salvajemente a la batalla; sin embargo, cuando acababa el combate, siempre seguía en pie.

Los hombres no tardaron en seguirle otra vez. Lord Arthur Heine le reclamó a su derecha cuando los del norte asaltaron la segunda muralla. Fue Derreck quien mató a Thorvald. No fue como matar a Sigurd, pero tampoco estuvo mal. Tras aquello vino todo lo demás...

Arthur se convirtió en el nuevo rey. El pueblo lo aclamó enfervorizado el día de su coronación y los que hubiesen deseado ocupar su puesto tuvieron que agachar la cabeza y jurarle lealtad. La casa Heine era antigua y renombrada y todo el mundo había visto a Arthur al frente de sus hombres defendiendo palmo a palmo la ciudad.

Cuando se sentó en el trono, Arthur se mostró agradecido y generoso con los que más le habían ayudado. Por otra parte, no confiaba en los que formaban el consejo. La familia Heine se había mantenido apartada de la política, asqueada por la corrupción de la corte y el despotismo de Cardiff, pero Arthur pensaba que aquel era el momento adecuado para que las cosas se hiciesen de forma diferente.

Sin pensárselo dos veces ofreció a Derreck el puesto de lord Canciller. Derreck se quedó muy sorprendido, pero no tanto como para que eso le impidiera rehusar. Habría sido una broma de muy mal gusto. Arthur le preguntó qué deseaba entonces, Derreck contestó que el este, Arthur le concedió la jurisdicción sobre todo lo que estuviese más allá del Taihne y le puso al frente de tres mil hombres. Después le ordenó que partiese lo antes posible, y que de camino se ocupase de poner orden en el reino y de hacer saber a todos que había un nuevo rey; y que por cierto no tenía nada en común con el anterior.

Restablecer la justicia del rey no fue lo que se dice un trabajo fácil. Los rebeldes se mostraban reacios y la mejor virtud de Derreck no era la diplomacia. Finalmente la fuerza, si no la razón del nuevo orden, se fue imponiendo y las aguas tornaron a su cauce.

Según avanzaba, Derreck nunca dejaba de preguntar a todo noble o vasallo con el que se cruzaba si había oído alguna novedad acerca del paso, pero todos negaban con la cabeza y afirmaban que hacía muchas lunas que el paso ya no funcionaba.

Eso no fue impedimento para que llegase hasta la misma orilla del Taihne, pese a las protestas murmuradas entre dientes por sus capitanes, que se quejaban de estar perdiendo el tiempo dirigiéndose hacia un callejón sin salida. Pero ninguno se había atrevido a desafiar a Derreck poniendo en cuestión su orden de retirarse a más de media legua del paso. Ninguno había estado a su lado cuando los brazos bajaron para que solo Derreck entrase al castillo. Ninguno había visto la conmoción que experimentó su rostro cuando comprendió que solo ella podía haber hecho eso, que todo ese tiempo había estado allí, que el dolor, la desesperación y el vacío que habían pesado sobre su alma habían sido en vano, porque Arianne había estado resguardada tranquila y segura en su castillo mientras él solo deseaba encontrar por fin la muerte.

Y seguramente, se dijo Derreck, mientras cruzaba patios y corredores que seguían tal cual los había dejado, como si solo faltase de allí desde la víspera y no hacía ya casi un año, seguramente a ella ni tan siquiera le importase, y bien podría haber muerto en un arroyo de Ilithe, que Arianne no lo hubiese lamentado lo más mínimo...

—¡No tenéis honor alguno! ¡No respetáis ni vuestra obligación ni vuestro deber! ¡Bajad ese maldito paso y dejad que entren mis hombres! ¿O acaso pensáis cerrar este maldito castillo y quedaros aquí sola y encerrada hasta que os consumáis? —gritaba Derreck fuera de sí.

—¿Cómo os atrevéis? —conseguía decir Arianne al borde de las lágrimas—. ¡No debí nunca dejar que entrarais!

—¡Podré considerarme afortunado si al menos me dejáis salir!

Harald no necesitó quedarse a escuchar para saber cuál sería la respuesta de Arianne, por eso se volvió hacia el corredor para ver si llegaba ya quien había mandado llamar. Providencialmente en ese momento la vio doblar la esquina apresurada. Harald no dudó en irrumpir en la conversación.

—¡Señora, disculpad! —dijo intentando hacerse escuchar—. ¡Os reclaman con urgencia!

Derreck se volvió airado hacia Harald, por interrumpir y por permitir que quien quiera que fuese también interrumpiese, y además no pensaba marcharse de aquel maldito lugar sin que Arianne se dignase darle una explicación, por más que ahora amenazase con echarle a patadas de allí... Sin embargo, Arianne enmudeció en cuanto vio aparecer a la doncella y a la criatura llorosa que traía en sus brazos, más llorosa aún de lo habitual puesto que lo habían sacado de la cuna donde dormía feliz para llevarle a la carrera hasta allí.

—Perdonad, señora... Ha despertado —musitó nerviosa la joven, que todavía era tan inocente como para sonrojarse cuando mentía—, y ya sabéis que solo se calma si lo cogéis vos.

Arianne olvidó la discusión para correr a tomar al pequeño en sus brazos. El niño calló tan pronto como sintió el abrazo de su madre. La muchacha desapareció tímida con una rápida reverencia a la ligera indicación de Harald y él también salió, cerrando tras de sí la puerta con suavidad.

La sala de audiencias se quedó tan silenciosa que podía escucharse la respiración, ya más calmada, del bebé. Cuando Derreck consiguió de nuevo articular palabra su tono poco tenía que ver con el de antes.

—¿Habéis tenido un hijo? —murmuró aturdido, como si aún necesitase alguna otra confirmación.

—¿Acaso os preocupa? —le acusó Arianne aún furiosa y en voz baja para no asustar al niño, que había vuelto a adormecerse—. ¡Habéis estado muy ocupado guerreando en nombre del rey! ¡Ahora decís que representáis al rey! ¡No me importa ningún rey! —aseguró con la ferocidad de una leona que defendiese a sus crías—. ¡No dejaré que ningún soldado ponga en peligro la vida de mi hijo, y si para eso el paso ha de quedarse alzado para siempre, se quedará alzado!

—¿Qué tiempo tiene? —preguntó Derreck casi sin voz, acercándose lentamente a ella sin prestar la más mínima atención a lo que le decía, con la vista prendida solo en aquel pequeño bulto que Arianne rodeaba protegiéndolo contra sí.

—¡Por qué queréis saber el tiempo que tiene! —exclamó Arianne como si aquello colmase ya su paciencia—. ¿Pensáis en alistarle cuando le llegue la edad?

—¿Es mi hijo? —preguntó Derreck con gravedad sin dejar que le apartase el resentimiento herido de Arianne.

Arianne calló. Su rostro se endureció perceptiblemente y su voz se hizo más fría. No era tan fácil olvidar así como así las viejas costumbres y algunas palabras quedaban especialmente impresas en la memoria.

—Recuerdo muy bien que en una ocasión me dijisteis que no deseabais tener hijos, que los hijos eran tan solo un estorbo.

También el rostro de Derreck se nubló, más por ver la dureza de ella que por cualquier otra razón.

—¿No creéis que es posible que pueda haber cambiado de opinión? —se quejó dolido—. ¿Que podría ahora desear más que ninguna otra cosa en este mundo tener un hijo de vos?

Arianne vaciló. Derreck estaba tan cerca ahora y la miraba de tal manera que su resistencia y su furia por todos aquellos meses de incertidumbre y espera se desmoronaban por momentos, pero había algo más que no podía obviar.

—Tenéis que saber que después de dejaros contraje matrimonio.

—¿Y? —preguntó Derreck.

—¡Y...! —repitió ella—. ¿No responde eso a vuestra pregunta?

Derreck respiró hondo para tomar aire antes de responder. Pese a todos sus esfuerzos Arianne todavía conseguía acabar con su paciencia.

—¿Queréis que crea que esta criatura puede ser el hijo del hombre cuyo palacio ardió la misma noche en que os desposasteis? ¿Pensáis que voy a suponer que fue casualidad que él no pudiese escapar del incendio, mientras que vos estáis aquí tan fresca y lozana como una lechuga, y que os acostasteis tan feliz con él y quedasteis encinta de un hijo suyo, cuando todo Ilithe sabe que murió apuñalado en su propia cama? —maldijo Derreck airado, cuando en realidad se sentía íntima e inexplicablemente orgulloso de que Arianne hubiese sido capaz de hacer todo aquello ella sola.

—¡¿Y qué si lo hice?! —exclamó Arianne con terquedad, sin dejarse amansar por el brillo de orgullo que veía en los ojos de Derreck—. ¡¿Quién podrá daros la seguridad de que es hijo vuestro y no de él?! ¡No tendréis nunca esa certeza!

Derreck comprendió. Sabía bien cuál era el dolor que remordía a Arianne, el rechazo que había tenido que sufrir y el cariño del que la habían privado durante su infancia. Y también era cierto que Derreck nunca había deseado tener hijos. Nunca hasta ahora. Hasta que había visto aquel pequeño ser que ella no le dejaba ni siquiera contemplar. Pero no era eso lo que le había llevado hasta allí.

—No me importa esa certeza. Os amo a vos y amo todo cuanto venga de vos. ¿No podéis comprender eso? —dijo desesperada y apasionadamente.

Arianne no respondió, pero permaneció callada el tiempo suficiente para que Derreck pudiese por fin besarla. Ella rodeó su cuello con su único brazo libre mientras él la atraía con delicadeza por la cintura para no importunar al niño, que seguía durmiendo plácidamente a pesar de la discusión.

—¿Por qué maldita razón tuvisteis que tardar tanto en regresar? —cedió al fin Arianne, abrazándole con fuerza entre risas que se mezclaban con lágrimas, cualquier temor pasado olvidado ahora que estaba entre sus brazos.

—Porque desatasteis una condenada guerra detrás de vos —replicó él volviendo a besarla impaciente.

El pequeño se desperezó al notar que ya no tenía toda la atención de su madre y abrió unos espabilados y transparentes ojos azul claro. Arianne se ablandó.

—¿Queréis cogerlo?

Derreck titubeó confuso y se sintió extraordinariamente rudo y torpe, pero ella lo dejó en sus brazos antes de que tuviese tiempo de formular una respuesta coherente.

Era extrañamente perturbador sostener algo tan delicado. El niño le miraba curioso y tranquilo y Derreck temía hacerle daño si se movía o apretaba demasiado. Era emocionante y a la vez aterrador. Nunca había sentido nada parecido.

—¿Cómo se llama? —acertó a preguntar.

Arianne sonrió.

—Su nombre es Derreck.

Derreck se mordió la lengua. Seguramente en cualquier otra circunstancia habría tenido que reprimir el poderoso impulso de arrojar algo duro y pesado a la cabeza de Arianne, pero no en aquel momento.

En aquel momento Derreck simplemente se sentía el hombre más afortunado y feliz sobre la faz de la Tierra.

Epílogo

Arianne y Derreck se casaron en cuanto se pudo reunir al dichoso consejo. Eso requirió de bastantes meses, y de hecho alguno de los doce hizo acto de presencia empujado más por la fuerza que por su propia voluntad. Cuando se solventaron estos inconvenientes se celebró la ceremonia y en el acta de esponsales quedó claramente especificado que Arianne continuaría siendo la dueña y señora del castillo, y por lo tanto del paso, y que conservaría para sí el vasallaje y todos los derechos sobre el feudo de Svatge.

Cuando el consejero de mayor edad le preguntó a Derreck, sin molestarse en disimular su extrañeza, si estaba de acuerdo con eso, Derreck le contestó malhumorado que se metiese en sus asuntos y diese fe del consentimiento de una maldita vez.

Ni siquiera eso enturbió la felicidad de Arianne, que lucía tan radiante como un amanecer, y el malhumor de Derreck se disipó al ver su sonrisa. En realidad, aquello no debía suponer un gran sacrificio para Derreck. El rey le había concedido el dominio sobre todo el este y eso incluía Svatge, así que Arianne, igual que los otros señores de Bergen o Strasse o el Rickheim le debía obediencia y lealtad, al menos en teoría...

El mismo Arthur envió un mensajero para dar la enhorabuena a Derreck y a Arianne por su enlace, y felicitándose por la fortuna de Arianne al sobrevivir al catastrófico incendio del palacio. También le decía que confiaba en que su nuevo matrimonio fuese más largo y venturoso que el anterior y le recomendaba que en lo sucesivo se cuidase de acercarse al fuego. Arianne contestó agradeciendo sus buenos deseos y le aseguró que procuraría seguir sus consejos.

Svatge recuperó su pasado brillo y Derreck designó a Feinn como su lugarteniente y lo mandó de regreso al Lander. No se puede decir que Feinn lo lamentase, tanta felicidad no iba con él. De regreso hacia la frontera cumplió con la tarea que Derreck le había encomendado con su habitual eficacia, y pronto el orden y una relativa seguridad se impusieron por todo el territorio; y las caravanas de mercaderes, entre ellos las de Willen, aunque él se guardase bien de ponerse al alcance de Arianne, volvieron a llegar a Svatge, dispuestas a pagar cualquier arancel con tal de atravesar el paso y así llegar antes a Ilithe.

La guerra contra el norte aún se prolongó más tiempo convirtiéndose en una sangría para el reino. La victoria parecía siempre próxima, pero nunca acababa de producirse. El coste en vidas y recursos era también enorme para Langensjeen. La escasez y las privaciones sembraban el descontento en el norte, pero el príncipe Lars no estaba dispuesto a rendirse y rechazó todos los intentos del nuevo rey por llegar a un acuerdo de paz. La muerte de Thorvald era una herida demasiado profunda para ser olvidada y Lars prefería sostener una guerra inacabable a humillarse ante Ilithe.

Sigurd no lo veía igual y, precisamente en una audiencia concertada por él con un emisario de Arthur, fue tal la indignación y la cólera de Lars, que sufrió una apoplejía que se lo llevó de este mundo. Sigurd lloró breve y sentidamente ante los embajadores su pérdida por la muerte de su padre y antes de que acabase la mañana firmó un nuevo tratado con ellos.

Al final todo quedó arreglado con plata. Fue un pacto costoso, pero Sigurd era un hombre práctico. Si había guerra en las montañas, no se podía trabajar en las minas y entonces no había plata para nadie.

En cuanto los soldados se retiraron, Sigurd puso a trabajar a las cuadrillas día y noche, y en poco tiempo la plata corría como un río por las calles de Aalborg, y así Sigurd pudo concentrarse en lo que siempre había sido su principal objetivo: hacer de Langensjeen el más hermoso y perfecto de los lugares de la Tierra y a las ciudades de plata dignas de nuevo de sus nombres. Aalborg, Svilska, Lilehalle... aunque ahora Sigurd apenas tenía tiempo de visitar Lilehalle.

Pero todo aquello quedaba lejos de Svatge y allí nadie recordaba a Sigurd hasta que llegó una atenta misiva redactada de su propia mano, invitando a Derreck a los torneos de primavera de Aalborg. La carta se extendía recordando su antigua amistad y también hablaba de la ocasión para superar pasadas rencillas y, justo al final, Sigurd desafiaba a Derreck a intentar vencerle de nuevo enfrentándose a él en los campos de Halla.

Cuando Derreck recibió la carta rompió en maldiciones incluso en un idioma que Arianne desconocía por completo y que debía de haber aprendido de las hordas bárbaras, y quiso salir en ese mismo momento de Svatge con destino a Aalborg. Arianne, que estaba nuevamente encinta, no se sintió nada complacida con aquello y prohibió a la guardia que le abriese la puerta a Derreck. Eso desató una nueva oleada de maldiciones y juramentos de Derreck y una viva y enardecida disputa entre los dos. A pesar de las puertas cerradas sus gritos retumbaban por los corredores, aunque, como en todas sus otras y no infrecuentes discusiones, el escándalo terminó convirtiéndose en ahogadas exclamaciones entrecortadas, más sordas pero igual de intensas.

Y al menos en aquella ocasión los argumentos de Arianne debieron de ser convincentes, porque Derreck renunció a marcharse y escribió a su vez otra carta a Sigurd, igual de amistosa que la suya, lamentando no poder visitar Langensjeen a causa de sus muchas responsabilidades e invitándolo a que fuese él quien visitase Svatge.

Sigurd contestó algún tiempo después afirmativamente asegurando que se sentiría muy feliz de viajar hasta Svatge en cuanto sus obligaciones, también numerosas, se lo permitiesen. Sobra decir que la ocasión nunca llegó, porque después de todo, Sigurd también estimaba su vida y no tenía grandes motivos de queja con ella y siempre afirmaba que poseía prácticamente todo a cuanto aspiraba.

Con la plata fluyendo en abundancia y la paz y el orden asegurados, el reino conoció un largo y fértil periodo de prosperidad. Avanzaron las artes y las ciencias, se incrementó el comercio, florecieron los gremios e incluso las cosechas fueron más generosas. Los caminos eran seguros y las posadas estaban siempre llenas. Svatge se benefició de aquel tránsito constante y en las dos orillas del Taihne se multiplicaron las villas y las granjas, las escuelas y los talleres.

Buenos tiempos, largos y plenos, y en ellos Arianne llegó a ver cumplidos todos sus deseos y Derreck consiguió lo que ni tan siquiera pensó nunca alcanzar. Los recuerdos amargos del pasado fueron quedando atrás, olvidados como si tan solo hubiesen sido un mal sueño.

El invierno seguía siendo frío, pero el fuego ardía día y noche en el hogar y Arianne siempre encontraba en Derreck calor y refugio y ella le brindaba lo mismo a él. Muchas noches y muchas estaciones, con sus luces y sus sombras, aunque la luz siempre puede más y es lo que se recuerda al cabo, y también es más dulce de contar. Sin embargo, no sería posible contarlo todo.

Porque toda historia debe tener un final y así termina esta, por más que la vida siempre siga.

AGRADECIMIENTOS

Esta es una novela que por muchas razones ocupará siempre un lugar muy destacado en mi corazón, y si ahora ve la luz es también gracias a muchos. Aunque no os nombre, quiero agradeceros a todos, a mi familia por su apoyo, a MC Sark por creer en Ilithya tanto como para dibujarla con su propia mano, a Mara Oliver porque me dijo: espera, a las amigas que siempre me han alentado, a los que sin conocerme de nada leyeron alguna vez mis palabras y me animaron a seguir y a procurar hacerlo cada vez mejor, a HQÑ por apostar por ella y muy especialmente al equipo de El rincón de la novela romántica por su trabajo, por su generosidad y porque me hicisteis creer que yo también podía.

Y por último, aunque fuisteis y seguiréis siendo las primeras, a Marian, Gigi, Elena, Juana Mari, Tamara y Laura o lo que es lo mismo: Saru, Gigi, Sambo, Maya, Bre y K, amigas, compañeras de locura, de risas y horas perdidas, de quejas, de desahogos y de ilusiones. Sin vosotras no habría sido posible.

Esta historia es, y será siempre, vuestra.

Últimos títulos publicados en Top Novel

Más allá del odio – Diana Palmer
Historias nocturnas – Nora Roberts
Vacaciones al amor – Isabel Keats
Afterburn/Aftershock – Sylvia Day
Las reglas del juego – Anna Casanovas
Luz de luna – Robyn Carr
Cautivar a un dragón – Lis Haley
Damas y libertinos – Stephanie Laurens
Spanish lady – Claudia Velasco
Mi alma gemela (Mo anam cara) – Caroline March
Corazones errantes – Susan Wiggs
Cuando no se olvida – Anna Casanovas
Luces de invierno – Robyn Carr
Nada más verte/Nunca es tarde – Isabel Keats
Amor en cadena – Lorraine Cocó
Una rosa en la batalla – Brenda Joyce
Tormenta inminente – Lori Foster
Las dos historias de Eloisse – Claudia Velasco
Una casa junto al mar – Susan Wiggs
El camino más largo – Diana Palmer
Un lugar escondido – Robyn Carr
Te quiero, baby – Isabel Keats
Carlos, Paula y compañía – Fernando Alcalá
En tierra de fuego – Mayelen Fouler
En busca de una dama - Laura Lee Guhrke
Vanderbilt Avenue - Anna Casanovas

CPSIA information can be obtained
at www.ICGtesting.com
Printed in the USA
FSHW02n1939310718
51066FS